U0026516

世界不朽
傳家經典

基度山恩仇記 4

Le Comte De Monte-Cristo

大仲馬 著
Alexandre Dumas

鄭克魯 譯

目次

基度山恩仇記4 主要角色簡介

基度山伯爵

持續進行龐大縝密的復仇計畫，並逐漸披露真實身分。然在與恩人家族成員建立感情，以及目睹仇人接連遭禍後，原本堅持如山的信念有所動搖。

阿爾貝・德・莫爾賽夫子爵

德・莫爾賽夫伯爵與梅爾塞苔絲的獨生子。原本一派自在樂觀，驟然得知父親不為人知的醜惡往事，大受衝擊，並因此懷疑是基度山伯爵計謀所致，而提出決鬥要求。

德・莫爾賽夫伯爵

貴族院議員、將軍。現今擁有崇高名聲地位，實則晉升之路充滿投機。往事被揭露後，既有名譽毀於一旦，家庭關係亦面臨空前危機。

海蒂

希臘女子。雅尼納帕夏阿里・泰貝林的女兒，其父親遭叛變被殺後，一度與母親被叛變者費爾南賣給商人。後被基度山伯爵買下，並稱其女奴，實則備受寵愛。模樣美麗動人。

安德烈亞・卡瓦爾坎蒂

以卡瓦爾坎蒂少校獨子身分進入巴黎社交圈。心儀銀行家唐格拉爾之女歐仁妮，並覬覦聯姻帶來的可觀財富。真實身分被揭露後逃亡。

梅爾塞苔絲

基度山伯爵昔日戀人，後成為莫爾賽夫伯爵夫人。性格善良真誠。認出基度山伯爵真實身分，並得知其當年遭遇，內心大受震動。莫爾賽夫伯爵真相被揭發後，內心更飽受煎熬。

唐格拉爾男爵

著名銀行家。金融投資事業蒙受重大損失，女兒歐仁妮的婚事捲入安德烈亞詐騙醜聞，因難以承受後果而拋下妻子，避走義大利，並因此遭遇詭異災禍。

歐仁妮·唐格拉爾

唐格拉爾男爵之女。性格孤冷，崇尚獨立自由。在被迫與安德烈亞締結婚姻前夕，得知對方醜聞，反因此得以順遂心願，與密友喬裝打扮並遠走他鄉。

德·維勒福

巴黎首席檢察官。家庭成員莫名接二連三死亡，在得知下毒兇手後採取因應行動，導致不可挽回的悲劇。再加上昔日祕辛被公開揭露，承受巨大打擊。

瓦朗蒂娜·德·維勒福

維勒福之女。與馬克西米利安相戀。繼失去外祖父、母等至親後，亦遭下毒，失去生命跡象。

馬克西米利安·摩雷爾

北非騎兵軍團上尉。瓦朗蒂娜的情人，在得知情人逝去後，萬念俱灰，一心求死。

84 博尚

半個月來，巴黎人紛紛傳言，有人明目張膽，企圖在伯爵家行竊。那個人臨死前簽署了一份聲明，指出貝內德托是兇手。警方按要求派出所有警探，追尋兇手的蹤跡。

除了沒找到背心，卡德魯斯的刀子、有遮光裝置的提燈、那串鑰匙和衣服，都存放在訴訟檔案保管室，屍體則送到了停屍間。

伯爵對所有人都這樣回答：出事時他正在奧特伊別墅，因此他所知道的情況都是布佐尼神父告訴他的。那一夜，非常湊巧，神父要求在他家過夜，以便在他的藏書室查閱幾部珍本。

每當有人提起貝內德托的名字時，只有貝爾圖喬臉色發白，但誰都沒有注意到。

維勒福由於被請去勘查現場，已要求審理這個案件，並且以他慣有的親自出庭審理罪案的熱忱進行預審。

但三個星期過去了，雖然日以繼夜搜查，仍毫無結果，社交圈已開始遺忘伯爵家的竊盜未遂案，以及竊賊被共犯所殺的事件，而關心起唐格拉爾小姐和安德烈亞・卡瓦爾坎蒂子爵臨近的婚事。

這門婚事幾乎已經公開了，年輕人在銀行家府上已被視作小姐的未婚夫。

給老卡瓦爾坎蒂先生的信已經送去，他非常贊成這門婚事，同時深表遺憾，他事務纏身，無法離開他所在的巴馬，他表示同意拿出十五萬利佛爾利息的本金。

小卡瓦爾坎蒂的三百萬，說好要放在唐格拉爾的銀行裡，由唐格拉爾從事投資生息。有人竭力勸告年輕人，要小心他未來岳父的狀況是否穩固，這位銀行家近來在交易所一再失手。但年輕人不計較私利，以誠待人，不理會這些閒言碎語，反而很體貼，在男爵面前未提一字。

因此，男爵非常喜歡安德烈亞·卡瓦爾坎蒂子爵。

歐仁妮·唐格拉爾小姐就不一樣了。她對結婚充滿憎惡，接受安德烈亞是為了遠流莫爾賽夫，但如今安德烈亞過於靠近，她開始對他有明顯的反感。

或許男爵已經察覺了，由於他只能將這種反感歸之於任性，所以裝作若無其事。

博尚要求的期限快到了。同時，莫爾賽夫已領悟到基度山那個勸告的道理，基度山要他息事寧人，因為沒有人再提起關於將軍的那則消息，沒有人發覺那個出賣雅尼納宮的軍官就是在貴族院占有一席之地的高貴伯爵。

但阿爾貝並未因此減輕受辱感，因為傷害他的那幾行字無疑包含著凌辱的企圖。而且，博尚結束那次談話的方式在他心裡留下了痛苦的回憶。因此他一直懷著決鬥的念頭，如果博尚同意的話，他希望向別人，甚至向證人隱瞞決鬥的真正原因。

至於博尚，從阿爾貝拜訪的隔天起，就不見蹤跡。凡是有人求見，都回說他不在，要出門幾天。他在哪裡？無人知曉。

一天早上，阿爾貝被貼身男僕叫醒，通報博尚來了。

阿爾貝揉了揉眼睛，吩咐讓博尚在底樓那間吸菸室兼小客廳等候，他趕緊穿好衣服下樓。

他看到博尚來回踱步，一看到他便站住了。

「您親自登門拜訪，不等我今天去見您，我覺得是個好預兆，先生。」阿爾貝說：「啊，快說吧，難道要我伸出手說：『博尚，認錯吧，繼續做我的朋友，好嗎？』或者非要我直接問您：『您選擇哪種武器？』」

「阿爾貝，」博尚說，他的憂鬱神情讓年輕人驚訝莫名，「我們坐下來談吧。」

「但我覺得相反，先生，在坐下來之前，您應該回答我的問題吧？」

「阿爾貝，」新聞記者說：「有些事情很難回答。」

「為了讓您容易回答，先生，我再重申一遍我的要求：您會收回那則消息？或者不會？」

「莫爾賽夫，對於牽涉到像少將、貴族院議員、德．莫爾賽夫伯爵這樣一個人的名譽、社會地位和性命的問題，不能只回答會或不會。」

「那怎麼辦呢？」

「照我的辦法，阿爾貝。當事情關係到一家人的聲譽和利益時，金錢、時間和疲憊都算不了什麼。俗話說，同意與朋友做殊死決鬥，只憑可能如此是不夠的，必須要有確切證據。俗話還說，跟一個三年來緊握他的手的人拔劍交鋒，或對著他扣扳機，必須知道自己為什麼這樣做，才能問心無愧地踏上決鬥場上。當一個人必須用手臂維護自己的性命時，是必須抱持這種心態的。」

「所以，」莫爾賽夫不耐煩地問：「這是什麼意思呢？」

「是說我剛從雅尼納回來。」

「從雅尼納回來？您？」

「是的。」

「不可能。」

「親愛的阿爾貝，這是我的護照，請看簽證：日內瓦、米蘭、威尼斯、特列埃斯特、德爾維諾、雅尼納，一個共和國、一個王國和一個帝國的警方，足以讓你相信嗎？」

阿爾貝的目光落向護照，隨即驚訝地抬起頭，看著博尚。

「您去了雅尼納？」他問。

「阿爾貝，如果是一個外國人，一個陌生人，像三、四個月前那樣向我挑釁、被我殺掉了事的英國人那樣的一般爵士，您明白，我就不會這樣自找麻煩了。但我認為應該尊重您。我去程花了一星期，回程又花了一星期，外加四天檢疫隔離，在目的地逗留了四十八個小時，總共是三星期。我昨夜才返回，現在就來了。」

「天哪！真是拐彎抹角，博尚，您就是遲遲不肯告訴我，我想知道的事。」

「那是因為，說實話，阿爾貝……」

「您看來猶豫不決。」

「是的，我不敢。」

「您不敢承認您的記者欺騙了您嗎？哦！拋開自尊心吧，博尚。承認吧，博尚，您的勇氣是不容懷疑的。」

「哦！決不是這樣。」新聞記者吞吞吐吐地說：「情況正好相反……」

阿爾貝臉色變得異常蒼白，他想說話，但話到嘴邊便消失了。

「我的朋友，」博尚用最親切的口吻說：「請相信我很樂意向您道歉，而且是真心誠意的歉意，但是，唉……」

「但是什麼？」

「那則消息是對的，我的朋友。」

「什麼，那個法國軍官……」

「是的。」

「那個費爾南？」

「是的。」

「那個出賣主人宮殿的叛徒……」

「請原諒我要對您說，我的朋友，那個人就是您的父親。」

阿爾貝狂怒得要撲向博尚，但博尚並不伸手抵抗，而是用柔和的目光制止他。

「看，我的朋友，」他說，從口袋裡掏出一張紙，「這是證明。」

阿爾貝攤開那張紙，那是雅尼納四位顯要人物簽署的證明文件，證實費爾南·蒙德戈上校，這位效力於阿里·泰貝林大臣的上校軍官，曾以兩千袋的公錢出賣了雅尼納宮。簽名已經領事鑑定過了。

阿爾貝腳步踉蹌，頹然跌坐在扶手椅裡。這次沒有什麼值得懷疑的了，姓氏完整的被記錄。因此，痛苦地沉默了一會兒後，他的心膨脹起來，脖子上的血管也鼓凸著，淚如泉湧。

博尚懷著深深的同情望著這個痛苦萬分的年輕人，走近了他。

「阿爾貝，」博尚說：「現在您理解我了是嗎？我想親眼目睹，親自判斷，希望得到有利於您父親的解釋，我能為他主持公道。但相反的，蒐集到的情況證實，這個教官，這個由阿里帕夏提升為司令的費爾南·蒙德戈就是費爾南·德·莫爾賽夫伯爵。我回來時一直想著被您視作朋友的這份榮耀，隨即來到您這裡。」

阿爾貝一直躺在扶手椅上，雙手遮住眼睛，彷彿想阻擋陽光照到他身上。

「我趕到您這裡，」博尚繼續說：「是要對您說：阿爾貝，在這個風雲變幻的時代，父輩的過錯不能連累後代。阿爾貝，我們出生在革命的年代，很少有人能經歷這幾場革命，還能讓自己的軍服或法官長袍免受沙泥或血跡的玷污。阿爾貝，既然我有一切證據，既然我掌握您的祕密，世上再沒有人能逼我決鬥。因為我深信，您的良心會自我譴責，這樣的決鬥無疑是有罪的。但我卻要對您提出，您再也無法向我提出的事。這些證據、揭露、證明，只有我一人擁有，您要讓它們消失嗎？這個可怕的祕密，您要讓它只存在於您我之間嗎？請相信我以名譽擔保，我決不會說出這個祕密。說啊，您願意嗎，阿爾貝？說啊，您願意這樣吧，我的朋友？」

阿爾貝撲到博尚身上，抱住他的脖子。「啊！您有一顆高尚的心！」他大聲說。

「拿去。」博尚把文件遞給阿爾貝。

阿爾貝用顫抖的手抓住文件，握緊了，揉搓著，想撕掉它們，但又擔心紙片被風吹走後，有朝一日會再落在他頭上，於是他走向始終燃燒著的、為點雪茄做準備的蠟燭，將文件燒個精光。

「親愛的朋友，優秀的朋友！」阿爾貝一邊燒文件一邊喃喃地說。

「但願這一切就像一場惡夢般被遺忘。」博尚說：「就像閃爍在焦黑文件上的最後星火一樣，就像從無言的灰燼中逸出的最後一縷青煙那樣。」

「是的，是的，」阿爾貝說：「只留下永恆的友誼，我要跟我的救命恩人保持永恆的友誼，且我們的子子孫孫永久地保持下去，這份友誼將使我永遠記得，我血管裡流著的鮮血，我軀體的生命，我名字的聲譽，都有賴於您。如果這事流傳出去，哦，博尚，我對您說實話，我會朝自己的腦袋開槍，不，可憐的母親！我不想讓這一打擊也奪走她的性命，我會移居國外。」

「親愛的阿爾貝！」博尚說。

但很快地年輕人就從這突如其來的，或者可以說不自然的亢奮中跳脫開來，陷入更深的憂鬱裡。

「喂，」博尚問：「又怎麼了？我的朋友。」

「我的心幾乎要碎了。」阿爾貝說：「聽著，博尚，頃刻間很難摒棄我父親那純潔無瑕的名聲讓我這個兒子產生的尊敬、信任和驕傲。哦！博尚！現在我要如何接近父親呢？當他親吻我的額頭、握我的手時，我要縮回嗎？看！博尚，我是最不幸的人。啊！我的母親，我可憐的母親，」阿爾貝淚眼望著母親的肖像說：「如果知道這件事，您一定會痛苦萬分！」

「啊，」博尚說，握住他的雙手，「鼓起勇氣，朋友。」

「刊載在報紙上的這則消息是怎麼來的呢？」阿爾貝大聲問：「這背後有著我們不知道的仇恨，有看不見的敵人。」

「那麼，」博尚說：「更有理由小心了。鼓起勇氣，阿爾貝，臉上不要流露出激動的神情，把痛苦埋藏在心裡，就像烏雲藏著毀滅和死亡一樣，只有風暴爆發才能知道這個必然帶來死亡的祕密。喂，朋友，養精蓄銳，等待事發時刻的到來吧。」

「您認為事情還沒有結束嗎？」阿爾貝驚惶地說。

「我不多加揣測，我的朋友，但畢竟什麼事都會發生。對了……」

「什麼？」阿爾貝問，看出博尚的遲疑。

「您還要娶唐格拉爾小姐嗎？」

「此刻為什麼這麼問，博尚？」

「因為我想，這門婚事的成功或破局，跟現在我們所關心的事有關。」

「什麼！」阿爾貝說，他的臉漲紅了，「您認為唐格拉爾先生……」

「我只想問您，您的婚事進展到哪裡了。請您別想太多，以為我話裡有弦外之音。」

「不，」阿爾貝說：「婚事破局了。」

「好。」博尚說。

接著，年輕人又陷入憂鬱中。

「喂，阿爾貝，」他說：「如果您相信我，我們馬上出門，坐四輪敞篷馬車或騎馬到樹林裡繞一圈，讓您散散心。然後，我們找個地方吃早餐，接著您去辦您的事，我去辦我的事。」

「好的。」阿爾貝說：「不過我們步行出去吧，累一點會讓我舒服一些。」

「好吧。」博尚說。

兩個朋友走出大門，沿著大街。他們來到馬德萊娜教堂附近。

「嗯，」博尚說：「既然我們來到大街上，我們去看看基度山先生吧，他會使您寬心的。他不會問人什麼，卻能使人提振精神。依我看來，不追根究柢的人最善於安慰別人。」

「好的，」阿爾貝說：「去他家吧，我喜歡他。」

85 旅行

看到兩個年輕人一起來，基度山欣喜地叫出聲。

「啊！」他說：「我希望一切都已經解決、澄清、安排好了？」

「是的，」博尚說：「荒唐的傳聞已經自然平息了，現在，如果舊事重提，第一個反對的人就是我。因此，我們不再談那件事了。」

「阿爾貝會告訴您，」伯爵說：「我曾經這樣勸他。看，」他又說：「您們看到我忙了一個上午，這個早晨真是糟透了。」

「您在做什麼？」阿爾貝說：「我看，您在整理文件吧？」

「整理文件，謝天謝地，不是的。我的文件不需整理，因為我沒有文件，我是在整理卡瓦爾坎蒂先生的文件。」

「卡瓦爾坎蒂先生的？」博尚問。

「是的！您不知道那是伯爵大力推薦的年輕人嗎？」莫爾賽夫說。

「不，這要說清楚，」基度山回答：「我沒有推薦什麼人，卡瓦爾坎蒂先生更不必提了。」

「而且他要把我取而代之，娶唐格拉爾小姐了。」阿爾貝繼續說，竭力微笑，「親愛的博尚，正如您猜想的，這讓我非常痛苦。」

「什麼！卡瓦爾坎蒂要娶唐格拉爾小姐嗎？」博尚問。

「啊！您是從天涯海角回來的嗎？」基度山說：「您，一位新聞記者，訊息女神的夫君！全巴黎的人都在談論這件事。」

「伯爵，是您促成這件婚事的嗎？」博尚問。

「我？別提了，新聞記者先生，別散佈這樣的話！我促成婚事嗎？不，您不瞭解我，相反的，我曾大力反對，拒絕去提親。」

「啊！我明白，」博尚說：「是由於我們的朋友阿爾貝嗎？」

「由於我？」年輕人說：「不，沒這回事！伯爵會為我主持公道的，事實正好相反，我一直請求他為我解除婚約，幸虧現在婚約解除了。伯爵聲稱我該感謝的不是他，好吧，我會像古人一樣為 Deo ignoto[1] 建立一個祭壇。」

「聽著，」基度山說：「這件事跟我關係不大，我與那岳父和年輕人關係疏遠。我覺得歐仁妮小姐根本不想結婚，她看到我並不力勸她放棄寶貴的自由，所以對我保持友好。」

「您是說這件婚事就要舉行了嗎？」

「我的天！是的，我怎麼說也沒用。我不瞭解那個年輕人，大家以為他富有，出身名門望族，但對我來說，那只是傳聞。我再三向唐格拉爾先生說明這一切，說到都生厭了。但他還是迷戀那個盧卡人。我甚至把我看來更嚴重的情況告訴他，這個年輕人可能幼時被掉包過，或者由波希米亞人撫養，或者被家庭教師帶壞

1 拉丁文：無人知曉的神。

了，對此我不是很清楚。我知道的是，他父親有十多年不曾見過他，在這十年的流浪生活中，他的所作所為只有上天知道。但這些話都沒有發揮影響力。他們委託我寫信給少校，向他索取文件，文件都在這裡了。等我把這些文件交給他們，我就像彼拉多[2]那樣洗手不幹了。」

「德·阿米莉小姐呢，」博尚問：「您奪走了她的學生，她什麼反應呢？」

「我不太清楚。看來她動身去義大利了。唐格拉爾夫人對我提起過她，要我寫幾封介紹信給歌劇院經理。我為她寫了一封信給瓦萊劇院的經理，他曾受過我的恩惠。您怎麼了？阿爾貝，您愁容滿面，難道您不知不覺愛上了唐格拉爾小姐嗎？」

「我自己也不清楚。」阿爾貝苦笑著說。

博尚開始觀看油畫。

「總之，」基度山又說：「您跟平常不一樣。您怎麼了？說吧。」

「我偏頭痛。」阿爾貝說。

「那麼，親愛的子爵，」基度山說：「我建議您使用一種屢試不爽的藥，每當我感到不快時，這種藥總是有效。」

「什麼藥？」年輕人問。

「出門旅行。」

「真的有效？」阿爾貝問。

「是的，由於我最近心情惡劣，想去旅行。您願意同行嗎？」

「您會心情不好，伯爵！」博尚說：「為了什麼？」

「當然！您說得多輕鬆，要是您家裡有案子需要預審，我倒想看看您的樣子。」

「什麼預審？」

「唉，德．維勒福先生要預審那個想謀害我的刺客，好像是從苦役監逃出來的匪徒。」

「啊！沒錯。」博尚說：「我在報紙上看過這件事。那個卡德魯斯是什麼人？」

「看來是個外省人。德．維勒福先生在馬賽時聽說過他，唐格拉爾先生記得見過他。因此檢察官先生非常關心這個案子，看來警察局長也非常感興趣，對此我有說不出的感激。由於警察局長的關心，半個月來，他們把在巴黎和郊區抓到的匪徒都送到我這裡，說什麼這是殺死卡德魯斯先生的兇手。照這樣繼續下去，再過三個月，在法蘭西這個美麗的王國，沒有一個竊賊和殺人犯不對我家的平面圖瞭如指掌了。所以，我打定主意把這個家丟給他們，自己走得越遠越好。跟我一起走吧，子爵，我把您一起帶走。」

「我很樂意。」

「一言為定？」

「是的，但到哪裡呢？」

「我說過了，去一個空氣清新，安靜閒適，無論多高傲的人都會感到謙卑和渺小的地方。我喜歡這種自慚形穢，儘管人們說我像奧古斯都[3]一樣是世界的主宰。」

「您究竟要到哪裡？」

---

2 彼拉多（西元一世紀），羅馬檢察官或約旦地區的總督，他讓猶太人去處死耶穌，同時象徵性地洗手，擺脫關係。

3 奧古斯都（西元前六三—一四），羅馬帝國皇帝，在他統治下，文藝繁榮。

「到海上，子爵，到海上。您看，我是個水手，孩提時代，我就在老海神和美麗的安菲特麗忒[4]的懷抱裡晃蕩，我在他的翠綠披風和她的碧藍長裙上嬉戲，我愛大海就像一般人愛情人那樣，我要是久久見不到大海，便會惆悵萬分。」

「我們去吧，伯爵，我們去吧！」

「到海上？」

「是的。」

「您同意？」

「我同意。」

「那麼，子爵，今晚我的庭院裡有一輛輕便四輪旅行馬車，躺在裡面就像躺在床上一樣，那輛馬車套著四匹驛馬。博尚先生，坐四個人也很寬敞。您想跟我們一起走嗎？來吧！」

「謝謝，我剛從海上回來。」

「什麼？您剛從海上回來？」

「是的，或者類似。我剛到博羅梅群島[5]短暫遊歷。」

「沒關係，來吧。」阿爾貝說。

「不，親愛的莫爾賽夫，您應該理解，只要我拒絕，就表示我無法辦到。而且，重要的是，」他降低聲音補充說：「我要留在巴黎，哪怕只是為了注意報紙的情況。」

「啊！您是一個善良而優秀的朋友，」阿爾貝說：「您說得對，請多注意、多監視，博尚，設法找到透露這則消息的敵人。」

阿爾貝和博尚分開了，他們最後的雙手交握，蘊含著他們不便於在外人面前表達的全部深意。

「博尚真是個傑出的小伙子。」基度山在新聞記者走後說：「是嗎，阿爾貝？」

「是的，一個真誠的朋友，我向您擔保。因此我真心誠意喜歡他。現在只剩下我們倆，雖然我幾乎是無所謂的，但我們究竟要去哪裡呢？」

「如果您願意，就到諾曼第。」

「好極了。我們完全置身鄉野是嗎？沒有社交，沒有鄰居？」

「只有我們駕馬疾馳，帶著獵犬打獵，駕著船隻垂釣，如此而已。」

「我正想如此，我去通知母親，然後聽候您的吩咐。」

「可是，」基度山說：「您母親會准許您去嗎？」

「什麼？」

「到諾曼第。」

「准許我？我不是自由的嗎？」

「我知道，您獨自出門在外，可以隨意到任何地方，我在義大利就看到您這樣。」

「怎麼了嗎？」

「但跟基度山伯爵一起出門呢？」

4 希臘神話中的海洋女神，波塞冬之妻。

5 義大利的一個群島。

「您記性不好，伯爵。」

「怎麼了？」

「我不是對您說過，我母親對您有好感嗎？」

「弗朗索瓦一世說過，女人多變；莎士比亞說過，女人是波浪。他們一個是偉大的國王，一個是偉大的詩人，他們都瞭解女人。」

「女人是這樣，但我母親決不是一般的女人，她是一個特殊的女人。」

「您允許一個可憐的外國人不完全理解貴國語言的微妙之處吧？」

「我想說的是，我的母親不輕易流露感情，一旦她表示關切，就會永遠抱以關切。」

「啊！真的。」基度山感嘆說：「您認為她對我並不是漠不關心嗎？」

「聽著，我已經說過，我再說一遍，」莫爾賽夫回答：「您一定是個非常古怪傲慢的人。」

「是嗎？」

「是的，因為我母親並非對您好奇，而是對您十分關切。只要我們倆在一起，就一直談到您。」

「她叫您別相信這個曼弗雷德嗎？」

「剛好相反，她對我說：『莫爾賽夫，我相信伯爵本性高尚，你要設法得到他的歡心。』」

基度山轉移目光，嘆了一口氣。「啊！真的？」他說。

「因此，」阿爾貝繼續說：「她不但不會反對旅行，反而會真心地贊成，因為這與她每天給我的勸告是契合的。」

「好吧，」基度山說：「今晚見。五點鐘在這裡會合，我們午夜或一點鐘到達那裡。」

「什麼！到勒特雷波爾？」

「到勒特雷波爾或附近。」

「八小時要趕四十八法里的路嗎？」

「是不少。」基度山說。

「您一定是個創造奇蹟的人，您不僅要超過火車，這在法國並不太難，而且還會比電報更快。」

「現在，子爵，由於我們要在七、八小時內趕到那裡，您要準時啊！」

「放心吧，這段時間我除了準備沒有別的事。」

「那麼五點鐘見？」

「五點鐘見。」

阿爾貝出去了。基度山含笑點頭道別，然後沉思了一會兒，彷彿浸淫在心事中。末了，他用手擦了一下額頭，宛如要驅走遐想，他走到鈴旁，敲了兩下。

聽到基度山敲鈴，貝爾圖喬走進來。

「貝爾圖喬，」伯爵說：「不是明天，也不是我早先所想的後天，而是今晚，我要動身到諾曼第。從現在到五點鐘，您叫人通知第一站的馬車伕。德．莫爾賽夫先生會陪我去。去吧！」

貝爾圖喬應命而去，一個管獵犬的僕人趕到蓬圖瓦茲[6]，通知驛站快車在六點鐘整經過。蓬圖瓦茲的車

6 瓦爾—杜瓦茲省的省會。

伕派專人到下一個驛站，專人再派人去通知下一站，六小時後，大路上的所有驛站都得到通知了。

伯爵出發前上樓到海蒂房裡，告訴她要出門上哪裡去，家裡由她照應。

阿爾貝十分準時。旅行剛開始時他顯得低落，不久，由於馬車疾馳對身體產生的影響，他的心境逐漸明朗起來。莫爾賽夫沒想到速度這麼快。

「確實，」基度山說：「您們的驛車每小時只走兩法里，並愚蠢地規定，旅客未得允許不得超越別人，這使得有病的或容易發脾氣的旅客有權把活躍的、身體健壯的旅客擋在後面，那就無法趕路了。我呢，我旅行時用自己的車伕和馬匹，能避免這種麻煩。是嗎，阿里？」

伯爵將頭伸出車窗，吹了一個口哨，幾匹馬就像長了翅膀一樣，牠們不是在奔馳，而是在飛翔。馬車在寬闊的石子路上閃電般疾馳而過，每個人都回頭看著那閃亮的流星掠過。阿里面帶笑容，重複那口哨，露出雪白的牙齒，粗壯的手握緊沾上白沫的轠繩，用馬刺去刺馬，美麗的馬鬃迎風飄拂。阿里這個沙漠中的孩子如魚得水，他面孔黧黑，眼睛炯炯發光，身披雪白的呢斗篷，在掀起的塵埃中，儼然西蒙風[7]的精靈和風暴之神。

「我未曾領略過這種快感，」莫爾賽夫說：「這種速度產生的快感。」

他額頭上的烏雲消失了，彷彿他劈開空氣捲走了這些烏雲似的。

「您在哪裡找到這樣的駿馬呢？」阿爾貝問：「您是叫人專門馴養的吧？」

「沒錯，」伯爵說：「六年前，我在匈牙利找到一匹以速度聞名的種公馬，我不知花了多少錢買下，是貝爾圖喬付的錢。今晚我們檢閱的三十二匹馬，都是牠的後代。牠們長得一模一樣，全身漆烏，除了額上有一顆星形，因為人們特別為這匹種公馬挑選母馬，就像給帕夏挑選妃子一樣。」

「真神奇！伯爵，您要這些馬做什麼呢？」

「您看到了，用來旅行。」

「但您並非總是旅行呀？」

「我不再需要牠們時，貝爾圖喬就把牠們賣掉，他認為可以賣到三、四萬法郎。」

「但歐洲沒有一個國王有錢買下牠們。」

「那麼他會把馬賣給某個東方大臣，那些大臣會為了買馬而掏空財庫，然後敲詐勒索他的子民，重新充實他的財庫。」

「伯爵，我腦海裡閃過一個想法，您要我告訴您嗎？」

「說吧。」

「就是：在您之後，貝爾圖喬是歐洲最富有的人了。」

「您錯了，子爵。我有把握，您翻開貝爾圖喬的口袋，也找不到十個值錢的蘇。」

「為什麼會這樣？」年輕人問。「貝爾圖喬先生是個古怪的人嗎？啊！親愛的伯爵，別再對我說這樣神奇的事，我會不相信的，我言明在先。」

「神奇的事與我無關，阿爾貝，我只講求數字和理智。然後，管家為什麼要污錢呢？」

「因為我看這符合他的天性，」阿爾貝說：「他為污錢而污錢。」

7 非洲或阿拉伯沙漠中的乾熱風。

「不，您錯了。他污錢是因為他有妻子兒女，為了自己和他的家，他有一些野心勃勃的欲望。他污錢更是因為他沒把握是否會失去職位，他想將來有個著落。但貝爾圖喬孑然一身，他可以在我的錢包裡隨意取錢而不需告訴我，他確定不會失去他的職位。」

「為什麼呢？」

「因為我找不到更好的管家。」

「您可能被騙了。」

「不，我有把握。對我來說，我對他掌有生死大權的人才是好僕人。」

「您對貝爾圖喬掌有生死大權嗎？」阿爾貝問。

「是的。」伯爵冷冷地回答。

有的詞句像鐵門一樣能關閉談話，伯爵的「是的」就是這類詞句。

剩下的旅程就這樣疾馳而過，三十二匹馬分成八個驛站，在八小時內跑完了四十八法里。

馬車在半夜來到一座美麗的園林前。門房站在那裡，鐵柵門敞開。他已經接到最後一個驛站的車伕的通知。

這時是凌晨兩點半。僕人把莫爾賽夫帶到他的套房，莫爾賽夫看到洗澡水和晚飯都已準備好。一路上站在馬車後面的那個僕人聽候他的吩咐，而待在馬車前座的巴蒂斯坦歸伯爵支配。

阿爾貝洗了澡，吃過晚飯，然後就寢。整夜他都在海浪的幽咽聲中安眠。一起床，他便逕直走向窗口，打開落地窗，來到小平台上，一望無際的大海展現在他面前，他身後是個秀麗的園林，臨靠一座小森林。

在一個相當大的海灣裡，晃蕩著一艘小型護航船，船體狹窄，桅杆高聳，斜桁上掛著一面基度山徽號的旗幟，徽號是湛藍大海上聳立著一座金山，山頂有十字形的洞口，這可能暗示他那使人想起髑髏地的名字，對天主的信仰使這座山比金山更為寶貴，天主聖潔的血使這卑污的十字架變得神聖了，同時也暗示著這個人幽深神祕的往事中，一段受苦和再生的經歷。在這艘雙桅縱帆帆船四周，有好幾艘小型的三桅帆船，都屬於附近村莊的漁民，如同卑屈的臣民正聽候女王的吩咐。

就像基度山曾經停留的所有地方一樣——哪怕只是逗留兩天，生活都安排得極其舒適，生活條件十分便捷。

阿爾貝在前廳找到兩支槍和獵人的必需裝備，底樓有一個挑高的房間，用來放置一切巧妙的機器，由於英國人富耐心，而且有時間，所以他們是垂釣好手，但他們還不能使墨守成規的法國漁夫採用這種機器。

白天就在打獵捕魚中度過，基度山兩方面都很擅長。他們在園林裡打到了一打野雞，在小溪裡釣到了同樣數量的鱒魚，在一座面臨大海的亭子裡享用午餐，而在藏書室裡飲茶。

將近第三天的傍晚，阿爾貝因連日勞累，疲憊至極，在窗旁睡著了，而基度山伯爵對這種生活好像只當作遊戲，正與他的建築師規劃一個溫室的平面圖，他想在家裡建造一間溫室。這時，一匹馬叩擊石子路的聲響讓年輕人抬起頭來，他憑窗望去，驚恐地看到他的貼身男僕走進了庭院，他不願僕人跟來，擔心此舉讓基度山為難。

「弗洛朗坦來這裡！」他大聲說，從扶手椅一躍而起，「難道我母親生病了嗎？」

他向門口衝去。

基度山目送他，看見他走近僕人，僕人仍然氣喘吁吁，從口袋裡掏出一小包封住的東西，裡面是一張報紙和一封信。

「誰的信？」阿爾貝急忙問。

「博尚先生的信。」弗洛朗坦回答。

「所以是博尚派你來的嗎？」

「是的，先生。他把我叫到他家，給我旅費，為我弄到一匹驛馬，吩咐我在見到先生之前，不能中途停下。我趕了十五小時的路。」

阿爾貝哆嗦著打開信，看了前幾行，便叫了一聲，帶著明顯的顫抖抓住報紙。他的眼睛突然模糊起來，雙腿好像軟了一般，眼看就要倒下，他靠在弗洛朗坦身上，貼身男僕伸出手臂扶住他。

「可憐的年輕人。」基度山喃喃地說，聲音很低。連他自己也聽不見這憐憫的話聲，「俗話說，父輩的過錯會連累到第三和第四代的子孫。」

這時，阿爾貝恢復過來，繼續看信，他甩著頭上大汗淋漓的髮絲，揉著信和報紙：「弗洛朗坦，」他說：「你的馬還能返回巴黎嗎？」

「那是一匹瘸腿的驛站劣馬。」

「我的天！你離家時家裡情況怎麼樣？」

「相當平靜，但從博尚先生家回來時，我發現夫人淚流滿面。她派人來問我，想知道您什麼時候回家。於是我告訴她，我受博尚先生委託要去找您。她的第一個動作是伸出手臂，好像要阻止我，但考慮了一下：『是的，去吧，弗洛朗坦，』她說：『叫他回來。』」

「是的，我的母親。」阿爾貝說：「我這就回家，放心吧，讓奸險的小人遭殃吧！我得動身了。」他回到剛離開基度山的那個房間。

他已不再是剛才那個人了，五分鐘足以在阿爾貝身上產生可悲的變化。他出去時是正常狀態，回來時聲音改變了，臉上留下受刺激的紅暈，步履踉蹌，宛如酩酊大醉。

「伯爵，」他說：「謝謝您盛情款待，我原想繼續享受下去，但我必須返回巴黎。」

「究竟出了什麼事？」

「一樁很不幸的事。請允許我離開，這關係到比我生命還要寶貴的事。別問了，伯爵，求求您，請借給我一匹馬！」

「我的馬廄供您使用，子爵，」基度山說：「但您騎驛馬回去會累垮的，搭乘四輪敞篷馬車、雙座轎式馬車或別種馬車吧。」

「不，會花太多時間，而且我需要這種疲乏，雖然您擔心我受不了，但疲勞會讓我感覺好點。」

阿爾貝走了幾步，像中槍那樣，身體一轉，跌坐在門邊的一把椅子上。

基度山沒有看到阿爾貝再次支撐不住的模樣，他正在窗口喊道：「阿里，為德．莫爾賽夫先生準備一匹馬！快點！他有急事！」

這幾句話讓阿爾貝振作起來，他衝出房間，伯爵尾隨在後。

「謝謝！」年輕人喃喃地說，翻身上馬，「你盡快回家，弗洛朗坦。路上換馬時要說什麼嗎？」

「只要交出您騎的馬，他們會馬上為您安好馬鞍。」

阿爾貝正要策馬疾馳，但他停下了。「或許您覺得我走得奇怪，失去了理智，」年輕人說：「您不明白一張報紙寫的幾行字會讓一個人多麼絕望。」他把報紙扔了過去，又說：「您看看吧，不過要等到我走了之後，以免您看到我面紅耳赤。」

正當伯爵撿起報紙時，莫爾賽夫一夾馬刺，馬刺是僕人剛裝到他靴子上的，馬刺直刺向馬肚，馬兒吃了一驚，接著像箭一樣飛奔起來。

伯爵無限憐憫的目送年輕人，直到年輕人消失蹤影，他才把眼光轉向報紙，看到這段文字：

三星期以前《大公報》報導的那個在雅尼納帕夏手下的法國軍官，不僅把雅尼納宮出賣了，而且把他的恩主出賣給土耳其人。當時，他確實名叫費爾南，就像本報可敬的同僚所稱呼的那樣，不過，此後他在自己的教名上加了一個貴族頭銜和一個領地名稱。

如今他叫作德·莫爾賽夫伯爵先生，身為貴族院議員。

博尚慷慨大度隱藏起來的這個可怕祕密，就這樣像一個全副武裝的幽靈重新出現了。在阿爾貝到諾曼第的第三天，另一家報紙得知消息，發表了這幾行字，讓不幸的年輕人幾乎瘋了。

86 審問

早上八點鐘，阿爾貝像霹靂一樣落在博尚的家裡。貼身男僕已經事先得到吩咐，把莫爾賽夫領到主人房裡，博尚剛洗完澡。

「怎麼樣？」阿爾貝問他。

「我可憐的朋友，」博尚回答：「我在等您。」

「我來了。博尚，我不必對您說什麼，我相信您忠實可靠，心地善良，不會對任何人提這件事。不會的，我的朋友。而且，您寄信給我是對我表示友誼的證據。因此，不要浪費時間說客套話了。您認為打擊來自什麼地方呢？」

「我可以馬上告訴您情況。」

「好的。不過，我的朋友，您要先詳細告訴我那個卑鄙事件的發生過程。」

於是博尚為被羞愧和痛苦壓得抬不起頭的年輕人講述了事情經過，我們言簡意賅地複述如下：

前天早上，這段消息不是在《大公報》，而是刊登在另一份報紙上，那是一份眾所周知、屬於政府管轄的報紙，這使得事情格外嚴重。當這則消息映入他的眼簾時，博尚正在吃早餐，他馬上派人去叫了一輛帶篷的雙輪輕便馬車，還沒吃完早餐便趕到那家報社。儘管博尚的政治態度跟那家報社發行人截然相反，但他仍然是那位發行人的摯友，這種情況是有的，甚至尋常可見。

當他來到發行人辦公室時，發行人正拿著自己的報紙，不無得意地埋頭看一篇探討甜菜糖的社論，那篇文章大概是出自他的手筆。

「正好！」博尚說：「既然您在看您的報紙，親愛的，我就不需對您說明來意了。」

「難道您剛好支持生產糖嗎？」那份支持政府的報社發行人問。

「不。」博尚回答：「我對這個問題甚至毫不關心，我是為別的事來的。」

「為了什麼事呢？」

「為了關於莫爾賽夫的那則消息。」

「啊！是的，沒錯，那難道不是怪事嗎？」

「太怪了，以致我覺得您是冒著中傷造謠的風險，有可能面臨一場得碰運氣的官司。」

「絕對不會的。我們收到這則消息時，還同時收到證實這則消息的資料，我們確信德．莫爾賽夫先生會無言以對的。而且，揭發忘恩負義的無恥之徒，也是為國效勞。」

博尚啞口無言。

「究竟是誰向您通風報信的？」他問：「因為我的報紙曾經率先發難，但由於缺乏證據而不得不有所收斂，但是我們比您更有興趣揭發德．莫爾賽夫先生，因為他是法國貴族院議員，我們對他持反對態度。」

「天哪，事情很簡單。我們沒有追蹤那則醜聞，是它找上門的。昨天有個來自雅尼納的人來找我們，帶來那可怕的卷宗，由於我們猶豫是否要捲入這場揭發事件，他便宣稱，如果我們拒絕發表，這則消息將在另一家報紙上刊載。真的，博尚，您知道一條重要新聞的價值，我們不願意錯過這條新聞。現在這一擊已經出手，十分厲害，歐洲的邊緣地帶都會產生迴響。」

博尚明白，現在只有低頭認輸，別無辦法，他沮喪地走出去，想派人通知莫爾賽夫。

但他不能把以下的事寫信告訴阿爾貝，因為那是在送信人走了之後發生的。就在當天的貴族院裡，一向非常安靜的議員黨團十分激動，籠罩著動盪的氣氛。幾乎所有人都提前到達，談論這個不祥事件，它即將吸引輿論的注意，並使公眾的注意力集中在這個顯赫機構最著名的議員之一的身上。

有人低聲念著這則消息，有人發表評論，有人交換對往事的回憶，以進一步釐清事實。德．莫爾賽夫伯爵在同僚中本來就不討人喜歡。正像所有暴發戶那樣，為了維持自己的地位，他不得不保持過於高傲的態度。名門貴族嘲笑他，有才幹的人摒棄他，德高望重的人本能地藐視他。伯爵本來就處於贖罪祭品般的悲慘處境。一旦天主指定他為獻祭的祭品，每個人都準備好大聲指責他。

只有德．莫爾賽夫伯爵本人還一無所知，他沒看到那份刊登有損名聲消息的報紙，早晨時光他用來寫幾封信，還試騎了一匹馬。

他按往常時間到達，高昂著頭，目光睥睨，舉止倨傲，踏下馬車，穿過走廊，走進大廳，沒有注意到庶務人員的遲疑和同僚們愛理不理的態度。莫爾賽夫進來時，會議已經召開半個多小時。

正如上述，儘管伯爵不知道發生的事，神態舉止如常，但這在大家看來卻比平時更加傲慢。此刻他的出現對於嫉妒他榮耀的所有議員來說是莫大的挑釁，以致大家認為這樣極不合宜，有些人覺得是虛張聲勢，還有些人視為一種侮辱。

顯然，整個議院迫不及待要展開辯論。可以看到人人手裡都拿著那份報紙，但像平常那樣，每個人都遲疑著是否承擔攻擊的責任。最後，有個顯赫的貴族院議員，他是德．莫爾賽夫伯爵的仇敵，登上了講台，那種莊嚴神態預示著大家盼望的時刻已經到來。會場裡可怕地寂靜。唯有莫爾賽夫不知道大家對演講者如此聚精會神的原因，平時大家並不是如此樂意聽他演說的。

伯爵平靜地聽過開場白，演說的人一開始宣稱，他要談一件極其嚴重、神聖、攸關議院的事，他要求同僚們全神貫注。

聽到雅尼納和費爾南上校這幾個字，德．莫爾賽夫伯爵臉色大變，以致全場掀起一陣騷動，所有目光都投注在伯爵身上。

精神創傷有這種特點：能加以掩飾，但不會完全痊癒，精神創傷永遠會感到痛苦，只要一被觸動，就會流血，在心上血淋淋地裂開。

演講人在鴉雀無聲中念完這則消息，只有一陣激動擾亂全場的寂靜，但演說的人一表示要繼續發言時，激動便戛然停止了。指控者提出他的顧慮，宣稱他的任務非常艱巨，他之所以挑起一場辯論，是為了維護德．莫爾賽夫先生和整個議院的榮譽，這場辯論牽涉到非常棘手的私人問題。末了，他下結論時要求迅速下令進行調查，以便在汙衊之詞擴大前就加以揭穿，並為德．莫爾賽夫先生復仇，恢復他在輿論界長期以來建立的地位。

面對這意料不到的臨頭大禍，莫爾賽夫沮喪至極，他瑟宿發抖，用茫然的目光望著同僚們，只能結結巴巴地說出幾句話。這種膽怯既可能出於無辜者的驚訝，也可能出於有罪之人的羞愧，讓他贏得了一點同情。真正寬容的人，當仇敵的不幸超過他們仇恨的限度時，總是會心生憐憫。

議長將調查之事付諸表決，以坐下和起立的方式進行表決。最後決定進行調查。

有人問伯爵，他需要花多少時間準備他的辯護。

莫爾賽夫感到在這可怕的打擊之後仍然活著，他便恢復了勇氣。

「諸位議員，」他回答：「對於此刻那些隱姓埋名、身在暗處的敵人對我進行的打擊，決不能留待以後才還擊，我必須以迅雷不及掩耳的速度來回答讓我一時目眩的閃電，但願我不需做這樣的辯護，而只要抛灑熱血，以向我的同僚們證明，我能無愧地與您們坐在一起。」這番話使人產生了一種對被告有利的印象。

「因此，我要求，」他說：「盡早進行調查，我會提供議院這次調查行動確實可行的所有必需文件。」

「您確定哪一天？」議長問。

「從今天起，我聽憑議院處置。」伯爵回答。

議長搖鈴。「議院同意，」他問：「調查即日開始嗎？」

「是的！」全場一致回答。

議院任命了一個十二人的委員會，審查莫爾賽夫提出的文件。這個委員會的第一次會議確定在當晚八點鐘，於議院的辦公室裡舉行。如果要舉行數次會議，將在每天同一時段、同一地點進行。

做出這個決定後，莫爾賽夫要求退席。他要去整理長期以來蒐集的文件，以便對付這場風暴，出於他狡黠而難以馴服的個性，他早對這場風暴有所準備。

博尚把上文我們轉述的所有情況都告訴年輕人，只是他的敘述比我們的略勝一籌，不像已經逝去的事物那樣冷冰冰，而是不乏活生生事物的熱烈。

阿爾貝傾聽的時候，不時因希望、憤怒和羞恥而顫抖，因為從博尚的知心話中，他知道他的父親是有罪的。他尋思，既然他父親有罪，又怎能證明自己無辜。說到這裡，博尚停下了。

「然後呢？」阿爾貝問。

「然後？」博尚重複一遍。

「是的。」

「我的朋友，這個詞讓我感到既可怕，又迫不得已。您想知道然後嗎？」

「我絕對要知道，我的朋友，我想從您口中而不是別人口中瞭解後來的情況。」

「那麼，」博尚回答：「鼓起勇氣吧，阿爾貝，您現在需要前所未有的勇氣。」

阿爾貝伸手按著額頭，想確定自己的力量，就像一個準備保衛自己生命的人，試了試自己的胸甲，彎了彎自己的劍刃一樣。他感到自己堅強有力，因為他把自己的亢奮當成了毅力。「說吧！」他說。

「到了晚上，」博尚繼續說：「全巴黎的人都在等待事件的發展。許多人認為您父親只要一露面就能使指控不攻自破；也有許多人說，伯爵不會露面；有的人確定看到他已動身前往布魯塞爾；還有的人到警察局探問，是否真像傳聞那樣，伯爵已拿到護照。」

「不瞞您說，我想盡辦法，」博尚繼續說：「讓我一個年輕朋友，他是貴族院評論員、委員會的成員之一，設法把我帶進類似專席的地方。我們七點鐘抵達會場，趕在別人到來之前，把我託付給一個庶務人員，將我安置在類似邊廂的地方，前方有一根柱子擋住，得以隱身在黑暗中。我希望可以全程看到並聽到即將展開的可怕場面。

「八點整，大家到達了。德．莫爾賽夫先生在敲響最後一下鐘聲時走了進來。他手裡拿著幾份文件，舉止顯得很平靜。一反常態，他的態度平實，衣著講究而嚴肅。按照老軍人的習慣，從上到下都扣著鈕釦。他的出現產生了極好的效果，委員會的態度並不全是惡意的，好幾個成員走向伯爵，跟他握手。」

一聽到這些細節，阿爾貝感到自己的心都要碎了，而痛苦中還閃過一絲感激之情，他很想擁抱這些在他父親的名聲岌岌可危的時刻仍對他表示敬意的人。

「這時，有個庶務人員走進來，交給議長一封信。

莫爾賽夫伯爵態度平實，衣著講究而嚴肅。

「『您先說，德．莫爾賽夫先生，』議長拆開信時說。「伯爵開始為自己辯護，我明確地告訴您，阿爾貝，」博尚繼續說：「他超乎尋常地雄辯和機靈。他出示了一些文件，那些文件證明，雅尼納的大臣直到斷氣時都對他完全信任，因為大臣委託他跟皇帝進行一場生死攸關的談判。他拿出一枚戒指，那是下達命令的信物，阿里帕夏通常用那枚戒指當作封印，帕夏把戒指給他，是為了讓他無論白天黑夜，回來時都能直接到後宮見帕夏。據他說，不幸的是，他的談判失敗了，等他趕回去保護他的恩主時，恩主已經死了。但是，伯爵說，阿里帕夏死時把自己的寵妃和女兒託付給他，說明帕夏是多麼信任他啊。」

聽到這句話，阿爾貝不由得打了個哆嗦，因為隨著博尚的敘述，海蒂的話全都回到了年輕人的腦海，他想起希臘美女談到那封信、那枚戒指，還有她被賣掉，被當作奴隸帶走的經過。

「伯爵說的話產生了什麼效果呢？」阿爾貝不安地問。

「我承認，那番話使我感動，也感動了委員會的全體成員。」博尚說。

「但是，議長漫不經心地把目光移向他剛收到的那封信，他看了又看，然後盯著德．莫爾賽夫先生：

「『伯爵先生，』他說：『您剛才告訴我們，雅尼納的大臣把他的妻子和女兒託付給您，是嗎？』

「『是的，先生。』莫爾賽夫回答：『但是，這件事跟其他事一樣，不幸一直追逐著我。等我回來時，瓦西莉吉和她的女兒海蒂已經消失不見了。』

「『您認識她們嗎？』

「『由於我和帕夏關係親密，而且他對我的忠誠給予最高信任，所以，我有幸見過她們二十多次。』

「『您知道她們的下落嗎？』

「『是的，先生。我曾聽說她們潦倒愁苦，或許十分貧困。我並不富裕，我的生活遭遇危難，非常遺憾，我無法去尋找她們。』

「議長難以察覺地皺著眉頭。

「『諸位，』他說：『您們已經聽取了德．莫爾賽夫伯爵的辯白和解釋了。伯爵先生，您能提供幾位證人來證實您剛才那番敘述嗎？』

「『唉，不能，先生，』伯爵回答：『所有在大臣周圍、在他的宮廷認識我的人，不是死了，就是風流雲散了。我想，在那次可怕的戰爭中，我是同胞中唯一劫後餘生的人。眼前我只有阿里．泰貝林的一些信件，我已經出示給您們看了，我擁有足以代表他旨意的信物——戒指，就在這裡。最後，我能提供的最具說服力的證據是，在匿名攻訐之後，沒有任何證據可以否定我的證詞的信實可靠，以及我軍人生涯的純潔無瑕。』

「會場上傳出一陣表示贊同的竊竊私語。這時，阿爾貝，如果不是突生變故，您父親就勝訴了。

「只剩下投票表決了。這時候議長開口。

「『諸位，』他說：『還有您，伯爵先生，我猜想您們不會反對聽取一個自稱非常重要的證人的證詞吧。這個人剛才毛遂自薦，根據伯爵剛才說的話，我們不用懷疑，這個證人會證明我們的同僚清白無辜。這封信是我剛收到的，信中談到了一個問題，您們願意我念出來嗎？或者您們決定擱置這個突發狀況，以避免耽誤時間？』

「德・莫爾賽夫先生臉色蒼白，拿著文件的雙手痙攣起來，把紙張握得發出窸窣聲響。

「委員會同意念那封信。至於伯爵，他若有所思，不提出任何看法。

「因此，議長念了如下這封信：

議長先生：

我能向負責審查少將德・莫爾賽夫伯爵先生在埃皮魯斯和馬其頓的行為的調查委員會提供確鑿的證據。

「議長停頓一下。

「德・莫爾賽夫伯爵臉色蒼白。議長用目光探問聽眾。

「『念下去！』在座的人說。

「議長繼續念道：

阿里帕夏死時我在場，我目睹他臨終的情景。我知道瓦西莉吉和海蒂的下落，我忠實執行委員會的吩咐，甚至要求賜我做證的榮耀。正當這封短信交到您手裡時，我正在議院的前廳。

「『這個證人，或者不如說這個敵人是誰？』伯爵問，不難發現他的聲音變了。

「『我們馬上就會知道的，先生，』議長回答：『委員會同意聽取這個證人的證詞嗎？』

「『同意，同意。』大家異口同聲地說。

「庶務人員又被叫過來。

「『有人在前廳等候嗎？』議長問。

「『是的，議長先生。』

「『是什麼樣的人？』

「『一個女子，由一個僕人陪著。』

「人人面面相覷。

「『讓這個女子進來。』議長說。

「五分鐘後，庶務人員又出現了，大家的眼睛全都盯著門口，而我呢，」博尚說：「我跟大家一樣不安地等待著。

「從庶務人員身後走進一個女子，戴著偌大面紗，完全遮住她的臉。從面紗所透露的臉形和散發的香氣看來，可以揣摩出這是一個年輕優雅的女人，但僅此而已。議長請陌生女子揭去面紗，於是大家看到這個女人身穿希臘服裝，是位絕色美女。」

「啊！」莫爾賽夫說：「是她。」

「她？」

「是海蒂。」

「誰告訴您的？」

「我猜出來的。請說下去，博尚。您看，我很平靜堅強。我們快知道結局了。」

「德．莫爾賽夫先生，」博尚繼續說：「又驚又怕地望著那個女子。對他來說，從那可愛嘴裡說出的話將決定他的生死。對其他的人來說，這場經驗如此奇特，興味盎然，以致德．莫爾賽夫先生的得救或身敗名裂，在整起事件中已退居次要位置。

「議長以手勢示意年輕女人坐下，但她點點頭，仍然站著。至於伯爵，他又跌坐在扶手椅裡，顯然，他的雙腿支持不了了。

「『夫人，』議長說：『您給委員會寫信，說是能提供雅尼納事件的相關情況，而且您表示是目擊者。』

「『確實如此。』陌生女郎用深沉憂鬱而迷人的聲音回答，她的音色帶著東方人特有的清脆。

「『可是，』議長又說：『請允許我這麼說，當時您還很年幼。』

「『我當時四歲。由於這些事對我至關重要，沒有任何一個細節離開過我的腦海，沒有任何一個畫面從我記憶中消失。』

「『那些事件對您究竟有多重要呢？您是誰，以致這個災禍對您產生了如此深刻的印象呢？』

「『這關係到我父親的存亡。』少女回答：『我名叫海蒂，雅尼納的帕夏、阿里．泰貝林和他深愛的妻子瓦西莉吉的女兒。』

「年輕女子雙頰泛出既謙虛又驕傲的紅暈，她的目光熱切、她的表述十分莊嚴，這為會場帶來難以描述的效果。

「至於伯爵，即使當場劈下巨雷，腳邊裂開深淵，他也不會更震驚了。

「『夫人，』議長恭敬地鞠躬欠身，又說：『請允許我提一個簡單的問題，不是懷疑的意思，但是最後一個問題了：您能證明所說的話都是真實的嗎？』

「『我能證明。』海蒂說，一邊從面紗下掏出一只緞質香袋，『這裡有我的出生證明，由我的父親親自書寫，並由他幾個最重要的官員簽署。此外，這裡還有我的洗禮證明，我的父親同意我信仰我母親的宗教，馬其頓和埃皮魯斯的大主教在洗禮證明蓋上印章。最後（無疑這是最重要的），這裡有我和我母親的賣身契，就是這個歐洲軍官把我們賣給了亞美尼亞商人埃爾·科比爾。這個軍官在跟土耳其蘇丹的宮廷所做的無恥交易中，把他恩主的女兒和妻子當作自己的戰利品，並以一千袋錢，即大約四十萬法郎，把她們賣掉了。』

「聽到這個可怕的指責，德·莫爾賽夫伯爵的雙頰泛出青白顏色，他的眼睛充滿血絲，全場的人則帶著陰森的寂靜聽取這番指責。

「海蒂始終很平靜，但她的平靜卻比其他人的憤怒更加咄咄逼人，她把以阿拉伯文書寫的賣身契遞給議長。

「由於委員會考慮到有些文件是以阿拉伯文、現代希臘文或土耳其文書寫的，議會的翻譯員事先得到通知，被傳喚進來。這些高貴的評論員中有一位在壯烈的埃及戰役期間學會了阿拉伯語，十分熟悉這種語言，當翻譯員高聲讀出羊皮紙上的文字時，他在一旁監看著：

敝人埃爾·科比爾，奴隸販子兼皇帝陛下的後宮供應商，確認從歐洲人基度山伯爵手中收到並轉交給崇高皇帝一塊價值兩千袋錢的碧玉，作為一個信奉基督教的十一歲年輕女奴名叫海蒂，即已故的雅尼納的帕夏阿里·泰貝林和他的寵妃瓦西莉吉之女的賣金。七年前她和她的母親由一個替阿里·泰貝林大臣效力，名叫費爾南·蒙德戈的歐洲人上校賣給我，她的母親在到達君士坦丁堡時死去了。

上述交易係皇帝陛下委託我代辦的，付款一千袋錢。

此據獲皇帝陛下准許，立於伊斯蘭教曆一二四七年。

為保證本契約可信又可靠，應由售主備蓋皇帝御璽

埃爾・科比爾

「在奴隸販子的簽名旁邊，確實可以看到崇高的皇帝御璽蓋印。

「在監看和讀完賣身契之後，是可怕的沉默。伯爵的目光呆滯，那目光不由自主地盯著海蒂，幾乎冒出了火與血。

「『夫人，』議長說：『我想，基度山伯爵也在巴黎，就在您的身邊，我們能向他調查嗎？』

「『先生，』海蒂回答：『基度山伯爵是我的再生之父，三天前他已去了諾曼第。』

「『那麼，夫人，』議長說：『是誰建議您這麼做的呢？本庭感謝您這麼做，而且，從您的身世和不幸經歷看來，這麼做是理所當然的。』

「『先生，』海蒂回答：『是我的自尊心和悲痛建議我這麼做的。上帝原諒我，儘管我是一個基督徒，但我卻一心為我顯赫的父親報仇。當我踏上法國，並且知道這個叛賊就住在巴黎的時候，我的眼睛和耳朵就不斷地保持警覺。我蟄居在我高貴的保護人家中，我這樣生活是因為我喜歡幽暗和寧靜，這能讓我生活在思索和冥想之中。基度山伯爵先生宛如慈父般照顧我，而世間生活的一切我都格格不入，我只接受來自遙遠的聲音。因此我閱讀所有報紙，人們寄給我各種畫冊，我收聽各種歌曲，我在不知不覺中注視著別人的生活。因此，我知道今天上午發生在貴族院的事，以及今晚即將發生在貴族院的事。於是我寫了信。』

「『所以，』議長問：『基度山伯爵先生完全不知道您這麼做？』

「『他根本不知道，先生，甚至我擔心他知道了會不贊成。今天對我來說是美好的一天，』少女繼續說，將火熱的目光投向天空，『我終於找到了為父報仇的機會。』

「在整個過程中，伯爵一言不發。他的同僚們望著他，不用說，他們在惋惜他的好運在一個女子的芬芳氣息下成了泡影，痛苦慢慢在他的臉龐刻劃下陰森的線條。

「『德．莫爾賽夫先生，』議長說：『您認得這位夫人是雅尼納的帕夏阿里．泰貝林的女兒嗎？』

「『不，』莫爾賽夫說，盡力想站起來，『這是我的敵人策劃的陰謀。』

「海蒂的目光盯著門口，彷彿正在等待某人，她霍地轉過身，看到站著的伯爵，發出了可怕的喊聲：『你認不得我，』她說：『幸虧我認出了你！你是費爾南．蒙德戈，那個操練我父親軍隊的歐洲人軍官。正是你出賣了雅尼納宮！正是你被我父親派到君士坦丁堡，直接跟皇帝談判你的恩主的生死問題！正是你帶回了一道完全赦免的假聖旨！正是你以這道聖旨得到帕夏的戒指，那枚戒指使堅守火繩的塞林聽命於你，正是你刺殺了塞林！正是你把我母親和我賣給了奴隸販子埃爾．科比爾！兇手！兇手！兇手！你的額頭上還有你主人的鮮血！大家請看。』

「這番話脫口而出，帶著證明事實存在的極大說服力，以致每個人的目光都轉向伯爵的額頭，他本人也將手放在額頭上，彷彿他感到阿里的鮮血還熱呼呼的沾在他臉上。

「『您確實認出德．莫爾賽夫先生就是那個軍官費爾南．蒙德戈嗎？』

「對，我認出他了！」海蒂大聲地說：「啊！我的母親！她對我說過：『你本來是自由的，你有一個熱愛的父親，你本來注定成為一個像王后那樣的人！好好看看這個人，正是他使你淪為女奴，正是他把你父親的頭顱挑在槍尖上，正是他出賣了我們！仔細看他的右手，那隻手有一個明顯傷疤。即使你忘記了他的臉，你也能從那隻手認出他來，奴隸販子埃爾・科比爾的金幣就一枚枚落在那隻手上！』對，我認出他了！現在讓他自己說是否認出我吧。」

「每個字都像一把刀落在莫爾賽夫身上，一片片切下他的意志力，聽到最後幾句話時，他下意識地急忙把手藏進胸懷裡，那隻手確實是傷殘的。他又跌坐在扶手椅裡，陷入頹喪絕望之中。

「這個場面使與會者的想法有所轉變，就像看到在強勁北風下從枝幹上掉落的樹葉在飛舞著。

「『德・莫爾賽夫伯爵先生，』議長說：『不要垂頭喪氣，本庭主持正義，就像上帝主持正義一樣，對每個人都是一視同仁的，這一正義不會剝奪您自衛的權利，而讓您的敵人打垮您。請回答：您願意重新調查嗎？您要我下令派兩位議員到雅尼納嗎？請回答！』

「莫爾賽夫一聲不吭。

「於是，委員會全體成員都帶著某種驚恐面面相覷。大家都瞭解伯爵生性剛毅而暴躁。除非陷入可怕的沮喪，才能使這個人放棄抵抗。大家猜想，在這休憩一般的沉默後，緊接著的會是像雷霆一般的爆發。

「『喂，』議長問他：『您決定怎麼辦？』

「『什麼也不用辦！』伯爵站了起來，用低沉的聲音說。

「『阿里・泰貝林的女兒，』議長說：『說的是實情嗎？她確實是讓罪人望而生畏的證人，面對這個證人，罪人甚至不敢否認嗎？您真的做過別人指控的那些事嗎？』

「伯爵環顧四周，那絕望的眼神也許會感動猛虎，卻不能使法官們繳械。隨後他抬頭望著拱頂，接著又轉移目光，彷彿擔心拱頂會突然打開，讓這個被稱為天庭的第二個法庭，以及被稱為上帝的另一位法官光芒萬丈地出現。

「他以急促的動作解開令他窒息的上衣鈕釦，宛若一個可憐的瘋子走出大廳。他的腳步沉重地迴盪在回音效果極佳的拱頂下好一會兒。然後，載著他疾馳而去的馬車震撼著這座佛羅倫斯風格建築的柱廊。

「『諸位，』寂靜恢復時議長說：『德．莫爾賽夫伯爵先生承認了不忠、背叛和卑鄙無恥嗎？』

「『是的！』調查委員會全體成員異口同聲地回答。

「海蒂等到會議結束，她聽到委員會宣佈對伯爵的判決，但她的面容絲毫未顯出一絲高興或憐憫。

「她重新戴好面紗，端莊地向委員們鞠躬，踏著維吉爾所見的仙女們行走的步伐，走了出去。」

87 挑戰

「這時，」博尚繼續說：「趁眾人沉默時，我藉著幽暗走出大廳，沒有被看見。剛才帶我進來的那個庶務人員在門口等我。他領著我穿過走廊，來到一扇開向沃吉拉爾街的小門。我出來時悲喜交集，請原諒我這麼說，阿爾貝，悲是對您而言，喜是由於那個堅持為父報仇的少女的高貴品格。是的，我對您發誓，阿爾貝，不管這一揭露行動源自哪裡，我是說，它可能來自敵人，但這個敵人只是上帝的代言人。」

阿爾貝用雙手捧住頭，他抬起因羞恥而通紅、被淚水沾濕的臉，抓住博尚的手臂。

「我的朋友，」他說：「我的生命結束了，我剩下要做的事，並不是像您所說什麼上帝給我致命一擊，而是找出是什麼人如此對我滿懷敵意，一旦我遇到他，我會殺死那個人，或者那個人會殺死我。如果您心裡的友誼還沒有被蔑視所扼殺，我打算依賴您的幫忙。」

「蔑視，我的朋友？這不幸跟您有什麼關係呢？不！謝天謝地，現在已不再是那樣的時代，充滿偏見地要兒子為父親的行為負責。回顧您過往的一切吧，阿爾貝，您的生活剛剛開始，沒錯，但晴朗日子的朝霞哪裡比得上您在東方見過的晨曦那般純潔呢？不，阿爾貝，請相信我，您還年輕，您很富有，離開法國吧。在那個生活刺激、充滿變幻的偉大巴比倫，一切都會很快忘掉。過三、四年您再回來，您會迎娶一個俄國公主，沒有人會想起昨天發生的事，更何況是十六年前發生的事了。」

「謝謝，親愛的博尚，謝謝您出於好意的這番話，但我不能這麼做。我已把我的願望告訴您，現在，如果需要，我會把願望這個詞改為意志。您知道，我跟這件事息息相關，無法抱持您那樣的觀點。在您看來是出自天意，在我看來卻沒有那麼純粹。不瞞您說，我覺得上帝跟這一切毫無關係，而且幸好如此，這樣我找的就不是看不見、摸不著的懲惡揚善使者，而是一個摸得著、看得見的人，我可以對他復仇。哦！是的，我要報復這一個月來我所受的罪，我對您發誓。現在，我再說一遍，博尚，我一心要回復到世俗生活，如果您仍然像您所說的是我的朋友，就幫助我找到那隻出拳的手吧。」

「好吧！」博尚說：「如果您堅持要我回到現實，我就照辦。如果您堅持搜尋敵人，我就奉陪。我會找到他的，因為是否能找到他，關乎您我的名譽。」

「那麼，博尚，您知道，我們毫不遲疑地馬上開始調查吧。對我來說，每分鐘的拖延都像永恆一樣漫長。揭發者還沒有受到懲罰，他可能以為不會受到懲罰。我以名譽擔保，如果他這麼希望，他就錯了！」

「喂，聽我說，莫爾賽夫。」

「博尚，我看您知道某些情況，您讓我振作起來了！」

「我不敢說是事實，阿爾貝，但至少是黑暗中的一線光明。沿著這道光走，或許會把我們引導到目的地。」

「說吧，您看得很清楚，我迫不及待了。」

「那我告訴您，我從雅尼納回來時不想告訴您的事吧。」

「說吧。」

「事情是這樣的，阿爾貝。抵達那裡時，我自然到城裡首屈一指的銀行家那裡打聽消息，甚至還沒有說出您父親的名字，一聽到我說出這件事，他便說：『啊！我猜到您來的原因了。』

「『怎麼回事？』

「『因為半個月前有人問過我同一件事。』

「『是誰？』

「『巴黎的一個銀行家，我的客戶。』

「『他叫什麼名字？』

「『唐格拉爾先生。』」

「是他！」阿爾貝大聲地說：「確實，他長期嫉恨我可憐的父親。這個人自稱平民出身，不能接受德·莫爾賽夫伯爵當上貴族院議員。而且，那門婚姻毫無理由就破裂了。是的，正是他。」

「調查一下，阿爾貝（但先不要那麼衝動），調查一下。我對您說，如果屬實……」

「哦！是的，如果屬實！」年輕人大聲地說：「他要為我所受的苦付出代價。」

「小心點，莫爾賽夫，他年紀已經很大了。」

「我會考慮到他的年齡，正如他考慮過我家的榮譽一樣。如果他怨恨我父親，他為什麼不毆打我父親呢？不，他害怕面對一個男子漢！」

「阿爾貝，我不責備您，我只勸阻您。阿爾貝，要小心行事。」

「別害怕，況且，您要陪我前往，博尚，嚴肅的事應該當著證人的面商議。今天結束之前，如果唐格拉爾先生有罪，不是他死，就是我亡。當然，博尚，我要以隆重的葬禮來維護我的名譽。」

「既然下了這樣的決心，阿爾貝，就應該立即執行。您想到唐格拉爾先生府上嗎？我們走吧。」

他們派人叫了一輛有篷的雙輪輕便出租馬車。走進銀行家的邸宅時，在門口看到安德烈亞·卡瓦爾坎蒂的四輪敞篷馬車和僕人。

「對了！很好，」阿爾貝用陰沉的語調說：「如果唐格拉爾先生不想跟我決鬥，我就殺死他的女婿。卡瓦爾坎蒂家的人，總願意決鬥吧。」

僕人向銀行家通報年輕人到來，銀行家聽到阿爾貝的名字後，由於知道前一天發生的事，便謝絕會客。但為時已晚，阿爾貝已跟著僕人進來，他聽到銀行家的吩咐，便破門而入，走進了他的書房，後面跟著博尚。

「先生！」銀行家高聲地說：「是否會客我不能做主嗎？我看您太忘乎所以了。」

「不，先生，」阿爾貝冷冷地說：「有的情況，主人是不能做主的——而您就處在這種情況中，除非您怯懦，那我會讓您有個台階下。否則就應該接待某人。」

「您想幹什麼，先生？」

「我想，」莫爾賽夫說，走了過來，假裝沒有注意到倚在壁爐上的卡瓦爾坎蒂，「我想向您提議在偏僻角落會面，在那裡，十分鐘內沒有人會來打擾，我對您沒有更多的要求了。兩個相會的人，其中一人將橫倒在樹下。」

唐格拉爾臉色蒼白，卡瓦爾坎蒂移動腳步。阿爾貝轉向年輕人：「我的天！」他說：「如果您願意就來吧，子爵先生，您有權利前往，您幾乎是這個家庭的成員，只要有人願意接受這場約會，我來者不拒。」

卡瓦爾坎蒂驚詫地望著唐格拉爾，銀行家努力站了起來，走到兩個年輕人中間。阿爾貝對安德烈亞的攻擊讓銀行家有了不同的想法，而銀行家確實希望阿爾貝來訪的緣由不同於他猜想的那個。

「啊！先生，」他對阿爾貝說：「如果您因為我看中他而不是您，所以來向這位先生挑釁，那我事先告訴您，我要把此事交給檢察官處理。」

「您錯了，先生，」莫爾賽夫帶著苦笑說：「我根本不是來談婚事的，我對卡瓦爾坎蒂先生說話，只是因為剛才他想干預我們的爭論。再者，您說得對，今天我來向所有人挑釁，不過請放心，唐格拉爾先生，您有優先權。」

「先生，」唐格拉爾回答道，因憤怒和恐懼而臉色煞白，「我要警告您，當我不巧在路上遇到一條瘋狗，我會殺死牠，我不僅不認為自己有罪，反而認為是為社會效力。然而，如果您瘋了，而且硬要咬我，我事先告訴您，我會毫不容情地殺死您。咦！若您的父親身敗名裂，難道是我的錯嗎？」

「是的，混蛋！」莫爾賽夫大聲地說：「是您的錯！」

唐格拉爾後退一步。「我的錯！」他說：「您瘋了！難道我知道他在希臘的這段歷史？難道我在這些國家遊歷過？難道是我建議您父親出賣雅尼納宮？出賣……」

「住口！」阿爾貝用沙啞的聲音說：「不，不是您直接引起騷動，造成這不幸，但是您偽善地唆使一切的。」

「我？』

「是的，您是從哪裡得來的消息？」

「我以為報紙已經告訴您，當然來自雅尼納！」

「誰寫信到雅尼納？」

「寫信到雅尼納？」

「是的。誰寫信去打聽我父親的情況？」

「我覺得人人都可以寫信到雅尼納。」

「但只有一個人寫了信。」

「只有一個人？」

「是的！而這個人就是您。」

「我確實寫過信。我覺得，要把自己的女兒嫁給一個年輕人，是可以打聽這個年輕人家庭情況的。這不僅是一種權利，還是一份責任。」

「您寫了信，先生，」阿爾貝說：「同時清楚您會得到什麼回音。」

「我？我向您發誓，」唐格拉爾大聲地說，那種自信和心安理得或許不是來自恐懼，而是來自內心對這不幸的年輕人殘存的關切，「我向您發誓，我從來沒想過要寫信到雅尼納。難道我早就知道阿里帕夏的災禍嗎？」

「所以是有人慫恿您寫信？」

「當然。」

「有人慫恿您？」

「是的。」

「是誰這麼做呢？說出來啊……」

「啊！再簡單不過。我談到您父親的過去，我說，他發跡的源由一直模糊不清。那個人問我，您父親在哪裡發跡的。我回答：『希臘。』於是那個人告訴我：『那寫信到雅尼納吧。』」

「是誰建議您的？」

「當然是您的朋友基度山伯爵。」

「基度山伯爵告訴您寫信到雅尼納？」

「是的，於是我寫了信。您想看看我往來的書信嗎？我可以給您看。」

阿爾貝和博尚面面相覷。

「先生，」這時一直沒有開口的博尚說道：「我覺得您在誣陷伯爵，目前他不在巴黎，無法辯解。」

「我不誣陷任何人，先生，」唐格拉爾說：「我是陳述事實，我會在基度山伯爵面前重複我剛才說過的話。」

「伯爵知道您收到什麼回音嗎？」

「我給他看過信。」

「他早就知道我父親的教名叫費爾南，姓蒙德戈嗎？」

「是的，我早就告訴他了。另外，我只不過做了別人處在我的地位也會做的事，甚至我遠不如別人做的多。在收到回音的第二天，您父親在基度山先生的鼓動下來向我正式提出我女兒的婚事，這件事就像該解決似的進行，我一口拒絕，沒錯，但未做解釋，沒有聲張。事實上，為什麼我要引起騷動呢？德・莫爾賽夫先生的榮辱跟我有什麼關係呢？既不會提高也不會降低我的收益。」

阿爾貝感到血液衝上他的額頭，不用說，唐格拉爾用卑鄙的手法為自己辯護，但他的自信是一個如果沒有說出全部真話，至少是說出部分真話的人所具備的。說實話，這絕對不是出於自覺，而是出於恐懼。況且，莫爾賽夫在追究什麼呢？不是追究唐格拉爾還是基度山誰的罪行嚴重，而是追究該為或輕或重的侮辱負責的人，是追究願意決鬥的人。顯然地，唐格拉爾不會決鬥。

另外，被遺忘的或者沒有被注意到的每一件事又在他眼前重現，或者說浮現在他的記憶中。基度山已知道一切，因為他買下阿里帕夏的女兒。他什麼事都知道，卻建議唐格拉爾寫信到雅尼納。他知道回音後，又同意阿爾貝表示的願望，去見了海蒂。在她面前，他又讓談話轉到阿里的死因上，而不反對海蒂敘述（但他用現代希臘語說了幾句話，無疑下指令給少女，不讓莫爾賽夫聽出是他的父親）。此外，他不是請求莫爾賽夫不要在海蒂面前說出他父親的名字嗎？最後，正當他知道即將發生事件時，他卻把阿爾貝帶到諾曼第。毫無疑問，這一切都是算計好的；毫無疑問，基度山跟他父親的仇敵串通一氣。

阿爾貝把博尚拉到角落，把自己的想法都告訴他。

「您說得對。」博尚說：「唐格拉爾先生在這件事裡只是意外出現的、看得見的部分。您應該叫基度山先生解釋。」

阿爾貝走過來。「先生，」他對唐格拉爾說：「您知道，我還沒有把您撇開，我還要瞭解您的推諉是否有理，我現在就去找基度山伯爵先生，弄個水落石出。」

他向銀行家鞠躬，跟博尚一起走出去，沒有理睬卡瓦爾坎蒂。

唐格拉爾一直把他們送到門口，他在門口又對阿爾貝再三申明，說沒有任何個人仇恨因素促使他去反對德・莫爾賽夫伯爵。

88 侮辱

出了銀行家門口，博尚拉住莫爾賽夫。

「聽著，」他說：「剛才在唐格拉爾家裡我對您說過，您應該叫基度山先生解釋，是嗎？」

「是的，我們現在就去他家。」

「等等，莫爾賽夫，到伯爵家之前，請考慮一下。」

「您要我考慮什麼呢？」

「考慮一下這個步驟的嚴重性。」

「難道比到唐格拉爾先生家更嚴重嗎？」

「是的。唐格拉爾先生是善理財的人，您知道，理財的人太清楚要付出多大成本，所以不會輕易決鬥。相反的，那一位卻是紳士，至少外表如此。難道您不擔心在紳士外表下，其實是一個決鬥好手嗎？」

「我只擔心一件事，就是遇到一個不願意決鬥的人。」

「放心吧，」博尚說：「那一位會決鬥的。我甚至擔心他太擅長決鬥，您要小心！」

「朋友，」莫爾賽夫帶著可愛的笑容說：「這正是我求之不得的，我最幸福的遭遇，就是為父親犧牲性命，這樣我們就都解脫了。」

「您的母親會傷心而死的！」

「可憐的母親！」阿爾貝說，用手擦擦眼睛，「我很清楚這一點，寧願她這樣傷心死去，也不要她羞愧而死。」

「您下定決心了嗎，阿爾貝？」

「是的。」

「那走吧！您認為我們找得到他嗎？」

「他應該比我晚幾小時回來，他一定回來了。」

他們上了車，一直來到香榭麗舍大街三十號。博尚想一個人下車，但阿爾貝向他指出，這件事已超出常規，允許他悖離決鬥的禮儀。年輕人這麼做，無非是為了一個神聖的原因，以致博尚除了順從他的意願，別無他法。因此博尚向莫爾賽夫讓步，跟著他走。

阿爾貝從門房小屋一個箭步就來到台階。接待他的是巴蒂斯坦。

伯爵確實剛剛到家，但他在洗澡，不接待任何人。

「洗澡之後呢？」莫爾賽夫問。

「先生要進午餐。」

「進午餐之後呢？」

「先生要睡一小時。」

「然後呢？」

「然後他上歌劇院。」

「您確定是這樣嗎？」阿爾貝問。

「完全確定，先生已吩咐八點整備好馬。」

「很好。」阿爾貝回答：「這正是我想知道的。」

他轉身對博尚說：「如果您有事要辦，博尚，那就馬上去辦。如果您今晚有約會，就延到明天。您明白，我打算請您陪我去歌劇院。如果您辦得到，請把沙托．勒諾帶來。」

博尚得到許諾後，答應阿爾貝八點鐘差一刻來找他，然後告辭了。

回到家後，阿爾貝派人通知弗朗茲、德布雷和摩雷爾，他當天晚上想在歌劇院裡見到他們。

然後他去見他的母親。自從昨天的事件以來，她杜絕會客，獨自守在房裡。他看到她躺在床上，被這次公開侮辱所引起的痛苦壓垮了。

阿爾貝的出現，在梅爾塞苔絲身上產生了意料中的效果，她握住兒子的手，嚎啕大哭。眼淚給了她些許安慰。

阿爾貝在母親身旁站了一會兒，默默無言。從他蒼白的臉容和緊蹙的眉頭，可以看出他復仇的決心在心裡漸漸消逝了。

「母親，」阿爾貝問：「您知道德．莫爾賽夫先生有敵人嗎？」

梅爾塞苔絲瑟縮發抖，她已注意到年輕人沒有說「父親」。

「孩子，」她說：「處在伯爵這種地位的人，總有許多他們一點兒也不知道的敵人。況且，您知道，已知的敵人絕不是最危險的。」

「是的，我知道，因此我求助於您的洞察力。母親，您是非比尋常的女人，什麼也逃不過您的眼睛。」

「為什麼您說這些話？」

「因為，比如說，您已注意到，我們舉行舞會那天晚上，基度山先生決不願在我們家吃東西。」

梅爾塞苔絲全身顫抖地支著燒得發燙的手臂起身：「基度山先生！」她高聲地說：「這跟您向我提出的問題有什麼關係呢？」

「您是知道的，母親，基度山先生幾乎算是東方人，而東方人為了保持復仇的意志，是從不在敵人家裡吃喝的。」

「您說基度山先生是我們的敵人，阿爾貝？」梅爾塞苔絲問，臉變得比蓋著她身體的被單還要蒼白，「誰這樣對您說的？為什麼？您瘋了，阿爾貝。基度山先生對我們彬彬有禮。基度山先生救過您的性命，是您把他介紹給我們的。哦！我的孩子，如果您有過這樣的想法，請拋開它，如果我要囑咐您什麼，我會說得更進一步；如果我要請求您做什麼事，那就是要跟他好好相處。」

「母親，」年輕人帶著陰沉的目光回答：「您對我說要寬容這個人，有什麼理由？」

「我！」梅爾塞苔絲大聲地說，臉頰飛快紅了，像她剛才變得蒼白一樣迅速，幾乎隨即又變得比先前更加死白。

「是的，這個理由，」阿爾貝又說：「就是這個人會不會傷害我們呢？」

梅爾塞苔絲全身發抖，她用探詢的目光看著兒子：「您對我這麼說話真奇怪，」她對阿爾貝說：「我看您有一些偏見。伯爵對您做了什麼事？三天前您跟他一起去了諾曼第，三天前我把他看作最好的朋友，您也一樣。」

一絲譏諷的微笑掠過阿爾貝的嘴唇。梅爾塞苔絲看到了這個笑容，她以女人和母親的雙重直覺猜出一切，但她小心謹慎又堅強，把自己內心的紊亂和哆嗦掩飾起來。

阿爾貝沒有答腔。過了一會兒，伯爵夫人又重拾話題。

「您來向我問安，」她說：「我坦率地回答您，孩子，我很不舒服。您應該留下來，阿爾貝，您跟我作伴，我需要有人在我旁邊。」

「母親，」年輕人說：「要不是有一件緊急而重要的事迫使我整晚離開您，我是會聽從吩咐的，而且您知道這樣做我有多高興。」

「啊！很好。」梅爾塞苔絲嘆息著說：「好了，阿爾貝，我不想讓您被孝順束縛。」

阿爾貝假裝沒聽見，向母親鞠了一躬，走出去。

年輕人一關上門，梅爾塞苔絲便叫來一個貼心僕人，吩咐他不管阿爾貝晚上到什麼地方都要緊跟著，然後馬上回來稟告她。

接著她搖鈴叫喚貼身女僕，儘管身體十分虛弱，她還是叫女僕幫她穿上衣服，準備應付一切情況。

給男僕下達的使命並不難執行。阿爾貝回到自己房裡，穿上嚴肅而考究的衣服。八點差十分，博尚來了，博尚見到了沙托．勒諾，沙托．勒諾答應在啟幕前來到正廳前座。

他們倆登上阿爾貝的雙座四輪轎式馬車，阿爾貝不必隱瞞他到哪裡，大聲地說：「上歌劇院！」他迫不及待地趕在啟幕前到達。沙托．勒諾坐在單人座位上，博尚已把情況告訴他，阿爾貝不需做任何解釋。兒子企圖替父親復仇的行為非常普通，沙托．勒諾根本不想勸阻，僅僅向阿爾貝重申聽憑他差遣的保證。

德布雷還沒有到，但阿爾貝知道他很少會錯過歌劇院的演出。阿爾貝在劇院裡徘徊，直至幕啟。他希望遇見基度山，或者在走道裡，或者在樓梯上。鈴聲把他叫回座位，他走過去坐在正廳前座，位於沙托．勒諾和博尚之間。

但他的目光始終不離開柱間那個包廂，在第一幕演出期間，包廂的門始終關閉著。

終於，第二幕開始，當阿爾貝第一百次看錶時，包廂的門打開了，基度山穿了一身黑衣服走進來，並且倚在欄杆上俯瞰劇場。摩雷爾跟著他，以目光搜尋他的妹妹和妹夫，看到他們坐在一個二等包廂，便向他們打招呼。

伯爵環顧劇場，看到了一個臉色蒼白的頭顱和一雙灼灼發光的眼睛，那雙眼睛似乎竭力吸引他的注意。他認出是阿爾貝，但他在那張惱怒的臉上所看到的表情無疑暗示他不要理會。他沒有做出任何流露想法的動作，他坐下來，從盒子裡拿出觀劇鏡，觀看另一個方向。

伯爵看似不在看阿爾貝，卻不曾放過他。第二幕落幕時，他銳利精準的眼光緊盯著年輕人，年輕人在他兩個朋友的陪伴下離開了正廳前座。

接著，這個腦袋又出現在他包廂對面一個頭等包廂的玻璃窗上。伯爵感到風暴向他襲來，當他聽到鑰匙在自己包廂的鎖孔裡轉動時，儘管他正笑盈盈地對摩雷爾說話，心裡很清楚即將發生什麼事，他早已做好準備應付一切。

門打開了。

直到這時，基度山才轉過身，他看見蒼白發抖的阿爾貝，在他身後是博尚和沙托．勒諾。

「看！」他喊道，既親切又彬彬有禮，這態度跟他平時與上流社會的寒暄客套不同，「我的騎士到達目的地了。晚安，德．莫爾賽夫先生。」

這個人有出奇的自制力，他臉上流露出極其完美的真摯。

摩雷爾這時才回想起子爵給他的信，子爵在信中未做解釋，只請他到歌劇院。他明白即將發生可怕的事情。

「我們到這裡來絕不是為了交換虛偽的客套或假意的友情，」年輕人說：「我們是來要您解釋，伯爵先生。」年輕人顫抖的聲音好不容易才從咬緊的牙關間吐露出來。

「在歌劇院做解釋？」伯爵說，聲音非常平靜，目光非常深邃，從這雙重特點可以看出這是個永遠自信的人，「儘管我對巴黎人的習俗很不熟悉，但我相信，先生，通常他們不在這裡互相做解釋的。」

「可是，當對方躲起來的時候，」阿爾貝說：「當求見未果，對方藉口在洗澡、吃飯或睡覺的時候，就只能在撞見的地方說話了。」

「要見我並不難。」基度山說：「就在昨天，先生，如果我沒有記錯的話，您就待在我家裡。」

「昨天，先生，」年輕人說，他感到腦袋發脹，「我待在您家是因為我不知道您是何許人。」

說這句話時，阿爾貝提高了聲音，使得坐在旁邊包廂的人和經過走道的人都聽見了。包廂裡的人聽到爭吵聲都轉過身，走道裡的人也在博尚和沙托．勒諾身後停下腳步。

「您從哪裡鑽出來的，先生。」基度山說，表面上毫不激動，「看來您失去理智。」

「只要我能看穿您的陰險惡毒，先生，只要我終於讓您明白我要報仇雪恨，我就算相當理智了。」阿爾貝憤怒地說。

「先生，我完全不明白您的話，」基度山回答：「即使我明白了，您說話的聲音也太大。我是在自己的包廂裡，先生，只有我有權在這裡說話比別人大聲。請出去，先生。」基度山做了個充滿威儀的命令手勢，對阿爾貝指著門。

「啊！我會讓您從您的包廂出去的！」阿爾貝說，一邊用顫抖的手搓揉著手套，伯爵都看在眼裡。

「好！」基度山泰然自若地說：「您在向我挑釁，先生。忞意挑釁是壞習慣，吵鬧不適合每個人，德．莫爾賽夫先生。」

聽到這個名字，驚訝的喁喁低語聲像顫慄一樣掠過在場的聽眾。從昨天以來，莫爾賽夫的名字在每個人的嘴裡議論著。

阿爾貝比別人更意識到這個影射，他做了一個動作，想把手套扔到伯爵臉上。但摩雷爾抓住了他的手腕，而博尚和沙托．勒諾生怕這個場面超過挑釁的限度，從後面抱住他。

基度山沒有起身，他翹起椅子，僅只是伸出手，從年輕人緊握的手中扯下揉縐且潮濕的手套：「先生，」他用一種可怕的口吻說：「我就把您這只手套看作向我扔過來了，我一定會用它包住一顆子彈送還給您。現在請離開我的包廂，否則我要叫僕人過來，把您趕出門外。」

阿爾貝既亢奮又驚惶，眼睛充血，退後兩步。摩雷爾趁機關上門。

基度山又拿起觀劇鏡，觀看起來，彷彿剛才沒有發生什麼超乎尋常的事。

這個人有著一顆青銅鑄成的心和一張大理石雕出的臉。摩雷爾附在他的耳畔。「您對他做了什麼？」他問。

「我嗎？沒有，至少我個人沒有。」基度山回答。

「可是這個奇怪的場面總有個原因？」

「德．莫爾賽夫伯爵的事惹惱了不幸的年輕人。」

「您插手了嗎？」

「由於海蒂做證，貴族院才知道他父親叛變的事實。」

「確實，」摩雷爾說：「別人告訴我了，但我不願相信，我所看見的那個跟您待在這個包廂的希臘女奴就是阿里帕夏的女兒。」

「但這是真的。」

「我的天！」摩雷爾說：「我明白了，這個場面是預謀的。」

「怎麼回事？」

「是的，阿爾貝寫信給我，今晚到歌劇院。這是為了讓我目睹他對您的侮辱。」

「很有可能。」基度山帶著不可動搖的平靜說。

「您準備怎麼應對他呢？」

「對誰？」

「對阿爾貝！」

「對阿爾貝？」基度山用同樣的聲調說：「我要對他怎樣嗎，馬克西米利安？就像您在這裡，我握住您的手一樣千真萬確，我會在明天上午十點鐘以前殺死他。這就是我要對他做的事。」

輪到摩雷爾用雙手握住基度山的，他感到這隻手冰冷、平靜，不由得打了個寒噤。

「啊！伯爵，」他說：「他的父親多麼愛他啊！」

「別對我說這種事！」基度山第一次做出惱怒的動作，他看來動怒了，「我會讓他悲傷的。」

摩雷爾目瞪口呆，鬆開了基度山的手。「伯爵！伯爵！」他說。

「親愛的馬克西米利安，」伯爵打斷說：「您聽杜普雷[8]這一句話唱得多好：

> 哦，瑪蒂爾德！我心靈的偶像！

「嗨，在拿波里的時候，也是我第一個發現杜普雷，第一個向他喝彩的。好極了！好極了！」

摩雷爾明白，沒有什麼可說的了，於是他等待著。

布幕是在阿爾貝挑釁結束時升起的，這時又落下來。有人敲門。

「請進。」基度山說，他的聲音沒有流露出一絲激動。

博尚出現了。

「晚安，博尚先生。」基度山說，彷彿今晚他是第一次見到這位新聞記者似的，「請坐。」

博尚鞠了一躬，進來坐下。「先生，」他對基度山說：「正如您所看到的，剛才我陪伴德．莫爾賽夫先生進來過。」

「這意味著，」基度山笑著說：「您們可能剛剛一起吃過飯。博尚先生，我很高興看到您比他有分寸。」

「先生，」博尚說：「我承認，阿爾貝發火是不對的，我為自己來向您道歉。既然道過歉，您明白，伯爵先生，我相信您是風雅之士，不會拒絕向我解釋一下您跟雅尼納方面的關係。然後，關於那個年輕的希臘女子，我還想說幾句話。」

基度山用嘴唇和眼睛做了一個要對方住口的小動作。「唉！」他笑著又說：「我的希望都破滅了。」

「怎麼回事？」博尚問。

「您急於讓我得到一個有怪癖的名聲，依您看，我是萊拉、曼弗雷德、魯思溫爵士那類人。然後，看到我沒有怪癖，您就糟蹋您的典型，您想把我變成一個平庸的人。您希望我平凡庸俗。最後，您要求我解釋。算了吧，博尚先生，您是想恥笑別人。」

「可是，」博尚高傲地回答，「有的時候，正直之人會支配著……」

「博尚先生，」這個怪人打斷說：「支配基度山伯爵先生的是他本人。因此，請不要提這件事。我只做自己想做的事。博尚先生，請相信我，我總是做得很完美。」

「先生，」年輕人回答：「不能用這種話敷衍有教養的人，名譽需要各種保證來維護。」

「先生，我就是一個活生生的保證。」基度山不動聲色地回答，但他的眼睛閃射出咄咄逼人的光芒，「我們兩個人血管裡都有鮮血，我們都想流一點血，這就是我們彼此的保證。請把這個回應帶給子爵，並告訴他，明天十點鐘以前，我會看到他血的顏色。」

「那麼，」博尚說：「我要安排決鬥的細節了。」

「我對這個完全無所謂，先生。」基度山伯爵說：「因此，不需為這點小事來打擾我聽戲。在法國用劍或手槍決鬥；在殖民地用馬槍決鬥；在阿拉伯用匕首決鬥。告訴您的委託人，儘管我受到侮辱，為了將怪癖保持到底，我還是讓他選擇武器。不需討論，我完全接受，決不反對。完全，您明白嗎？完全，甚至用抽籤決定也可以，雖然這是很愚蠢的。但對我而言，是另一回事，我有把握獲勝。」

「有把握獲勝。」博尚重複一遍，用詫異的目光望著伯爵。

「當然。」基度山說，略微聳聳肩，「否則，我不會跟德．莫爾賽夫決鬥。我會殺死他，必須如此，只會這樣。不過，今晚別在我這裡提這件事了，請告訴我用什麼武器，在什麼時間，我不喜歡久候。」

「用手槍，早上八點鐘，在萬賽納森林。」博尚狼狽地說，不知道自己是在跟一個喜愛自吹自擂的人，還

8 杜普雷（一八〇六—一八九六），法國歌劇演員。

是一個超人打交道。

「很好，先生，」基度山說：「既然一切都解決了，請讓我聽戲吧。告訴您的朋友，今晚不要來了，他做出這種粗暴舉動，只會損傷自己。讓他回家睡個好覺吧。」

博尚十分驚奇地走了出來。

「現在，」基度山轉身對摩雷爾說：「我能指望您當證人，是嗎？」

「當然，」摩雷爾說：「我聽從您的吩咐，伯爵。不過……」

「什麼？」

「伯爵，重要的是，我必須瞭解真正的原因……」

「所以您拒絕我了？」

「不。」

「真正原因嗎，摩雷爾？」伯爵說：「那個年輕人也在盲目行動，並不瞭解真正的原因。真正的原因只有我和上帝知道，但我以我的名譽擔保，摩雷爾，瞭解真正的原因的上帝會站在我們這邊。」

「這就夠了，伯爵，」摩雷爾說：「您第二位證人是誰？」

「除了您和您的妹夫愛馬紐埃爾，我在巴黎不認識任何人能有這個榮幸。您認為愛馬紐埃爾肯為我出力嗎？」

「我能為他擔保，就像為自己擔保一樣，伯爵。」

「好，我所需要的就這些了。明天，早上七點半到我家裡，好嗎？」

「我們會到的。」

「噓！啟幕了，聽戲吧。我不能漏掉這齣歌劇的任何一個音符，《威廉·退爾》的音樂真是太出眾了！」

89 黑夜

基度山先生按慣例等待杜普雷演唱完他那首有名的《隨我來》，才起身離開。摩雷爾在門口跟他道別，重申第二天早上七點半會跟愛馬紐埃爾一起到他家的承諾。然後，伯爵始終沉著且帶著笑容坐上他的雙座四輪轎式馬車。五分鐘後，他回到家裡。進門時他對阿里說：「阿里，把我的象牙柄手槍都拿來。」

只有不認識伯爵的人，才會誤解他說這句話時的表情。

阿里將盒子拿給主人，基度山開始仔細檢查這些武器，一個人即將把他的生命託付給一小塊鐵和鉛的時候，這種關切態度是十分自然的。這些特殊的手槍，是基度山專門訂製以在室內練習打靶時使用的。只要輕扣扳機，子彈便飛出槍膛，隔壁房間的人不會有所懷疑。伯爵像射擊術語所說的那樣，正專心地練手。

他正拿起一支槍，在一小片作為標靶的小鋼板上尋找目標時，書房門打開了，巴蒂斯坦走進來。

他還沒有開口，伯爵已經從開啟的門口看到一個戴著面紗的女人，站在隔壁房間的幽暗光線裡，她已跟著巴蒂斯坦走進來。

她看到伯爵手裡拿著手槍，又看到桌上放著兩把劍，她衝過去。

巴蒂斯坦以目光徵詢他的主人。伯爵做個手勢，巴蒂斯坦出去了，並在身後關上門。

「您是誰，夫人？」伯爵問戴面紗的女人。

陌生女人環顧四周，確定沒有旁人，然後彎下身體，彷彿想跪下，接著合起雙手，用絕望的聲音說：「愛德蒙，您不要殺死我的兒子！」

伯爵倒退一步，輕輕喊了一聲，手裡的武器掉下來。「您剛才說的是什麼名字，德．莫爾賽夫夫人？」他說。

「您的名字！」她大聲說，揭開自己的面紗，「您的名字，或許只有我沒有忘記這個名字。愛德蒙，來找您的不是德．莫爾賽夫夫人，而是梅爾塞苔絲。」

「梅爾塞苔絲已經死了，夫人，」基度山說：「我不再認識叫這個名字的人。」

「梅爾塞苔絲活著，先生，而且梅爾塞苔絲記得您，因為當她看見您，甚至還沒有看見您，聽到您的聲音，只聽到您的聲音，愛德蒙，她便認出您了。從那時起，她就緊緊跟隨著您，注視著您，對您心懷恐懼，她啊，她不需要追查，就知道是誰出手一擊，打在德．莫爾賽夫先生身上。」

「您想說費爾南吧，夫人，」基度山帶著辛辣的譏刺說：「既然我們在回憶彼此的名字，就讓我們一一回想起來吧。」

基度山說出費爾南這個名字時帶著刻骨的仇恨，梅爾塞苔絲不由得感到恐懼的顫慄傳遍她全身。

「愛德蒙，您看，我沒有搞錯！」梅爾塞苔絲大聲地說：「我有理由說：饒了我的兒子吧！」

「誰告訴您，夫人，我恨您的兒子？」

「沒有人，天哪！但一個母親具備雙重的感知。我琢磨出一切，今晚我在歌劇院跟隨著他，我躲在樓下包廂裡，全都看到了。」

「如果您都看到了，夫人，那麼您也看到費爾南的兒子當眾侮辱我了吧？」基度山帶著可怕的平靜說。

「發發慈悲吧！」

「您看到了，」伯爵繼續說：「要不是我的朋友摩雷爾先生拉住了他的手臂，他會將手套扔在我臉上。」

「聽我說，我的兒子猜出是您，他把發生在他父親身上的不幸都歸咎於您。」

「夫人，」基度山說：「您錯了，這決不是不幸，而是懲罰。不是我在打擊德．莫爾賽夫先生，而是上帝在懲罰他。」

「為什麼您要代替上帝呢？」梅爾塞苔絲問：「當祂忘卻往事的時候，為什麼您要記起來呢？愛德蒙，雅尼納和它的大臣跟您有什麼關係呢？費爾南．蒙德戈出賣了阿里．泰貝林，對您有什麼損害呢？」

「因此，夫人，」基度山回答：「這一切只是那個歐洲人軍官和瓦西莉吉的女兒之間的事，跟我毫無關係。您說得對，我發誓復仇，並不是報復那個歐洲人軍官，也不是報復德．莫爾賽夫伯爵，而是報復漁夫費爾南、加泰隆尼亞女孩梅爾塞苔絲的丈夫。」

「啊！先生！」伯爵夫人叫道：「命運使我犯下錯誤，它帶來多麼可怕的報復啊！因為罪人就是我，愛德蒙，如果您要報復某個人，就報復我吧，因為我缺少意志來面對您的不在和我的孤獨。」

「但是，」基度山大聲地說：「我為什麼不在呢？您為什麼孤立無援呢？」

「因為警官把您抓走了，愛德蒙，因為您被關起來了。」

「為什麼我被抓走了？為什麼我被關起來了？」

「我不知道。」梅爾塞苔絲說。

「是的，您不知道，夫人，至少我希望這樣。那麼，我告訴您。我被抓走了，被關起來了，因為在『儲備』酒館的涼棚下，就在我娶您的前一天，有個名叫唐格拉爾的人寫了一封信，漁夫費爾南親手把這封信投入郵筒。」

基度山走向一張書桌，打開一個抽屜，取出一張褪了色的紙，墨水已變成鐵鏽色，他把這張紙放在梅爾塞苔絲面前。

這是唐格拉爾寫給檢察官的信，這封信是在基度山伯爵化裝成湯姆遜—弗倫銀行的代理人，付給德．博維勒先生二十萬法郎的那一天，在愛德蒙．唐泰斯的卷宗中抽出來的。

梅爾塞苔絲惶恐地讀到了如下幾行字：

檢察官閣下，在下乃王室及教會之友，茲報告有一名為愛德蒙．唐泰斯者，係法老號帆船之大副，今晨自斯米爾納抵埠，中途曾停靠拿波里及費拉約港。此人受繆拉之託，送信予篡權者，旋又受命於篡權者，送信予巴黎拿破崙黨委員會。

罪證於將其擒獲時即可取得，該函若不在其身上，則必在其父寓中，或在法老號船艙內。

「哦！天哪！」梅爾塞苔絲說，用手擦拭汗濕的額頭，「這封信……」

「我用二十萬法郎買下來的，夫人。」基度山說：「這還算是便宜的，因為這封信讓我今天在您眼前證明我是無罪的。」

「這封信導致的結果呢？」

「您已知道，夫人，就是逮捕我。但您不知道的是，夫人，那次逮捕延續了多長時間。您不知道的是，我在離您四分之一法里的地方待了十四年，就是在紫杉堡的黑牢裡。您不知道的是，這十四個年頭的每一天，我都在重申在入獄第一天所做的復仇願望，但我不知道您嫁給了誣告我的費爾南，我的父親已經死了，而且是餓死的！」

「公平的上帝！」梅爾塞苔絲搖搖晃晃地叫道。

「這是我入獄十四年後，從牢裡出來時知道的事。於是，我以活著的梅爾塞苔絲和死去的我的父親名義，發誓要向費爾南復仇……於是我進行復仇。」

「您有把握是不幸的費爾南做了這件事嗎？」

「以我的靈魂發誓，夫人，他就像我告訴您的那樣做了那件事。而且，身為法國人，卻投靠英國人；祖籍西班牙，卻攻打西班牙人；為阿里所聘用，卻出賣和謀害阿里，沒有比這些更可惡的了。面對這種事，您剛看過的信又算什麼呢？我承認而且明白，嫁給這個男人的女人應該原諒情人的欺騙，但原本應該娶這個女人的情人卻不會原諒這種欺騙。法國人沒有向叛徒復仇，西班牙人沒有槍決叛徒，躺在墳墓裡的阿里沒有懲罰叛徒，而我呢，我也被出賣、被殺害、被丟進墳墓，由於上帝施恩，我才從墳墓裡走出來，我要代替上帝復仇，上帝為此派我前來，我就來了。」

可憐的女人又用雙手抱住頭，她的腿彎曲下來，跪倒在地。

「寬恕吧，愛德蒙，」她說：「為我而寬恕吧，我還愛著您！」

為人妻的尊嚴止住了情人和母親的衝動。她的額頭幾乎要碰到地毯了。

伯爵衝到她面前，把她扶起來。

她坐在扶手椅裡，透過淚水，可以看到基度山剛毅的臉，在這張臉上，還刻寫著咄咄逼人的痛苦和仇恨。

「叫我不要毀滅這應該被詛咒的一族！」他喃喃地說：「叫我不服從上帝！但這是上帝的意志，逼促我進行懲罰！夫人，不可能！」

「愛德蒙，」可憐的母親說，她仍想盡辦法，「天哪！當我叫您愛德蒙的時候，為什麼您不叫我梅爾塞苔絲呢？」

「梅爾塞苔絲，」基度山重複一遍，「梅爾塞苔絲，是的，您說得對，說出這個名字我還覺得甜蜜。多年來，我第一次這麼清晰響亮地喊出這個名字。哦，梅爾塞苔絲，這個名字，我曾經帶著憂愁的嘆息、痛苦的呻吟和絕望的喘息呼喚著；我全身凍得發抖，蜷縮在黑牢的麥草堆上時喊過這個名字；我熱得難受，在牢裡的石板上打滾時喊過這個名字。梅爾塞苔絲，我必須復仇，因為我受了十四年的苦，我哭泣和詛咒了十四年。現在，我告訴您，梅爾塞苔絲，我必須復仇！」

伯爵生怕自己會對曾經一往情深的女人所提出的請求讓步，便勾起自己的回憶，以支撐自己的仇恨。

「復仇吧，愛德蒙！」可憐的母親叫道：「但向有罪的人復仇，或者向他復仇，或者向我復仇，但不要向我的兒子復仇！」

「《聖經》寫道，」基度山回答：「『父輩的過錯會落到第三代和第四代孩子身上。』既然上帝對先知說了這些話，為什麼我要比上帝更慈悲呢？」

「因為上帝掌握了時間和永恆，這兩樣東西是人無法掌握的。」

基度山嘆了一口氣，卻宛如咆哮，他滿手抓住自己漂亮的頭髮。

「愛德蒙，」梅爾塞苔絲又說，雙臂伸向伯爵，「自從我認識您，我就深愛您的名字，尊重對您的記憶。愛德蒙，我的朋友，不要迫使我讓不斷地反映在我心靈之鏡中那高貴而純潔的形象黯然失色。愛德蒙，您若知道我為您向上帝祈禱過多少次就好了，我多麼希望您活著啊。自從我以為您死了，是的，認為您死了以後，唉！我以為您的屍體埋在某座陰暗塔樓的深處，我以為您的屍體被投入深淵之底，那些獄卒就把死去的囚犯扔到裡面。我傷心痛哭。愛德蒙，除了哭泣和祈禱，我還能為您做什麼呢？聽我說，在十年中，我每夜都做同一個夢。聽說您試圖逃走，頂替一個囚犯，鑽進了裹屍布中，於是別人把這具活屍從高處扔到紫杉堡底下。您掉落在岩石上發出喊聲，抬屍人才知道您是冒名頂替，那些抬屍人成了您的劊子手。愛德蒙，我為兒子懇求您，以他的人頭向您發誓，在十年中，我每夜都看到那些人在懸崖高處擺動著一個不忍卒睹、不為人知的東西；在十年中，我每夜都聽見可怕的喊聲，因此驚醒過來，我全身哆嗦、冰涼。愛德蒙，哦！請相信我，雖然我有罪，是的，我也受盡了折磨。」

「您感受過您父親在您離開之後死去的痛苦嗎？」基度山大聲地說，把雙手插入髮間，「您見過您所愛的女人朝您的情敵伸出手，而您在深淵奄奄一息嗎……」

「沒有，」梅爾塞苔絲打斷說：「但我看到了我一直愛著的人準備變成殺我兒子的兇手！」

梅爾塞苔絲帶著極其強烈的痛苦和絕望說出這句話，以致伯爵喉嚨裡發出一聲嗚咽。

獅子被馴服了，復仇者被說服了。

「您要求什麼？」他問：「讓您的兒子活著？那麼，他會活著！」

梅爾塞苔絲叫了一聲，這喊聲讓基度山湧出兩滴眼淚，但那眼淚隨即消失，因為無疑上帝派遣天使收集那兩滴眼淚。在上帝看來，它們比古薩拉特和奧菲爾[9]最華麗的珍珠更寶貴。

「哦！」她大聲地說，抓著伯爵的手送到唇邊，「謝謝，謝謝，愛德蒙！你正像我一直夢到的樣子，正像我一直深愛的樣子。現在我可以這樣說了。」

「尤其因為，」基度山回答：「可憐的愛德蒙沒有更多時間能得到您的愛了。死人即將回到墳墓裡，幽靈就要隱沒在黑夜中了。」

「您說什麼，愛德蒙？」

「我說，既然您這樣吩咐，梅爾塞苔絲，那我必須死去。」

「死去！是誰說的？誰說到死？您怎麼又想到死？」

「您想想，當著整個劇場的人，當著您的朋友和您兒子的朋友，受到公開侮辱，受到一個孩子的挑戰，他會把我的原諒當作勝利來誇耀。我說，您想想，我還能苟且偷生嗎？除了您，我最珍惜的，就是我自己的尊嚴，就是使我超越他人的那種力量，這種力量就是我的生命。您一句話就粉粹了這種力量。我一定得死。」

「既然您原諒了，愛德蒙，這場決鬥就不會舉行。」

「會舉行的，夫人，」基度山慎重地說：「不過，大地飲到的不會是您兒子的鮮血，流血的將會是我。」

梅爾塞苔絲大叫一聲，撲向基度山，但她突然站住。「愛德蒙，」她說：「上帝超越我們之上，因為您還活著，因為我又見到您，而我打從心底信仰祂。在求助上帝時，我信賴您的話。您說過我的兒子會活著，他會活著，是嗎？」

「他會活著，是的，夫人。」基度山說，很訝異梅爾塞苔絲不再感嘆和驚詫，接受了他為她所做的英勇犧牲。

梅爾塞苔絲向伯爵伸出手。「愛德蒙，」她說，凝視著她訴說的那個人，雙眼被淚水沾濕了，「您表現得多麼出色啊，您剛才的所作所為多麼偉大啊，對於一個在逆境中求助於您的可憐女人，您給予憐憫，那是多麼崇高啊！唉！憂慮遠比年齡更催我老，我甚至無法用微笑和目光讓我的愛德蒙回想起那個梅爾塞苔絲了。

9《聖經》列王記中的東方國家。

從前，他花了多少時間欣賞她啊。請相信我，愛德蒙，我對您說過，我也受盡了折磨。我再說一遍，眼看生命逝去，卻想不起一件快樂的事，未能保有一線希望，是多麼悲哀啊。但這證明了世間的一切還沒有了結。不！一切還沒有了結，我從心裡還存在的心緒感覺到這一點。我再說一遍，愛德蒙，您剛才的所作所為是出色的、偉大的、崇高的！」

「您現在會這樣說，梅爾塞苔絲，如果您瞭解我為您所做的犧牲有多大，您又會怎樣說呢？設想天主創造出世界，使混沌的天地變得富饒，而在創造第三樣東西時停下來，為了不讓一位天使因為我們的罪惡而從不朽的眼睛流下淚水。設想上帝一切都準備好了，揉好黏土，使一切欣欣向榮，正在欣賞自己的作品時，卻熄滅了太陽，一腳把世界踢到永恆的黑夜裡，那麼，對於我因喪失生命而失去的一切，您就能大致想像了，不，不，或者不如說您根本無法想像是怎麼回事。」

梅爾塞苔絲望著伯爵，那神態帶著驚訝、讚賞和感激。

基度山把額頭抵在他發燙的手上，彷彿他的額頭再也無法獨自承受思想的重負似的。

「愛德蒙，」梅爾塞苔絲說：「我還有一句話要對您說。」

伯爵苦笑著。

「愛德蒙，」她繼續說：「您會看到，即使我的臉變得蒼白，即使我的眼睛黯淡無光，即使我的美麗變得憔悴，最後，即使梅爾塞苔絲的面容不再像從前那樣，但您會看到她的心始終不變！再見，愛德蒙！我對上天已一無所求，我又見到您像從前一樣高貴偉大。再見，愛德蒙！再見，而且謝謝！」

伯爵沒有答腔。

梅爾塞苔絲打開書房的門，他還沒有從痛苦的沉思中恢復，她已經消失不見了。他因放棄了復仇，而陷入了這種沉思。

當送走德·莫爾賽夫夫人的馬車行駛在香榭麗舍大街上，致使基度山伯爵抬起頭時，傷殘軍人院的大鐘敲響了一點鐘。

「我決心復仇的那一天，」他說：「卻沒有把自己的心挖出來，多傻啊！」

90 決鬥

梅爾塞苔絲走後，基度山家裡的一切又陷入黑暗。他的思緒在他的周圍和內心中停滯了，他堅毅的頭腦沉沉入睡，就像精疲力竭之後，身體需要休息那樣。

「什麼！」他思索著，燈油和蠟燭都愁慘地點盡了，僕人們在前廳不耐煩地等候著，「什麼！這座經過緩慢地籌備，費了多少周折和心思建造的建築，只要一句話、吹一口氣就瞬間倒塌了。什麼，我這個人，我一直以為有點分量，引以自豪，雖然在紫杉堡的黑牢裡我覺得自己那樣渺小，可是我成功地使自己變得如此高大，然而明天我就要變成一抔塵土！唉！我留戀的決不是軀體的死亡，生命既有的消殞難道不是一種休息嗎？一切都趨向這種休息，所有不幸的人都渴望這種休息，我早就盼望肉體的安寧，當法理亞出現在黑牢時，我正通過饑餓的痛苦之路朝這種平靜狀態邁去。死亡是什麼？往上一階是平靜，往上兩階或許是寂靜。不，我留戀的決不是生命，而是由我費時策劃、精心建構的毀滅計劃。我原以為上帝是贊成這些計劃的，但祂其實是反對的。上帝不願意實現它們。

「我肩負的這個重負幾乎跟世界一樣沉重，我原以為能承擔到最後，這是依據我的願望，而不是我的力氣設想的；是依據我的意願，而不是我的能力設想的，才走到半途，我便必須把重負放下。哦！十四年的絕望和十年的希望已使我變成天命所歸的人，而現在我又將變成一個被命運擺佈的人。

「天哪！這一切之所以會如此，是因為我以為死去的心，原來只是麻木罷了，現在我的心甦醒過來，它在跳動，因為我聽到了一個女人的聲音，胸膛內劇烈跳動的痛苦讓我屈服了。

「但是，」伯爵繼續想道，更陷入梅爾塞苔絲讓他面臨的明天可怕安排的推想之中。「這個女人心靈高尚，不可能這樣自私自利，同意讓身強體壯、生氣勃勃的我被殺死！她不可能把母愛，或者不如說把母性的狂熱推展到這地步！有一些品德，過於誇大便會變成罪行。不，她預想出某些動人的場面，她會置身於長劍之間，這舉動現今想來是崇高的，在決鬥場上卻會是荒唐可笑的。」

自尊心引起的紅暈泛上伯爵的臉龐。

「荒唐可笑，」他再說一遍：「荒唐可笑會落到我身上！我是荒唐可笑的？不，我寧願死去。」

在他答應梅爾塞苔絲讓她兒子活著時，已判決了自己明天將遭受的厄運，由於事先如此誇大厄運，伯爵竟然這樣思索：「愚蠢，愚蠢，愚蠢！這樣慷慨，讓自己成為那個年輕人槍口下的目標，怎麼辦呢？他決不會相信我的死是自殺，但重要的是我留下的名聲……（這決不是虛榮，是嗎，我的上帝？而是應有的自尊心，如此而已）。重要的是我留下的、讓世人知曉的名聲，我是出於自願，放下已經舉起、準備開槍的手臂，這手臂用來對付別人綽綽有餘，我卻用來打擊自己。必須如此，我必須這樣做。」

於是他抓起一支筆，從書桌的暗屜裡取出一張紙，這張紙是他來到巴黎後立下的遺囑，他在下面追加條款，以讓不明究理的人們明白他的死因。

「我這樣做，我的上帝！」他說，抬頭望天，「既是為了您的聲譽，也是為了我的聲譽。十年來，我的上帝！我視自己為您的復仇者，不該讓唐格拉爾、維勒福和莫爾賽夫那樣的人以為僥倖擺脫了他們的仇敵。相反的，要讓他們知道上帝已經決定施行懲罰，只是由於我的意願而改變主意了。此世免卻的懲罰將在來世等待著他們，他們只是以暫時交換永恆而已。」

當他像被痛苦喚醒的人又沉入惡夢裡，在陰鬱而猶豫不決的思索中搖擺時，曙光照亮了玻璃窗，照亮了他手中的淡藍色紙張，他剛在紙上寫下上帝至高無上的證詞。

這時是早上五點鐘。

突然，一陣輕微的聲響傳到他耳裡。基度山以為聽到了一聲壓抑的嘆息，他轉過頭，環顧四周，不見一人。不過這聲響清晰地重複著，以致他的懷疑變成了確信。

於是伯爵起身，輕輕地打開客廳那扇門，他看到海蒂坐在扶手椅裡，雙臂下垂，漂亮而蒼白的頭顱往後仰。她橫坐在門口，他出去時不可能不看到她，但睡意戰勝了她的妙齡，她長時間熬夜疲憊至極，終於睡著了。開門時發出的聲響也沒有讓海蒂驚醒過來。基度山用充滿柔情和遺憾的目光凝視著她。

「她記得她有一個兒子，」他說：「而我呢，我忘了我有一個女兒。」然後，哀傷地搖搖頭：「可憐的海蒂！」他說：「她想見我，她想跟我說話，她擔心或者猜到了什麼。哦！我不能不辭而別，我不能不把她託付給別人就死去。」

於是他又輕輕地返回原來的位子，在紙的下面寫了這幾行字：

我遺贈給我以前的老闆、馬賽船主皮埃爾・摩雷爾的兒子和北非騎兵上尉馬克西米利安・摩雷爾二千萬，其中一部分由他分給他的妹妹朱麗和他的妹夫愛馬紐埃爾，如果他認為這多餘的財產不致損害他們的幸福的話。這二千萬埋藏在我的基度山岩洞裡，貝爾圖喬知道這個岩洞的祕密。

如果他沒有心上人，又願意娶雅尼納的帕夏阿里的女兒海蒂（我懷著父愛扶養她，對我來說，她具有女兒的溫情），那他就將使我如願，我不敢說這是我的遺願，但是我最後的希望。

這份遺囑已經寫明海蒂是我其餘財產的繼承人，這份財產包括在英國、奧地利和荷蘭的土地和公債，各幢宅邸和別墅的動產，除了二千萬以及給我的僕人們的各種遺贈之外，可能還價值六千萬。

他寫完最後一行字時，身後發出的叫聲使他手中的筆掉下來。

「海蒂，」他說：「您都看到了？」

原來曙光照在那年輕女郎的眼上，她醒了過來，起身走近伯爵，輕巧的腳步被地毯消去聲音，伯爵沒有聽到。

「哦！老爺，」她合起雙手說：「為什麼您在此刻寫這種東西？為什麼您把所有財產都遺贈給我，我的大人？您要離開我嗎？」

「我要去旅行，親愛的天使，」基度山帶著無限憂愁和溫情說：「如果我遭遇不幸……」伯爵住了口。

「什麼？」女孩帶著一種威嚴的聲調問，伯爵從未聽見過這種聲調，使他打了個寒顫。

「如果我遭遇不幸，」基度山說：「我希望我的女兒得到幸福。」

海蒂搖搖頭，苦笑著：「您想死嗎，我的大人？」她問。

「哲人說過，這是一種超脫的想法，我的孩子。」

「如果您要死去，」她說：「把您的財產遺贈給別人吧，因為，如果您死去……我什麼也不需要了。」接著她拿起紙，撕成四片，扔到客廳中間。這勇毅對一個女奴來說是不尋常的，她用盡力氣，倒了下來，這回不是睡著，而是暈倒在地板上。

基度山向她俯下身，把她抱在懷裡。看到美麗的臉龐變得蒼白，雙眼緊閉，娉婷的身軀一動不動，彷彿被遺棄了。他第一次想到，她對他的愛或許不是女兒對父親的愛。「唉！」他非常洩氣地低聲說：「我本來可以得到幸福的。」然後他把海蒂抱到她房裡，把始終昏迷的她交到女僕手中。

返回書房後，他趕緊關上房門，重抄了一份遺囑。剛抄完，傳來了一輛帶篷雙輪輕便馬車駛進院子的聲音。基度山走近窗戶，看到馬克西米利安和愛馬紐埃爾下車。「好。」他說：「恰是時候！」他用火漆在遺囑上封了三處。

過了一會兒，他聽到客廳裡傳來腳步聲，便親自開門。摩雷爾出現在門口。他早到將近二十分鐘。

「我或許來得太早，伯爵先生，」他說：「但我坦率地向您承認，我一分鐘也睡不著，我家裡的人也是這樣。我需要看到您無所畏懼才能恢復平靜。」

基度山被這真摯的表達觸動了，他不是向年輕人伸出手，而是張開雙臂。

「摩雷爾，」他用激動的聲音說：「今天，我感到獲得像您這樣的人的愛，這天對我來說是美好的日子。您好，愛馬紐埃爾先生。您們陪我一起去嗎，馬克西米利安？」

「當然！」年輕的上尉說：「您還懷疑嗎？」

「如果我錯了……」

「聽著，在昨天那個挑釁場面中，我一直看著您，昨夜我始終想著您的鎮定，我心裡想，正義應當在您這邊，否則，您臉上不會顯得如此讓人信賴。」

「但是，摩雷爾，阿爾貝是您的朋友。」

「只是萍水之交，伯爵。」

「您見到我那天才第一次看見他嗎？」

「是的，沒錯。您以為如何？您現在提醒，我才想起來。」

「謝謝，摩雷爾。」然後，他敲了一下小鈴：「喂，」他對應聲進來的阿里說：「把這個送到我的公證人那裡。這是我的遺囑，摩雷爾。我死後，您要瞭解這份遺囑的內容。」

「什麼！」摩雷爾大聲地說：「您會死？」

「唉！難道不應該未雨綢繆嗎，親愛的朋友？昨天您離開後做了什麼事？」

「我去了托爾托尼，正像我所期待的，找到了博尚和沙托．勒諾。不瞞您說，我去找他們。」

「既然一切都安排好了，您又何必呢？」

「聽著，伯爵，事情很嚴重，而且不可能避免。」

「您還懷疑嗎？」

「不。侮辱是公開進行的，人們已經議論紛紛。」

「怎麼樣？」

「我希望更換武器，用劍代替手槍。子彈不長眼睛。」

「您成功了嗎？」基度山帶著難以察覺的希望的閃光，趕緊問。

「沒有，因為大家知道您劍術出眾。」

「啊！誰出賣我？」

「被您擊敗的那些劍術教師。」

「您失敗了？」

「他們斷然拒絕。」

「摩雷爾。」伯爵說：「您見過我用手槍射擊嗎？」

「從來沒有。」

「那麼，我們有時間。您看。」

基度山拿起剛才梅爾塞苔絲進來時他手裡握著的那把手槍，把一張梅花A貼在鋼板上，他連發四槍，打掉了梅花的四邊。

每開一槍，摩雷爾的臉都更加蒼白。他察看基度山用來表演這一高超技巧的子彈，並不比霰彈大。

「真可怕！」他說：「您看，愛馬紐埃爾！」

然後，他轉向基度山說：「伯爵，看在老天分上，不要殺死阿爾貝！不幸的他有一個母親！」

「沒錯，」基度山說：「而我呢，我沒有母親。」

這句話的聲音使摩雷爾全身顫慄。「您是受侮辱的一方，伯爵。」

「這意味著什麼？」

「這意味著由您先開槍。」

「我先開槍？」

「啊！我已爭取到這一點，或者不如說是要求到的，我們對他們已足夠讓步，他們也該讓步。」

「距離多少步？」

「二十步。」

可怕的笑容掠過伯爵的嘴唇。「摩雷爾，」他說：「別忘了您剛才看到的畫面。」

「因此，」年輕人說：「我只能指望您一時激動，只有這樣才能挽救阿爾貝。」

「我激動？」基度山說。

「或者指望您寬宏大量，我的朋友。像您這樣百發百中，我對您說句話，要是我對別人說，可能會顯得可笑。」

「什麼話？」

「打斷他一隻手臂，打傷他，但不要殺死他。」

「摩雷爾，聽我說，」伯爵說：「我不需要別人敦促我寬容德．莫爾賽夫先生。我事先告訴您，德．莫爾賽夫先生會受到寬容，他可以跟他的兩個朋友平安無事地回去，而我……」

「您怎樣？」

「那就是另一回事，我會被抬回來。」

「怎麼會！」馬克西米利安氣急敗壞地喊道。

「正如我告訴您的那樣，親愛的摩雷爾，德．莫爾賽夫先生會殺死我。」

摩雷爾不得其解地望著伯爵：「昨晚您發生了什麼事，伯爵？」

「就像布魯圖斯在菲利普瓦[10]戰役前夕遇到的事一樣，我見到了一個幽靈。」

「那個幽靈是怎麼回事？」

「摩雷爾，那個幽靈告訴我，我活得夠久了。」

馬克西米利安和愛馬紐埃爾面面相覷。

10 馬其頓古城，靠近愛琴海。

基度山掏出錶來：「我們走吧，」他說：「七點零五分了，約會訂在八點整。」

一輛套好的馬車在等待著，基度山跟兩個證人一起登上馬車。

穿過走廊時，基度山停下來在一扇門前傾聽了一下，馬克西米利安和愛馬紐埃爾出於貼心，往前走了幾步，似乎聽到一聲嘆息應和著房裡的嗚咽。

八點整，他們來到約定地點。

「我們到了。」摩雷爾說，把頭探出車窗外，「我們先到。」

「請先生原諒我，」巴蒂斯坦說，他一直帶著難以描述的恐怖心情跟隨著主人，「我似乎看到那邊有一輛馬車停在樹下。」

「確實，」愛馬紐埃爾說：「我看到兩個年輕人踱來踱去，好像在等人。」

基度山從馬車輕輕跳下，向愛馬紐埃爾和馬克西米利安伸出手，幫他們下車。

馬克西米利安把伯爵的手握在自己手裡。

「好極了。」他說：「我很高興看到擁有這樣的手的人，他的生活是建立在行善的基礎上。」

基度山不是把摩雷爾拉到一旁，而是拉到愛馬紐埃爾後面一兩步的地方。

「馬克西米利安，」他問：「您沒有心上人吧？」

摩雷爾驚訝地望著基度山。

「我不要您說心裡話，親愛的朋友，我只問您一個簡單問題，請回答是或否，我只要求您這樣做。」

「我愛著一個女孩，伯爵。」

「您非常愛她嗎？」

「勝過愛我的生命。」

「唉，」基度山說：「我又失去了一個希望。」然後嘆了一口氣：「可憐的海蒂。」他喃喃地說。

「說實話，伯爵，」摩雷爾大聲地說：「如果我不那麼瞭解您，會以為您不夠勇敢。」

「因為我想到我就要離開一個為之惋惜的人！啊，摩雷爾，對自己的勇敢毫無把握的人還算是戰士嗎？我難道留戀生命嗎？我在生死之間度過了二十年，生與死對我來說算什麼呢？而且，請放心，摩雷爾，如果我一時軟弱，也只針對您一個人。我知道，世界就像一個客廳，必須有禮且尊嚴地走出去，也就是說，要打招呼，而且償清賭債。」

「好極了。」摩雷爾說：「說得好。對了，武器帶來了嗎？」

「我！何必呢？希望那幾位先生會準備。」

「我去問一下。」摩雷爾說。

「好的，不過別討價還價，您明白我的話嗎？」

「放心吧。」

摩雷爾朝博尚和沙托．勒諾走去。他們看到馬克西米利安過來，迎了上去。

三個年輕人互相鞠躬，即使談不上親切，至少客氣有禮。

「對不起，二位，」摩雷爾說：「我沒有看到德．莫爾賽夫先生。」

「今天早上，」沙托．勒諾回答：「他派人通知，要在這裡跟我們會合。」

「啊！」摩雷爾說。

博尚看看錶。「八點零五分，時間還不算晚，摩雷爾先生。」他說。

「哦！」馬克西米利安回答：「我剛才的話不是這個意思。」

沙托．勒諾打斷說：「有輛車來了。」

確實有輛馬車沿著通往他們所在的十字路口的大街疾馳而來。

「二位，」摩雷爾說：「您們一定準備了手槍。基度山先生表示放棄使用他手槍的權利。」

「我們已預料到伯爵會這樣灑脫，摩雷爾先生。」博尚回答：「我已帶來武器，八至十天前我買來的，以備這種不時之需。武器是嶄新的，還沒有使用過。您想檢查一下嗎？」

「啊！博尚先生！」摩雷爾說，鞠了一躬，「既然您保證德．莫爾賽夫先生完全不熟悉這些武器，您想，您這番話不就很足夠了嗎？」

「二位，」沙托．勒諾說：「坐在那輛馬車上的不是莫爾賽夫，真的，是弗朗茲和德布雷。」他所說的那兩個年輕人果然走上前來。

「二位，您們竟然到這裡！」沙托．勒諾分別跟他們兩人握手，「怎麼這麼巧？」

「因為，」德布雷說：「阿爾貝今天早上請我們到這裡。」

博尚和沙托．勒諾驚訝地面面相覷。

「諸位，」摩雷爾說：「我想我明白他的意思。」

「說吧。」

「昨天下午，我收到德．莫爾賽夫先生的一封信，請我到歌劇院。」

「我也收到了。」德布雷說。

「我也收到了。」弗朗茲說。

「我也收到了。」沙托．勒諾和博尚齊聲說。

「他想讓您們在他挑釁時在場，」摩雷爾說：「他想讓您們在他決鬥時也在場。」

「是的。」幾個年輕人一起說：「沒錯，馬克西米利安，您應是猜對了。」

「但這樣做之後，」沙托．勒諾低聲地說：「阿爾貝卻不來，他已遲到十分鐘。」

「他來了。」博尚說：「他騎馬來的。看，他疾馳而來，後面跟著僕人。」

「騎馬來用手槍決鬥是多麼不謹慎啊！」沙托．勒諾說：「我曾經好好指點他！」

「看，」博尚說：「領子繫著領帶，敞開上衣，白背心，為什麼不乾脆在肚子上畫個黑點呢？那會結束得更快、更簡單！」

這時，阿爾貝來到距離五個年輕人十步遠的地方，他勒住馬，跳下來，把韁繩扔給僕人。阿爾貝走過來。他臉色蒼白，雙眼發紅腫脹。可見整夜沒有睡過一分鐘。他的臉龐帶著沉鬱的表情，那是他平時所沒有的。

「謝謝，諸位，」他說：「謝謝您們應邀前來，請相信我十二萬分地感激您們的友誼。」

摩雷爾走近莫爾賽夫，他剛才倒退了十幾步，躲在一旁。

「還有您，摩雷爾先生，」阿爾貝說：「我也要感謝您。過來吧，朋友是不嫌多的。」

「先生，」馬克西米利安說：「或許您不知道我是基度山先生的證人吧？」

「我原本不確定，但我猜想到了。那更好，這裡有地位的人越多，我越滿意。」

「摩雷爾先生，」沙托．勒諾說：「您可以告訴基度山伯爵先生，德．莫爾賽夫先生已經到達，我們聽候他的吩咐。」

摩雷爾跨出一步，準備完成使命。與此同時，博尚從馬車裡拿出手槍盒。

「等等，諸位，」阿爾貝說：「我有兩句話要當面對基度山伯爵說。」

「單獨嗎？」摩雷爾問。

「不，先生，當著大家的面。」

阿爾貝的證人們吃驚地面面相覷，弗朗茲和德布雷低聲地交換了幾句話，摩雷爾很高興出現這個插曲，便去找伯爵，伯爵正與愛馬紐埃爾在一條平行的側道上散步。

「他要對我說什麼？」基度山問。

「我不知道，但他要求跟您說話。」

「哦！」基度山說：「但願他不要再侮辱人，莽撞行事。」

「我想他不會這麼做。」摩雷爾說。

伯爵在馬克西米利安和愛馬紐埃爾陪伴下走上前去，他泰然自若，跟阿爾貝激動異常的臉形成奇特的對照。阿爾貝也走過來，後面跟著四個年輕人。

阿爾貝和伯爵在距離彼此三步遠的地方站住。

「諸位，」阿爾貝說：「請走近一點，我希望我有幸對基度山伯爵先生所說的每一句話，您們都能聽得一清二楚，因為不管你們覺得我這番話多麼奇怪，我所說的話還勞煩您們轉述給願意聽的人。」

「我洗耳恭聽，先生。」伯爵說。

「先生，」阿爾貝說，他的聲音本來有點顫抖，繼而逐漸平穩下來，「先生，我曾指責您洩露德．莫爾賽夫伯爵先生在埃皮魯斯的所作所為，不管德．莫爾賽夫伯爵先生多麼罪大惡極，我認為您沒有權利懲罰他。但今天，先生，我知道您擁有這個權利。並非費爾南．蒙德戈對阿里帕夏的背叛行為讓我如此迅速地原諒您，而是漁夫費爾南對您的出賣，是那次出賣對您造成空前的苦難。因此我要說，我要高聲地宣佈：是的，先生，您報復我的父親是對的，我身為他的兒子，感謝您沒有採取進一步的行動。」

即使現在一道驚雷劈在這個意想不到的場面，也不會比阿爾貝這番話更令現場目擊者驚愕。

至於基度山，他帶著無限感激的神情仰望天空，他相當瞭解阿爾貝身陷羅馬強盜手中時表現出的勇敢，然而剛烈的阿爾貝怎麼會突然忍氣吞聲，使他至為驚奇。他因此明白梅爾塞苔絲的影響力有多大，明白她那顆高尚的心當時為什麼不反對他的犧牲，因為她知道這種犧牲是不會發生的。

「現在，先生，」阿爾貝說：「如果您感到我剛的道歉足夠了，請伸出手。您看來似乎永遠不會犯錯，我想，除了這種罕見的特質外，在所有優秀品德中最重要的是能認錯。但認錯只與我相關。我依一般人的準則行動，而您呢，您按上帝的意志行動。只有一個天使能讓我們其中一人免於一死，這個天使已經下凡，即使不能使我們成為兩個朋友（唉！命運使然），至少也能讓我們互相尊重。」

基度山熱淚盈眶，胸口起伏，嘴巴半張，向阿爾貝伸出一隻手，後者一把抓住，帶著敬畏般的情緒緊緊握住。

「諸位，」他說：「基度山先生賞光接受我的道歉。我對他行動魯莽。魯莽是會出錯的，我做錯了事。現在我的過錯得到了彌補。我希望世人不致視我為懦夫，因為我所做的是良心要我做的事。無論如何，如果別人誤解我，」年輕人又補充說，驕傲地抬起頭來，彷彿他向朋友和敵人們提出挑戰似的，「我會盡力糾正他的看法的。」

「昨夜究竟發生了什麼事？」博尚問沙托・勒諾：「我覺得我們在這裡扮演著一種令人難堪的角色。」

「的確，阿爾貝剛才的所作所為若不是卑劣的，就是高尚之至。」男爵回答。

「啊！」德布雷問弗朗茲：「這是什麼意思？什麼！基度山伯爵使德．莫爾賽夫先生身敗名裂，但在莫爾賽夫的兒子眼中，他做的卻是對的。要是我家裡出了十次雅尼納事件，我相信自己只會做一件事，那就是決鬥十次。」

至於基度山，他低著頭，雙手木然不動，在二十四年往事的重負之下，他被壓垮了，他既不去想阿爾貝、博尚、沙托．勒諾，也不去想在場任何一個人，他在想那個勇敢的女人，她曾經向他乞求她兒子的生命，他也答應向她兒子獻出生命，而她兒子剛剛驚人地坦白了家庭祕密，拯救了他的性命，這個家庭祕密足以永遠扼殺年輕人的孝心。

「這終究是天意。」他喃喃地說：「啊！今天我才真正相信，我是上帝的使者！」

91 母與子

基度山伯爵帶著充滿憂愁和尊嚴的微笑向五個年輕人鞠躬，跟馬克西米利安和愛馬紐埃爾一起踏上他的馬車。

只有阿爾貝、博尚和沙托．勒諾留在決鬥場上。年輕人看了兩位證人一眼，這一眼不是膽怯的，而是似乎在徵求他們對於剛發生的事的意見。

「真的，親愛的朋友，」博尚先開口，或者他更為敏感，或者他不愛隱瞞，「請允許我祝賀您，對於一件這麼令人不快的事，這是意料不到的結局。」

阿爾貝一聲不吭，陷入沉思。沙托．勒諾只是一味地用有彈性的拐杖敲打自己的靴子。「我們不離開嗎？」尷尬地沉默了一會兒之後，他說。

「如果您願意。」博尚回答：「只是請允許向德．莫爾賽夫先生略表祝賀。今天他表現出富騎士風度的、非常罕見的豪氣！」

「哦！是的。」沙托．勒諾說。

「能有這樣的自制力，」博尚又說：「真是了不起！」

「當然，要是我就做不到了。」沙托．勒諾帶著意味深長的冷淡態度說。

「二位，」阿爾貝打斷說：「我相信您們不瞭解基度山先生和我之間發生了一件非常嚴重的事……」

「剛好相反，剛好相反，」博尚馬上說：「我們這些閒雜人是無法理解您的英雄行為的，而您遲早會發覺自己不得不終其一生去向他們解釋。您願意我提出一個朋友的忠告嗎？您動身到拿波里、海牙或聖彼得堡，在那些寧靜的地方，人們對聲譽的看法，比我們這些性情火爆的巴黎人更為明智。一旦抵達那裡，好好練習射擊，務求擊中靶心；反覆琢磨劍術，學第三種和第四種架式；盡量深居簡出，被人遺忘，幾年後再平靜地返回法國，屆時或許在擊劍上會讓人敬重，以得到平靜。我說得對嗎，德．沙托．勒諾先生？」

「這跟我的看法完全一致，」這個貴族說：「一場嚴肅的決鬥不了了之，這難以自圓其說。」

「謝謝，二位，」阿爾貝帶著冷漠的微笑回答：「我會聽從您們的忠告，並非因為您們提出這個建議，而是因為我原本就要離開法國。我還要感謝您們做我的證人，為我出力。這深深銘刻在我心中，因為我聽到您們剛才那番話，記住了這點。」

沙托．勒諾和博尚相對而視。他們倆的印象是一致的，莫爾賽夫表示感謝的聲調顯得非常堅定，如果談話繼續下去，氣氛會變得十分尷尬。

「再見，阿爾貝。」博尚突然說，漫不經心地向年輕人伸出手，而阿爾貝似乎還沒有從木然中恢復。確實，他對伸過來的手毫無表示。

「再見。」換沙托．勒諾說，他的左手握著小拐杖，用右手打招呼。

阿爾貝張開嘴，勉強地低聲說：「再見！」他的目光比剛才明朗些，含藏著一首詩，那首詩交雜著壓抑的憤怒、高傲的蔑視和寬容的憤慨。

當兩個證人踏上馬車的時候，他保持著紋絲不動和抑鬱寡歡的姿勢。然後，他兀自解開僕人綁在小樹上的坐騎，輕巧地跳上馬鞍，朝通往巴黎的方向疾馳而去。一刻鐘後，他返回赫爾德路的公館。

下馬時他似乎看到他父親蒼白的臉出現在臥室的窗簾後面，阿爾貝嘆了口氣，掉轉過頭，回到自己的小樓。

進了屋，他對這些奢華的擺設看了最後一眼，自從童年以來，這些擺設讓他的生活多麼甜蜜幸福；他再一次觀賞那些油畫，畫中的面孔好像在對他微笑，畫中的風景似乎擁有鮮活的色彩而熱鬧起來。然後他從橡木畫框中取下母親的肖像，捲起來，金色畫框裡因此只剩下黑底，變得空蕩蕩。

接著他整理好精美的土耳其武器，漂亮的英國步槍，日本花瓶，鑲嵌裝飾小物的杯子，弗歇爾[11]或巴理[12]署名的青銅藝術品。他查看衣櫃，將鑰匙一一插入鎖孔裡，他把身上口袋裡的錢都扔進書桌的抽屜，讓抽屜打開著。又把擺滿杯子、珠寶盒和陳列架的上千種珍玩首飾都倒進抽屜。他把這些物件一一列出，開了一張詳細無誤的清單，放在桌上最顯眼的地方，在這之前他已經把堆滿桌面的書籍紙張全都拿走了。

起初做這件事的時候，他的僕人不顧阿爾貝不許進來的吩咐，擅自走進房間。

「你要做什麼？」莫爾賽夫問他，聲調中憂鬱多於憤怒。

「對不起，先生，」貼身男僕說：「先生不許我打擾，但德．莫爾賽夫伯爵派人來叫我。」

「怎麼樣？」阿爾貝問。

「沒得到先生的吩咐之前，我不想去見伯爵先生。」

「為什麼？」

「因為伯爵先生一定知道我陪先生去決鬥場了。」

11 弗歇爾（一八〇七—一八五二），法國雕塑家。

12 巴理（一七九六—一八七五），法國雕塑家、水彩畫家，作品有《虎吞鱷》、《拉皮泰人和半人半馬怪物》等。

「有可能。」阿爾貝說。

「他派人來叫我，一定是為了問我事情的經過。我該怎樣回答呢？」

「說實話。」

「所以我就說沒有進行決鬥？」

「你就說我向基度山伯爵先生道歉了。去吧。」

男僕鞠了一躬，出去了。

阿爾貝又繼續開列清單。

正當他開完清單，馬兒在院子裡的踩踏聲和車輪震動窗戶的聲音吸引了他的注意，他走近窗戶，看到他父親登上四輪敞篷馬車，動身走了。

公館的大門一在伯爵身後關上，阿爾貝就朝他母親的房間走去。由於沒有僕人稟報，他直直走向梅爾塞苔絲的房間。由於目睹剛才那一幕，並猜到一切，他心裡十分難受，在門口停下腳步。

彷彿心有靈犀，梅爾塞苔絲在自己的房裡做著阿爾貝剛才在他房裡做的事。一切都整理得井井有條：飾帶、衣裳、首飾、布料、金錢，都在抽屜裡放好，伯爵夫人仔細地蒐集好抽屜的鑰匙。

阿爾貝看見這一切，心裡明白了，大聲地說：「母親！」他過去摟住梅爾塞苔絲的脖子。

能再現這兩張臉龐的畫家，肯定能畫出一幅出色的畫。

確實，這反映出堅定決心的場面，剛才阿爾貝自己做著的時候完全不害怕，但母親做著的時候，卻讓他驚恐不安。

「您在做什麼？」他問。

「您剛才在做什麼？」她回答。

「哦，母親！」阿爾貝喊道，感動得說不出話來，「您跟我不同！不，您不能改變我的決心，因為我是來告訴您，我要告別您的家……和您。」

「我也是，阿爾貝，」梅爾塞苔絲回答：「我也是，我要走了。不瞞你說，我早就打算讓我的兒子陪我走，我想錯了嗎？」

「母親，」阿爾貝斬釘截鐵地說：「我不能讓您分擔我即將面臨的命運。今後我只能隱姓埋名、節衣縮食地生活。為了適應這種艱苦日子，直到我能自食其力，我必須向朋友借麵包，我這就到弗朗茲那裡，請他借給我一點錢，應付眼前所需。」

「你啊，我可憐的孩子！」梅爾塞苔絲大聲地說：「你要遭罪受苦，你要忍饑挨餓！哦，別說了，你會摧毀我的決心。」

「但不會摧毀我的決心，母親，」阿爾貝回答，「我很年輕，我很強壯，我相信我很勇敢，從昨天開始我知道了意志的力量。唉，母親，有的人歷盡千辛萬苦，不僅沒有死，而且還在上天曾給予他們幸福許諾的廢墟上，在上帝曾給過他們種種希望的殘餘之上，建立起新的財富。我知道有這種事，母親，我見過這樣的人，我知道，他們從敵人把他們扔進的深淵下，堅強有力、令人讚嘆地爬了起來，終於制伏了過去的勝利者，並把敵人投進深淵。不，母親，從今天起，我已和過去決裂，我什麼也不要，甚至不要我的名字，您明白為什麼這麼做，是嗎，母親？您的兒子不能用一個羞於見人的姓氏！」

「阿爾貝，我的孩子，」梅爾塞苔絲說：「如果我的心更堅強，我也會這樣勸告你。當我的聲音沉寂時，你的良心說話了；傾聽你自己的良心吧，我的孩子。你有朋友，阿爾貝，暫時跟他們斷絕往來，但看在你母親的分上，不要絕望！在你這個年齡，生命還很美，親愛的阿爾貝，因為你只有二十二歲。你這樣純潔的心需要一個白璧無瑕的姓氏，那麼就用我父親的名字吧，他叫作埃雷拉。我瞭解你，阿爾貝，無論你從事什麼職業，不久你能使這個名字變得顯赫。那時，孩子，再出現在社交圈吧，過去的不幸會讓你顯得更加光彩奪目。如果跟我的預料相反，情況不是這樣，那麼至少讓我保留這個希望，我只有這個想法，我不會再有未來，當我跨出這幢宅邸，墳墓就在等著我了。」

「我會遵照您的願望，母親。」年輕人說：「是的，我與您抱著同樣的希望。您如此純潔，我這樣無辜，上天的憤怒不會跟隨著我們。既然我們已下定決心，我們就趕快行動吧。德．莫爾賽夫先生離開公館大約已有半小時，正如您所看見的，要避免議論和解釋，這是最好的時機。」

「我準備好了，我的孩子。」梅爾塞苔絲說。

阿爾貝立刻跑到大街，帶回一輛出租馬車，想把他和母親一起載走。他記得聖父街上有一幢附家具出租的房子，他的母親可以在那裡找到一個簡樸而過得去的住處。接著他回來找伯爵夫人。

正當出租馬車停在他家門口，阿爾貝從車上下來時，有個人走近他，交給他一封信。阿爾貝認出是那個管家。

「伯爵的信。」貝爾圖喬說。

阿爾貝接過信，打開看。看完信，他四處尋找貝爾圖喬，但在年輕人看信時，貝爾圖喬已經消失不見了。

阿爾貝熱淚盈眶，心中激動不已，回到梅爾塞苔絲那裡，默不作聲地把信遞給她。

梅爾塞苔絲念道：

阿爾貝：

在向您表明我已洞悉您即將實行的計劃的同時，我也想向您表明我理解您的高尚舉動。您自由了，您要離開伯爵的家，而且您要帶著像您一樣自由的母親離開您們的家。但請您考慮一下，阿爾貝，您的心是高尚而可憐的，您欠她的恩惠很多，無法償還。您獨自去奮鬥吧，獨自去受磨難吧，就別讓她忍受那最初階段的貧困了，貧困必然要伴隨您初始的努力而來的，因為，她甚至連目前落到她身上的不幸都不該承受，上帝是不會讓無辜者成為替罪羔羊的。

我知道您們倆即將離開赫爾德街的住宅，什麼也不帶走。我怎麼知道的，請不要尋根究柢。我知道了，這就行了。

聽著，阿爾貝。二十四年前，我高高興興、滿懷自信地回到故鄉。我有一個未婚妻，阿爾貝，一個我鍾情的聖潔女孩，我為未婚妻帶回一百五十個用不懈的勞動艱辛地積存起來的路易。那些錢是給她的，我為她準備著，我知道大海是無情的，我把我們的財寶埋在馬賽梅朗巷我父親那間屋子的小花園裡。

阿爾貝，您母親熟悉那間可憐而珍貴的屋子。

最近，我前往巴黎時路過馬賽。我去看過那座充滿痛苦回憶的屋子。傍晚，我手裡拿著鐵鍬，朝埋著財寶的地方挖下。鐵盒還在原地，沒有人碰過。它埋在一棵美麗無花果樹的樹蔭角落裡，那棵樹是我父親在我出生那天栽下的。

阿爾貝，那筆錢從前是為了確保我深愛的女人的生活和寧靜而埋下的，今天，出於奇特而令人痛苦的巧合，它派上了同樣的用場。哦！請好好理解我的想法，我能給那個可憐的女人幾百萬，但我只還給她那塊黑麵包，那是在我跟我愛著的女人分手之日遺留在我可憐家裡的。

您是一個寬宏大量的人，阿爾貝，但或許您被驕傲和怨恨蒙住了眼睛。如果您拒絕我，如果您向別人要求我有權給您的東西，我會說，一個人的父親被你的父親害得在饑餓和絕望中死去，要是您拒絕這樣的人向您的母親提供生活費，那就不夠豁達了。

母親把信讀完後，阿爾貝臉色蒼白，一動不動，等待她做決定。

梅爾塞苔絲用難以形容的目光仰望天空。「我接受，」她說：「他有權利支付我到修道院的錢。」

她把信按在心上，握住兒子的手臂，邁著她自己或許都意想不到的堅定步伐，向石階走去。

92 自盡

基度山也跟愛馬紐埃爾和馬克西米利安一起回到了城裡。

回來的路上大家有說有笑。愛馬紐埃爾毫不掩飾他看到決鬥握手言和的高興心情，大聲地承認他的博愛觀點。摩雷爾待在馬車角落，只讓他的妹夫用言語表達內心的歡快，誠然，他也滿心高興，但只從眼神中流露出來。

途經王座城柵口，他們遇到了貝爾圖喬，他在那裡像站崗的哨兵一樣紋絲不動的等候著。

基度山將頭探出車窗外，跟他低聲交換了幾句話，管家就消失不見了。

「伯爵先生，」在到達王家廣場附近時，愛馬紐埃爾說：「請送我到家門口，別讓我妻子為您我擔憂。」

「如果炫耀勝利不致顯得滑稽可笑的話，我想邀請伯爵先生到我們家，但伯爵先生一定也要去安慰為他顫慄不安的心靈。我們到了，愛馬紐埃爾，向我們的朋友致意吧，讓他繼續趕路。」

「等一下，」基度山說：「別讓我一下失掉兩個夥伴。您回到可愛的妻子身邊吧，請代我向她問候，而摩雷爾，您陪我到香榭麗舍大街。」

「好極了，」馬克西米利安說：「尤其因為我正好在您的街區裡有點事要辦，伯爵。」

「要等你吃早餐嗎？」愛馬紐埃爾問。

「不用了。」年輕人回答。

車門又再關上，馬車繼續往前走。

「您看，我帶給您好運，」單獨跟伯爵待在一起時，摩雷爾說：「您不這麼認為嗎？」

「有想過。」基度山說：「因此我總想要您待在我身邊。」

「真是神奇。」摩雷爾繼續說，宛如回答自己的想法。

「什麼事？」基度山問。

「剛才發生的事。」

「是的，」伯爵微笑著回答：「您一語中的，摩雷爾，真是神奇。」

「因為終究來說，」摩雷爾說：「阿爾貝是勇敢的。」

「非常勇敢。」基度山說：「我看過他頭上懸著利刃卻仍然安睡。」

「我知道他決鬥過兩次，兩次都非常出色。」摩雷爾說：「不知道如何解釋今天早上的行動？」

「始究是您的功勞呀！」基度山笑著回答。

「幸虧阿爾貝不是軍人。」摩雷爾說。

「為什麼這麼說？」

「在決鬥場上道歉！」年輕的上尉搖著頭說。

「好了，」伯爵和藹地說：「不要陷入庸俗的偏見裡好嗎，摩雷爾？難道您不承認，既然阿爾貝是勇敢的，他就不是懦夫。他今天早上這麼做，一定有其理由，也因此，他的行為更顯英勇。」

「當然，當然，」摩雷爾回答：「但我要像西班牙人那樣說：他今天不如昨天勇敢。」

「您跟我共進早餐，好嗎，摩雷爾？」伯爵驟然打斷談話說。

「不行，我十點鐘要離開您。」

「您赴會是為了與人一起吃早餐嗎？」

摩雷爾微微一笑，搖搖頭。

「您終究要在某處吃早餐吧。」

「可是，如果我不餓呢？」年輕人說。

「喔！」伯爵說：「我只知道有兩種情感會讓人沒胃口：痛苦（由於我很高興地看到您十分開心，所以這絕不可能）和愛情。因此，根據您剛才告訴我的祕密，我可以認為……」

「說實話，伯爵，」摩雷爾欣喜地回答：「我不否認。」

「您不說給我聽聽，馬克西米利安？」伯爵用非常熱切的口吻說，可以看出他興致盎然，想要知道這個祕密。

「今天早上我向您表示我有心上人，是吧，伯爵？」

基度山向年輕人伸出手，以示回答。

「我的心早已不跟您一起留在萬賽納森林裡，」摩雷爾又說：「它在別的地方，我要去把它找回來。」

「去吧，」伯爵緩緩地說：「去吧，親愛的朋友。不過，如果您遇到了阻礙，請您記住，我在這個世界上有些權勢，我很樂意運用這點權勢幫助我喜歡的人，而我喜歡您，摩雷爾。」

「好的，」年輕人說：「我會記得您的話，就像自私的孩子需要父母時便會想起他們一樣。我需要您的時刻或許即將到來，那時我會開口的，伯爵。」

「好的，我記住您的話。再會。」

「再會。」

馬車來到了香榭麗舍大街的住宅門口，基度山打開車門。摩雷爾跳下車。貝爾圖喬在石階上恭候。

摩雷爾穿過馬里尼林蔭大道走了，基度山趕緊朝貝爾圖喬走去。

「怎麼樣？」他問。

「她要離家了。」管家回答。

「她的兒子呢？」

「他的貼身男僕弗洛朗坦認為他也要離家出走。」

「來吧。」

基度山把貝爾圖喬帶到書房，寫下讀者已經看到的那封信，交給了管家。

「去吧，」他說：「快一點。對了，派人通知海蒂，說我回來了。」

「我來了。」女孩說，她聽到馬車的聲音，已經下樓，看到伯爵平安無事，她高興得容光煥發。

貝爾圖喬出去了。

海蒂懷著焦慮不安，盼望伯爵歸來的最初時刻，感受到了一個女兒重新見到敬愛的父親時的激動，以及一個情婦與情人重逢時的熱情。基度山的喜悅雖然不那麼外露，卻也不比她小。經歷過長期痛苦的人的心靈喜悅，恰似久旱逢甘霖的土地，心靈和土地都盡情吸收著及時雨，卻絲毫不表露出來。幾天以來，基度山明白了一件事，那是他長期不敢相信的，也就是世上有兩個梅爾塞苔絲，也就是他還能得到幸福。他的眼睛閃爍著幸福的光芒，貪婪地凝視著海蒂淚汪汪的眼睛，這時房門霍地打開。伯爵皺起眉頭。

「德．莫爾賽夫先生來訪！」巴蒂斯坦說，彷彿這個名字包含著他的道歉。

伯爵的臉果然豁然開朗。

「哪一個，」他問：「子爵還是伯爵？」

「伯爵。」

「我的天！」海蒂喊道：「難道還沒有結束嗎？」

「我不知道是否結束了，親愛的孩子。」基度山說，握住女孩的雙手，「我知道的是，你無需害怕。」

「但他是無恥之徒……」

「這個傢伙對我無能為力，海蒂。」基度山說：「只有面對他兒子時，才需要擔心。」

「因此，我的擔憂害怕，」女孩說：「您永遠不會知道的，我的大人。」

基度山露出微笑。

「以我父親墓地的名義，」基度山說，將手伸到女孩頭上，「我對你發誓，如果有不幸的事，決不會落到我頭上。」

「我相信您，大人，就像上帝對我說的一樣。」女孩說，將額頭湊向伯爵。

基度山在如此純潔美麗的額頭上一吻，這一吻讓兩顆心同時顫抖，一顆是劇烈地跳動，另一顆是低沉地跳動。

「哦！我的上帝！」伯爵喃喃地說：「您允許我再愛一次嗎？讓德・莫爾賽夫伯爵到客廳裡。」他對巴蒂斯坦說，一邊將希臘美女帶往暗梯。

這次來訪或許在基度山意料之中，但讀者無疑沒有想到，所以需要解釋一下。

上文說過，梅爾塞苔絲就像阿爾貝在他房間裡做的那樣，她在房裡開列清單；她整理好首飾，關好抽屜，收齊鑰匙，把所有東西都收拾得井井有條。她卻沒有發現一張蒼白陰沉的臉出現在房門玻璃上，那扇門是為了供走廊採光，在門邊不僅可以偷看，還可以偷聽。那個偷看者幾乎沒有被看見，也沒有被聽見，但他卻清楚看見並聽見德．莫爾賽夫夫人房裡發生的一切。

臉色蒼白者從那扇玻璃門來到德．莫爾賽夫伯爵的臥室，以發顫的手撩開面臨庭院的窗簾。他站在那裡有十分鐘之久，一動不動，緘默無聲，聽著自己的心跳。對他來說，這十分鐘非常漫長。

這時，阿爾貝從赴會地點返回，看見他父親在窗簾後窺伺他的歸來，便轉過頭去。

伯爵睜大眼睛，昨天阿爾貝粗暴地侮辱了基度山，舉目世界各國，那樣的侮辱都會帶來殊死決鬥。然而，阿爾貝安然無恙地歸來，因此，基度山伯爵肯定遭到報復了。難以形容的快樂閃光照亮了這張陰沉的臉，就像即將消失在雲層裡的最後一縷陽光，烏雲不像陽光的床鋪，而像陽光的墳墓。

上文說過，他一直等待年輕人上樓到他房裡，告知勝利的消息，然而毫無音訊。他的兒子雖然要為父復仇，決鬥之前卻不願見父親，這是可以理解的，但是，為父親的名譽報了仇，兒子為什麼不投入他的懷抱呢？

伯爵不能去見阿爾貝，便派人去找兒子的僕人。讀者知道，阿爾貝已同意僕人不必向伯爵隱瞞。十分鐘後，只見德．莫爾賽夫將軍出現在台階上，身穿黑色禮服，繫著軍人衣領，穿著黑色長褲，戴著黑手套。看來他已事先吩咐過，因為他剛踏下最後一級台階，已套好的馬車便駛出車庫，停在面前。

這時貼身男僕將一件軍用厚呢上衣扔進馬車裡，大衣緊裹著兩把劍，顯得硬實。接著僕人關上車門，坐在車伕旁邊。車伕彎下腰等候主人吩咐。

「香榭麗舍大街，」將軍說：「基度山伯爵家。快！」

馬兒在鞭子抽打下奔馳起來，五分鐘後，牠們停在伯爵邸宅門口。

德·莫爾賽夫先生親自打開車門，馬車還沒完全停下，他已像一個年輕人跳到平行側道上。拉過鈴後，便跟僕人一起消失在打開的大門裡。

過了一會兒，巴蒂斯坦就向基度山先生通報德·莫爾賽夫伯爵來訪，而基度山送走海蒂，吩咐先讓德·莫爾賽夫伯爵到客廳。

將軍正在客廳踱步到第三回的時候，他轉過身，看到基度山站在門口。

「是德·莫爾賽夫先生，」基度山泰然自若地說：「我還以為聽錯了呢。」

「是的，是我本人。」伯爵說，嘴唇可怕地抽搐，妨礙他清楚發音。

「我想知道，」基度山說：「讓我有幸這麼早見到德·莫爾賽夫伯爵先生的原因。」

「今天早上您跟我兒子見過面了是嗎，先生？」將軍問。

「您知道了？」伯爵回答。

「我還知道我兒子有充足理由要跟您決鬥，並且盡一切努力殺死您。」

「的確，先生，他有非常充足的理由。但您看到，儘管有這些理由，他並沒有殺死我，甚至沒有和我決鬥。」

「可是他視您為讓他父親身敗名裂的禍因，此刻讓我家遭受奇恥大辱折磨的源由。」

「沒錯，先生，」基度山帶著驚人的沉靜說：「但那是次要的，而不是主要的原因。」

「一定是您向他道歉，或者對他做了什麼解釋吧？」

「我沒有對他做任何解釋，而是他向我道歉了。」

「您認為他這麼做是什麼原因呢？」

「也許是他相信在這件事中有人比我罪孽深重。」

「那個人是誰？」

「他的父親。」

「好吧，」伯爵臉色蒼白地說：「但您知道，有罪的人不願意別人相信他有罪。」

「我知道，因此我預料到此時此刻即將發生的事。」

「您料想到我兒子是個懦夫！」伯爵嚷道。

「阿爾貝・德・莫爾賽夫先生決不是懦夫。」基度山說。

「一個人手裡握著劍，且能用這把劍擊倒仇敵，但這個人卻不決鬥，他就是懦夫！但願他在這裡，我會當著他的面如此直說！」

「先生，」基度山冷冷地回答：「我沒想到您來找我是為了訴說這些家庭瑣事的。去對阿爾貝先生說吧，或許他知道怎麼回答您。」

「不，不，」將軍回答，笑容剛出現便消失了，「不，您說得對，我不是為了這個來到這裡！我來是為了告訴您，我也視您為仇敵！我來是為了告訴您，我出於本能地憎惡您！我覺得早就認識您，一直就憎恨您！既然這世紀的年輕人不再決鬥，那我們就來決鬥。您意下如何，先生？」

「好極了。剛才我說，我預料到即將遭遇的事，指的就是您賞光來訪。」

「很好，您做好準備了嗎？」

「我隨時候教，先生。」

「您知道，我們要決鬥到底，直至我們其中之一死去才罷休嗎？」將軍說，氣得咬緊牙關。

「直至我們其中之一死去才罷休。」基度山伯爵重複了一遍，一邊輕輕點頭。

「那我們走吧，我們不需要證人。」

「確實，」基度山說：「沒有必要，我們對彼此很瞭解了！」

「正好相反，」伯爵說：「我們互相並不瞭解。」

「哦！」基度山仍用令人絕望的冷淡態度說：「讓我們看看。您不就是那個在滑鐵盧戰役前夜擅離職守的軍人費爾南嗎？您不就是那個為遠在西班牙作戰的法軍擔任導遊和間諜的中尉費爾南嗎？您不就是那個叛變、出賣、殺害恩主阿里的上校費爾南嗎？這幾個費爾南匯聚在一起，不就變成了法國貴族院議員、少將德·莫爾賽夫嗎？」

「哦！」將軍喊道，這番話像燒紅的烙鐵印在他的身上，「哦！混蛋！當你可能會殺死我時，你還要指責我的恥辱，不，我並沒有說你完全不瞭解我。我很清楚，魔鬼，你已深入黑暗，看見昔日往事，不知你是憑藉哪一種火炬光芒，看到我生平的每一頁！但或許在我的恥辱中，還有比你華麗外表下更多的榮耀。不，不，你瞭解我，我知道，但我不瞭解你，你這個腰纏萬貫的冒險家！你在巴黎叫作德·基度山伯爵，在義大利叫作水手辛巴達，在馬耳他叫作什麼，我忘記了。我要問的是你的真實姓名，在你上百個名字中，我想知道的是你的真實姓名，以便在決鬥場上，當我用利劍刺穿你的心臟，可以直呼你的名字。」

基度山伯爵臉色白得嚇人，他淺黃褐色的眼眸燃燒著熊熊的火焰，他一個箭步衝向與臥室毗連的書房，轉眼間便脫下領帶、禮服和背心，穿上一件水手上衣，戴上一頂水手帽，底下露出他的黑色長髮。

他就這樣返回，模樣殘酷無情，胸前抱起手臂，走向將軍。將軍不明白他為什麼突然消失，仍等待著他，這時他牙齒打顫，雙腿發軟，退後一步，直到他痙攣的手在桌上找到一個支撐點才停下腳步。

「愛德蒙・唐泰斯！」莫爾賽夫伯爵發出不像人聲的叫聲。

「費爾南，」基度山朝對方喊道：「在我上百個名字中，我只需要告訴你一個，就能把你嚇倒。這個名字你猜得到，是嗎？或者不如說你記得起來吧？儘管我經歷了種種憂傷、苦難，今天我讓你看到的面孔，仍然因成功復仇的幸福而變得年輕，你跟我的未婚妻——梅爾塞苔絲結婚後大概常常在夢中見到過這個面孔！」

將軍頭往後仰，伸出雙手，目光凝滯，無言地盯著這幅可怕的景象，然後，他走過去摸索著牆壁，似乎要找個支撐點，慢慢地摸索到門口。他倒退著出去，一邊發出陰森的、哀怨的、撕心裂肺似的叫聲：「愛德蒙・唐泰斯！」

接著，他發出不像人聲的叫喊，拖著腳步直到寬敞的前廳，像醉漢一樣穿過院子，倒在他貼身男僕的懷裡，勉強用難以分辨的聲音咕噥著說：「回公館！回公館！」

路上，新鮮空氣和僕人的注目在他身上引發羞恥感，讓他再度集中精神。但路程很短，隨著他駛近自己的家，伯爵感受到的痛苦又全部回來了。

伯爵在離家只有幾步路的地方叫車伕停住，自己下了車。公館的大門敞開著，一輛出租馬車就停在院子中央，車伕很驚異會被叫到這樣一幢華麗的住宅前。伯爵惶恐地望著這輛出租馬車，不敢詢問別人，直接衝進自己房間。這時有兩個人正下樓，他迅速衝進書房，以躲避他們。是梅爾塞苔絲倚在兒子的手臂上，兩人一起離開公館。

他們從那個躲在錦緞門簾後面的不幸的人不遠處走過，他幾乎被梅爾塞苔絲的綢裙碰到，他臉上能感覺到兒子說話時吐出的熱氣。

「鼓起勇氣，母親！走吧，走吧，這裡已經不是我們的家。」

話聲消失了，腳步遠去了。

將軍直起身體，痙攣的雙手攀住錦緞門簾。他壓抑住嗚咽，這是同時被妻子和兒子拋棄的人從胸口發出的最可怕的啜泣聲……

不久，他聽到出租馬車的關門聲，隨後是車伕的吆喝聲，接著馬車沉重的滾動聲震撼著玻璃窗，他衝到臥室，想再次看看他在世上愛過的一切。但出租馬車開走了，而梅爾塞苔絲和阿爾貝的臉沒有出現在車窗邊，向孤獨的屋子，向父親和被拋棄的丈夫看最後一眼，表示訣別和懷念，也就是寬恕。

在出租馬車的車輪震動著拱門石子路的同時，一記槍聲響起，臥室一扇震破的窗玻璃冒出了一縷黑煙。

93 瓦朗蒂娜

讀者猜得出摩雷爾要辦什麼事，到哪裡赴約。

摩雷爾跟基度山道別後，緩緩地朝維勒福家中走去。

我們說「緩緩」，是因為摩雷爾有半個多小時走那段五百餘步距離的路，儘管時間十分充裕，他還是急於離開基度山，以獨自思索。

他很清楚這是什麼時間，此時，瓦朗蒂娜正在侍奉努瓦蒂埃吃早餐，盡孝心的時刻不容受到打擾。努瓦蒂埃和瓦朗蒂娜允許他一星期去兩次，他現在就是要去行使自己的這一權利。

他到達時，瓦朗蒂娜正等著他。她焦慮不安，近乎慌亂，她握著他的手，把他帶到祖父面前。

正如上述，這種近乎慌亂的焦慮不安，來自上流社會傳聞的莫爾賽夫事件。大家都已知道（上流社會總是會知道）歌劇院那件事。在維勒福家裡，沒有人懷疑決鬥是這次事件的必然結果。瓦朗蒂娜出於女人的直覺，猜到摩雷爾會是基度山的證人，她深知年輕人名聞遐邇的勇敢和他對伯爵的深厚情誼，生怕他不能自持，不滿足於被動的證人角色。

可以理解她多麼熱切地詢問詳情，並多麼高興得到了答案，當她知道這可怕事件有了意想不到的好結果時，摩雷爾在他意中人眼裡看到了難以形容的快樂。

「現在，」瓦朗蒂娜說，向摩雷爾示意坐在老人身邊，她自己則坐在凳子上，「讓雙腳休息，「讓我們談談我們的事。您知道，馬克西米利安，爺爺曾想過離開這幢房子，另外找一間遠離德·維勒福先生公館的房子。」

「是的，」馬克西米利安說：「我記得這個計劃，我當時即大聲附和。」

「那麼，」瓦朗蒂娜說：「再次附和吧，馬克西米利安，因為爺爺又重提此事了。」

「好極了！」馬克西米利安說。

「您知道，」瓦朗蒂娜問：「我爺爺為什麼要離開這個家嗎？」

努瓦蒂埃望著他的孫女，用目光示意她住口，但瓦朗蒂娜沒看努瓦蒂埃，她的眼睛，她的目光，她的微笑，都對著摩雷爾。

「哦！不管努瓦蒂埃先生出於什麼原因，」摩雷爾大聲地說：「我要說都是好的。」

「好極了的原因，」瓦朗蒂娜說：「他認為聖奧諾雷城區的空氣對我不宜。」

「的確如此，」摩雷爾說：「聽著，瓦朗蒂娜，努瓦蒂埃先生可能說得很對，半個月以來，我覺得您的身體變糟了。」

「是的，有點不好，沒錯。」瓦朗蒂娜回答：「因此爺爺成了我的醫生，由於爺爺無所不知，我十二萬分信任他。」

「您真的不舒服嗎，瓦朗蒂娜？」摩雷爾迫切地問。

「哦！我的天，這不叫作不舒服，我感到不舒坦，如此而已。我沒有胃口，我覺得胃總是難受，好像不適應什麼食物似的。」

努瓦蒂埃不放過瓦朗蒂娜的每一句話。

「您服什麼藥來醫治這莫名的病症呢？」

「很簡單，」瓦朗蒂娜說：「每天早上我喝一匙為爺爺端來的藥水，我說一匙，是指從一匙開始，現在我已喝四匙。爺爺認為那是萬靈藥。」

瓦朗蒂娜微笑著，但微笑中有著一絲憂傷和痛苦。沉醉在愛情中的馬克西米利安默默地望著她。她楚楚動人，但蒼白臉龐帶著一點晦暗的色彩，她的眼睛閃耀不同尋常的熱烈光彩，她的雙手平日宛如珍珠般白皙，如今卻彷彿是蠟製的，隨著時日，有種淡黃色澤滲透進去。

年輕人的目光從瓦朗蒂娜轉到努瓦蒂埃身上，努瓦蒂埃以奇特而深刻的眼神觀察這一往情深的女孩。他也跟摩雷爾一樣，看到了暗自痛苦的痕跡，不管那痛苦如何避人耳目，卻逃不過爺爺和情人的眼光。

「但是，」摩雷爾說：「這種您已經喝到四匙的藥水，本來是要開給努瓦蒂埃先生喝的吧？」

「我知道這種藥非常苦，」瓦朗蒂娜說：「苦到讓我覺得隨後喝下去的東西都是苦的。」

努瓦蒂埃用詢問的目光望著孫女。

「是的，爺爺，」瓦朗蒂娜說：「的確是這樣。剛才下樓到您房裡之前，我喝了一杯糖水，我剩下一半，那杯水喝起來非常苦。」

努瓦蒂埃臉色變得煞白，示意他想說話。瓦朗蒂娜站起來去找字典。努瓦蒂埃帶著明顯的憂慮注視著她。果然，血液湧上女孩的頭部，她的臉頰變得緋紅。

「哦！」她叫道，仍然興高采烈，「真奇怪，一陣頭昏眼花！難道是因為陽光直直照進我眼睛的緣故嗎？……」她扶倚在窗戶上。

「現在沒有陽光啊。」摩雷爾說，努瓦蒂埃的表情比瓦朗蒂娜的不舒服，更讓他惴惴不安。他朝瓦朗蒂娜奔去。女孩微笑著。

「放心哪，爺爺，」她對努瓦蒂埃說：「放心吧，馬克西米利安，沒事，已經過去了。您聽，我好像聽到院子裡有馬車聲？」

她打開努瓦蒂埃的房門，跑向走廊的一扇窗口，又迅速地回來。

「是的，」她說：「是唐格拉爾夫人和她的女兒來拜訪我們。再見，我要離開了，因為有人來找我。或者不如說待會兒見，您留在爺爺身邊，馬克西米利安先生，我答應您不會久留她們。」

摩雷爾注視她，看她關上房門，又聽到她踏上通往德．維勒福夫人和她房間的小樓梯。

她一消失，努瓦蒂埃便向摩雷爾示意拿字典。摩雷爾照辦。他在瓦朗蒂娜的指導下，已快速學會理解老人的意思。但無論他如何熟稔，由於必須依字母順序念下來，並在字典裡找到每個字，所以過了整整十分鐘，老人的想法才轉譯成如下這句話：「去把瓦朗蒂娜房裡那杯水和水瓶拿來。」

摩雷爾馬上搖鈴叫僕人來，這個僕人是頂替巴魯瓦的，摩雷爾以努瓦蒂埃的名義吩咐他。

過了一會兒，僕人回來了。水瓶和玻璃杯都是空的。

努瓦蒂埃示意他想說話。「為什麼玻璃杯和水瓶都是空的？」他問：「瓦朗蒂娜說過，她只喝了半杯。」

這個新問題又花了五分鐘轉譯。

「我不知道。」僕人說：「但貼身女僕在瓦朗蒂娜小姐的房間裡，或許是她倒空的。」

「去問她一下。」摩雷爾說，這次他直接將努瓦蒂埃用眼光傳達的想法翻譯出來。

僕人出去了，幾乎立刻又回來。

「瓦朗蒂娜小姐是穿過自己房間，到德．維勒福夫人的房裡的。」他說：「經過時，由於口渴，她把杯子裡剩下的水全喝光了。至於水瓶，被愛德華先生倒空給他的鴨子做池塘了。」

努瓦蒂埃舉目望天，就像賭徒孤注一擲時的表情。

從這時起，老人的眼睛盯著房門，不再離開那個方向。

瓦朗蒂娜見到的果然是唐格拉爾夫人和她的女兒。僕人把她們領到德・維勒福夫人的臥房，因為她說在房裡接待客人。因此瓦朗蒂娜從自己臥室穿過去，她的臥室跟繼母的臥室在同一層樓，兩個臥室之間只隔著愛德華的房間。

那兩位女士走進客廳時神態生硬，讓人料想她們是來報告什麼消息。在上流社會，人人善於察顏觀色。德・維勒福夫人以一本正經來回答一本正經。

這時，瓦朗蒂娜進來了，大家又寒暄一番。

「親愛的朋友，」男爵夫人說，這時兩個女孩互相拉著手，「我跟歐仁妮一起來，是為了第一個向您們宣佈我女兒跟卡瓦爾坎蒂親王即將結婚。」

唐格拉爾要保留親王的頭銜。平民出身的銀行家覺得這比伯爵稱謂更體面。

「那請允許我真誠地向您們祝賀。」德・維勒福夫人回答，「卡瓦爾坎蒂親王先生看起來是一個品德少見的年輕人。」

「聽著，」男爵夫人微笑著說：「如果以朋友身分說話，我要告訴您，照我們看來，親王前途無量。他身上有一種奇特的風度，這使我們這些法國人一看就能認出他是義大利或德國的貴族。然而，他流露出非常仁厚的心地，頭腦極其靈活，至於是否門當戶對，唐格拉爾先生認為他的財產非常可觀，這是他的原話。」

「還有，」歐仁妮一邊翻閱德・維勒福夫人的畫冊，一邊說：「夫人，還要加上一句，您對這個年輕人特別偏愛。」

「而且，」德·維勒福夫人說：「我不需要問您，您是否也有這種偏愛？」

「我？」歐仁妮帶著平時那種鎮定回答，「哦！一點兒也沒有，夫人。我的稟性不願把自己禁錮在家務或男人的變化無常之中，不管這是怎樣一個男人。我的稟性是當個藝術家，身心和思想都要自由。」

歐仁妮帶著響亮和堅定的聲音說出這番話，紅暈不由得湧上瓦朗蒂娜的面孔。生性嬌柔的女孩無法明白這種堅強有力的個性，這種個性好像沒有一絲女性的膽怯。

「此外，」她繼續說：「既然我無論如何都得結婚，我應該感謝上帝，它至少讓阿爾貝·德·莫爾賽夫先生表示對我的蔑視，若沒有上帝，我今天將成為一個身敗名裂之人的妻子。」

「沒錯，」男爵夫人帶著奇特的坦率說，這種神情在平民百姓中屢見不鮮，卻也未讓貴婦完全摒棄不用，有時也能在她們臉上看到。「沒錯，若不是莫爾賽夫猶豫不決，我的女兒就嫁給這個阿爾貝先生了。將軍倒很看重這婚事，他甚至跑來硬要唐格拉爾先生應允婚事。我們差點陷入險境。」

「但是，」瓦朗蒂娜怯生生地說：「難道父親的恥辱都要加諸在兒子身上嗎？我覺得阿爾貝先生跟將軍的叛變行動毫無關係。」

「對不起，親愛的朋友，」那個女孩毫不留情地說：「阿爾貝先生脫不了關係，他咎由自取。據說昨天他在歌劇院向基度山先生挑釁，今天卻在決鬥場上向基度山先生道歉了。」

「不可能。」德·維勒福夫人說。

「啊！親愛的朋友，」唐格拉爾夫人帶著上文提過的那種坦率說：「事情確實如此。德布雷先生告訴我的，當時他也在場。」

瓦朗蒂娜也知道實情，但她一聲不吭。一句話勾起了她的回憶，她這才想起摩雷爾在努瓦蒂埃的房間等著她。

瓦朗蒂娜沉浸在這種內心的思索中，已經有一會兒不再參與談話。她甚至說不出剛才大家說了些什麼。驀地，唐格拉爾夫人按著她的手臂，把她從沉思中拉回來。

「什麼事，夫人？」瓦朗蒂娜說，接觸到唐格拉爾夫人的手指，她瑟縮發抖，彷彿觸電一樣。

「親愛的瓦朗蒂娜，」男爵夫人說：「您應是不舒服吧？」

「我嗎？」女孩說，用手摸了摸發燙的額頭。

「是的，您照照這面鏡子。您臉色一下紅一下白，短短一分鐘內，已經三、四次了。」

「的確，」歐仁妮說：「您臉色煞白！」

「別擔心，歐仁妮，我像這樣已經有好幾天了。」

無論這個女孩多麼不善於耍心機，她還是察覺這是一個告退的機會。而且，德・維勒福夫人也幫了忙。

「您回房吧，瓦朗蒂娜。」她說：「您真的不舒服，兩位女士會原諒您的。喝杯水，就會好的。」

瓦朗蒂娜擁抱了歐仁妮，向已經起身告辭的唐格拉爾夫人鞠躬，走了出去。

「這個可憐的孩子，」德・維勒福夫人等瓦朗蒂娜走後便說：「她讓我非常不安，若說她重病我也不會訝異的。」

瓦朗蒂娜處於一種她自己也沒有意識到的激動中，穿過了愛德華的房間，沒有理會那個孩子的惡言惡語，再經過她的房間，來到小樓梯。她走下樓梯，還差最後三級，她聽到摩雷爾的聲音。這時，她眼前突然一黑，僵硬的腳在樓梯上踩了個空，雙手沒有力氣攀住欄杆，整個身體碰撞著牆壁，從最後三級樓梯上滾下來，而不是走下來的。

摩雷爾一個箭步，打開房門，看到瓦朗蒂娜躺在樓梯平台上。

他像閃電一樣迅速，把她抱在懷裡，再讓她坐在扶手椅上。瓦朗蒂娜又睜開了眼睛。

「哦！我真笨拙。」她神情亢奮，滔滔不絕地說：「我支撐不住了？我忘了還有三級樓梯才到平台呢！」

「您恐怕受傷了吧，瓦朗蒂娜？」摩雷爾大聲地問：「我的天！我的天！」

瓦朗蒂娜環顧四周，她看到努瓦蒂埃的眼裡含著極度的恐懼不安。

「放心吧，爺爺，」她說，竭力微笑：「沒關係，沒關係……我頭暈，如此而已。」

「再次頭暈！」摩雷爾合起雙手說：「要注意，瓦朗蒂娜，我求求您。」

「不，」瓦朗蒂娜說：「不，我對您說過，一切都過去了，沒事了。現在，讓我告訴您一個消息：再過一星期歐仁妮就要結婚了，三天後要舉行一個盛大的訂婚宴。我父親、德·維勒福夫人和我，我們都受到邀請……至少我理解的是這樣。」

「什麼時候輪到我們來準備這些事呢？哦！瓦朗蒂娜，您能影響我們的爺爺，設法讓他回答您：『快了！』」

「所以，」瓦朗蒂娜問：「您希望我盡快提醒爺爺嗎？」

「是的，」摩雷爾大聲地說：「我的天！快點行動。只要您還不屬於我，瓦朗蒂娜，我總覺得即將失去您。」

「哦！」瓦朗蒂娜回答，帶著一個痙攣的動作，「說實話，馬克西米利安，對一個軍官和軍人來說，您太膽小。據說，軍人從來不知道害怕。哈！哈！哈！」

她發出尖厲而痛苦的笑聲，她的手臂變得僵直，往外翻轉，她的頭仰倒在扶手椅上，她動也不動。

上帝禁錮在努瓦蒂埃嘴唇上的恐怖喊聲從他的眼神迸發出來。

摩雷爾明白了，要叫人幫忙。年輕人去拉鈴。待在瓦朗蒂娜房裡的貼身女僕和頂替巴魯瓦的男僕同時跑來。

瓦朗蒂娜非常蒼白，渾身冰涼、毫無生氣，以致原本不聽信傳聞，不相信在這幢受詛咒的房子裡隱伏著恐懼的兩位僕人也感到驚恐，衝到走廊大聲呼救。

唐格拉爾夫人和歐仁妮這時剛要離去，她們知道了嘈雜混亂的原因。

「我跟您們說過！」德・維勒福夫人大聲地說：「可憐的女孩！」

94 吐露愛情

與此同時，可以聽到德・維勒福先生的聲音，他在書房喊道：「什麼事？」

摩雷爾用目光探問努瓦蒂埃，後者剛剛恢復冷靜，以目光示意摩雷爾躲進小房間，之前他曾在類似情況下躲過一次。

摩雷爾剛來得及拿起帽子，氣喘吁吁地跑進小房間。已聽到檢察官的腳步在走廊響起。

維勒福衝進房間，奔向瓦朗蒂娜，把她抱在懷裡。

「醫生！醫生！德・阿弗里尼先生！」維勒福喊道：「還是我親自去。」他衝出房間。

摩雷爾從另一扇門衝出來。一段可怕的回憶剛剛觸動他的心，他在德・聖梅朗夫人去世那天夜裡聽到的、維勒福和醫生之間的談話，回到了他的腦海。瓦朗蒂娜的症狀，可怕程度相對要弱一些，但跟巴魯瓦死前的症狀是一樣的。

與此同時，他似乎聽到基度山的聲音在他耳畔響起，不到兩小時之前，基度山對他說過：「不管您需要什麼，摩雷爾，來找我吧，我有的是辦法。」

他的動作比思路更快，從聖奧諾雷城區衝到馬蒂尼翁街，再從馬蒂尼街衝到香榭麗舍大街。

這時，德・維勒福先生坐上一輛出租馬車，來到德・阿弗里尼先生的門口。他猛烈地拉鈴，以致門房驚慌不安地前來開門。維勒福衝進樓梯，沒有力氣開口說話。門房認識他，讓他進去，僅僅喊道：「在書房裡，檢察官先生，在書房裡！」

維勒福已經推門進去，或者不如說闖了進去。

「啊！」醫生說：「是您！」

「是的，」維勒福在身後關上門說：「是的，醫生，我是來問您，這裡是不是沒有旁人，醫生，我家是一幢受詛咒的房子！」

「什麼！」醫生表面上冷冷地說，但內心非常激動：「您家又有人病倒？」

「是的，醫生！」維勒福大聲地說，用痙攣的手抓住自己一綹頭髮，「是的！」

德．阿弗里尼的目光意味著：「我已事先告訴過您。」

然後他的嘴慢慢地說：「您家裡是誰即將死去？又是哪個受害者將在上帝面前指責我們的軟弱？」

一聲痛苦的嗚咽從維勒福心底迸發出來，他走近醫生，抓住醫生的手臂：「瓦朗蒂娜！」他說：「這次是瓦朗蒂娜！」

「您的女兒！」德．阿弗里尼大聲說，感到悲痛和驚嚇。

「您看，您錯了，」檢察官低聲地說：「來看看她吧，到她的床邊，請求她原諒您曾經懷疑過她吧！」

「每次您來通知我，」德．阿弗里尼先生說：「都為時已晚。沒關係，我去看看。我們快點，先生，對付襲擊您家的敵人，沒有時間可浪費了。」

「哦！這次，醫生，您不會再責備我的軟弱了。這次，我會弄清楚兇手是誰，嚴加懲罰。」

「在為她復仇之前，我們先設法救活她吧。」德．阿弗里尼說：「走吧。」

把維勒福載來的有篷雙輪輕便馬車，又疾馳著送回由德．阿弗里尼陪伴著的他。這時，摩雷爾正敲著基度山公館的大門。

伯爵在書房裡，正在聚精會神地閱讀貝爾圖喬剛才匆匆送來的一封信。

聽到通報的是不到兩小時前與他分開的摩雷爾，伯爵抬起頭。

對摩雷爾和對伯爵來說，這兩小時裡無疑發生了許多事，因為年輕人離開時嘴上掛著笑容，這時卻大驚失色。

他站起身，衝到摩雷爾面前。「到底什麼事，馬克西米利安？」他問道：「您臉色蒼白，額頭上汗水涔涔。」

摩雷爾跌倒在扶手椅裡，而不是坐上去。「是的，」他說：「我火速跑來，是要跟您談談。」

「您家裡人都好嗎？」伯爵問，口吻和藹親切，沒有人會誤解這種真誠。

「謝謝，伯爵，謝謝，」年輕人說，明顯地感到困窘，不知如何開始這場談話，「是的，我家裡人都很好。」

「太好了。不過您不是有事要告訴我嗎？」伯爵又說，越來越忐忑不安。

「是的，」摩雷爾說：「我確實剛從一座被死神闖入的房子裡出來，跑到您這裡。」

「您是從德．莫爾賽夫先生家裡出來嗎？」基度山問。

「不，」摩雷爾回答：「德．莫爾賽夫先生家有人死了嗎？」

「將軍剛剛舉槍自盡了。」基度山回答。

「啊！可怕的不幸！」馬克西米利安嚷道。

「對伯爵夫人來說不是，對阿爾貝來說不是。」基度山說：「一個死掉的父親或丈夫，勝過一個身敗名裂的父親或丈夫，鮮血會洗盡恥辱。」

「可憐的伯爵夫人！」馬克西米利安說：「我特別可憐她，那是一個多麼高貴的女人啊！」

「也可憐阿爾貝吧，馬克西米利安。因為，請相信，他是伯爵夫人高尚的兒子。但言歸正傳，您有事找我，您剛才這麼說的。我有幸為您效勞嗎？」

「是的，我需要您的幫助，我像瘋子一樣，相信您能在只有上帝能拯救我的情況下幫助我。」

「說吧。」基度山回答。

「哦！」摩雷爾說：「我確實不知道我能不能把這樣的祕密透露給別人，但命運逼迫我這麼做，情勢也迫使我這麼做，伯爵。」摩雷爾遲疑著。

「您相信我愛您嗎？」基度山說，雙手親切地握住年輕人的手。

「哦！您鼓勵我，而且這裡有個聲音對我說（摩雷爾把手按在心上），我對您不應該有什麼祕密。」

「您說得對，摩雷爾，是上帝在對您的心說話，是您的心在對您說話。把您的心對您說的話說給我聽吧。」

「伯爵，您願意讓我派巴蒂斯坦去打聽一個您認識的人的消息嗎？」

「悉聽尊便，我的僕人也聽從您的吩咐。」

「要是我得到她無法好轉的確切消息，我也活不下去了。」

「您要我拉鈴叫巴蒂斯坦嗎？」

「不，我親自去告訴他。」

摩雷爾出去了，叫來巴蒂斯坦，低聲地對他說了幾句話。貼身男僕跑著離開。

「吩咐完了？」看到摩雷爾又出現，基度山問。

「是的，我安心一些了。」

「您知道我在等您說話呢。」基度山微笑著說。

「是的，我這就告訴您。有天晚上，我待在一個花園裡，一叢樹枝遮擋住我，沒有人發現我在那裡。有兩個人從我身邊經過，請允許我暫時不說出他們的名字。這兩個人正低聲說話，但我對他們的談話內容很好奇，因此我一字不漏的聽見了。」

「若從您的蒼白臉色和顫抖來判斷，這預示著有件傷心的事，摩雷爾。」

「是的，有件傷心的事，我的朋友。在我所待的那個花園的主人家裡，剛剛死了一個人。我聽到這場談話的那兩個人，其中一個就是花園的主人，另一個是醫生。可是，第一個人向第二個人透露他的擔心和痛苦，因為一個月來死神已經第二次以意料不到的迅速襲擊這幢房子，幾乎讓人相信上帝是出於憤怒，派毀滅天使蒞臨這一家。」

「啊！」基度山盯著年輕人說，以難以察覺的動作轉動了一下扶手椅，讓自己待在陰暗之中，而光線直射在馬克西米利安的臉上。

「是的，」摩雷爾繼續說：「死神在一個月內兩度進入了這個家。」

「醫生怎麼回答？」基度山問。

「他回答……他回答，這決不是自然死亡，必須歸因於……」

「什麼？」

「中毒！」

「真的！」基度山說，輕輕地咳嗽，他在極度激動時，總以咳嗽掩飾臉紅、蒼白或關注神情，「馬克西米利安，您確實聽到這些話了嗎？」

「是的，親愛的伯爵，我都聽到了，醫生還說，如果再發生同樣的事，他認為自己不得不去報案。」

基度山在傾聽，或者說一派平靜地傾聽。

「唉，」馬克西米利安說：「死神進行了第三次襲擊，屋主和醫生卻隻字不提，死神或許即將展開第四次襲擊。伯爵，既然我知道了這個祕密，您認為我該怎麼辦呢？」

「親愛的朋友，」基度山說：「我覺得您在說一個我們心照不宣的驚險故事。您聽到這場談話的那幢房子，我也知道，或者至少我也熟悉相似的一幢，那幢房子裡有一個花園，一個家長，一個醫生，那幢房子裡怪異而又出乎意料地死了三個人。那麼，看著我，我沒有聽過什麼悄悄話，卻跟您一樣瞭解這一切，難道我良心不安嗎？不，這不關我的事。您說好像上帝出於憤怒，派遣一個毀滅天使蒞臨這個家。那麼，誰告訴您，您的假設不符合實情呢？不要去看那些連渴望看到這些事的人都不願去看的事。如果在這幢房子裡徘徊的是上帝的正義之神，而不是上帝的憤怒之神，那麼，馬克西米利安，轉過頭去，讓上帝的正義之神進行審判吧。」

摩雷爾不寒而慄。伯爵的聲音裡同時蘊藏著哀傷、莊嚴和可怕的意味。

「此外，」他又說，語調明顯改變，甚至可以說，最後這幾句話不像是從同一個人嘴裡說出來的，「此外，誰告訴您這種事還會發生呢？」

「已經發生了，伯爵！」摩雷爾大聲地說：「因此我跑到您這裡來。」

「所以您要我做什麼，摩雷爾？您要我去通知檢察官先生嗎？」

基度山說出最後這句話時咬字清晰，聲音響亮。

摩雷爾驀地站起來，喊道：「伯爵！伯爵！您知道我說的是誰，對嗎？」

「完全是的，我的好朋友，我可以清清楚楚說出他們的姓名，來向您證明這一點。有天晚上您在德．維勒福先生的花園裡散步，根據您告訴我的話，我猜想是德．聖梅朗夫人去世那天晚上。您聽到德．維勒福先生和德．阿弗里尼先生談論德．聖梅朗先生和侯爵夫人同樣讓人驚訝的死亡。德．阿弗里尼先生說，他相信有人一次甚至兩次下毒。您是個極其高尚的人，這時您捫心自問，反覆推敲，想知道是否該透露這個祕密，還是保持沉默。我們已不身處中世紀，親愛的朋友，已經不再有祕密審判所，也沒有那種祕密法庭的法官。良心啊，你要我怎樣做呢？就像斯泰恩[13]所說的那樣。唉！親愛的，如果他們睡著了，就讓他們睡吧，如果他們失眠，就讓他們在輾轉反側中變得臉色蒼白吧。出於對上帝的愛，既然您沒有任何悔恨之處，就安心睡吧。」

痛苦寫在摩雷爾臉上，他抓住基度山的手：「但事情再度發生了！我告訴您！」

「那麼，」伯爵說，驚異於這種執著，他完全不明白，於是仔細地望著馬克西米利安，「讓它開始吧，這是阿特柔斯[14]的一家，上帝已判決了他們的罪，他們要遭到懲罰。他們就像孩子們用硬紙板折成的僧侶，吹一口氣就會依次倒下那樣地消失，哪怕這家有兩百個人。三個月前是德．聖梅朗先生，兩個月前是德．聖梅朗夫人，那天是巴魯瓦，今天不是老努瓦蒂埃就是年輕的瓦朗蒂娜。」

「您都知道？」摩雷爾懷著極度恐懼大聲地說，以致像基度山這樣天塌下來也無動於衷的人，看到他的神情也不由地嚇了一跳，「您都知道，但您隻字不提！」

13 斯泰恩（一七一三—一七六八），英國小說家，作品有《特里斯川．項狄的生平和見解》、《感傷的旅行》等。
14 希臘神話中邁錫尼之王，阿伽門農和墨涅拉俄斯的父親，這一家族充滿仇殺。

「唉，跟我有什麼關係？」基度山說，聳了聳肩，「難道我認識這些人？難道我要犧牲這一個去挽救另一個？真的，不，因為在有罪的人和受害者中間我沒有任何偏愛。」

「但我呢！」摩雷爾痛苦得叫了起來，「我呢，我愛她！」

「您愛誰？」基度山喊道，跳了起來，抓住摩雷爾扭纏在一起伸向天空的雙手。

「我愛得神魂顛倒，我愛得發狂，我願意獻出全部鮮血，免得她流一滴淚。我愛瓦朗蒂娜・德・維勒福，此刻有人正在謀害她，您明白了嗎！我愛她，我問上帝和您，怎麼才能救活她！」

基度山發出一聲野性的呼喊，唯有聽見過受傷獅子吼叫的人才能想像是怎樣的叫聲。

「不幸的人！」他喊道，輪到他扭纏著雙手，「不幸的人！您愛瓦朗蒂娜！您愛這個受詛咒家族的女孩！」

摩雷爾從來沒有見過這樣的神情，他從來沒有見過這麼可怕的、炯炯發亮的目光。在戰場上，或在阿爾及利亞大開殺戒的夜晚，他屢屢見過恐怖的精靈出現，但那精靈也不曾像這樣晃動著陰森可怖的火光。他驚恐地往後退。

至於基度山，在眼睛的閃光和那聲吼叫過後，他閉上眼睛，彷彿被內心的閃電打擊得頭昏目眩。這時，他以極大的力量冷靜下來，只見他激劇起伏的胸口逐漸平息，就像烏雲飄過後，冒著泡沫的洶湧波濤消溶在陽光中一樣。

這種寂靜、這種沉思、這種搏鬥大約延續了二十秒鐘！隨後伯爵重新抬起蒼白的臉。

「看，」他用變調的聲音說：「親愛的朋友，有些人面對上帝呈現在他們面前的可怕景象，或者故做好漢，或者冷眼旁觀，上帝多麼善於懲罰他們的無動於衷啊。我是一個淡漠而好奇的旁觀者，我靜觀這齣悲劇的發展，我像個邪惡天使，藏身在祕密後面（而保守祕密對有錢有勢的人而言是很容易的），嘲笑人們所幹的壞事。看，輪到我感覺被蛇咬了，而且是咬在心上，而我一直看著這條蛇蜿蜒而行！」

摩雷爾發出一聲沉悶的呻吟。

「好了，好了，」伯爵又說：「這樣的自怨自艾已經夠了，要做個男子漢，堅強一點，懷抱希望，因為我在這裡，因為我守護著您。」

摩雷爾悲傷地搖搖頭。

「我對您說要懷抱希望，您明白我的話嗎？」基度山大聲說：「要知道我從來不撒謊，我從來不會錯估。現在是中午，馬克西米利安，感謝上天，您在中午而不是晚上到來，也不是在明天早上到來。聽好我要對您說的話，摩雷爾，現在是中午，如果瓦朗蒂娜這時沒死，她就不會死。」

「我的天！我的天！」摩雷爾嚷道：「我離開時她已奄奄一息！」

基度山用手按著額頭。在這充滿可怕祕密的腦袋裡，他想些什麼呢？光明天使或黑暗天使對這無情而又人道的頭腦說些什麼呢？只有上帝知道！

基度山又抬起頭，這次他十分平靜，好似剛睡醒的孩子一樣。

「馬克西米利安，」他說：「先安心地回家吧，我不許您越雷池一步，不要採取任何行動，臉上不要浮現出一絲憂慮。我會把消息傳遞給您的，走吧。」

「我的天！」摩雷爾說：「您這樣鎮定自若讓我害怕，伯爵。難道您能起死回生？難道您是超人？難道您是天使？難道您是上帝？」

任何危險都不能讓年輕人後退一步，在基度山面前他卻因感到難以描述的恐懼而後退了。但基度山帶著憂鬱而柔情的微笑望著他，以致馬克西米利安淚水盈眶了。

「我神通廣大，我的朋友。」伯爵回答：「好了，我需要獨自待一會兒。」

摩雷爾被基度山對周圍所有事物產生的驚人影響力折服了，甚至不想擺脫這種影響。他握了一下伯爵的手便走了。只是到了門口，他停下腳步等著巴蒂斯坦，他剛看到這個僕人出現在馬蒂尼翁街轉角，正大步跑回來。

這時，維勒福和德·阿弗里尼已急忙趕回府邸。他們到達時，瓦朗蒂娜還昏迷不醒，醫生檢查過病人，這種情況本來就需要詳細檢查，由於他瞭解祕密，促使他更加深入地進行觀察。

維勒福盯著他的眼神和嘴唇，等待檢查結果。努瓦蒂埃的臉色比女孩的還要蒼白，他比維勒福更渴望知道解救之道，也聚精會神地等待著。

末了，德·阿弗里尼慢慢地說：「她還活著。」

「還活著！」維勒福大聲地說：「哦！醫生，這是個多麼可怕的字眼啊！」

「是的，」醫生說：「我再說一遍：她還活著。我非常吃驚。」

「她得救了嗎？」做父親的問。

「是的，既然她還活著。」

這時，德·阿弗里尼的眼光遇到了努瓦蒂埃的，那眼光閃爍出異乎尋常的快樂和非常豐富的含意，讓醫生印象深刻。

他讓女孩重新靠坐在扶手椅裡，她的嘴唇幾乎跟面孔一樣灰白。醫生一動不動，望著努瓦蒂埃，努瓦蒂埃期待並評判醫生的所有動作。

「先生，」德·阿弗里尼對維勒福說：「請把瓦朗蒂娜小姐的貼身女僕叫來。」

維勒福放下他一直捧著的女兒的頭，親自去叫女兒的貼身女僕。

維勒福一關上房門，德·阿弗里尼便走近努瓦蒂埃。「您有事要告訴我嗎？」他問。

老人明確地眨眨眼睛。讀者記得，這是他表示肯定的唯一方式。

「只對我一個人？」

「是的。」努瓦蒂埃說。

「好吧，我會陪您談一會兒。」

這時，維勒福回來了，後面跟著那個貼身女僕，女僕身後跟著德·維勒福夫人。

「這個可愛的孩子怎麼了？」她大聲地說：「她從我房間出去，就說不舒服，我沒想到這樣嚴重。」少婦熱淚盈眶，帶著一個真正母親的所有關切，走近瓦朗蒂娜，握住她的一隻手。

德·阿弗里尼繼續望著努瓦蒂埃，看到老人睜大眼睛，雙頰發白，不住地抖動，額頭上冒出汗珠。

「啊！」他一邊順著努瓦蒂埃的眼光望去，停駐在德·維勒福夫人身上，他不由自主地喊出聲。

她又說一遍：「這個可憐的孩子躺在床上會好些。來吧，法妮，我們把她放到床上。」

德·阿弗里尼察覺這一建議能讓他跟努瓦蒂埃單獨待在一起，便點頭表示這確實再好不過了，但禁止她吃別的東西，除非是他吩咐過的。

大家架著瓦朗蒂娜走了，她已恢復知覺，但無法行動，幾乎不能說話。由於剛才受到的打擊，她全身像散了似的。然而她還有力氣對祖父瞥了一眼，打個招呼，老人看著人們把她架走，就像奪走他的靈魂似的。

德·阿弗里尼跟著病人出去，開了藥方，吩咐維勒福叫一輛馬車，親自到藥房，叫人當面配藥，再帶回來。他在瓦朗蒂娜的房間等著維勒福。

他重新叮囑不要讓瓦朗蒂娜吃東西，然後下樓到努瓦蒂埃房裡，小心關上房門，確定沒有人偷聽後：

「嗯，」他說：「對於您孫女的病，您知道什麼情況嗎？」

「是的。」老人示意。

「聽著，我們沒有時間可浪費，我來提問，您回答我。」

努瓦蒂埃示意他已準備好回答。

「您已預見瓦朗蒂娜今天會出事嗎？」

「是的。」

德·阿弗里尼沉吟一下，然後挨近努瓦蒂埃：「請原諒我以下的問話，」他補充一句：「以我們目前的處境，任何蛛絲馬跡都不應漏掉。您看到可憐的巴魯瓦死去的情況嗎？」

努瓦蒂埃舉目望天。

「您知道他怎麼死的嗎？」德·阿弗里尼問，把手按在努瓦蒂埃的肩上。

「是的。」老人回答。

「您認為他是自然死亡的嗎？」

宛如微笑的表情浮現在努瓦蒂埃毫無生氣的嘴唇上。

「那麼您想過巴魯瓦是中毒的嗎？」

「想過。」

「您認為致他死命的毒藥是為他準備的嗎？」

「不是。」

「現在您是否認為，本來想打擊另一個人，卻打擊了巴魯瓦的那隻手，今天又落在瓦朗蒂娜身上呢？」

「是的。」

「她也會死嗎？」德·阿弗里尼問，用深沉的眼光盯著努瓦蒂埃。

他等待著這句話對老人產生的效果。

「不。」他回答，那勝利的神態，足以讓最機智的預言家都覺得難以捉摸。

「所以您抱著希望？」德·阿弗里尼吃驚地說。

「是的。」

「您抱著什麼希望呢？」

老人示意他無法回答。

「啊！是的，沒錯。」德·阿弗里尼低聲地說。

接著又問努瓦蒂埃：「您想那個兇手會就此罷手嗎？」

「不。」

「那麼，您希望毒藥對瓦朗蒂娜失去效用嗎？」

「是的。」

「我並沒有告訴您，」德·阿弗里尼又說：「有人想毒死她吧？」

老人示意他對此毫不懷疑。

「所以您希望瓦朗蒂娜死裡逃生？」

努瓦蒂埃執著地盯著一個方向，德·阿弗里尼順著他的視線看去，發現他盯著一個瓶子，每天早上藥劑都是盛在那個瓶子裡端給他的。

「啊！」德·阿弗里尼說，突然閃過一個念頭，「難道您想到……」

努瓦蒂埃不等他說完。「是的。」他示意。

「讓她經受得起這種毒藥……」

「是的。」

「讓她逐漸適應……」

「是的，是的，是的。」努瓦蒂埃示意，很高興自己的想法被理解了。

「您確實聽我說過，我在您的藥劑裡加上了番木鱉鹼嗎？」

「是的。」

「您讓她習慣這種毒藥，是想抵銷毒藥的效果嗎？」

努瓦蒂埃露出同樣得意的神情。

「您確實辦到了！」德·阿弗里尼大聲地說：「要是沒有這樣小心提防，瓦朗蒂娜今天就沒命了，她會無藥可救，悲慘地死去。打擊來勢洶洶，但她只受到震撼而已，這次，至少瓦朗蒂娜不會死。」

不同尋常的喜悅使老人的眼睛流露光芒，他帶著無限感激的神情舉目望天。

這時維勒福回來了。「看，醫生，」他說：「這就是您要的藥。」

「這藥劑是當著您的面配製的嗎？」

「是的。」檢察官回答。

「藥沒有離開過您的手？」

「沒有。」

德．阿弗里尼接過瓶子，倒了幾滴溶液在手心裡，然後嘗了嘗味道。

「好，」他說：「我們上樓到瓦朗蒂娜房裡，我會吩咐每一個人，德．維勒福先生，您一定要仔細監督，不允許任何人出錯。」

正當德．阿弗里尼在維勒福的陪伴下回到瓦朗蒂娜房裡時，有個舉止嚴肅、談吐鎮定而堅決的義大利教士租下了跟德．維勒福先生的公館毗鄰的屋子。

不知道透過什麼交易，這幢屋子的三個房客在兩小時後搬走了。這個街區有個不脛而走的傳聞，說這幢屋子根基不穩，搖搖欲墜，但這並不能阻止新房客當天五點鐘左右就搬來簡樸家具，安頓下來。新房客簽訂的租約分三年、六年和九年，按房東訂下的慣例，他預付了六個月的房租。上文說過，這個新房客是義大利人，名叫賈科莫．布佐尼先生。

隨即來了一批工人，當天夜裡，在城區流連忘返的少數行人驚訝地看著木匠和泥瓦匠忙於修理這座搖搖欲墜的屋子。

95 父與女

在前一章裡，我們已看到唐格拉爾夫人向德·維勒福夫人正式宣佈歐仁妮·唐格拉爾小姐和安德烈亞·卡瓦爾坎蒂先生即將要舉行婚禮。

這一正式宣佈表明——或者看似表明，這件大事的相關人士都已下定決心，但在這之前，出現了一個場面，我們應為讀者做介紹。

請讀者在時間上往後退一點，在災難接踵而至那天的早上，移步到讀者已經熟悉的那個金碧輝煌的客廳裡，那個客廳是它的主人唐格拉爾男爵先生引以為傲的。

上午十點鐘左右，客廳裡的男爵若有所思，明顯地忐忑不安，已經踱步數分鐘了，他望著每一扇門，一聽到聲響便停下腳步。他等得不耐煩了，便把貼身男僕叫來。

「埃蒂安納，」他說：「去看看歐仁妮小姐為什麼要我在客廳裡等她，問她為什麼讓我等這麼久。」發完脾氣後，男爵稍稍恢復鎮靜。

唐格拉爾小姐醒來後確實提出要見父親，並指定金色客廳為見面地點。這個奇怪的舉動，尤其她一本正經的態度，委實讓銀行家吃驚，他馬上順從女兒的願望，先來到客廳。

埃蒂安納很快就回來交差了。

「小姐的貼身女僕對我說，」他說：「小姐已梳妝完畢，很快就來。」

唐格拉爾點頭表示滿意。他對外界和下人總喜歡裝出一副好好先生和寬容父親的形象，他將自己設定為民間喜劇中的一種角色。他扮演的這副面孔似乎很合適他，就像古代戲劇中的那些父親形象，右邊嘴唇上揚，笑嘻嘻的，而左邊嘴唇低垂，哭喪著臉。

我們必須盡快補充說明，私底下，笑嘻嘻的上揚嘴唇常常降低到與低垂的哭相嘴唇同高，這樣一來，大部分時候，好好先生消失了，取而代之的是粗暴的丈夫和專制的父親。

「這個瘋丫頭，既然主動提出要跟我談談，」唐格拉爾埋怨說：「為什麼不乾脆到我的書房呢？她又要跟我談什麼呢？」

他在腦袋裡第二十次轉著這個惴惴不安的想法，這時，客廳門打開了，歐仁妮出現，她身穿一件黑緞上繡著相同顏色花樣的連身裙，頭髮梳得整整齊齊，戴著手套，彷彿正要到義大利劇院。

「喂，歐仁妮，怎麼回事？」做父親的大聲地說：「為什麼嚴肅的到客廳裡來？在我書房多麼舒適啊！」

「您說得對，先生，」歐仁妮回答，一面向父親示意，他可以坐下，「您剛才提出兩個問題，剛好包含了我們這場談話的全部內容，我這就一一回答。跟一般習慣相反，我先回答第二個問題，因為它不那麼複雜。先生，我選擇客廳作為會面地點，是為了避免一個銀行家的書房所給人的不愉快印象和影響。那些華麗的燙金帳冊，那些像城堡大門一樣關得嚴密的抽屜，那一捆捆不知來自何處的鈔票，那些來自英國、荷蘭、西班牙、印度、中國和祕魯的大量書信，一般來說會對做父親的頭腦產生奇怪的影響，讓他忘記在世界上還有比社會地位和委託人意見更重要、更神聖的東西需要關心。因此我選擇了這個客廳，在這裡，您可以在華麗的畫框裡看到您的肖像、我的肖像，我母親的肖像，笑臉盈盈，非常幸福，還有各種田園風景畫和動人的牧歌風情畫。我很相信外界印象的影響力。或許，尤其是對您，這是一個錯誤，但有什麼辦法呢？如果我沒有一點幻想的話，我就做不了藝術家了。」

「很好，」唐格拉爾先生回答，他帶著不可動搖的鎮定聽完了這番長篇大論，卻一句話都沒有聽懂，他正如那些城府很深的人一樣，處心積慮要從對方的想法中尋找自己的思路。

「第二點已經說清楚了，或者幾乎說清楚了。」歐仁妮說，毫不慌亂，像男子那樣鎮定，她的手勢和話語都有這個特點，「我覺得您對我的解釋很滿意。現在我們回到第一點。您問我為什麼我要求這次見面，我用一句話回答您。先生，那就是：我不想嫁給安德烈亞．卡瓦爾坎蒂子爵先生。」

唐格拉爾從扶手椅裡跳了起來，由於猛然一震，眼睛和手臂同時往上抬起。

「天哪，是的，先生，」歐仁妮繼續說，神情始終保持鎮定，「您很驚訝，這我能明白。自籌劃這樁小事以來，我從來沒有表示反對，因為我深信一旦時機來臨，我便會直率地反對那些完全不曾徵求過我意見的人，反對那些討厭的事，表示我坦率而堅決的意志。但這一次，這種安靜，這種被動，就像哲學家說的，出自另一個原因，即我想做一個聽話孝順的女兒（一抹微笑浮現在女孩豔紅的唇上），我一直想順從。」

「所以？」唐格拉爾問。

「先生，」歐仁妮又說：「我一直盡力嘗試，直至精疲力竭，事到如今，儘管我已經做出種種努力，但我還是無法順從。」

「但是，」唐格拉爾說，他反應遲慢，先是被這種無情的邏輯力量嚇得目瞪口呆，女兒的冷靜反映出了她的深思熟慮和堅強意志，「拒絕的理由呢，歐仁妮，理由呢？」

「理由，」女孩回答：「天哪，並非這個人比別人更醜、更蠢或更令人討厭，不。安德烈亞．卡瓦爾坎蒂先生在那些以長相和身材評斷的人眼中，甚至可以說是一個相當俊俏的範本。也並非因為他比別人更無法打動我的心，那只是一個寄宿學校女學生的理由，我認為自己早已過了那個階段。我不曾愛過一個人，先生，您知道的，是嗎？因此，我看不出為什麼在非必要情況下，我要讓一個永久伴侶來拖累我的一生。哲人不是說過：『不要多餘的東西。』『以己做為一切。』嗎？甚至有人教過我這兩個拉丁語和希臘語的警句，我想，一句是費德魯斯[15]說的，另一句是畢亞斯[16]說的。親愛的父親，在生活的海洋中——因為生活是我們的希望永恆的海灘，我把無用的行李拋到海裡，如此而已。而我保留我的意志，準備過完全的獨身生活，因此也是完全的自由生活。」

「不幸的孩子！不幸的孩子！」唐格拉爾臉色蒼白地咕噥著說，因為他憑自己長期經驗知道，他這次猝不及防地遇到的障礙十分堅固。

「不幸的孩子？」歐仁妮說：「您是說不幸的孩子嗎，先生？老實說，不，我覺得這感嘆完全是誇張的、做作的。剛好相反，我是幸福的人。我請問您，我缺少什麼呢？大家覺得我漂亮，這讓我受到歡迎。我喜歡得到熱情的款待，這讓我笑逐顏開，於是我覺得周圍的人不那麼醜了。我頭腦還算聰明，相對來說也很敏銳，這讓我能從尋常生活中獲取我認為好的東西，再融合到我自己的生活中，正如猴子敲碎綠色核桃，取出果仁食用那樣。我有錢，因為您是法國富豪，因為我是您的獨生女兒，而您絕不會執拗到如聖馬丁門和快樂劇院舞台上那些父親所表現的那樣，居然剝奪女兒的繼承權，只因為她們不願為他們生下外孫和外孫女。而且，有先見之明的法律已剝奪了您完全不讓我繼承的權利，法律也剝奪了您強迫我嫁給這位或那位先生的權利。因此，我漂亮、聰明，就像喜歌劇裡所說的，有一點才能，而且富有，這就是幸福，先生！所以，為什

15 費德魯斯（西元前一五—西元五〇），拉丁文寓言家，模仿伊索寫過一百二十三篇寓言。
16 畢亞斯（約生於西元前五七〇），古希臘七大哲人之一，立法家。

麼您叫我不幸的孩子呢？」

唐格拉爾看到她的女兒笑臉盈盈，驕傲到無視一切的境地，便無法壓抑惱怒，怒氣爆發為聲音，但僅僅喊了一聲。在女兒探詢的目光下，在面對那因疑問而蹙起的黛眉下，他謹慎地轉過身，立即平靜下來，被謹慎的鐵腕制伏了。

「孩子，確實，」他帶著微笑回答：「你完全像你自我誇耀的那樣，只除了一樣東西，孩子，我不願貿然地告訴你，寧願你自己猜出來。」

歐仁妮望著唐格拉爾，非常吃驚居然有人否定她方才如此傲慢地戴在自己頭上的冠冕的一片花葉裝飾。

「孩子，」銀行家繼續說：「你已為我解釋清楚，像你這樣一個女兒，一旦下定決心永不出嫁，主宰這種決心的想法是什麼。現在，我要對你說，像我這樣一個父親，當他決定讓女兒出嫁，理由是什麼。」

歐仁妮鞠了一躬，但不是像聽話的女兒那樣聆聽，而是像準備爭辯的對手那樣等待。

「孩子，」唐格拉爾繼續說：「當一個父親要他的女兒嫁人時，他總是有理由的。有的父親像有怪癖似的，如同你剛才所說的，也就是想傳宗接代。我沒有這種弱點，我先向你聲明，我對天倫之樂無動於衷。我可以向女兒承認這點，我知道她明白事理，能理解這種無所謂的態度，不致把它視為我的罪過。」

「好極了，」歐仁妮說：「我們開誠佈公地說吧，先生，我喜歡這樣。」

「哦！」唐格拉爾說：「你看，雖然一般來說，我不贊成你對坦率的偏好，但情況要我這樣做時，我還是會照辦。而且，我向你提議結婚，不是為了你，因為說實話，目前我完全沒有想到你。你喜歡坦率，我希望這也是一種坦率。我需要你盡早嫁給這個丈夫，是出於我正進行中的商業聯合的考量。」

歐仁妮做了一個動作。

「我只能如實告訴你，孩子，不要怨恨我，因為是你逼我這麼做的。你知道，我不得不進行充滿數字的解釋，而你這樣一個藝術家，卻生怕走進一個銀行家的書房，得到讓人不快和違反詩意的印象和感受。「但在這個銀行家的書房裡，在這個你前天心甘情願地進來讓我每月給你一千法郎，供你隨意花用的書房裡，親愛的小姐，要知道，這地方能讓不願結婚的年輕人學習到許多實用的東西。顧慮到你神經質的敏感，我也要在這個客廳告訴你，在我的書房可以瞭解到，一個銀行家的信用是他精神上和物質上的生命，信用支持著他，正如呼吸讓身體運作一般。基度山先生有一天曾對我如此說過，我永遠不會忘記。在我的書房裡可以瞭解到，隨著信用消失，身體即變成死屍，而有幸做一個通情達禮女兒之父的銀行家，不久後將遇到這樣的情況。」

歐仁妮不但沒有垂頭喪氣，反而在打擊下挺直身體。

「破產了！」她說。

「說對了，孩子，用詞精準。」唐格拉爾說，用指甲抓畫著胸口，他嚴峻的臉上仍然保持冷酷而充滿防備心的人的那種笑容，「破產了，沒錯。」

「啊！」歐仁妮說。

「是的，破產了！正如悲劇詩人所說的，這個充滿恐怖的祕密已經人盡皆知了。現在，孩子，請讓我告訴你，這一不幸如何能為你緩和一些態度。我這樣說不是為了自己，而是為了你。」

「哦！」歐仁妮大聲地說：「先生，如果您以為我會為自己悲嘆您指出的這場災難，那您就看錯人了。「我破產了？這跟我有什麼關係？我不是還有才能嗎？難道我不能像帕斯塔[17]、瑪麗布朗[18]、格利齊[19]那樣，不管您有多少財產，在您不給我嫁妝的情況下也大有所為嗎？我會靠自己賺到十萬或十五萬利佛爾的年收入，那時，就用不著您那可憐的一萬二千法郎——那是您帶著不甘願的神情、對我的揮霍加以指責後才交到我手上的——我還能同時得到喝彩、歡呼和鮮花。如果我沒有這種才能——您的微笑向我證明您懷疑我的才能——我不是還有對獨立生活的瘋狂熱愛嗎？我認為獨立比所有寶藏更珍貴，滲透我整個身心，直至成為我的本能。

「不，我不是為自己擔憂，我總是能擺脫困境。我的書、我的鉛筆、我的鋼琴，凡是不算貴重的東西，我可以再取得，並且仍然屬於我。或許您認為我在為唐格拉爾夫人感到難過，您又錯了。要嘛我明顯地錯了，要嘛我母親未雨綢繆，對威脅著您的災難早有準備。看來她已經在躲避這場災難，她不是因為照顧我而分心，未顧及財產。上帝保佑，她讓我完全獨立，以我熱愛自由為藉口。

「哦！不，先生，我從孩提開始，便看到周圍發生許多事，因此非常瞭解，以致不幸在我身上起不了作用。從我懂事以來，我沒有被人愛過，真糟！這自然而然導致我不愛任何人。好極了，現在您知道我的態度了。」

「那麼，」唐格拉爾說，氣得臉色發白，原因決不是父愛受到冒犯，「那麼，小姐，你堅持要我破產囉？」

「要您破產！」歐仁妮說：「我要您破產？您是什麼意思？我不明白。」

「好極了，這讓我還有一線希望。聽著。」

「我在傾聽。」歐仁妮說，專注地盯著她的父親，做父親的不得不費點力氣，以免在女兒的逼視下垂下眼睛。

「卡瓦爾坎蒂先生，」唐格拉爾繼續說：「要與你結婚，婚後帶來的三百萬，將存放在我那裡。」

「啊！很好。」歐仁妮鄙夷不屑地說，一面撫平手套。

「你認為我會損及你這三百萬嗎？」唐格拉爾說：「絕對不會，這三百萬至少可以賺到一千萬。我跟一位同僚、一個銀行家取得了一條鐵路的經營權，這是今日得以迅速致富的唯一工業，就像從前約翰·勞[20]對善良的巴黎人——這些永遠熱衷於投資的人——在神奇的密西西比河流域實行的計劃一樣。據我估算，當今擁有百萬分之一的鐵路股權，正如從前在俄亥俄河兩岸擁有一阿爾邦的處女地一樣。這是一種抵押投資，你看，這是進步，因為至少能換到十斤、十五斤、二十斤、一百斤的鐵。我要在一星期內投放四百萬！這四百萬，我告訴您，可以獲得一千萬或一千二百萬。」

「但前天我來見您時，先生，您一定記憶猶新。」歐仁妮說：「我看到您在收帳入庫，這個詞用得不錯吧？五百五十萬，您甚至把那兩張放在金庫裡的支票拿給我看，那時您很驚愕，一張鉅額支票居然沒有像閃電一樣，讓我眼花。」

「是的，但這五百五十萬根本不屬於我，而僅僅是別人信任我的證據。我的平民銀行家頭銜使我獲得一些收容院的信任，這五百五十萬是屬於收容院的。換了別的時候，我會毫不猶豫地使用這筆款項，但現在大家知道我遭受重大損失，正像我對你說的那樣，我的信用開始動搖了。收容院的行政部門隨時可能來提取存款，如果我用在別處，就不得不可恥地宣佈倒閉。我並不鄙視倒閉，請相信我，不過是能使人發財的倒閉，而不是傾家蕩產的倒閉。如果你嫁給卡瓦爾坎蒂先生，我拿到那三百萬的結婚財產，或者人們相信我拿到那

17 帕斯塔（一七四五—一八一九），義大利歌劇演員。

18 瑪麗布朗（一八〇八—一八三六），法國女歌唱家，原籍西班牙。

19 格利齊（一八〇五—一八四〇），義大利女歌唱家。

20 約翰·勞（一六七一—一七二九），蘇格蘭財政家，在法國的攝政王時期，發行鈔票，控制外貿，挑起投資熱潮，最後失敗而潛逃。

三百萬，我的信譽就會恢復。在一兩個月以來，被難以想像的命運所撥弄，陷入深淵的家產，也會重振旗鼓。你明白我的話嗎？」

「完全明白。您把我抵押了三百萬，是嗎？」

「數目越大，越讓人高興，它使你想到你的身價。」

「謝謝。最後還有一句話，先生，您能不能答應我，您可以隨意利用卡瓦爾坎蒂先生即將帶來的這筆結婚財產的數目，但別去碰這筆款項嗎？這不是出於自私，而是因為我很細心。我願意幫助您重建家業，但我不願和您同謀，造成別人破產。」

「既然我告訴你，」唐格拉爾大聲地說：「有了這三百萬……」

「您認為不需動用這三百萬，就可以擺脫困境嗎，先生？」

「但願如此。但要舉辦這樁婚事，以鞏固我的信譽。」

「您能支付給卡瓦爾坎蒂先生五十萬法郎，作為您給我的嫁妝嗎？」

「從市政廳回來，他就會拿到這筆錢。」

「好！」

「好？這是什麼意思？」

「我的意思是，您要我簽名，就得同意讓我擁有絕對自由，是嗎？」

「絕對自由。」

「那麼，好。正如我對您說過的那樣，先生，我準備嫁給卡瓦爾坎蒂先生。」

「你有什麼計劃？」

「啊！這是我的祕密。如果我知道了您的祕密，再把我的祕密告訴您，那我還有什麼優勢呢？」

唐格拉爾咬著嘴唇。「這麼說，」他說：「你願意做幾次不可少的正式拜訪？」

「是的。」歐仁妮回答。

「並且準備在三天內簽署婚約？」

「是的。」

「那麼，換我對你說：好！」唐格拉爾抓住女兒的手，用雙手握住。

奇怪的是，握手時，做父親的不敢說：「謝謝，我的孩子。」女兒也沒有對父親露出微笑。

「會談結束了嗎？」歐仁妮站起來問。

唐格拉爾點頭示意，他沒有什麼要說的了。

五分鐘後，德·阿米利小姐手指下又響起鋼琴聲，而唐格拉爾小姐唱起布拉班蒂奧對苔絲德蒙娜詛咒的詠嘆調。

一曲終了，埃蒂安納進來向歐仁妮稟報，馬車已經備好了，男爵夫人正等候她進行拜訪。

上文已經敘述過她們倆到維勒福家，她們出來後繼續進行拜訪。

96 婚約

上述場面三天後，也就是大約在歐仁妮·唐格拉爾小姐和銀行家堅持稱之為親王的安德烈亞·卡瓦爾坎蒂簽訂婚約那天的下午五點鐘，一陣清風吹動了基度山伯爵屋前小花園的樹葉，伯爵正準備出門，他的馬匹等候時踩踏著地面，車伕控制住馬，在座位上坐了一刻鐘。這時，讀者見過幾次，特別在奧特伊晚會上見過的那輛華麗的四輪敞篷馬車迅速轉過大門轉角，把安德烈亞·卡瓦爾坎蒂先生拋到而不是送到台階上。安德烈亞穿著筆挺，滿面春風，彷彿他即將迎娶一位公主。

他以平常那種熟悉的口吻打聽伯爵身體可好，然後輕快地上到二樓，在樓梯台上遇到伯爵看到年輕人，伯爵站住了。至於安德烈亞，他正往前衝，而當他往前衝的時候，什麼也擋不住他。

「啊，您好，親愛的德·基度山先生。」他對伯爵說。

「啊！安德烈亞先生！」伯爵用半嘲弄的口吻說：「您好嗎？」

「正如您所見，好極了。我是來跟您商量千頭萬緒的事。但您是正要出去還是剛回來？」

「我要出去，先生。」

「那為了不耽擱您，如果您願意，我坐您的馬車，湯姆趕著我的馬車跟在後面。」

「不，」伯爵帶著難以察覺的輕蔑微笑說，他不想被人看見跟這個年輕人待在一起，「不，我寧願在這裡接待您，親愛的安德烈亞先生。不如在房裡談，車伕就不會聽到我們的談話了。」

於是伯爵回到二樓的小客廳，坐下來，交叉起雙腿，並且示意年輕人也坐下來。

安德烈亞露出一副開懷的神態。「您知道，親愛的伯爵，」他說：「今晚要舉行儀式，九點鐘在我岳父家裡簽訂婚約。」

「啊！真的？」伯爵說。

「怎麼，我說的是新聞嗎？唐格拉爾先生沒有通知您這個隆重的儀式嗎？」

「剛好相反，」伯爵說：「昨天我收到他一封信，但我以為時間還沒有確定。」

「有可能，我岳父以為這是眾所周知的事了。」

「所以，」基度山說：「您很幸福囉，卡瓦爾坎蒂先生。您締結的是門當戶對的婚姻，而且唐格拉爾小姐很漂亮。」

「是的。」卡瓦爾坎蒂用極其謙遜的口吻回答。

「尤其她很有錢，至少據我所知。」基度山說。

「您認為她很有錢嗎？」年輕人問。

「當然，據說唐格拉爾先生至少隱瞞了一半財產。」

「他承認有一千五百萬至兩千萬。」安德烈亞說，眼神裡閃出快樂的光芒。

「還不止，」基度山補充說：「他即將從事一項投資事業，這種事業已出現在美國和英國，但在法國是全新的。」

「是的，我知道您說的那件事：鐵路，他剛剛得標了，是嗎？」

「正是！根據一般預估，他至少能在這樁買賣中賺得一千萬。」

「一千萬！您這樣認為？太了不起。」卡瓦爾坎蒂說，他彷彿聽到這些鍍金話語的叮噹聲響，因此陶醉了。

「還不止，」基度山又說：「所有財產都會歸您，這是合情合理的，因為唐格拉爾小姐是獨生女兒。再者，您的財產，至少您岳父告訴過我，幾乎與您未婚妻的財產相當。金錢的事就不談了。安德烈亞先生，您知道，這件事您辦得十分機敏有技巧！」

「還不錯，還不錯，」年輕人說：「我天生是個外交家。」

「那麼，您會進入外交界的。您知道，外交手腕是天生的，這是一種本能……您的心被征服了嗎？」

「說實話，我想是的。」安德烈亞回答，他的聲音正如法蘭西劇院裡多朗特或瓦萊爾回答阿爾賽斯特[21]時所用的腔調。

「她愛您嗎？」

「當然，」安德烈亞帶著得意的微笑說：「因為她願意嫁給我。不過，別忘了重要的一點。」

「哪一點？」

「就是我在這件事中得到了奇異的幫助。」

「啊！」

「千真萬確。」

「是時勢造成的吧？」

「不，是您促成的。」

「是我促成的？別這樣說，親王。」基度山說，故意強調這個頭銜，「我能為您做什麼事呢？您的姓氏、社會地位和品德不是已經足夠了嗎？」

「不，」安德烈亞說：「不，您否認也沒有用，伯爵先生，我堅決認為，像您這樣一個人的地位與影響力，大過我的姓氏、社會地位和品德。」

「您完全錯了，先生，」基度山說，他感覺到年輕人的陰險和機靈，也明白他話裡的含義，「您只是在我確認了您父親的權勢和財產以後，才得到我的保護的。我不曾見過您和您大名鼎鼎的生身父親，究竟是誰讓我有幸認識您們的呢？是我的兩個朋友威爾莫爵士和布佐尼神父。是誰促使我保護您，而不是做您的保證人呢？是您父親的名望，他在義大利名聞遐邇，德高望重。就個人來說，我不瞭解您。」

這種鎮定自若，這種揮灑自如，使安德烈亞明白，眼前他被一隻比自己更孔武有力的手控制住了，要想從中掙脫並不容易。

「不過，」他說：「我的父親真的擁有龐大財產嗎，伯爵先生？」

「看來是的，先生。」基度山回答。

「您知道他答應給我的結婚費用已經匯來了嗎？」

「我已經收到通知書。」

「那三百萬呢？」

「那三百萬應該已在路上。」

「我真能拿到嗎？」

「當然！」伯爵回答：「我想，先生，您還不至於缺錢吧！」

21 莫里哀喜劇中的人物。

安德烈亞大感愕然，禁不住沉思起來。「那麼，」他擺脫沉思說：「先生，我還要向您提出一個請求，即使您聽了可能會不高興，但應能理解的。」

「說吧。」基度山說。

「由於我的家產，我結識了許多顯貴人物，至少現在我有一大群朋友。像我這樣即將結婚，要面對整個巴黎社會，我應該得到一位顯赫人物的支持。由於我父親不在這裡，應該有一隻強有力的手把我領到聖壇前。我的父親不會來巴黎，是嗎？」

「他垂垂老矣，又渾身是傷，他說，每次旅行他都難受得要死。」

「我明白。因此我向您提出一個請求。」

「向我？」

「是的，向您。」

「什麼請求？我的天！」

「就是請您代替他的位置。」

「啊！親愛的先生！什麼！在我有幸跟您有過那麼多接觸後，您仍然不瞭解我的為人，竟然向我提出這樣的請求？您是要我借您五十萬吧，即使這樣借錢相當罕見，但您也不至於讓我如此為難。我相信已經對您說過，要知道，在參與世俗事務上，尤其是精神層面上的，基度山伯爵從來是滿腹疑慮，進一步說，這是東方人的迷信。我在開羅、伊茲米爾、君士坦丁堡都有妻妾，卻主持婚禮，絕對不行。」

「所以，您拒絕我了？」

「斷然拒絕。哪怕您是我的兒子，哪怕您是我的兄弟，我同樣會拒絕。」

「啊！」安德烈亞失望地大聲說：「那該怎麼辦呢？」

「您自己說過，您有上百個朋友。」

「沒錯，但是您把我介紹到唐格拉爾先生府上的。」

「決不是！讓我們澄清一下事實真相：是我請您和他到奧特伊作客的，是您做自我介紹的。見鬼！這是截然不同的。」

「是的，但我的婚事，您幫忙過……」

「我！決沒有，請您相信這一點。請回憶一下當您來向我提出這個要求的時候，我是怎麼回答您的：哦！我從來不做媒，親愛的親王，這是我既定的原則。」

安德烈亞咬緊嘴唇。「但至少您要到場吧？」他說。

「全巴黎的人都參加嗎？」

「哦！當然。」

「那麼，我像全巴黎的人一樣，會參加的。」伯爵說。

「您會在婚約上簽字嗎？」

「哦！我看不出有什麼不妥的地方，我的疑慮還沒到那地步。」

「既然您不願意多給我面子，我只能就此滿足了。還有一句話，伯爵。」

「什麼？」

「請給我個忠告。」

「小心啊，忠告比效勞更糟。」

「哦，您可以給我不致連累自己的忠告。」

「說吧。」

「我妻子的嫁妝是五十萬利佛爾。」

「唐格拉爾先生向我宣佈過這個數目。」

「我該收下這筆款項，還是交給公證人呢？」

「一般來說，想讓事情辦得漂亮就應該這樣：您們的兩個公證人在簽訂婚約時訂下日期，可能是第二天或第三天。屆時，他們會交換結婚時帶來的財產清單，互給收據。婚禮過後，他們再把這幾百萬交給您這個一家之主支配。」

「我這樣問是因為，」安德烈亞帶著一點也掩飾不住的憂慮說：「我似乎聽我岳父說過，他想把我們的財產投資在您剛才提到的傳言紛紛的鐵路事業上。」

「但是，」基度山回答：「人人都保證那是一項好投資，能使你們的資本一年內翻三倍。唐格拉爾男爵先生是個好父親，精於計算。」

「好吧，」安德烈亞說：「一切都還不錯，除了您的拒絕，那刺傷了我的心。」

「拒絕是緣於在這種情況下自然產生的顧慮。」

「好吧，」安德烈亞說：「就按您的話做。今晚九點鐘見。」

「今晚見。」

安德烈亞握緊伯爵的手，然後跳進四輪敞篷馬車，疾馳而去。儘管握手時基度山略微抗拒，他的嘴唇泛白，但他保持一絲出於禮貌的微笑。

距離九點鐘還剩下四、五個鐘頭，安德烈亞用來奔走、拜訪，以鐵路股票利潤豐厚的諾言讓他提到的那些朋友目眩神迷，吸引他們穿著華麗地出現在銀行家的府上。曾幾何時，鐵路股票使得人人回首相顧，而唐格拉爾一馬當先。

果然，晚上八點半，唐格拉爾的大客廳，與之相通的走廊，以及另外三個客廳都擠滿了芬芳撲鼻的人群，吸引他們前來的並非好感，而是一種不可抗拒的欲望，大家知道這裡會有新鮮事。

科學院院士會說，上流社會的晚會宛如匯集了鮮花朵朵，吸引水性楊花的蝴蝶、飢不擇食的蜜蜂和嗡嗡營營的大胡蜂。

不用說，客廳裡燈火輝煌，光線沿著絲綢壁衣的金色線腳掩映起伏。對主人來說，家具陳設是為了炫耀財富，其實品味低劣，但確實熠熠生輝。

歐仁妮小姐穿著樸素，但極其優雅。一件繡白花的白綢連衣裙，一朵白玫瑰半插在烏黑頭髮裡，這就是她全部的裝束，連一件最小的首飾也沒有戴上。

不過，從她眼裡可以看到完全的自信，那自信跟一身簡樸打扮、她自己眼裡純淨的氣息很不相稱。

唐格拉爾夫人離她有三十步遠，正在跟德布雷、博尚和沙托・勒諾交談。德布雷被邀請進入府邸參加這個隆重儀式，但像大家一樣，沒有任何特權。

唐格拉爾先生被議員和金融家包圍著，正解釋一種新稅收理論，一旦政府迫於形勢召他進入部裡，他打算付諸實踐。

安德烈亞挽著歌劇院最活躍的一位花花公子，因為他需要表現得大膽，表現出悠然自在。他正放肆地向同伴解釋他未來的生活計劃，說他打算用十七萬五千利佛爾年收入，讓巴黎上流社會朝奢華更邁進一步。

人群在客廳裡流動，就像來回湧動的綠松石、紅寶石、碧玉、蛋白石和鑽石潮流一般。一如其他各地，可以注意到越是年老的夫人越是濃妝豔抹，越是醜陋的女人越是執著地自我炫耀。

如果有朵潔白美麗的百合花和香氣撲鼻的玫瑰花，就必須尋找和發現，因為那花兒被一個戴頭巾的母親或者插著極樂鳥羽毛的姑母藏在角落裡。

在這喧鬧、嘈雜、開朗笑聲中，僕役不時通報某位在金融界知名、在軍界德高望重或在文壇著名的人物名字。於是，人群以輕微騷動迎接那些名字。在多少迎來了冷漠或輕蔑嘲笑的名字間，終於有一個名字能讓這波人海顫動。

正當那只雕著沉睡的恩底彌翁[22]的掛鐘金色鐘面上的指標指向九點，而且作為機械思維忠實代表的鐘聲敲響九下的時候，傳來了稟報基度山伯爵名字的聲音，彷彿受到電火的催促一樣，全場的人全都轉向了門口。

伯爵身穿一身黑，像平常那樣十分簡潔。白背心勾勒出他寬闊而高貴的胸膛，黑色衣領襯著他蒼白的臉色顯得格外醒目。他佩戴的唯一首飾是一條非常精巧的金鍊，映襯在白背心的凸紋布上，細得只能勉強看到鏈子。

門口馬上圍了一圈人。

伯爵一眼就看到唐格拉爾夫人站在客廳的一端，而唐格拉爾先生站在另一端，歐仁妮小姐則站在他面前。

他先走近男爵夫人，她在跟德．維勒福夫人交談，德．維勒福夫人是獨自前來的，瓦朗蒂娜一直身體不適。人群自動在伯爵面前讓出通道，他無需繞道，直接從男爵夫人走向歐仁妮，快速而謹慎地向她道賀，以致這位倨傲的藝術家大為震驚。

在她身旁的是路易絲·德·阿米利小姐，後者感謝伯爵熱心為她向義大利劇院寫了幾封推薦信，並說她打算立即派上用場。

完成這三項社交義務後，基度山站住了，用某種人特有的意味深長的自信眼光環顧四周，那眼光彷彿在說：「我做了該做的事，現在讓別人做他們應對我做的事吧。」

安德烈亞待在隔壁客廳裡，察覺基度山在人群間引起的騷動，趕緊前來向伯爵致意。他看到伯爵被人團團圍住，大家爭先跟他說話，少言寡語、從不說廢話的人常常遇到這種情形。

這時，兩位公證人進來了，他們把擬好的文件放在簽字用的、鋪著繡金絲絨桌布的金漆桌台上。其中一個公證人坐下，另一個站著。即將開始宣讀婚約，幾近半個巴黎的人都出席這次盛會，每個人都要在上面簽字。

人們一一就位，女士們圍成一圈，而男士們則像布瓦洛[23]所說的那樣，對於婚約這種「嚴謹的文體」十分冷漠，評論著安德烈亞的焦慮激動、唐格拉爾先生的聚精會神、歐仁妮的無動於衷和男爵夫人處理這件大事的靈活敏捷。

婚約是在鴉雀無聲中宣讀的。一念完婚約，客廳又恢復了嘈雜聲，比先前更為喧嚷。這為數可觀、供兩個年輕人未來生活使用的這幾百萬數目，讓陳列在一個專門房間的新娘嫁妝和鑽石首飾，更顯得價值倍增，這些都帶著極大的誘惑力，在妒羨的與會者中引起迴響。

---

22 希臘神話中的美少年，因愛上天后赫拉，被宙斯罰他永睡不醒。
23 布瓦洛（一六三六—一七一一），法國古典主義理論家，著有《詩的藝術》等。

在年輕男士眼裡，唐格拉爾小姐的魅力是雙重的，這種魅力使陽光相形失色。

至於女士們，不用說，她們羨慕那幾百萬，但也認為自己的美麗不需要金錢支撐。

安德烈亞接受朋友們的擁抱、祝賀、奉承，開始相信他做的夢已成真，幾乎要迷失了。

公證人慎重地拿起羽毛筆，高舉過頭，說道：「諸位，婚約就要簽字了。」

男爵應該第一個簽字，接著是老卡瓦爾坎蒂先生的代理人，然後是男爵夫人，之後才是依公文印花用紙上所引用的那種庸俗說法，即「準新人」。

男爵拿起筆簽字，接著是代理人。

男爵夫人由德．維勒福夫人挽著，走了過來。

「我的朋友，」她拿起筆說：「這不是惱人的事嗎？那樁意外，即基度山伯爵先生險遭毒手的謀殺案和偷竊案，竟然使德．維勒福先生無法出席。」

「哦！我的天！」唐格拉爾說，他的口吻像是說：「真的，那件事我毫不在乎！」

「我的天！」基度山走過來說：「真擔心是我無意中造成德．維勒福先生不能出席。」

「什麼？是您，伯爵？」唐格拉爾夫人一邊簽字一邊說：「如果是這樣，那麼請小心，我永遠不會原諒您。」

安德烈亞豎起耳朵。

「但這決不是我的錯，」伯爵說：「因此我要說明清楚。」

大家津津有味地聽著，平時難得開口的基度山要說話了。

「您記得吧，」伯爵在一片靜默無聲中說：「那個來偷我錢財的混蛋死在我家，據說他是離開我家時，被他的同黨殺死的，是嗎？」

「是的。」唐格拉爾說。

「為了進行搶救，他的衣服被脫下來，丟在一個角落裡，司法機關撿到了。但司法機關拿走了上衣和褲子，存放在訴訟檔案保管室，卻忘了背心。」

安德烈亞臉色明顯地變得煞白，悄悄地溜到門邊。他看到一片烏雲出現在天際，覺得這片烏雲挾帶著風暴。

「那件可憐的背心，今天被發現了，上面沾滿了血，心臟部位被戳了一個洞。」

女士們發出喊叫，有兩三個人快暈過去。

「有人把那件背心拿給我看。沒有人揣測出那件破衣是從哪裡來的，只有我想到，可能是受害者的背心。突然間，我的貼身男僕在嫌惡但仔細地搜查那件遺物時，發覺口袋裡有一張紙，便掏了出來，那是一封給誰的信呢？是給您的，男爵。」

「給我？」唐格拉爾大聲地說。

「我的天！是的，給您。那封短信沾滿血跡，我好不容易才在血跡下看出您的名字。」基度山在一片驚訝聲中回答。

「但是，」唐格拉爾夫人不安地望著她的丈夫，問道：「這為什麼會妨礙德·維勒福先生前來赴會呢？」

「非常簡單，夫人，」基度山回答：「那件背心和短信是所謂的物證，我都送到了檢察官先生那裡了。您知道，親愛的男爵，對於罪案，依法辦理是最可靠的。這或許是一件針對您的陰謀。」

安德烈亞盯著基度山，然後消失在第二間客廳裡。

「有可能，」唐格拉爾說：「被殺的那個人以前不是苦役犯嗎？」

「是的，」伯爵回答：「以前是苦役犯，名叫卡德魯斯。」

唐格拉爾臉上略微泛白，安德烈亞離開了第二間客廳，來到接見室。

「您們簽字啊，簽字啊！」基度山說：「我發現我這段敘述讓大家激動不安，我要向您們——男爵夫人和唐格拉爾小姐表達歉意。」

剛簽過字的男爵夫人把筆交還給公證人。

「卡瓦爾坎蒂親王先生，」公證人說：「卡瓦爾坎蒂親王，您在哪裡？」

「安德烈亞！安德烈亞！」幾個年輕人接連喊道，他們跟這個高貴的義大利人已經親密到直呼教名了。

「去叫親王，通知他該簽字了！」唐格拉爾對一個僕人說。

與此同時，與會的人潮紛紛惶恐不安地湧進大廳，彷彿有個可怕的妖魔進入房間，尋找可吞噬的東西。顯然他們後退、驚慌、叫喊是有原因的。

一個憲兵隊的軍官在每個客廳的門口派了兩個憲兵看守，他自己則跟在一個佩著肩帶的警察分局長後面，朝唐格拉爾走去。

唐格拉爾夫人叫出聲，昏厥過去。

唐格拉爾以為自己大禍臨頭（有些人的良心是永遠不得安寧的），在賓客面前露出一副因驚恐而扭曲的面孔。

「什麼事，先生？」基度山朝警察分局長走去，問道。

「諸位，您們當中哪一位，」警官沒有回答伯爵，問道：「叫做安德烈亞．卡瓦爾坎蒂？」

從客廳的四面八方發出驚詫的叫聲。大家紛紛尋找、詢問。

「這個安德烈亞・卡瓦爾坎蒂究竟是什麼人？」唐格拉爾問，幾乎失去理智。

「從土倫苦役監逃走的苦役犯。」

「他犯了什麼罪？」

「他被指控，」警察分局長用冷漠的聲音說：「謀殺了同一鏈條上的夥伴，一個名叫卡德魯斯的犯人，就在卡德魯斯離開德・基度山伯爵府邸的時候。」

基度山迅速環顧四周。安德烈亞已經消失無蹤了。

97 通往比利時的路

那一隊憲兵出其不意的出現以及隨後宣佈的情況，在唐格拉爾先生的客廳引發一陣混亂。不久，客人都走光了，那般迅速，宛如宣佈賓客中有人得了鼠疫或流行性霍亂一般。幾分鐘內，人人爭先恐後，從每扇門、每道樓梯、每個出口退出去，或者不如說逃出去。因為在這種情況下，連最庸俗的安慰也不需要，在重大災禍中，這種安慰是即使最好的朋友也會心生厭煩。

在銀行家的公館裡，只剩下唐格拉爾，他關在書房裡，在憲兵隊軍官的盤問下做證。唐格拉爾夫人驚恐萬分，待在讀者熟悉的小客廳裡，而歐仁妮目光高傲，撇著嘴巴，跟她形影不離的女伴路易絲·德·阿米利一起回到房裡。

這一晚的僕人比平時多，因為宴客的緣故，把巴黎咖啡館的冷飲師、廚師和膳食總管都請來了。這眾多僕人認為他們受到侮辱，並將因此而生的惱怒都歸諸於主人。他們三五成群待在配膳室、廚房、僕人房間裡，沒人在工作，況且此時工作也自然而然中止了。

在這些因各種不同利益而激動的人物中，只有兩個人值得我們注意：那就是歐仁妮·唐格拉爾小姐和路易絲·德·阿米利小姐。

上文說過，那個年輕的未婚妻神態高傲，撇著嘴巴，舉止像受到侮辱的皇后，身後跟著女伴，回到房裡。女伴比她更激動，臉色也更蒼白。

回到房裡，歐仁妮反鎖房門，而路易絲跌坐在椅子上。

「我的天，我的天！多可怕的事啊！」年輕女音樂家說：「誰想得到呢？安德烈亞．卡瓦爾坎蒂先生……是個殺人犯……苦役監逃犯……苦役犯……」

一絲嘲諷的微笑讓歐仁妮的嘴唇扭曲了。

「老實說，我命中註定如此，」她說：「我逃過莫爾賽夫，卻落在卡瓦爾坎蒂這傢伙的手裡！」

「哦！兩者別相提並論，歐仁妮。」

「住嘴，男人都是無恥之徒，我很高興能比憎恨更進一步，現在我鄙視他們。」

「我們怎麼辦呢？」路易絲問。

「我們能怎麼辦？」

「是的。」

「還是做我們原訂在三天內要做的事……遠走高飛。」

「即使不結婚了，你還是想這樣做？」

「聽著，路易絲，我厭惡這種上流社會的生活，循規蹈矩、極其刻板、規律嚴謹。我一直渴望、追求、企盼的，是藝術家的生活，自由獨立的生活，只屬於自己，只依靠自己。留下來做什麼呢？為了一個月內再出嫁嗎？嫁給誰呢？或許嫁給德布雷先生，就像曾經提過的那樣。不，路易絲，不，今晚的事可以當作藉口，我並沒有尋找，也沒有要求這種藉口。但上帝送給我了，它來得正是時候。」

「你真是堅強和勇敢啊！」柔弱的金髮姑娘對她的褐髮女伴說。

「你一點都不瞭解我嗎？好了，路易絲，我們談談該怎麼辦吧。驛車……」

「幸好三天前就訂好了。」

「你讓驛車駛到了我們指定的上車地點嗎？」

「是的。」

「我們的護照呢？」

「在這裡！」

歐仁妮帶著平常的鎮靜打開文件，念道：

萊昂・德・阿米利先生，年齡二十歲，職業：藝術家，黑髮，黑眼睛，跟他的妹妹一起旅行。

「好極了！你透過誰拿到這份護照的？」

「我去請求基度山先生寫介紹信給羅馬和拿波里劇院經理時，向他表示女人出門旅行的擔憂。他完全理解這種擔憂，便答應為我弄到了一份男人的護照。兩天後，我收到這份護照，我再自己加上：『跟他的妹妹一起旅行。』」

「那麼，」歐仁妮興高采烈地說：「我們只要收拾行李就可以了。我們在簽訂婚約的晚上，而不是在婚禮之夜遠走高飛，如此而已。」

「再好好考慮，歐仁妮。」

「哦！我已深思熟慮過了，我已經厭倦了什麼延期交割、月底結帳、行情漲落、西班牙公債、海地證券。我不要這些，路易絲，你明白，我要空氣、自由、鳥語、倫巴第的平原、威尼斯的運河、羅馬的宮殿、拿波里的海灣。我們有多少錢，路易絲？」

被問到的那個女孩從一張鑲嵌著裝飾的寫字台中取出一個上鎖的小皮包，打開後點出二十三張鈔票。「兩萬三千法郎。」她說。

「至少還有同樣價值的珍珠、鑽石和首飾。」歐仁妮說：「我們很有錢。有了四萬五千法郎，兩年內我們可以生活得像公主一樣，或者在四年內生活得很體面。

「在半年內，你彈琴，我唱歌，我們可以將我們的資本翻倍。好了，你來管錢，我來管理珠寶箱。如果我們其中之一不幸弄丟了財物，另一個還保存著。現在，收拾手提箱！趕快，收拾手提箱！」

「等等，」路易絲說，一邊走到唐格拉爾夫人的房門邊傾聽。

「你怕什麼？」

「怕有人發覺我們的行動。」

「房門鎖上了。」

「但願別叫我們打開。」

「隨他們亂叫，我們就是不開。」

「你真是一個巾幗英雄，歐仁妮。」

於是兩個女孩開始以驚人的活力將她們認為需要的旅行用品裝進一個箱子裡。

「現在，」歐仁妮說：「我去換裝，你關上手提箱。」

路易絲的白皙小手使出全力按在箱蓋上。

「我不行，」她說：「我力氣不夠，你來關吧。」

「啊！沒錯，」歐仁妮笑著說：「我忘了我是海克力斯，而你只是臉色蒼白的翁法勒[24]。」

於是女孩用膝蓋頂著箱蓋，兩隻雪白臂膀用力地挺直往下壓，直到手提箱的兩部分合攏，德·阿米利小姐把掛鎖扣進環形螺釘間。

這件事解決後，歐仁妮打開一個五斗櫃，她隨身帶著這個衣櫃的鑰匙。她從中取出一件紫色綢面的鋪棉披風。

「喂，」她說：「你看，我什麼都想到了，有了這件披風，你就不會冷了。」

「你呢？」

「我嘛，我不怕冷，你是知道的。況且穿上這身男人服裝……」

「你在這裡就穿上？」

「當然。」

「來得及嗎？」

「完全不用擔心，膽小鬼。所有僕人都關注那件大事呢。而且，大家顧及我應是傷心絕望，關在房裡，這有什麼大驚小怪的呢，是吧？」

「不用擔心，沒錯，你讓我安心了。」

「來，幫我一下。」

她從抽屜取出披風，交給德·阿米利小姐披在身上。隨後，她取出一套男子服飾，從皮鞋到禮服，都是必需品，沒有什麼是多餘的。於是，歐仁妮穿好皮鞋和長褲，繫著領結，扣上高領背心，再穿上勾勒出她纖細而又富腰身曲線的禮服，動作異常俐落輕快，足見她這不是第一次穿上異性服裝了。

「真棒！說實話，真棒！」路易絲說，讚賞地望著她，「可是，這美麗的黑髮，這讓所有女人羨慕得嘆氣的美麗辮子，能好好遮掩在我看到的這頂男士帽底下嗎？」

「你看著吧。」歐仁妮說。

她以左手握住濃密髮辮，細長的手指只剛好能握住，右手拿起一把長剪刀，一會兒工夫，鋼刃在濃密閃亮的長髮中發出吱吱聲，剪下的頭髮全都落在女孩腳邊，她再將頭髮甩到腦後，跟上衣隔開。剪下髮辮後，歐仁妮再剪去兩邊的鬢髮，她毫不可惜。相反的，在宛如烏木的黛眉下，她的眼睛發出比平時更耀眼、更喜悅的光芒。

「哦！一頭秀髮就這樣剪掉了！」路易絲遺憾地說。

「嗨！我這樣不是好看百倍嗎？」歐仁妮大聲地說，一邊撫平剪成男式髮型的散亂髮鬈，「你不覺得我這樣更美嗎？」

「哦！更美麗了，永遠美麗！」路易絲大聲地說：「現在，我們去哪裡呢？」

「如果你願意，到布魯塞爾，那裡離邊境最近。我們要到布魯塞爾、列日[25]、亞琛[26]，然後沿著萊茵河而上，直到史特拉斯堡[27]再穿過瑞士，通過聖戈塔爾[28]，進入義大利。可以嗎？」

「可以。」

---

24 據希臘神話，大力士海克力斯為了洗刷自己的罪，投奔女王翁法勒，翁法勒要他換上女裝，為她幹活，而她則穿上他的獅子皮，扮成他的模樣。
25 比利時東部城市，靠近荷蘭和德國。
26 德國西部城市，離比利時和荷蘭只有五公里。
27 法國東部城市，與德國遙遙相望。
28 位於瑞士的阿爾卑斯山山谷，為商業通道。

「你在看什麼？」

「我在看你。說實話，你這樣真可愛，幾乎可以說是你帶著我私奔呢。」

「當然！這就說對了。」

「哦！我想你發過誓吧，歐仁妮？」

這兩個女孩，本來以為自己會痛哭流涕，一個是為自身考量，另一個是為了忠於女友，如今她們卻哈哈大笑，一邊整理準備逃走所造成的、自然而然的滿室凌亂痕跡。

接著，兩個準備潛逃的女子吹滅燈燭，睜大眼睛，仔細傾聽，伸長脖子，打開梳妝室的門，這個房間通往僕人使用的樓梯，一直通到院子。歐仁妮走在前面，一隻手拎著手提箱，德．阿米利小姐則用雙手費力地提著另一端的把手。

院子裡空無一人。鐘敲響了子夜。門房還在守夜。

歐仁妮悄悄靠近，看到那個正直的瑞士人睡在小屋最裡面，躺在扶手椅中。她轉身向著路易絲，拿起剛才放在地上的箱子，於是兩個女孩藉著牆壁的陰影，來到拱門。

歐仁妮讓路易絲藏在大門角落，一旦門房剛好醒過來，他只會看到一個人。

然後，她站在照亮院子那盞燈的光線下：「開門！」她用次女低音優美的聲音喊道，一面敲著玻璃窗。

門房正如歐仁妮預料的那樣站起來，甚至走了幾步，想認出是誰要出門。但他看到一個年輕男子用手杖不耐煩地敲打著褲子，立即打開大門。

路易絲馬上像蛇一樣從半開的門溜出去，輕手輕腳地跑到外頭。歐仁妮表面鎮靜，雖然心跳得比平時更劇烈，也走了出去。

剛好一個挑伕經過，她們叫他提箱子。接著兩個女孩告訴他要送到勝利街三十六號，她們跟在後面。一路上有個男人在，路易絲安心了；至於歐仁妮，她就像朱蒂特[29]和大利拉[30]那樣堅強。

他們三個人來到指定地點。歐仁妮吩咐挑伕把箱子放下，給了他幾枚錢幣，在百葉窗上敲了幾下，就把他打發走了。

歐仁妮敲打的這扇百葉窗裡，住著洗衣服的小婦人，她事先得到通知，還沒有睡下，打開門。

「小姐，」歐仁妮說：「讓門房把車庫裡的四輪敞篷馬車拉出來，再讓他到驛站找馬。這五個法郎是給他的酬勞。」

「老實說，」路易絲說：「我很讚賞你，幾乎可以說是敬重你了。」

洗衣女工吃驚地看著，因為說好會給她二十個路易，所以她一句話不說。

一刻鐘後，門房回來了，領來了車伕和馬。轉眼間，馬匹都套上了車，門房用繩子和墊板把箱子綁在車上。

「這是護照。」車伕說：「我們走哪條路，少爺？」

「通往楓丹白露那條路。」歐仁妮用近似男人的聲音回答。

「你說什麼？」路易絲問。

「我故弄玄虛。」歐仁妮說：「我們給了那個女人二十路易，但她可能會為了四十路易出賣我們。等到了

29 傳說中的猶太人女英雄，為救城池，引誘敵將，灌醉後割下他的首級。
30《聖經》中的人物，引誘大力士參孫，得知參孫的力氣在他的頭髮中，在他睡著時剃去他的頭髮。

大街，我們再走另外一個方向。」

於是女孩跳上輕便四輪旅行馬車，這輛馬車已佈置成舒適而可以躺臥的馬車，她幾乎沒有踩踏板。

「你總是對的，歐仁妮。」音樂女教師坐在她女友旁邊說。

一刻鐘後，車伕轉回正道，揮舞鞭子，越過聖馬丁城門。

「啊！」路易絲鬆了一口氣說：「我們已經離開巴黎。」

「是的，親愛的，誘拐得乾淨俐落。」歐仁妮回答。

「是的，沒有使用暴力。」路易絲說。

「我這麼做大有益處，可以減輕罪行。」歐仁妮回答。

這些話消失在馬車輾過維萊特[31]馬路時發出的轔轔聲中。

唐格拉爾先生失去了他的女兒。

98 鐘瓶旅館

現在，暫且不表唐格拉爾小姐和她的女友奔馳在通往布魯塞爾的路上，回頭再看看那個可憐的安德烈亞·卡瓦爾坎蒂，他在正意興風發時觸足霉頭，半途受阻。

即使年紀輕輕，安德烈亞·卡瓦爾坎蒂先生卻是非常機靈和聰明的小伙子。因此，客廳裡一響起嘈雜聲，讀者就看到他逐步靠近門口，穿過兩三個房間，最後消失得無影無蹤。

我們忘了提及一個不該遺漏的情況，就是卡瓦爾坎蒂穿過的其中一個房間，陳列著新娘的嫁妝：鑽石盒、喀什米爾披肩、瓦朗西埃納[32]的花邊、英格蘭的面紗，還有各種只要提起名字就會讓少女們雀躍的誘人東西，即所謂陪嫁禮物。

穿過這個房間時，安德烈亞不僅表明了自己是個非常聰明和機靈的小伙子，而且證明了他的深謀遠慮，因為他順手牽羊，帶走了陳列首飾中最值錢的東西。

得到這筆旅費後，安德烈亞鬆了一口氣，跳出窗口，從憲兵手中溜走了。

安德烈亞像古代鬥士一樣高大健美，像斯巴達人一樣肌肉發達，他漫無目的地奔跑了一刻鐘，只知道要遠離他險些被逮住的地方。

31 巴黎郊外小鎮，為肉類市場所在地，現為巴黎第十九區。
32 法國諾爾省的專區政府所在地，在北部。

他從勃朗峰街往前走，靠著盜賊應付障礙的本能，如同狡兔找窟那樣，又來到拉法耶特街的盡頭。他上氣不接下氣，氣喘吁吁的停住了。

街上只有他一個人，左邊是廣大而空無一人的聖拉撒路園圃，右邊是廣袤深邃的巴黎。

「我完了嗎？」他思忖：「不，只要我跑贏敵人，我能否得救就決取於速度了。」

這時，他看到一輛公共馬車從魚市場的高處駛出，車伕一臉陰沉，抽著菸斗，似乎是要駛向聖德尼區的另一頭，不用說，他平時就停在那裡。

「喂！朋友！」貝內德托說。

「什麼事，先生？」車伕問。

「你的馬疲累了嗎？」

「疲累，啊，是啊！牠一整天什麼事也沒做。跑了短短四趟路途，二十個蘇的小費，總共才七法郎，我應該交給老闆十法郎呢！」

「你想在這七法郎之外再加上二十法郎嗎？」

「很樂意，先生。二十法郎，這不能小看。那我該做什麼呢？」

「如果你的馬不疲累，倒是一件小事。」

「我告訴您，牠跑得像風一樣快，只要說該去哪裡就行了。」

「去盧夫爾。」

「啊！我知道，產甜酒的地方？」

「正是。很簡單，我要趕上一個朋友，我們約好明天一起到沙佩勒・賽瓦爾打獵。他的馬車等我直到十一點半，現在已是午夜，也許他等得不耐煩，先走掉了。」

「很可能。」

「所以，你願意追上他嗎？」

「我求之不得。」

「如果到布林熱[33]我們沒追上他，給你二十法郎。如果到盧夫爾我們還追不上他，給你三十法郎。」

「如果追上他呢？」

「四十法郎！」安德烈亞說，他先是猶豫了一下，但隨即想到答應了毫無風險。

「好！」車伕說：「上車吧，出發，駕！」

安德烈亞登上有篷的雙輪輕便馬車，馬車疾馳經過聖德尼區，沿著聖馬丁區奔馳，越過城柵，在無盡頭的維萊特郊野穿行。

他們絕對趕不上那個想像中的朋友，卡瓦爾坎蒂不時向遲歸的路人或還在營業的小酒館打聽一輛套著一匹棗紅色馬匹的綠色雙輪輕便馬車。由於在通往荷蘭的大路上，有許多雙輪輕便馬車來往，其中十之八九都是綠色的，所以每次都能打聽到消息。

人們總是剛看到這輛馬車經過，在前面不到五百公尺、兩百公尺、一百公尺，最後追趕上了，但不是想找的那一輛。

33 巴黎東北郊的小鎮。

安德烈亞的馬車被別人超前了，那是一輛四輪馬車，由兩匹驛馬拉著疾馳而去。

「啊！」卡瓦爾坎蒂心想：「如果我有那輛四輪馬車，那兩匹良馬，尤其是那輛馬車必備的護照，那就好了！」他嘆了口氣。

那輛四輪馬車上載著的就是唐格拉爾小姐和德．阿米利小姐。

「快！快！」安德烈亞說：「我們必須趕上他。」

可憐的馬匹又狂奔起來，出了城柵，牠就不停奔馳，到達盧夫爾時渾身直冒熱氣。

「我看，」安德烈亞說：「我一定趕不上我的朋友了，而且會把你的馬累死。因此，不如我停在這裡吧。這是你的三十法郎，我到紅馬旅館過夜，明天會在頭班馬車上找到座位。晚安，我的朋友。」

安德烈亞把六枚五法郎的錢幣放到車伕手裡，敏捷地跳下馬車。

車伕高高興興地把錢放進口袋裡，踏上回巴黎的路。安德烈亞假裝前往紅馬旅館，但他在門口站了一會兒，聽見那輛馬車的聲音消失後，又繼續上路。他一路小跑步，跑了兩法里後，他休息了一會兒。大概離他說要去的沙佩勒．賽瓦爾不遠了。

安德烈亞．卡瓦爾坎蒂不是因為疲倦才停下來，他需要下定決心，實踐一個計劃。

不可能搭乘驛車了，也無法租旅行馬車，這兩種方式都需要護照。

待在瓦茲省，也就是法國監視最嚴密、最無法遮掩的省分之一，那更加不行，尤其對安德烈亞這樣一個犯罪專家來說，更是危機四伏。

安德烈亞坐在壕溝邊，雙手捧住頭，陷入沉思。十分鐘後，他抬起頭，他已下定決心。他曾順手從接見室取下一件外套，套在舞會服裝外，他把半邊外套都沾滿塵土，然後來到沙佩勒．賽瓦爾，大膽去敲當地唯一旅館的門。老闆來開門。

「我的朋友，」安德烈亞說：「我正從『死泉』[34]到桑利斯[35]，我的坐騎是一匹烈馬，路上偏閃了一下，把我拋出十步之外。今夜我必須趕到孔皮埃涅[36]，否則家裡會很擔憂，您有馬出租嗎？」

旅館老闆總是有馬的，不管馬是好是壞。沙佩勒．賽瓦爾的旅館老闆叫來馬廄夥計，吩咐他為「白駒」裝上馬鞍，又叫醒了他七歲的兒子，讓這孩子坐在這位先生後面，之後再把馬騎回來。

安德烈亞給了旅館老闆二十法郎，從口袋裡掏錢時，故意掉下一張名片。這張名片是他在巴黎咖啡館的一個朋友的，安德烈亞走後，旅館老闆撿起名片，便深信自己把馬租給了聖多米尼克街二十五號的德．莫萊翁伯爵，那是名片上的姓名和住址。

白駒走得不快，但步伐均勻而不間斷，在三個半小時內，安德烈亞走過通往孔皮埃涅的九法里，當他來到驛車停靠的廣場時，市政府的大鐘正敲響四點鐘。

孔皮埃涅有一家上等旅館，在那裡住過一回的人都會記得。安德烈亞在巴黎附近出遊時，曾在那裡下榻，他想起了這家鐘瓶旅館，他辨認方向，藉著路燈光線看到了招牌，於是把身上所有零錢都給了孩子，把孩子打發走了。他自己走去敲門，一面精準盤算，他還有三、四個鐘頭，最好小睡一會兒，吃一頓豐盛的晚餐，以對付即將到來的勞頓顛簸。

34 瓦茲省小鎮。
35 瓦茲省專區政府所在地。
36 瓦茲省專區政府所在地。

開門的是一個夥計。

「我的朋友，」安德烈亞說：「我來自林中聖約翰[37]，在那裡用過中餐。我本來打算搭乘午夜馬車，但我像傻瓜一樣迷了路，在森林裡走了四個鐘頭。請為我安排一間臨靠院子的雅致房間，並端給我一隻凍雞和一瓶波爾多葡萄酒。」

夥計毫不懷疑，安德烈亞說話時鎮定自若，嘴裡叼著雪茄，雙手插在外套口袋裡。他的衣著很講究，刮過鬍子，靴子無可挑剔，他像個遲歸的鄰居，如此而已。

正當夥計準備房間時，老闆娘起來了，安德烈亞笑容可掬地迎接她，問她是否能住在三號房間，上次到孔皮埃涅時，他曾住在那間。不巧的是，三號房間已租給一位與妹妹同遊的年輕人了。

安德烈亞顯得大失所望，直到老闆娘向他保證，為他準備的七號房間絕對跟三號房間格局一樣，他才放下心。他一面烤熱雙腳，談論著尚蒂最近的賽馬，一面等著夥計來向他稟報，房間準備好了。

安德烈亞說過，這些面臨院子的房間很不錯，這不是沒有道理的。鐘瓶旅館的院子有三重迴廊，酷似劇院的大廳，還種著茉莉花和鐵線蓮，沿著廊柱攀爬而上，宛如天然裝飾一樣輕巧，是世界上最迷人的旅館入口之一。

雞肉很新鮮，葡萄酒是陳年的，爐火明亮耀目。安德烈亞訝異自己胃口很好，就像不曾發生什麼事似的。他隨即睡下，幾乎馬上入睡，就像二十歲的人那樣酣然入夢，哪怕有滿腹心事。

但我們不得不承認，安德烈亞按常理是會有心事的，但他並沒有。

這是由於安德烈亞的計劃，一個完整而可靠的計劃——

天一亮他就起床，付清帳單後離開旅館，去到森林，藉口要寫生，花錢買下農民的接待，弄到一套樵夫服裝和一把斧頭，換下花花公子的衣服，穿上伐木工人的衣服；雙手沾滿泥土，用鉛梳把頭髮染成褐色，再用舊日夥伴教給他的方法配製成顏料染黑皮膚。

就這樣，他穿越過一座座森林，到達最近的邊境，夜裡趕路，白天睡在森林裡和採石場中，走近有人住的地方只是為了偶爾買點麵包。

一旦越過邊境，安德烈亞就可以變賣鑽石，再加上他始終藏在身上以備不時之需的十餘張鈔票，他還有約五萬利佛爾可以運用，他樂觀地覺得這還不算太糟糕。況且，他指望唐格拉爾一家為了顧全面子，會盡量平息這件不幸的傳聞。

因此，卸下疲憊，安德烈亞迅速沉沉入睡。

此外，為了醒得更早，安德烈亞沒有關閉百葉窗，只把門閂推上，並把出鞘的尖刀放在床頭櫃上，他知道這把刀鍛造精良，從不離身。

早上約莫七點鐘，安德烈亞被一縷陽光曬醒，陽光熱呼呼的，明亮地在他的臉上晃動。

凡是在思路嚴密的頭腦中，總是有一個占主導地位的念頭，也就是睡覺前最後一個和醒來時第一個浮現的念頭。

安德烈亞還沒有完全睜開眼睛，占主導地位的念頭已經攫住他了，在他耳畔細語，說他睡得太久了。他跳下床，奔向窗口。一個憲兵正穿過院子。

37 地名。

憲兵是世上最引人注目的東西之一，即使在無憂無慮的人看來也是。對一個心中有鬼、草木皆兵的人來說，構成憲兵制服的黃、藍、白三色更令人心驚膽顫。

「為什麼出現憲兵？」安德烈亞思忖。

突然，他回答自己，用的是讀者大概已經注意到的他的特有邏輯：「一個憲兵出現在旅館裡，不值得大驚小怪，先穿好衣服吧。」

年輕人迅速穿好衣服，他在巴黎過著上流社會生活的那幾個月裡，他的貼身男僕並沒有讓他失去這種迅捷。

「好了，」安德烈亞一邊穿衣一邊說：「等他離開，我就溜之大吉。」

說著，安德烈亞穿上靴子，繫好領帶，躡手躡腳地來到窗口，再次掀開錦緞窗簾。

不僅第一個憲兵沒有走，年輕人還看到他必經的樓梯底下有第二套藍、黃、白三色制服，而第三個憲兵騎著馬，手裡拿著火槍，看守那個他進出的唯一臨街大門。

這第三個憲兵更說明事態的嚴重，因為在他前面圍起半圈好奇的人，嚴密地堵住了旅館大門。

「他們在找我！」這是安德烈亞的第一個念頭，「見鬼！」

年輕人的臉色發白，他忐忑不安地環顧四周。

他的房間跟這層樓其他房間一樣，只有大家都看得見的騎樓那裡有個出口。

「我完了！」這是他的第二個念頭。

確實，對於身處安德烈亞這種境地的人來說，逮捕意味著刑事審訊、判決、處死，毫無寬恕地立即執行。

他痙攣地用雙手緊緊抱住頭。在這短暫時刻，他差點兒嚇瘋了。

但不久，從他腦海中互相撞擊的雜亂思緒中，冒出一個帶著希望的想法，他蒼白的嘴唇和抽搐的臉頰上浮現一絲笑容。

他環顧四周，他想要尋找的東西都放在大理石寫字台上：那是一支羽毛筆、墨水和紙張。他用筆蘸上墨水，竭力控制手，在筆記本第一頁寫下這幾行字：

我沒有錢付帳，但我不是一個不道德的人，我留下這支飾針作為抵押品，飾針的價值十倍於我的膳宿費用。請原諒我在天亮時不辭而別，我十分羞愧！

他從領帶取下飾針，放在紙上。

然後，他沒有鎖上門，而是拉開門閂，甚至半掩房門，彷彿他出門時忘了關上門。接著他鑽進壁爐，動作敏捷，就像慣於做這種事的那種人。他把畫著阿客琉斯在得伊達里亞[38]家裡的那塊硬紙擋板拉到身邊，用腳撫平灰燼上的腳印，開始在煙囪中攀爬，他只有這條路可以逃脫。

就在這時，剛才映入安德烈亞眼簾的第一個憲兵，跟在警察分局長後面走上樓，他們由看守樓梯底下的第二個憲兵做後盾，第二個憲兵可能也由看守大門的那個憲兵支援。

安德烈亞痛苦地準備應付的這次憲兵搜查，是在如此情況下發生的：

38 希臘神話中斯庫羅斯王呂科墨得斯之女，為阿客琉斯所愛。

天剛拂曉，電報便傳向四面八方，每個市鎮幾乎立刻收到通知，當局於是展開行動，派憲警去追捕殺死卡德魯斯的兇手。

孔皮埃涅是王室行宮所在地，這是提供狩獵的城市，駐紮著部隊，有大量的行政官員、憲兵和警官，電報傳達的命令一到，搜查便立刻啟動，鐘瓶旅館是城裡首屈一指的旅館，自然從它開始。

再者，根據昨天夜裡在市政廳（市政廳與鐘瓶旅館毗連）站崗哨兵的報告，確實有幾個旅客在夜裡下榻旅館。

早上六點鐘下崗的哨兵甚至回憶說，他剛上班時，也就是四點零幾分，看見有個騎乘白馬，身後帶著一個農村小孩的年輕人在廣場下馬，打發走小孩和馬匹，再到鐘瓶旅館敲門，旅館打開大門，讓他進去後又重新關上。

懷疑正是落在這個深夜抵達、行跡可疑的年輕人身上。這個年輕人就是安德烈亞。

警察分局長和憲兵隊長正是根據這些資訊，朝安德烈亞房門走去，房門半掩著。

「哦！哦！」憲兵隊長說，他是個老狐狸，對犯人的狡猾饒有經驗，「門打開了是個壞預兆，我寧願門關得緊緊的！」

確實，安德烈亞留在桌上的短信和飾針證實了，或者不如說意圖使人相信不妙的事實：安德烈亞逃走了。

我們說意圖使人相信，是因為憲兵隊長不是只見到一項證據就深信不疑的人。

他環顧四周，察看床下，撩起窗簾，打開大櫃，最後停在壁爐前面。

由於安德烈亞小心謹慎，他經過的灰燼沒有留下任何痕跡。

但這畢竟是一個出口，在目前情況下，任何出口都應該認真檢查。

於是憲兵隊長叫人捧來一捆柴薪和麥草，塞進壁爐，就像要點燃臼砲那樣，然後點火。火在磚牆內嗶剝作響，一股濃煙從煙囪往上衝，就像火山岩漿一樣噴向天空，但他沒看到囚犯像預期那樣掉下來。

這是因為安德烈亞從小就跟社會搏鬥，經驗不輸憲兵，哪怕這個憲兵已晉升到隊長這令人尊敬的等級。他預料到火攻，早已爬到屋頂，蜷縮在煙囪旁邊。

他一度以為自己有希望得救，因為他聽到憲兵隊長叫兩個憲兵過來，對他們高聲地喊道：「他不在裡面。」他悄悄伸長脖子，看到兩個憲兵不但不像通常那樣，一聽到如此宣告便撤走，相反的，兩個憲兵更加仔細搜查。

輪到他環顧四周。市政廳是十六世紀的龐大建築，像座陰森的城牆矗立著，透過這幢建築右邊的窗口，可以俯瞰旅館屋頂的每個角落，有如從山頂鳥瞰山谷一樣。安德烈亞知道，他隨時會看到憲兵隊長的頭出現在某個窗口。一旦被發現，他就完了，在屋頂上追捕，他不會得到任何逃脫的機會。

因此他決定下去，不是從上來的原路，而是從另一條類似的路。

他用目光搜尋沒有冒煙的煙囪，從屋頂爬過去，再鑽進煙囪口，沒有被發現。

就在這時，市政廳一扇小窗打開了，憲兵隊長的頭探出來。

那顆頭顱彷彿建築的裝飾浮雕一樣，紋絲不動地待了一會兒，然後，失望地長嘆一口氣，這頭顱又消失了。

憲兵隊長就像他所代表的法律一樣平靜而慎重，不理會聚集在廣場上的人群的千百個問題，又回到旅館。

「怎麼樣？」輪到兩個憲兵問。

「孩子們，」憲兵隊長回答：「那名罪犯今天早上真的僥倖逃走了，我們立即派人到通往維萊爾・特雷[39]和努瓦永[40]的路上追擊，並且搜索森林，我們一定能抓住他。」

這個可敬的長官剛用憲兵隊長特有的聲調，說出「一定」這個響亮詞彙，這時，旅館院子響起一聲長長的驚恐叫喊，伴隨著一連串的鈴聲。

「哦！怎麼回事？」憲兵隊長大聲地說。

「這個客人好像很性急。」老闆說：「幾號房間響鈴？」

「三號。」

「快去，夥計！」

這時，喊聲和鈴聲加劇了。夥計拔腿跑了起來。

「別去，」憲兵隊長阻擋夥計，「拉鈴的人要的應是別的，而不是侍者。我們派一個憲兵去為他效勞。誰住在三號房間？」

「昨天晚上帶著妹妹搭驛車來的年輕人，他要了一個雙鋪房間。」

鈴聲第三次響起，聽上去充滿惶恐不安。

「快來人！分局長先生！」憲兵隊長喊道：「跟我來，緊緊跟上。」

「等等，」老闆說：「到三號房間有兩道樓梯，一外一內。」

「好！」憲兵隊長說：「我走裡面的樓梯，這是我的職權範圍。短槍上好子彈了嗎？」

「上好了，憲兵隊長。」

「那麼你們看好外面的樓梯，如果他想逃走，就向他開槍，根據快報，這是個兇犯。」

憲兵隊長所透露的安德烈亞詳情在人群間掀起喧嘩，分局長跟著他隨即消失在室內樓梯中。

事情原來是這樣的：安德烈亞非常敏捷地下到煙囪三分之二處，但到達那裡以後，他踩空了，雖然雙手用力攀住，但還是以比他預期更快的速度、尤其是更大的聲音掉了下來。如果房間裡沒有人，那倒沒什麼，不巧的是房間裡有人住著。

兩個女人睡在一張床上，那聲音把她們驚醒了。她們的眼光盯著發出聲音的地方，她們看見壁爐口冒出一個男人。

是那個金黃頭髮的女人發出可怕喊聲，聲音響徹整幢房子，而褐髮那位衝向鈴繩，用盡力氣扯動，發出警報。

正如讀者所見，安德烈亞闖禍了。

「行行好！」他臉色慘白，驚惶失措地喊叫，沒有看對方，「行行好！別叫人來，救救我！我不想傷害你們。」

「是兇手安德烈亞！」其中一個年輕女人大聲地說。

「歐仁妮！唐格拉爾小姐！」卡瓦爾坎蒂喃喃地說，從驚恐轉成呆楞。

「救命呀！救命呀！」德．阿米利小姐喊道，從歐仁妮無力的手中搶過繩子，比她的女伴更加用力地拉起鈴。

39 法國埃斯納省的村鎮。

40 孔皮埃涅附近的村鎮。

「救救我，有人在追捕我！」安德烈亞合起雙手說：「行行好，行行好，別告發我！」

「太晚了，有人上樓了。」歐仁妮回答。

「那把我藏起來，你們就說突然無端感到害怕，轉移他們的疑心，就能救我一命。」

兩個女孩緊靠在一起，裹在毯子裡，對這哀求保持沉默，恐懼和厭惡在她們的腦海裡撞擊著。

「好吧！」歐仁妮說：「您從原路回去吧，混蛋，快走，我們什麼也不會說。」

「他在裡面！他在裡面！」樓梯平台上有個聲音在喊：「他在裡面，我看到了！」

憲兵隊長已將眼睛貼在鎖孔上，看到安德烈亞站著哀求。

槍托猛然一擊打掉了鎖，再兩下震開了門閂，砸裂的門倒在房裡。

安德烈亞跑向另一扇面臨院子迴廊的門，打開後準備衝出去。

兩個憲兵在院子裡端著短槍，朝他瞄準。

安德烈亞瞬間停住，他站在那裡，臉色慘白，身體略微後仰，手裡緊握那把無用的刀。

「逃吧！」德．阿米利小姐喊道，隨著恐懼過去，憐憫又回到她心中，「逃吧！」

「要嘛自殺！」歐仁妮說，那種口吻和姿態，就像古羅馬供奉女灶神的貞女，伸出拇指命令競技場中勝利的鬥士去了結倒在地上的對手一樣。

安德烈亞瑟縮發抖，帶著輕蔑的微笑望著女孩，這種輕蔑表明，他已墮落到無法理解這種出於榮譽感的高度冷酷。

「自殺！」他扔掉刀說：「何必這樣？」

「您說過的！」唐格拉爾小姐大聲地說：「他們會判處您死刑，把您當作罪大惡極的犯人處決！」

「哼！」卡瓦爾坎蒂回答，在胸前交叉起雙臂，「我有的是朋友。」

憲兵隊長手裡握著軍刀，向他走去。

「好了，好了，」卡瓦爾坎蒂說：「把您的刀插回刀鞘裡吧，老兄，不用這樣勞師動眾，因為我投降了。」

他把雙手伸向手銬。

兩個女孩驚恐地看著發生在眼前的醜惡變形經過，這位上流社會的男子剝下了表皮，重新變回苦役監的囚犯。

安德烈亞轉身面向她們，帶著無恥的笑容說：「您有什麼口信要帶給您父親嗎，歐仁妮小姐？因為我應該要回巴黎了。」

歐仁妮用雙手捧住頭。

「哦！哦！」安德烈亞說：「沒有什麼好難為情的，我不會怨怪您搭乘驛車追趕我，我不是差點成為您的丈夫嗎？」

說完這句挖苦的話，安德烈亞走出去，留下兩個潛逃在外的女孩忍受羞愧的痛苦和在場者的議論。

一小時後，她們倆穿上女裝，登上她們那輛旅行馬車。

旅館剛才關上大門，避免閒雜人圍觀她們。當門再度打開的時候，她們還是要從兩排好奇的人牆中，在灼灼目光和竊竊私語中走出去。

歐仁妮放下馬車窗簾，即使她看不見，仍然聽得見，譏笑聲一直傳到她耳朵裡。

「為什麼世界不是一片曠野呢？」她嚷著，一面撲倒在德．阿米利小姐懷裡，她的眼睛因惱怒而發出火光，這樣的狂怒，就像尼祿希望羅馬世界只是一顆腦袋，一刀就能砍下。

第二天，她們下榻在布魯塞爾的佛蘭德爾飯店。

從前一天起，安德烈亞就被監禁在巴黎裁判所的附屬監獄裡。

99 法律

讀者已經看到唐格拉爾小姐和德．阿米利小姐如何鎮定自若地喬裝打扮並且逃亡，這是因為每個人都忙於自己的事，無暇顧及她倆。

暫且不表銀行家，此時他額頭滿是汗水，面對倒閉這個幽靈，計算著負債表的鉅額數字。我們且來跟蹤男爵夫人，她剛遭受猛烈的打擊，過了一會兒，才去找她平時的顧問呂西安．德布雷。

男爵夫人確實期待這門婚事，以便擺脫監督責任，像歐仁妮這樣性格的女兒，監督責任是非常讓人心煩的。這是因為在維持家庭等級關係上，向來需要一種默契，即做母親的必須是女兒莊重的楷模和品德的典範，才能成為女兒心目中真正的主宰。

然而，唐格拉爾夫人害怕歐仁妮的洞察力和德．阿米利小姐的意見。她曾發現女兒對德布雷的輕蔑目光，那目光似乎意味著她的女兒瞭解她跟大臣私人祕書的愛情關係和金錢祕密。

而對男爵夫人更精明且深入的解釋則是，歐仁妮憎惡德布雷，並非因為他在這個家中是導致醜聞的一塊絆腳石，而是因為她已把他列入迪奧熱奈斯[41]不再稱之為人的兩足動物範疇，以柏拉圖的婉轉說法即是，沒有羽毛的兩足動物。

41 迪奧熱奈斯（西元前四一三—三二七），古希臘犬儒派哲學家。

不幸的是，在這個世界上，每個人都有自己的見解，這種個人見解阻礙了他清楚看待別人的見解。唐格拉爾夫人根據自己的見解，無比惋惜歐仁妮的婚事落空，並非因為這門婚事門當戶對，能讓女兒幸福，而是因為這門婚事能讓她自己自由。

因此，正如上述，她趕到德布雷那裡，他像全巴黎的人一樣，參加了訂婚晚會，目睹了隨後出現的出醜場面，便急急忙忙龜縮到俱樂部，在那裡，他跟幾個朋友談論著這件大事。在這個號稱世界之都、極其喜歡散佈流言蜚語的城市裡，這件大事現在成了四分之三的人的話題。

正當唐格拉爾夫人身穿黑色長裙、戴著面紗，不管門房如何說明年輕人不在家，還是踏上通往德布雷房間那道樓梯的時候，德布雷正在俱樂部一心一意反駁一個朋友含沙射影的話。這個朋友試圖向他證明，在發生了那可怕的哄動場面之後，他做為這個家族的朋友，迎娶歐仁妮·唐格拉爾小姐，得到她的二百萬，是他的責任。

德布雷雖然一邊辯駁，卻唯恐不能被對方說服似的，因為這個想法也常常浮現他的腦海。但是，由於他瞭解歐仁妮，瞭解她獨立高傲的個性，他不時恢復完全抗拒的態度，說這樣的結合是不可能的，然而又不由自主地受到這個邪念念頭的挑逗。根據所有道德主義者的說法，這種念頭會持續糾纏最誠實純潔的人，在心靈深處窺伺著，正如撒旦在十字架後面窺伺一樣。

喝茶、打牌、談話——正如讀者所見，這場談話非常有趣，因為在討論關於重大利益的話題——一直延續到凌晨一點。

這段時間，唐格拉爾夫人由呂西安的貼身男僕帶進房中，戴著面紗，一顆心怦怦跳，在綠色小客廳的兩個花籃間等候。花籃是她早上派人送來的，應該說，經過德布雷親自整理、排列、修剪過，那份仔細讓可憐的女人原諒他不在家。

十一點四十分，唐格拉爾夫人倦於空等，又坐上出租馬車，駛回家裡。

有些圈子的女人跟戀愛中的輕佻女工相似，通常不會過了午夜以後回家。男爵夫人回家時那種小心翼翼，一如歐仁妮剛離開時一樣充滿防備。她輕手輕腳地上樓，緊揪著心，回到跟歐仁妮臥房連接的房間。

她非常害怕引起別人議論，在這方面她是個可憐又可敬的女人，她堅信女兒的無辜和對家庭的忠誠。

回房後，她貼在歐仁妮的門口傾聽，由於聽不到聲音，她想進去，但門已鎖上。唐格拉爾夫人以為歐仁妮因晚會可怕的情緒激動，精疲力竭，已經上床睡了。

她叫來貼身女僕問話。

「歐仁妮小姐，」貼身女僕回答：「跟德．阿米利小姐回到自己房裡，然後她們一起喝茶，把我打發離開，說不需要我了。」

從那時起，這個貼身女僕就待在配膳室，像大家一樣，她以為兩個女孩在房間裡。

唐格拉爾夫人於是安然睡下。但是，儘管她對家人放心了，思緒卻轉到那件事上。

隨著腦海的思路越來越清晰，訂婚場面所占的畫面越來越龐大，那不再是醜聞，而是一場鬧劇，不再只是羞愧，而變成奇恥大辱。

男爵夫人不由得回想起，前不久可憐的梅爾塞苔絲因丈夫和兒子而受到那麼巨大的打擊，她卻毫無憐憫。

她心想：「歐仁妮完了，我們也完了。這件事一旦流傳開來，我們將羞愧得無地自容，因為在我們這樣的社會裡，某些笑柄是嚴重的、血淋淋的、不可醫治的創傷。」

她喃喃地說：「幸虧上帝造就了歐仁妮那種時常讓我心驚膽跳的古怪性格。」

她懷著感謝抬頭望向天空，神祕的上帝按照註定發生的事預先安排好一切，有時把缺陷、甚至壞事變成幸福的事。

然後，她的思緒穿越空間，就像深淵中的鳥兒張開翅膀那樣，最後停在卡瓦爾坎蒂上面。

「那個安德烈亞是個無恥之徒，一個竊賊、一個殺人犯。但這個安德烈亞的外表舉止卻顯示他如果未受過完整的教育，也至少接受過中等教育。這個安德烈亞置身上流社會，外表看似擁有龐大家產，得到有名望人士的支持。」

如何在這樣的迷宮中辨別方向呢？要向誰訴說才能擺脫這嚴峻的處境呢？

剛才她去找德布雷，帶著一個女人到她所愛的、但有時會毀掉她的男人那裡求援的衝動。德布雷只能給她建議，她應該去找更強有力的人。

男爵夫人於是想到德·維勒福先生。

正是德·維勒福先生派人逮捕卡瓦爾坎蒂，正是德·維勒福先生無情地帶給她家混亂，彷彿這是一個與他毫不相干的家庭一樣。

不，仔細想一想，檢察官不是一個無情無義的人，他是一個克盡職守的司法官員，一個正直而堅定的朋友，他嚴厲而果斷地朝腐敗的機體開刀，他不是一名劊子手，而是一個外科醫生，想在世人眼裡把唐格拉爾一家的聲譽跟這個墮落年輕人的無恥行徑切分開來，因為他們想將這個年輕人以女婿身分介紹給上流社會。

既然作為唐格拉爾家的朋友，德·維勒福先生如此行動，別人就不會懷疑，檢察官事先知道情況，卻容忍安德烈亞的行為。仔細想想，男爵夫人從另一種角度看待維勒福的行動，可以解釋為他還是顧及他們的共同利益的。

但檢察官的鐵面無私應到此為止，她第二天要去找他，只要不使他因此失職，她至少可以讓他從寬處理。男爵夫人要提起往事，她會喚起記憶，以那段有罪卻幸福的時光去懇求他。德．維勒福先生會妥善處理這件案子，或至少他會讓卡瓦爾坎蒂逃走（要達到這個目的，他只需要把注意力轉向另一邊），只以所謂缺席審判罪犯的形式追查。想到這裡，她即安然入睡了。

第二天九點鐘，她便起床，沒有拉鈴叫貼身女僕，也不讓任何人知道她起床了。她穿好衣服，像昨天那樣簡樸，走下樓，離開公館，一直走到普羅旺斯街，坐上一輛出租馬車，來到德．維勒福先生家。

一個月以來，這幢受詛咒的房子呈現出如同檢疫站的陰鬱模樣，彷彿出現鼠疫一般，部分房間從裡面或外面鎖上了，關上的百葉窗只打開一會兒，讓空氣稍加流通。這時可以看到一個僕人惶惶然的腦袋出現在窗口，窗戶隨即又關上，就像墳墓的石板又蓋在墓穴上一樣。

鄰居們互相低聲地說：「難道我們今天還會看到從檢察官先生家裡再抬出一具棺材嗎？」

唐格拉爾夫人看到這幢陰沉的房子，不由得打了一個哆嗦。她從出租馬車下來，膝蓋發軟地走近關閉的大門，拉了拉鈴。

陰鬱的鈴聲似乎也在分擔這片悲淒的氣氛，鈴聲第三次響起時，門房出現了，只打開一道足以讓說話聲通過的門縫。

他看到一個女人，一個上流社會的女人，一個穿著高雅的女人，然而大門依然還是像關閉著一樣。

「請開門。」男爵夫人說。

「夫人，先請問您是誰？」門房問。

「我是誰？你很熟悉我。」

「我們不再認識任何人了，夫人。」

「你瘋了，我的朋友！」男爵夫人大聲地說。

「您從哪裡來的？」

「哦！這太過分了。」

「夫人，這是命令，請原諒我，您尊姓大名？」

「唐格拉爾男爵夫人。你見過我二十次。」

「有可能，夫人，現在您有什麼事？」

「你太奇怪了！我要向德·維勒福先生抱怨他的僕人太無禮。」

「夫人，這不是無禮，是小心謹慎。沒有德·阿弗里尼先生的吩咐，或者除非要對檢察官先生說話，誰都不得入內。」

「那麼，我正是有事要找檢察官。」

「急事嗎？」

「你應該看得出來，因為我並沒有返回車裡。別說了，這是我的名片，拿去通報你的主人吧。」

「夫人等我回來？」

「是的，去吧。」

門房又關上門，讓唐格拉爾夫在街上等待。

說實話，男爵夫人等待的時間不長。過了一會兒，大門又打開一道縫隙，剛好讓男爵夫人進去。她進去後，大門又在身後關上。

來到庭院，門房仍一邊看著大門方向，一邊從口袋裡掏出一隻哨子，吹了起來。

德．維勒福先生的貼身男僕出現在台階上。

「請夫人原諒這個老實人，」他迎著男爵夫人走去，說道：「主人確實吩咐過他，德．維勒福先生要我告訴夫人，他也是不得已才這麼做的。」

庭院裡有一個供應商，也是這樣小心防範地放他進來，僕人正在檢查他的物品。

男爵夫人走上台階，她感到自己被這哀淒氣氛影響了，深深感染了悲傷。她在男僕的帶領下，來到檢察官的書房，而這位嚮導始終盯著她。

不管唐格拉爾夫人如何一心記掛著來訪目的，她還是覺得這些僕人太無禮，以致她開始抱怨起來。

維勒福抬起被痛苦重壓著的頭，帶著苦笑凝視她，她的怨言因此消失在唇邊。

「請原諒我的僕人這樣恐懼，我不能因此指責他們，他們受到猜疑，也變得多疑了。」

唐格拉爾夫人時常在上流社會聽人談起檢察官所表現出來的恐懼，但要不是親眼目睹，她怎麼也不會相信會是如此程度。

她說：「您也愁眉不展？」

「是的，夫人。」檢察官回答。

「那您同情我嗎？」

「真誠地同情，夫人。」

「您知道我是為何而來嗎？」

「您是來告訴我您遇到的事，是嗎？」

「是的，先生，一件可怕的災禍。」

「一件不幸的遭遇。」

「一件不幸的遭遇！」男爵夫人大聲地說。

「唉！夫人，」檢察官帶著不變的平靜回答：「我只把不可彌補的事說成災禍。」

「唉！先生，您認為這件事會被遺忘嗎？」

「什麼事都會煙消雲散，夫人。」維勒福說：「您的女兒今天不結婚，明天就會結婚，明天不結婚，一星期之內就會結婚。我想您不至於留戀歐仁妮小姐的未婚夫吧。」

唐格拉爾夫人望著維勒福，看到他這種近乎嘲弄的平靜，不免錯愕。

「我是來到朋友家嗎？」她用充滿悲憤的口吻問。

「您知道是的，夫人。」維勒福回答，在他如此保證時，臉頰微微地泛紅。

確實，這個保證影射到了別的事，無關此刻男爵夫人和他掛心的事。

「那麼，」男爵夫人說：「誠懇一點，親愛的維勒福，以朋友而不是以檢察官身分跟我說話吧，在我深感痛苦的時候，決不要對我說，我應該快樂。」

維勒福鞠了一躬。「最近三個月來我有一個討厭的習慣，夫人，」他說：「當我聽別人說到災禍時，我便想起自己的災禍，腦海裡便不由自主地進行自私的比較。因此，比起我的災禍，您的災禍我覺得只是不幸；因此，比起我悲慘的處境，我覺得您的處境令人羨慕。但這樣說會讓您不愉快，我們就別談了吧。您剛才說什麼，夫人？」

「我是來問您，我的朋友，」男爵夫人回答：「那個騙子的案子怎麼處理？」

「騙子！」維勒福再說一遍：「夫人，減輕某些事，同時誇大另一些事，這肯定是您的主意。安德烈亞·卡瓦爾坎蒂先生，或者不如說貝內德托是騙子！您錯了，夫人，貝內德托是個不折不扣的殺人犯。」

「先生，我不否認您的更正是對的，但您越是嚴厲地懲罰這個壞蛋，您就越猛烈地打擊我的家庭。暫時忘掉他吧，不要追捕，讓他逃走吧。」

「您來得太晚了，夫人，命令已經發出。」

「那麼，如果抓住他……您認為會抓住他嗎？」

「我希望如此。」

「如果抓住他（我總聽人說，監獄人滿為患），就讓他坐牢吧。」

檢察官做了一個否定的動作。

「至少關到我的女兒結婚。」男爵夫人補充說。

「不可能，夫人，要依法審判的。」

「對我也這麼做？」男爵夫人半開玩笑半嚴肅地說。

「對所有人都一樣。」維勒福回答：「對我跟對別人都一樣。」

「啊！」男爵夫人說，她藉由這聲感嘆表露想法，但再也沒有言語補充說明了。

維勒福用足以洞悉別人內心想法的目光盯著她。

「是的，我知道您想說的話，」他說：「您暗指那些流傳在上流社會的可怕謠言，說什麼三個月來我家接連不斷地死人，瓦朗蒂娜出於奇蹟才逃過一劫，決不是自然發生的。」

「我決沒有這樣想。」唐格拉爾夫人急忙說。

「您是這樣想的，夫人，而且這是合情合理的，因為您只能那樣想。您低聲地自言自語，既然您要追查罪犯，那麼請回答：為什麼發生在您周圍的罪犯卻逍遙法外？」

男爵夫人臉色蒼白。

「您在這樣自言自語，是嗎，夫人？」

「嗯，我承認。」

「我來回答您。」維勒福把他的扶手椅拉近唐格拉爾夫人的椅子，然後，他兩隻手撐在桌上，用比往常更為低沉的聲音說：「有的罪行不受懲罰，是因為人們不知道真兇是誰，生怕將無辜之人錯認為罪犯加以打擊。一旦知道了罪犯（維勒福朝放在桌子對面的耶穌像十字架伸出手），一旦知道真兇，」他再說一遍：「夫人，以上帝之名發誓，不管他們是誰，他們都得死去！現在，我發了誓並將信守誓言。夫人，您還要求我寬恕那個壞蛋嗎？」

「呃！先生，」唐格拉爾夫人說：「您有把握他像人們所說的那樣有罪嗎？」

「聽著，這是他的檔案資料。貝內德托，十六歲時因偽造罪被判處五年苦役。正如您所見，年輕人本來還是有指望的，然後他越獄，後來又殺了人。」

「這個壞蛋是什麼人？」

「唉！誰知道啊！一個流浪漢，一個科西嘉人。」

「沒有人認識他嗎？」

「沒有人，不知道他雙親是誰。」

「但來自盧卡的那個人呢？」

「像他一樣的騙子，或許是他的共犯。」

男爵夫人合起雙手。「維勒福！」她用最甜蜜、最柔和的聲調說。「看在上帝的分上，夫人，」檢察官堅決而嚴厲地回答：「看在上帝的分上，決不要要求我寬恕一個罪犯。「我是什麼人呢？是法律。難道法律有眼睛能看見您的悲傷嗎？難道法律有耳朵能聽見您甜蜜的聲音嗎？難道法律有記憶能實踐您溫情的想法嗎？不，夫人，法律只知道命令，一旦法律發號施令，就是無情的打擊。

「您會對我說，我是一個生物，而不是一部法典；是一個人，而不是一部書。請看看我，夫人，請看看我的周圍，人們可曾把我看作兄弟？他們愛過我嗎？他們寬容過我嗎？他們照顧過我嗎？有誰要求過寬恕德．維勒福先生呢？誰同意這個人寬恕德．維勒福先生呢？沒有，沒有，沒有，只有打擊，只有無情的打擊！

「身為女人，也就是您這個美人，您對我說話時堅持用這種迷人的眼光凝視著我，讓我覺得應該羞愧。那好吧，我為您所知道的事羞愧，或許，更為別的事羞愧。

「自從我自己犯了過錯，或許比別人的過錯更嚴重，從那時起，我剝掉別人的衣服，想找到腐爛之處，我總是能找到。我可以更進一步說，我幸運且高興地找到了人類墮落和懦弱的印記。

「因為我定了罪的每一個人，我打擊的每一個罪犯，對我來說都是一個活生生的證明，一個新的證明，證明我並不比別人邪惡。唉！唉！唉！每個人都是奸惡的，夫人，讓我們證實並打擊惡人吧！」

維勒福帶著狂熱說出最後幾句話，那種狂熱讓他的話帶著咄咄逼人的雄辯力量。

「可是，」唐格拉爾夫人說，想做最後的努力，「您說這個年輕人是孤兒，遭到世人的遺棄，是嗎？」

「那是最糟的，或者不如說最好的，上帝把他塑造成這樣，為的是不讓人為他哭泣。」

「這是對弱者的欺凌，先生。」

「是殺人的弱者！」

「他若身敗名裂會波及我的家庭。」

「死神不也正光顧我家嗎？」

「哦！先生！」男爵夫人大聲地說：「您對別人毫無憐憫之心。我要對您說，別人也會對您冷酷無情！」

「那就這樣吧！」維勒福說，氣勢洶洶地舉起手臂。

「如果他被捕，至少把這個壞蛋的案件拖到下一次的重罪法庭審理，這能給我們六個月時間，讓大家沖淡記憶。」

「不，」維勒福說：「距離開庭只有五天時間，已經做過預審，五天已經超過我所需的時間。而且，夫人，您難道不知道我也需要沖淡記憶嗎？我工作是夜以繼日的，我工作時便不再有記憶，當我不再有記憶，就像死人那樣幸福，這比受痛苦的折磨要好受一些。」

「先生，他已逃走，讓他逃走吧，暫緩行動是很容易辦到的寬恕。」

「但我對您說過為時已晚！天亮時已發出電報，此刻……」

「先生，」貼身男僕進來說：「一個龍騎兵送來這封內政部的急件。」

維勒福一把抓過信，趕緊打開。唐格拉爾夫人嚇得發抖。維勒福則高興得哆嗦。

「抓到了！」維勒福喊道：「在孔皮埃涅抓到了，他完蛋了。」

唐格拉爾夫人臉色蒼白，冷冷地站起來。「再見，先生。」她說。

「再見，夫人。」檢察官回答，幾乎愉快地送她到門口。

接著回到辦公桌前。

「好，」他說，用右手拍著那封信，「我手上已經有一件偽造案、三件竊盜案、三件縱火案，只缺一件謀殺案，現在齊全了，開庭有好戲看了。」

100 幽靈

正如檢察官告訴唐格拉爾夫人的那樣，瓦朗蒂娜還沒有復原。她疲憊至極，仍然躺臥在床，她正是在自己房裡，從德．維勒福夫人口中知道上述事件，即歐仁妮離家出走，安德烈亞．卡瓦爾坎蒂也就是貝內德托被捕，以及指控他犯下謀殺罪。

但瓦朗蒂娜身體非常虛弱，她對別人的敘述所產生的反應，或許跟她平日身體健康時大為不同。事實上，那只是一些模糊的想法，一些不確定的形體，同時混雜著奇怪的念頭和轉瞬即逝的幻像，浮現在她不舒服的腦海中，或者從她眼前閃過。

白天，由於努瓦蒂埃在身邊，瓦朗蒂娜還保持在現實狀態中。老人叫人把自己抬到孫女房裡，他在那裡像慈父般看著瓦朗蒂娜。等維勒福從法院回來，他在父親和孩子間度過一兩小時。

六點鐘，維勒福回到書房。八點鐘，德．阿弗里尼先生到來，帶來為女孩準備的夜間藥水。然後，僕人把努瓦蒂埃送回他自己的房間。

醫生指定的女護士接替了所有人，直至十點鐘至十一點鐘左右，等瓦朗蒂娜睡著了，她才離開。下樓時她把瓦朗蒂娜的房間鑰匙交給德．維勒福先生本人，這樣，要進入病人房間，只能穿過德．維勒福夫人的套房和小愛德華的房間。

每天早上，摩雷爾都到努瓦蒂埃的房間打聽瓦朗蒂娜的消息，但奇怪的是，摩雷爾的不安看來日益減輕。首先，儘管瓦朗蒂娜有神經異常亢奮的困擾，卻越來越好轉；其次，摩雷爾失魂落魄地跑到基度山家時，基度山不是對他說過，如果兩個小時內瓦朗蒂娜不死，她就會得救嗎？四天過去了，瓦朗蒂娜活著。

上述的神經亢奮糾纏著瓦朗蒂娜，直到她入睡，或者不如說直到她醒來後半睡半醒的時候。這時放在壁爐上、在白色燈罩中燃燒的夜明燈，透出掩映的光，正是在這幽暗而寂靜的夜晚，她看到那些聚集在病人房間的幽靈一一走過，而她的熱度又振動了顫抖的翅膀，促使那些幻影左右搖晃。

她有時彷彿看到她的繼母在威脅她，有時看到摩雷爾向她伸出雙手，有時看到跟她平時生活幾乎無關的人，例如基度山伯爵。在這種譫妄狀態中，家具彷彿會活動一般。這種情況一直持續到凌晨兩三點，這時，沉沉的睡意攫住了女孩，直至天明。

瓦朗蒂娜知道歐仁妮離家出走和貝內德托被捕是在上午，那天晚上，維勒福、德．阿弗里尼和努瓦蒂埃相繼離開後，羅勒的聖菲利普教堂的大鐘敲響了十一點，女護士把醫生準備好的藥水交到病人手裡，關上房門，來到在配膳室中，瑟縮發抖地聽著僕人們的議論，腦海裡充塞著悲慘的故事。三個月來，這些故事成為檢察官前廳裡的夜晚話題。這時，在女護士仔細鎖上的房間裡，出現了始料未及的一幕情景。

女護士走後大約十分鐘。一小時以來，瓦朗蒂娜忍受著每夜必來的高燒，讓不受控制的腦海繼續展開旺盛、單調而又難以平息的活動。她的腦袋因不斷地重現同樣想法或產生同樣幻像而精疲力竭。

夜明燈的燈芯發出千百道充滿奇特含義的閃光，突然，在抖動的光線中，瓦朗蒂娜似乎看到，位於壁爐旁邊牆角凹陷處的書房門慢慢打開了，她覺得鉸鏈沒有發出絲毫轉動聲音。

換了別的時候，瓦朗蒂娜會抓住拉鈴的絲繩搖晃起來，向人求援。但她處在現在的情況下，什麼都不足為奇了。她意識到包圍著她的所有幻覺都是由於譫妄而產生的，她這個信念來自這裡：夜晚出現的所有幽靈在每天早上都沒有留下絲毫痕跡，它們隨著白天來臨而消逝。

門後出現了一個人。瓦朗蒂娜由於發燒，已習慣了這類幽靈的出現，所以並不害怕，她只是睜開眼睛，希望認出是摩雷爾。

那個人繼續朝她的床走來，然後站住，露出聚精會神地聆聽的樣子。這時，夜明燈的一道光線落在這個夜間訪客的臉上。

「不是他！」她喃喃地說。於是她等待著，深信是在做夢，正如夢中常見的那樣，這個人要嘛消失、要嘛會變成別的人。

她去按自己的脈搏，感覺劇烈跳動，她想起，讓討厭的幻覺消失的最好方法是喝點東西。瓦朗蒂娜曾向醫生抱怨過於亢奮，為讓她鎮靜下來，醫生專門調配的藥水十分清涼，既能退燒，又能恢復頭腦的感受力，她喝下後會暫時舒緩一些。

於是瓦朗蒂娜伸出手，拿取放在水晶盆中的玻璃杯。當她把顫抖的手臂伸出床外時，幽靈動作加劇，又朝床邊走近兩步，距離女孩非常近，以致她聽到幽靈的呼吸聲，她似乎感覺到幽靈的手壓住她。

這次，是現實而不是幻覺，超過了瓦朗蒂娜至今所感受到的一切。她開始相信自己是醒著的，還活著的。她意識到自己神智清醒，她不寒而慄。

瓦朗蒂娜感覺到那壓力是要阻止她。瓦朗蒂娜慢慢縮回了手。她的眼光無法離開那個人，況且那個人好像是在保護她，而不是威脅她。那個人拿起杯子，走近夜明燈，觀察藥水，彷彿想判斷藥水的透明度和色澤。但這樣的檢查還不夠。那個人，或者不如說那個幽靈，因為他走路輕巧，以致地毯吸去了他的腳步聲。那個人喝了一匙杯子裡的藥水，吞下去。瓦朗蒂娜極為驚愕地看著眼前發生的事。

她以為這一切即將消失，換成另一幅場景。但那個人不但沒有像幽靈一樣消逝，反而走近她，把杯子遞給瓦朗蒂娜，用激動的聲音說：「現在喝吧！」

瓦朗蒂娜哆嗦了一下。這是第一次她的幻覺用人的聲音對她說話。

她張開嘴喊了一聲。

那個人將一隻手指按在她的嘴唇上。

「基度山伯爵先生！」她喃喃地說。

看到女孩眼裡流露的恐懼，看到她雙手的顫抖，看到她迅速蜷縮在被窩裡的動作，便能看出她在做最後的抵抗，她心存懷疑，不敢置信。畢竟，基度山在這種時候出現在她房裡，他神祕詭異、無法解釋的穿牆而入，對神志恍惚的瓦朗蒂娜來說，是不可置信的。

「不要叫人，不要害怕，」伯爵說：「內心甚至不要有絲毫疑惑或不安。在您面前的這個人（因為這次您是對的，瓦朗蒂娜，這決不是幻覺），是您能夠想像的最慈愛的父親和最值得尊敬的朋友。」

瓦朗蒂娜無言以對，她非常害怕這個聲音，因為聲音表示說話的人真的存在，以致她不敢與他對話。但她充滿恐懼的目光似乎在說：「如果您是光明磊落的，為什麼來到這裡來呢？」

伯爵睿智過人，明白女孩心中所思所想。「聽我說，」他說：「或者看著我，看看我佈滿血絲的眼睛和比平時更加蒼白的臉，這是因為我連續四晚都也沒闔眼，都在看護著您，保護著您，為我們的朋友馬克西米利安保護您的生命。」

血液因快樂而迅速湧上病人的雙頰，因為伯爵剛剛說出的名字，消除了他引起的一點疑慮。

「馬克西米利安！」瓦朗蒂娜重複了一遍，她覺得這個名字多麼溫柔啊，「馬克西米利安！他都告訴了您嗎？」

「基度山伯爵先生！」瓦朗蒂娜喃喃地說。

「全都告訴我了。他對我說，您的生命就是他的生命，我答應他，讓您活著。」

「您答應他，讓我活著嗎？」

「是的。」

「先生，您剛才說到守夜和保護。您是醫生嗎？」

「是的，此刻上天能為您派來的最好醫生，請相信我。」

「您說您守夜？」瓦朗蒂娜不安地問：「在哪裡？我沒有見到您。」

伯爵伸手指向書房。

「我藏在那扇門後面，」他說：「那扇門通往我租下的隔壁那幢房子。」

瓦朗蒂娜帶著既羞恥又驕傲的神情移開目光，極度恐懼地說：「先生，您的所作所為真是無比荒唐，您給我的保護很像是侮辱。」

「瓦朗蒂娜，」他說：「在漫長的守夜中，我看到了這些情況：什麼人到您房裡，他們為您準備什麼吃的，給您喝什麼飲料。只要我覺得那些飲料很危險，我就像剛才那樣，倒空您的杯子，以有益健康的飲料代替毒藥，我的飲料不但不會引起別人給您安排的死亡，反而在您的血管裡注入流動的新生命。」

「毒藥！死亡！」瓦朗蒂娜叫道，以為自己又受到發燒引起的幻覺的控制，「您說什麼，先生？」

「噓！我的孩子。」基度山說，又將手指按在她的嘴唇上，「我是說毒藥，是的，我是說死亡，我再說一遍，死亡，但先喝下這個。（伯爵從口袋裡掏出裝著紅色液體的瓶子，倒了幾滴在玻璃杯裡。）您喝過以後，夜裡就什麼也別喝了。」

瓦朗蒂娜伸出手，但她一碰到杯子，便懼怕地縮回手。

基度山拿起杯子，喝了半杯，再遞給瓦朗蒂娜，她微笑著喝光杯子裡剩下的液體。

「是的，」她說：「我喝得出這是我每晚飲料的味道，這種水讓我胸口感到清涼，讓我的頭腦平靜一些。謝謝，先生，謝謝。」

「這是讓您這四晚能活下來的原因，瓦朗蒂娜。」伯爵說：「而我呢，我是怎麼熬過來的？哦！您讓我度過了痛苦的時刻！哦！您讓我忍受了可怕的折磨，因為我看見致命的毒藥倒進您的杯子，心驚膽顫地深怕在我把毒藥灑在壁爐裡之前，您就喝下去了！」

「先生，您是說，」瓦朗蒂娜說，害怕到極點，「看到致命毒藥倒進我的杯子裡時，您忍受著折磨嗎？如果您看到毒藥倒進我的杯子，您想必看到倒毒藥的人？」

「是的。」

瓦朗蒂娜從床上坐起，把繡花細麻布拉上來遮住她比雪還蒼白的胸口，她的胸還沾濕著因譫妄而沁出的冷汗，如今又摻雜了因恐懼而冒出的冰涼汗水。

「您看到她了嗎？」女孩重複問。

「是的。」伯爵再度說。

「您對我說的話真可怕，先生，您想讓我相信的事太恐怖了。什麼！在我父親的家裡。什麼！在我的房裡。什麼！在我躺在病床上時還要繼續謀害我嗎？哦！您走吧，先生，您在蠱惑我的良心，您在褻瀆神聖的上帝。不可能，不可能。」

「難道您是第一個遭到這隻手打擊的人嗎，瓦朗蒂娜？難道您沒有看到德．聖梅朗夫婦和巴魯瓦倒在您身旁嗎？要不是近三年來努瓦蒂埃先生持續服藥，因習於毒藥而有了抗藥性，對他產生保護作用，否則您也會看到他倒下。」

「我的天！」瓦朗蒂娜說：「正因如此，近一個月來，爺爺要求我也喝點他的飲料吧？」

「那些飲料，」基度山大聲地說：「就像半曬乾的橘子皮一樣，有股苦味，是嗎？」

「是的！我的天！是的！」

「這全都解釋清楚了。」基度山說：「他也知道這裡有人下毒，甚至可能知道是誰。您是他心愛的孫女，他讓您預防這致命的物質，由於您已經習慣了，這毒藥因此減弱效力。因此您還活著。我本來不明白，四天前您吃了那足以致命的毒藥，為什麼還能活下來。」

「那個兇手、那個殺人犯究竟是誰呢？」

「我也問您一個問題：夜裡難道您沒有見到誰進入您的房間嗎？」

「剛好相反。我常常以為看到幽靈閃過，那些幽靈走近、離開、消失。我把幽靈視為發燒引起的幻覺，剛才，您進來時，我一直以為要嘛是我處於譫妄之中，要嘛是我在做夢。」

「因此，您不知道是誰要您的命嗎？」

「不知道。」瓦朗蒂娜說：「為什麼有人要我死呢？」

「待會兒您就知道是誰了。」基度山說，一面側耳傾聽。

「怎麼回事？」瓦朗蒂娜問，恐懼地環顧四周。

「因為今晚您既沒有發燒，也沒有處在譫妄之中，因為今晚您很清醒，因為午夜的鐘聲已經敲響，是兇手行動的時刻了。」

「我的天！我的天！」瓦朗蒂娜說，一邊用手拭去額頭上的汗珠。

午夜的鐘聲確實緩慢而又哀淒地敲響著，甚至可以說，銅鎚的每一下都敲在少女的心上。

「瓦朗蒂娜，」伯爵又說：「鼓起您所有勇氣支撐住，抑制您的心跳，讓您的喉嚨不要發出一點聲音，假裝睡著，您就會看到的，您就會看到的！」

瓦朗蒂娜抓住伯爵的手。「我覺得聽到聲響了，」她說：「快走吧！」

「再見，待會兒見。」伯爵回答。

然後，他踮起腳尖走到書房門邊，臉上浮現出憂鬱而又慈愛的笑容，以致女孩的心裡充滿感激之情。

伯爵在關門前轉過身說：「千萬不要動，不要出聲，讓人以為您睡著了，否則，在我趕過來之前，那人會殺死您。」

說完這可怕的叮囑，伯爵便消失在門後，門悄無聲息地關上了。

101 下毒的女人

42

剩下瓦朗蒂娜一人。比羅勒聖菲利普教堂大鐘略慢的兩個掛鐘相繼敲響了子夜。

除了遠處幾輛馬車的轔轔聲外，一切又恢復了靜謐。瓦朗蒂娜所有注意力都集中在她房間的掛鐘上，鐘擺一秒秒地過去。

她開始計算秒鐘，發覺比自己心跳慢一半。但她還心存懷疑，與人為善的瓦朗蒂娜無法想像有人希望她死。為什麼？出於什麼目的？她做過什麼壞事為自己引來仇敵呢？

不用擔心她會睡著。唯一的念頭，一個可怕的想法糾纏著她緊張的腦子，那就是世界上有人企圖殺害她，而且馬上要再試一次。

要是這次這個人不耐於看到毒藥無效，像基度山所說的那樣，轉而求助兇器，那該怎麼辦！要是伯爵不及趕來，那該怎麼辦！要是她死到臨頭，那該怎麼辦！要是她再也見不到摩雷爾，那該怎麼辦！

這個想法讓她臉色慘白，冷汗涔涔，瓦朗蒂娜正要拉鈴繩呼救。

但她覺得越過書房那道門，看到伯爵的目光在閃爍，那目光讓她不安，她一想到那目光，便感到羞愧，以致她捫心自問，如果她莽撞地辜負伯爵的情誼，那後果豈是她對伯爵的感激之情所能彌補的。

二十分鐘像永恆一樣長，就這樣過去了，然後又是十分鐘。最後，掛鐘提前一秒敲起，發出一記響亮的聲音。

就在這時，傳來指甲刮著書房木門的、難以察覺的聲音，告訴瓦朗蒂娜，伯爵在監視著，並吩咐她提高警覺。

果然，從對面，也就是愛德華房間那邊，瓦朗蒂娜覺得聽到地板吱吱作響。她側耳傾聽，屏住呼吸，幾乎就要窒息。門的把手咔嚓一聲，門順著鉸鏈打開了。

瓦朗蒂娜原本撐起身體，她剛來得及倒回床上，用手臂遮住眼睛。她瑟縮發抖，激動異常，心臟以難以言喻的恐懼緊緊揪著，她在等待。

有人走近睡床，輕輕撩開床幔。

瓦朗蒂娜集中注意力，發出均勻的呼吸聲，就像平靜地睡著了一樣。

「瓦朗蒂娜！」一個聲音低低地說。

女孩打了個寒顫，直顫到心底，但她沒有回答。

「瓦朗蒂娜！」同一個聲音又說了一遍。

同樣沉默，瓦朗蒂娜答應過決不醒來。

一切毫無動靜。除了瓦朗蒂娜聽到液體倒進她剛喝光的杯子裡，發出幾乎察覺不到的聲音。於是她在手臂的遮擋下，大膽地睜開一點眼皮。她看到一個穿著白色晨衣的女人，把一種事先裝在細頸小藥瓶裡的液體往她的杯子裡倒。

在這頃刻間，瓦朗蒂娜可能是屏住了呼吸，或者動了一下，因為那女人不安地停住了，對著床俯下身，想

42 原文為Locuste（羅庫絲特），古羅馬下毒的女人。她曾供給阿格麗萍毒藥，毒死克洛德一世；供給尼祿毒藥，毒死布利塔尼庫斯，西元六八年被處死。

仔細看她是否真的睡著了。這是德·維勒福夫人。

瓦朗蒂娜認出她的繼母，猛地哆嗦一下，床也因此顫動了一下。

德·維勒福夫人馬上沿著牆消失了，她躲在床幔後面，一聲不響，機警地窺伺著瓦朗蒂娜的細小動作。

瓦朗蒂娜想起基度山那番可怕的話，她似乎看到那隻手拿的不是細頸藥瓶，而是一把又長又鋒利的刀，刀在閃爍著。於是瓦朗蒂娜運用所有意志力，盡量閉著眼睛。可是，平時最容易控制的敏感感官的簡單動作，此刻卻變得幾乎無法制約，強烈的好奇心驅使她想睜開眼皮，以瞭解真相。

在寂靜中又重新聽到瓦朗蒂娜均勻的呼吸聲，德·維勒福夫人確信瓦朗蒂娜睡著了，便又伸出手，側身躲在枕邊束住的床幔後面，把細頸藥瓶中的液體全倒在瓦朗蒂娜的杯子裡。接著她轉身走了，沒有發出任何聲響，以致瓦朗蒂娜也不知道她已離開。

瓦朗蒂娜只看到了手臂的消失，如此而已。那是個二十五歲、年輕貌美的女人細嫩而圓潤的手臂。但它卻傾注著死亡。

德·維勒福夫人待在這個房間裡的一分半鐘裡，瓦朗蒂娜的感受是難以表達的。指甲刮書房門的聲響，讓女孩從宛如麻痺的呆楞狀態中恢復過來。她竭力抬起頭來。

那扇門再度悄無聲息地順著鉸鏈轉動，基度山伯爵又出現了。

「喂，」伯爵問：「您還懷疑嗎？」

「我的天！」女孩喃喃地說。

「您看見了嗎？」

「唉！」

「您認出來了嗎？」

瓦朗蒂娜嘆了一口氣。「是的，」她說：「但我無法相信。」

「所以您寧願死去，也讓馬克西米利安死去……」

「我的天！我的天！」女孩幾乎失去理智地一再說：「難道我不能離家逃命嗎？」

「瓦朗蒂娜，那隻朝您下毒的手，會跟隨您到任何地方，會用金錢引誘您的僕人，死神會喬裝打扮成各種面目出現在您面前，在您所喝的泉水中，在您摘下的果子中。」

「您不是說過，爺爺的小心提防使我有抗藥性嗎？」

「有抗藥性，但還不能抵抗高劑量的毒藥，她會換一種毒藥，或者加大劑量。」

他拿起杯子，沾濕了嘴唇。

「看，」他說：「已經這樣做了。這次下的毒不再是番木鱉鹼，而是一般麻醉藥。我辨別得出溶解在裡面的酒精味道。如果您喝了德．維勒福夫人剛倒在這杯子裡的東西，瓦朗蒂娜，您就完了。」

「我的天！」女孩喊道：「為什麼她要這樣窮追不捨呢？」

「怎麼！您這麼善良，這麼仁慈，這麼沒有防備之心，您還不明白嗎，瓦朗蒂娜？」

「不，」女孩說：「我從來沒有傷害過她。」

「但您有錢，瓦朗蒂娜，您有二十萬利佛爾的年收入。您奪走了她兒子二十萬法郎的年收入。」

「怎麼回事？我的財產又不是她的，是來自我外祖父母的。」

「沒錯，因此德．聖梅朗夫婦一命嗚呼，為的是您能繼承外祖父母的遺產。因此，自從努瓦蒂埃先生讓您成為繼承人以後，他差一點就完蛋了。現在，輪到您了，瓦朗蒂娜，為了讓您父親繼承您的財產，再由您身為獨子的弟弟繼承您父親的遺產。」

「愛德華，可憐的孩子，正是為了他，她才犯下這些罪行嗎？」

「啊，您終於明白了。」

「啊，我的天！但願這一切不會輪到他！」

「您真是個天使，瓦朗蒂娜。」

「而我的爺爺，她已經放棄殺死他的念頭嗎？」

「她考慮到您死後，除非被剝奪繼承權，否則財產自然會屬於您的弟弟。她還考慮到這樣的犯行沒有必要，反而徒增風險。」

「這樣的計謀竟然產生在一個女人的頭腦裡！我的天！我的天！」

「請回想佩魯賈驛站旅館的涼棚和穿褐色披風的那個人，您的繼母請教過他關於『托法納毒水』的事，從那時起，這樁惡毒的計劃就在她腦袋裡醞釀成熟了。」

「哦！先生，」溫柔的女孩大聲地說，熱淚盈眶，「如果是這樣，我看我註定要死去。」

「不，瓦朗蒂娜，不，因為我已預見一切陰謀。不，一旦我們的敵人形跡敗露，她已經敗北。不，您會活下去，瓦朗蒂娜，您會活下去，為了愛也為了被愛，您會活下去，得到幸福，並使一顆高貴的心幸福。為了活下去，瓦朗蒂娜，必須信任我。」

「您吩咐吧，先生，應該怎麼做？」

「您要完全依照我所說的去做。」

「哦！上帝為我做證，」瓦朗蒂娜大聲地說：「如果我孑然一身，我寧願死去！」

「您不要相信任何人，甚至不要相信您的父親。」

「我父親沒有參與這個可怕的陰謀，是嗎，先生？」瓦朗蒂娜合起雙手說。

「沒有，但您父親已習慣做司法指控，您的父親應該已經起疑，發生在他家的這些死亡決不是自然而然的。您父親應該好好照看您，他這時應該待在我的位置上，倒空這杯子，起來對抗兇手。以幽靈對幽靈。」他埋怨著說，大聲地結束他的話。

「先生，」瓦朗蒂娜說：「我會盡量活下去，因為世上有兩個人非常愛我，如果我死了，他們也會死去，那就是我爺爺和馬克西米利安。」

「我會照看他們，就像我照看您那樣。」

「那麼，先生，我聽您的吩咐，」瓦朗蒂娜說，然後又降低聲音：「哦，我的天！我的天！」她說：「我還會遇到什麼事呢？」

「瓦朗蒂娜，無論發生什麼事，都不要驚慌。如果您很痛苦，失去聽力、聽覺和觸覺，也絲毫不要驚慌。如果您醒來後不知身在何處，也不要害怕，哪怕您醒來時是身處墓室或釘在棺材裡。您要馬上恢復記憶，心裡想著：有個朋友，有個父親，有個希望我和馬克西米利安幸福的人在照看著我。」

「唉！多麼可怕的絕境啊！」

「瓦朗蒂娜，您願意揭發您的繼母嗎？」

「我寧願死一百次！哦！是的，寧願死去！」

「不，您不會死，無論您發生什麼事，您要答應我，您不會自艾自怨，而要抱著希望。」

「我會想到馬克西米利安。」

「您是我喜歡的好孩子，瓦朗蒂娜，只有我能救您，我會救您的。」

瓦朗蒂娜害怕到極點，她合起雙手（因為她感到祈求上帝賦予勇氣的時刻到來了），坐起來祈禱，念念有詞地說出不連貫的字句，忘了她白皙的肩膀上只有長髮垂落遮掩，可以看到在睡衣精緻花邊底下，她的心臟正跳動著。

伯爵伸手輕輕地按在女孩的手臂上，將絲絨被子拉到她的頸項上，帶著慈父般的微笑說：「我的孩子，請相信我會盡力，就像您相信上帝的仁慈和馬克西米利安的愛情那樣。」

瓦朗蒂娜以充滿萬分感激的眼神望著他，就像一個被床幔覆蓋的孩子那麼柔順。

這時伯爵從背心口袋裡掏出那只碧玉盒，打開金蓋，將一粒豌豆大小的圓形小藥丸倒在瓦朗蒂娜的右手上。

瓦朗蒂娜用左手拿起藥丸，專注地凝視伯爵，在這個大膽的保護人臉上，有一種神聖莊重和堅強有力的表情。瓦朗蒂娜顯然在用目光詢問他。

「是的。」他回答。

瓦朗蒂娜把藥丸送進嘴裡，吞了下去。

「現在再見，我的孩子，」他說：「我要去試著睡一會兒，因為您已經得救。」

「去吧，」瓦朗蒂娜說：「無論我發生什麼事，我答應您，我不會害怕。」

基度山久久地注視著女孩，她逐漸入睡，被伯爵剛給她的麻醉藥征服了。

於是他拿起杯子，將四分之三液體倒在壁爐裡，讓人相信瓦朗蒂娜已喝掉缺少的部分。他再把杯子放回床頭櫃。

接著他走回書房那道門，朝瓦朗蒂娜看了最後一眼，便消失了。瓦朗蒂娜帶著躺在上帝腳下的天使的那種信任和純真酣然入睡。

102 瓦朗蒂娜

夜明燈繼續在瓦朗蒂娜房間的壁爐上燃燒著，耗盡了還浮在水面上的最後幾滴油。為球形的大理石染上一圈殷紅色，更為明亮的火焰發出最後的閃光，就像瀕死生物的垂死掙扎，人們常常把這種掙扎比擬為可憐人類的臨終掙扎。自下方照射的幽暗光線，照射在女孩的白色床幔和被毯上。

這時，街上的嘈雜都已停息，屋子裡安靜得可怕。

通往愛德華房間的門打開了，讀者已經見到的那張臉出現在房門對面的鏡子裡，是德．維勒福夫人回來察看藥劑的效果。

她在門口站住，傾聽著油燈發出的嗶剝聲，那是彷彿空無一人的房間唯一可以聽到的聲響。然後她悄悄地朝床頭走去，想看看瓦朗蒂娜的杯子是否喝空了。

正如上述，杯子只剩四分之一的液體。

德．維勒福夫人拿起杯子，把杯子裡的液體全倒在爐灰裡，她攪動了一下爐灰，好讓液體被吸收得更快一些。接著她仔細地沖洗玻璃杯，用自己的手帕擦乾，再放回床頭櫃上。

要是誰能窺伺一下房內，便能看到德．維勒福夫人猶疑不決地凝視著瓦朗蒂娜，慢慢地走近床邊。

這慘淡的燈光，這死般的寂靜，這可怕的夜色，無疑跟她內心那恐怖的詩章融合起來，下毒的女人對自己的所作所為也感到害怕。

最後，她鼓起勇氣，撩開床幔，靠在床頭，望著瓦朗蒂娜。

女孩不再呼吸，微微張開的牙齒間沒有呼出一絲還活著的氣體；她蒼白的嘴唇不再顫動；她的眼睛淹沒在彷彿滲透到皮下的紫色水氣中，眼球鼓起的地方，形成更為蒼白的突起；長長的黑色睫毛在蠟般毫無光澤的皮膚上形成輻射狀。

德．維勒福夫人凝視著這張臉，紋絲不動已說明一切，於是她壯起膽子，掀開毯子，將手按在女孩的心口上。

心口一動不動，已經冰涼。

在她手下顫動的，是她自己手指的脈管，她哆嗦一下，抽回手。

瓦朗蒂娜的手臂垂在床外。這隻手臂從連接肩胛的部位，一直到肘彎，似乎是按照熱爾曼．皮龍[43]恩典三女神之一的手臂鑄造的。但前臂由於痙攣而略微變形，手腕形狀很美，有點僵直且叉開的手指擱在桃花心木的床沿。指甲根部發青。

德．維勒福夫人不再懷疑，一切都結束了。她最後一件可怕的作品終於大功告成。

下毒女人在這個房間裡已無事可做，她小心翼翼地後退，很明顯的，她擔心腳步在地毯上發出聲響。但一邊後退，她一邊還拉住撩起的床幔，注視著這幅有著不可抗拒吸引力的死亡場面。死者沒有腐爛，僅僅是一動不動，充滿神祕，不致於令人厭惡。

時間在流逝，德．維勒福夫人無法鬆開床幔，那像屍布一樣，懸在瓦朗蒂娜的頭頂上。她在遐想，犯罪的

43 皮龍（一五七三—一五九〇），法國文藝復興時期雕塑家。

遐想，大概是出於內疚吧。

這時，夜明燈的嗶剝聲加劇了。德．維勒福夫人聽到這聲響，嚇了一跳，放下床幔。

就在這時，夜明燈熄滅了，房間陷入可怕的黑暗中。在這片黑暗中，掛鐘甦醒過來，響起四點半的鐘聲。

下毒女人聽到這連續的震盪，十分驚惶，摸索著來到門口，額頭掛著因不安而冒出的汗珠，回到自己房裡。

黑暗還要延續兩小時。然後，微弱日光從百葉窗空隙中鑽進來，逐漸照進房裡，光線越來越鮮亮，讓器物家具染上顏色，顯出形狀。

這時，女護士的咳嗽聲在樓梯響起，這個女人走進瓦朗蒂娜房裡，手中拿了一個杯子。對於一個父親和一個情人，第一眼就足以看出瓦朗蒂娜死了，而對於這個受雇的女人，瓦朗蒂娜只是睡著了。

「好，」她說，走近床頭櫃，「她喝了一點藥水，杯子裡只剩下三分之一。」

她走向壁爐，生了火，坐在扶手椅裡，儘管剛起床，她還是利用瓦朗蒂娜睡著的時候，再睡一會兒。掛鐘敲響八點鐘，把她驚醒。

她很驚訝女孩這樣嗜睡，看到手臂垂在床外，人始終不醒，她不由得害怕，便走到床邊，這時她才注意到冰冷的嘴唇和胸口。她想把女孩的手臂放回身體旁邊，但手臂僵硬得可怕，不太接受擺弄，一個護士不會不知道這意味著什麼。

她發出可怕的叫聲，然後跑向門口。「救人哪！」她喊道：「救人哪！」

「什麼！救人！」德．阿弗里尼在樓梯下回答。醫生按慣例在這時到來。

「什麼？救人！」維勒福的聲音喊道，他從書房匆匆跑出來，「醫生，您沒聽到喊救人嗎？」

「聽到了，聽到了，我們上樓吧，」德．阿弗里尼回答：「趕快到瓦朗蒂娜的房裡。」

在醫生和做父親的進來之前，待在同一層樓房間或走廊的僕人們已經進來。他們看到瓦朗蒂娜灰白地、一動不動地躺在床上，便舉起雙手，頭暈目眩般地踉踉蹌蹌。

「去叫德．維勒福夫人！叫醒德．維勒福夫人！」檢察官在門口叫道，他彷彿不敢進去。

但僕人們沒有回應，只望著德．阿弗里尼先生，他已經進門，奔向瓦朗蒂娜，把她抱了起來。

「這一個也完了……」他喃喃地說，把她放下來，「哦，我的上帝，我的上帝，祢什麼時候才會厭倦呢？」

維勒福衝進房間。「您說什麼，我的天！」他嚷道，舉起雙手，「醫生！醫生！」

「我說瓦朗蒂娜死了！」德．阿弗里尼回答，他的聲音嚴肅得可怕。

德．維勒福先生倒下，似乎他的雙腿斷了那樣，他的頭垂向瓦朗蒂娜的床。

聽到醫生的話，聽到做父親的喊聲，僕人們驚慌不安，帶著低聲詛咒逃走了。從樓梯和走廊裡傳來他們急促的腳步聲，然後是院子裡的喧鬧聲，這就是整個過程。嘈雜聲消失了，從第一個到最後一個，他們逃離了這幢受詛咒的房子。

這時，德．維勒福夫人披著晨衣，撩開門簾，在門口站了一會兒，她的神態像在詢問在場的人，並竭力流出幾滴不聽指揮的眼淚來幫助自己。

突然她走了一步，更確切地說往前一跳，手伸向桌子。

她剛好看到德．阿弗里尼俯在桌上，拿起她確定在夜裡倒空的杯子仔細觀察。杯子裡還有三分之一，正好是她倒在爐灰裡的那部分。

即使此刻瓦朗蒂娜的幽靈突然挺立在下毒女人的面前，她也不會這麼震驚。

那確實就是她倒在瓦朗蒂娜杯子裡的藥水顏色，瓦朗蒂娜喝的就是這種藥水。這種毒藥騙不過德·阿弗里尼先生的眼睛，他正在仔細地觀察著，這無疑是上帝顯現的奇蹟，不管兇手如何小心謹慎，還是留下了犯罪的痕跡和證據。

正當德·維勒福夫人像驚恐女人的雕像一動不動地待在那裡，正當德·維勒福把頭埋在靈床的被毯間，看不到周圍發生的一切，德·阿弗里尼走近窗口，仔細地觀察杯子裡的溶液，用手指尖蘸了一點品嘗。

「啊！」他低聲地說：「不再是番木鱉鹼了，讓我們看看這是什麼！」

於是他走到瓦朗蒂娜房裡的一個大櫃前——大櫃已經改裝成藥櫃，他從小銀格裡取出一隻硝酸瓶，在乳白色的溶液裡倒了幾滴，溶液立即變成血紅色。

「啊！」德·阿弗里尼說，表現出法官知道真相時的恐怖和學者解決難題時的欣喜。

德·維勒福夫人頓時頭昏目眩，眼睛迸發出火花，然後又陷入昏黑。她搖搖晃晃地用手摸索著門，消失不見了。過了一會兒，遠處傳來身體倒在地板上的聲音。

但沒有人注意到。女護士專注看著化學分析，維勒福一直處在頹喪中。

只有德·阿弗里尼留意到德·維勒福夫人的行動，並注意到她匆匆跑出門。

他撩起瓦朗蒂娜房間的門簾，他的目光穿過愛德華的房間，能看到德·維勒福夫人的房間，他看到她直挺挺地躺在地板上。

「快去救德·維勒福夫人，」他對女護士說：「德·維勒福夫人暈倒了。」

「瓦朗蒂娜小姐呢？」女護士結結巴巴地說。

「瓦朗蒂娜小姐已用不著救護了。」德·阿弗里尼說：「因為瓦朗蒂娜小姐死了。」

「死了！死了！」維勒福哀號，悲痛到極點，尤其因為這種悲痛對這副鐵石心腸是一種全新的、陌生的、沒有經歷過的感情，所以格外撕心裂肺。

「您說死了？」第三個聲音嚷道：「誰說瓦朗蒂娜死了？」

兩個男人轉過身，看到摩雷爾在門口站著，臉色蒼白，神情可怕。

原來事情是這樣的：

摩雷爾按平常時刻，出現在通往努瓦蒂埃房間的小門。他看到跟平時不同的景像，門開著，因此沒有拉鈴，便走進來。他在前廳等了一會兒，想叫一個僕人帶他到老努瓦蒂埃房裡。可是沒有人回答。讀者知道，僕人都從這幢房子裡逃走了。

這天，摩雷爾沒有任何不安的理由，他得到基度山允諾，瓦朗蒂娜會活著，至今這諾言都被忠實兌現。每晚，伯爵都為他帶來好消息，第二天努瓦蒂埃也親自證實。

但他覺得這種寂靜非常奇怪，他叫了第二次、第三次，一樣寂靜無聲。於是他決定上樓。

努瓦蒂埃的房門像其他房門一樣洞開。他首先看到的是老人坐在他的扶手椅裡，待在往常的地方。老人張大的眼睛似乎表達著內心的恐懼，臉上散佈的奇異蒼白又證實了這種恐懼。

「您身體好嗎，先生？」年輕人問，不免心裡緊縮一下。

「好！」老人眨眨眼表示，「好！」但他的表情似乎顯示不安在擴大。

「您有心事，」摩雷爾又說：「您需要一點什麼。您要我叫僕人來嗎？」

「是的。」努瓦蒂埃示意。

摩雷爾拉著鈴繩，但他拉斷了繩子也沒用，沒有人來。他轉向努瓦蒂埃，老人臉上的蒼白和不安越來越厲害。

「我的天！我的天！」摩雷爾說：「為什麼沒有人來呢？難道屋裡又有人病了？」

努瓦蒂埃的眼睛似乎就要從眼眶迸出來。

「您怎麼了？」摩雷爾又說：「您叫我害怕。瓦朗蒂娜？瓦朗蒂娜？」

「是的！是的！」努瓦蒂埃示意。

馬克西米利安張嘴想說話，但他發不出任何聲音，他搖搖晃晃，抓住了護壁板。

然後他向房門伸出手。

「是的！是的！是的！」老人繼續示意。

馬克西米利安衝向小樓梯，三步併作兩步穿越而過，努瓦蒂埃彷彿用眼睛向他呼喊：「快點！快點！」

年輕人一分鐘內便穿過了幾個房間，這些房間跟其他房間一樣安靜，他終於來到瓦朗蒂娜房裡。

他不用推門，門大開著。

嗚咽是他聽到的第一個聲響。他好像透過雲霧似的，看到一個穿黑衣的人跪著，埋在亂糟糟的一堆白色床幔中。恐懼、極度的恐懼把他釘在門口。

這時，他聽到一個聲音說道：「瓦朗蒂娜死了。」第二個聲音像回聲一樣重複道：

「死了！死了！」

103
馬克西米利安

維勒福站起身，被人撞見自己這樣傷心欲絕，他幾乎感到羞赧。二十五年來他從事這門可怕的職業，已經使他變成一個鐵石心腸的人。他的眼光一時茫然地盯著摩雷爾。

「您是誰，先生，」他說：「您不知道不能這樣隨意進入一幢有人死去的屋子嗎？」

「先生！出去！」

但摩雷爾一動也不動，他無法把目光從凌亂不堪的床和躺在床上那張慘白臉龐所組成的可怕景象移開。

「出去，您聽見了嗎？」維勒福叫道，而德．阿弗里尼走上前，把摩雷爾拉出去。

摩雷爾失魂落魄地望著遺體，這兩個男人和整個房間，似乎猶豫了一下，張嘴想說什麼。末了，他找不到話回應，儘管無數陰鬱的想法在腦海裡紛至沓來，他還是把雙手插進頭髮，走了出去。以致維勒福和德．阿弗里尼略微分神，注視他離開，然後交換眼神，意思是說：「他瘋了！」

但不到五分鐘，便傳來樓梯在重壓下發出的嘎吱聲，只見摩雷爾以超乎尋常的力氣，抬著努瓦蒂埃的扶手椅，把老人搬到二樓。上樓後，摩雷爾放下扶手椅，迅速地把輪椅推進瓦朗蒂娜的房裡。全部過程是年輕人在激昂的亢奮作用下，以十倍的力氣完成的。

有一件事尤其可怕，就是努瓦蒂埃被摩雷爾推近後，他的臉靠向瓦朗蒂娜的床，努瓦蒂埃的臉展現出所有智慧，他的眼睛聚集了全部力量，取代了其他感官。

這張蒼白的臉以及炯亮的眼神，對維勒福來說，宛如可怕的幽靈。每次他跟自己的父親接觸時，總會發生可怕的事。

「看他們幹的好事！」摩雷爾嚷道，一隻手還按著他剛推到床前的輪椅椅背，另一隻手伸向瓦朗蒂娜，「看，爺爺，看啊！」

維勒福後退一步，吃驚地看著這個他幾乎不認識，卻對努瓦蒂埃叫爺爺的年輕人。

這時，老人的靈魂似乎投注到佈滿血絲的眼睛裡，他脖子上的血管筋脈暴起，就像癲癇患者的皮膚那樣，他的脖子、臉頰和雙鬢都泛著淡藍色，他內心極度激動，幾乎要爆發而大喊了。

或者說，那喊聲是從所有毛孔發出來的，因為不能說話，顯得格外可怕，因為沉默無聲，顯得格外令人心碎。

德．阿弗里尼衝向老人，讓他吸入一種強烈的誘導劑。

「先生！」摩雷爾叫道，抓住癱瘓病人麻痺的手，「他們問我是誰，我有什麼權利待在這裡。哦，您是知道的，說吧，您說吧！」年輕的聲音淹沒在嗚咽聲中。

至於老人，他直喘氣，胸膛劇烈起伏不已，幾乎讓人聯想到臨終前的騷亂痛苦。

眼淚終於從努瓦蒂埃的眼裡湧出，至少比欲哭無淚的年輕人暢快。他垂下眼皮，閉上了眼睛。

「說吧，」摩雷爾用壓抑的聲音又說：「說我是她的未婚夫！說她是我的高貴女孩，是我在世上唯一的心上人！說吧，說吧，說這遺體是屬於我的！」

年輕人就像自行碎裂的巨大力量一樣，沉重地跪倒在床前，他痙攣的手指使勁抓住床，畫面怵目驚心。

他的痛苦震懾人心，以致德．阿弗里尼轉身掩飾自己的激動，維勒福也不再要求解釋，凡是愛過我們失去的親人的人，總有一股磁力把我們推向他們，維勒福即受到這股磁力吸引，向年輕伸出手。

但摩雷爾沒有看到，他抓著瓦朗蒂娜冰冷的手，他無法哭出聲，只能咬著床單吼叫。

此刻，這個房間裡只聽到嗚咽聲、詛咒聲和祈禱聲此起彼落。但還有一種聲音凌駕在這些聲音之上，那就是喑啞得令人心碎的呼吸聲，每吸一口氣，那聲音都好像要摧毀努瓦蒂埃胸膛裡的生命力。

維勒福是所有人當中最有自制力的，甚至有段時間他把自己的位置讓給了馬克西米利安。他終於開口：

「先生，」他對馬克西米利安說：「您說您愛著瓦朗蒂娜，您是她的未婚夫。我不知道這段愛情，我不知道這個婚約。但是，身為她的父親，我原諒您的所作所為，因為我看到，您的悲傷是巨大的，真實的，誠摯的。而且，我也太悲痛了，已容不下怒氣。

「但是，您看到了，您所期盼的安琪兒卻離開人間了，她已不再熱愛世人，此刻她熱愛的是上帝。先生，向她留給我們的讓人悲傷的遺體告別吧，最後一次握著您曾期望緊握的手吧，跟她永別吧，瓦朗蒂娜現在只需要為她祝福的教士。」

「您錯了，先生。」摩雷爾跪下一條腿，大聲地說，他內心感到一種前所未有的劇痛，「您錯了，瓦朗蒂娜這樣不明不白地死了，不僅需要一個教士，還需要一個人為她復仇。

「德．維勒福先生，派人去找教士吧。我呢，我就是為她復仇的人。」

「您這是什麼意思，先生？」維勒福期期艾艾地說，聽到摩雷爾這突如其來的囈語，不禁發著抖。

「我的意思是，」摩雷爾又說：「您有著雙重身分，先生。作為父親，已經哭夠了，但願檢察官開始履行職責。」

努瓦蒂埃的眼睛閃閃發光，德．阿弗里尼走過來。

「先生，」年輕人繼續說，將房間裡的人臉上流露的感情都看在眼裡，「我知道我在說什麼，您也和我一樣知道我要說什麼。瓦朗蒂娜是被害死的！」

維勒福垂下頭，德·阿弗里尼又往前走了一步，努瓦蒂埃用眼睛表示是的。

「可是，先生，」摩雷爾又說：「在我們這個時代，一個人，即使她不像瓦朗蒂娜那樣年輕、漂亮、可愛，如果從世界上驟逝，那是一定要追究死因的。

「喂，檢察官先生，」摩雷爾帶著越來越強烈的憤怒補上一句，「不要心軟！我向您報案，追查兇手吧！」

他以無情的目光詢問維勒福，檢察官則透過目光時而求助努瓦蒂埃，時而求助德·阿弗里尼。維勒福不但在他父親和醫生那裡得不到同情，反而只得到跟摩雷爾一樣無情的目光。

「是的！」老人示意。

「當然！」德·阿弗里尼說。

「先生，」維勒福回答，力圖對抗這三重意志，並抑制自己的激動，「先生，您錯了，我家裡沒有人犯罪。是命運在打擊我，上帝在考驗我。想起來很可怕，但沒有誰謀殺人！」

努瓦蒂埃的眼睛炯炯有神，德·阿弗里尼想張嘴說話。摩雷爾伸出手臂，叫他別說。

「但我要對您說，這裡有人在謀殺別人！」摩雷爾大聲地說，他的聲音比剛才壓低一點，那可怕的顫音卻絲毫不減。

「我要對您說，這已是四個月以來第四個受害者。我要對您說，四天前已經有人想毒死瓦朗蒂娜，由於努瓦蒂埃先生採取了防範措施，才沒有得逞！我要對您說，有人加強了劑量或者換了一種毒藥，這次成功了！我要對您說，您像我一樣知道這一切，因為這位先生以醫生和朋友的身分提醒過您。」

「哦！您在說夢話，先生。」維勒福說，他自知在被圍困的漩渦裡做徒勞的掙扎。

「我在說夢話！」摩雷爾嚷道：「那麼，我要叫德．阿弗里尼先生做證。請問他，先生，他是否還記得在德．聖梅朗夫人去世那天晚上，在這個公館的花園裡，他所說過的話。那時，您和他兩人，以為旁邊沒有人，談論著那次慘死。您歸咎的命運，和您不公平指責的上帝，現在又被認為幹了另一件事，就是殺害瓦朗蒂娜！」

維勒福和德．阿弗里尼面面相覷。

「是的，是的，您們回想一下。」摩雷爾說：「因為這些話，您們以為是私下說的，沒有人聽見，卻落進我的耳朵裡。從那晚起，看到德．維勒福先生有罪地包庇自己親人的死亡，我本該向當局告發。在您死的時候，瓦朗蒂娜，我不會像以前那樣做幫兇了！我心愛的瓦朗蒂娜，幫兇會變成復仇者。這第四次謀殺是明目張膽的，大家都看得很清楚。瓦朗蒂娜，如果您的父親拋棄了您，那我發誓，我一定會追查到兇手。」

這一次，彷彿老天爺終於憐憫起這個即將以自身力量爆裂開來的強壯男子似的，摩雷爾最後一句話鯁在喉嚨，他的胸膛爆出嗚咽，早已抑制不了的眼淚奔湧而出，他癱軟了，哭著跪倒在瓦朗蒂娜床邊。

這時，德．阿弗里尼說話了。「我也是，」他用洪亮的聲音說：「我也是，我加入摩雷爾先生，要求查清罪行。因為一想到我怯懦的好意助長了兇手，我就感到噁心。」

「哦，我的天！我的天！」維勒福低聲地說，十分沮喪。

摩雷爾抬起頭，看著老人的眼睛，那雙眼睛發出異乎尋常的光芒。

「看，」他說：「努瓦蒂埃先生想說話。」

「是的。」努瓦蒂埃示意，尤其因為這個可憐老人所有的感官都集中在眼光，那種表情顯得更加可怕。

「您知道誰是兇手嗎？」摩雷爾問。

「是的。」努瓦蒂埃回答。

「您要指點我們嗎？」年輕人大聲地說：「大家聽著！德．阿弗里尼先生，讓我們大家聽著！」

努瓦蒂埃對不幸的摩雷爾露出憂鬱微笑，這種以眼神表示的慈愛曾多少次讓瓦朗蒂娜感到幸福。接著老人集中精神。然後，可以這麼說，他吸引對話者的目光後，又把對方的目光引導向門口。

「您要我出去嗎，先生？」摩雷爾悲傷地問。

「是的。」努瓦蒂埃示意。

「唉，先生，可憐我吧！」

老人的目光無情地盯著門口。

「那至少我還能回來嗎？」摩雷爾問。

「是的。」

「就我一個人出去？」

「不。」

「我應該帶走誰？檢察官先生嗎？」

「不。」

「醫生嗎？」

「是的。」

「您想跟德．維勒福先生單獨相處？」

「是的。」

「他能理解您的意思嗎？」

「是的。」

「哦！」維勒福說，他對於調查即將私下進行幾乎感到慶幸，「放心吧，我能好好理解我父親的意思。」說話時檢察官帶著上述高興的神色，他的牙齒在劇烈地相互撞擊。

德．阿弗里尼挽起摩雷爾的手臂，把年輕人拉到隔壁房間。於是，這整幢房子籠罩在死一般的寂靜裡。過了一刻鐘，終於傳來踉蹌的腳步聲，維勒福出現在德．阿弗里尼和摩雷爾所在的客廳門口，這兩人一個陷入沉思，另一個異常激動。

「來吧。」維勒福說。他把他們帶到努瓦蒂埃的扶手椅旁。

摩雷爾專心注視著維勒福。

檢察官面如土色。他的額頭上佈滿大塊鐵銹色的斑點，指間的一支羽毛筆被扭得變形且發出聲響。

「兩位，」他用忍抑的聲音對德．阿弗里尼和摩雷爾說：「兩位，您們要以名譽保證，把可怕的祕密深埋在我們心底！」

那兩個人動了一下。

「我懇求你們……」維勒福又說。

「可是，」摩雷爾說：「罪犯呢！殺人犯呢！兇手呢！……」

「放心吧，先生，會伸張正義的。」維勒福說：「我的父親向我透露了罪犯的名字，我的父親像您一樣渴望復仇，但我的父親也像我一樣，懇求您們保守犯罪的祕密。」

「是嗎，爺爺？」

「是的。」努瓦蒂埃堅決地表示。

摩雷爾不由得做了個恐懼和難以置信的動作。

「哦！」維勒福嚷道，拉住馬克西米利安的手臂，「先生，您瞭解我父親是個意志堅定的人，如果他向您提出這個請求，那是因為他知道瓦朗蒂娜的仇一定會得到可怕的報復。」

「是嗎，爺爺？」

老人示意是的。

維勒福繼續說：「他瞭解我，我已經向他承諾。您們放心吧，兩位。三天，我請求你們給我三天時間，這比司法機關對我要求的時間更少，三天內我要向殺害我女兒的兇手進行報復，那會使最冷漠無情的心靈也顫抖。

「是這樣嗎，父親？」說完，他咬牙切齒，搖晃著老人麻痺的手。

「這個諾言會兌現嗎，努瓦蒂埃先生？」摩雷爾問，而德·阿弗里尼用目光探問著。

「是的。」努瓦蒂埃以陰森而快意的目光示意。

「發誓吧，兩位。」維勒福說，把德·阿弗里尼和摩雷爾的手拉到一起，「發誓吧，說您們會顧念我家的名譽，讓我來報仇雪恥。」

德·阿弗里尼轉過身，低聲地說出「好的」。但摩雷爾掙脫檢察官的手，衝到床邊，去吻瓦朗蒂娜冰冷的唇，然後帶著蟄伏在絕望中的靈魂和長長的呻吟聲慌亂離去。

上文說過，所有僕人都已走光。

德・維勒福先生不得不請德・阿弗里尼處理繁複瑣碎的喪事手續，這是在大城市裡死亡所帶來的麻煩，尤其病人致死原因充滿疑慮。

至於努瓦蒂埃，看到他那無法以行動傳達的悲傷，他那無法以舉止表示的絕望，他那無聲的眼淚，真是不忍卒睹。

維勒福回到書房。德・阿弗里尼去找區政府的那位醫生，他的職責是驗屍，被人尊稱為死人醫生。努瓦蒂埃不願離開孫女。

過了半小時，德・阿弗里尼先生帶著同事回來，臨街的幾扇大門早已關上，由於門房已跟其他僕人一起離開，來開門的是維勒福本人。但他在樓梯平台上站住，他再沒有勇氣走進死者的房間。於是只有兩位醫生走進瓦朗蒂娜的房裡。

努瓦蒂埃待在床邊，像那個死者一樣蒼白，一動不動，沉默無語。

死人醫生帶著半輩子跟屍體打交道的那種無動於衷表情走過去，掀起覆蓋女孩的被單，他僅略微掰開她的嘴唇。

「哦！」德・阿弗里尼嘆氣說：「可憐的女孩，她真的死了，唉！」

「是的。」醫生簡潔地回答，放下覆蓋瓦朗蒂娜臉龐的被單。

努瓦蒂埃發出低沉的喘氣聲。

德・阿弗里尼轉過身來，老人的眼睛閃閃發光。善良的醫生知道，努瓦蒂埃要求看看他的孫女。他把老人推近床邊，趁死人醫生把觸摸過死人嘴唇的手指浸到氧化過的消毒水裡時，掀開床單露出那平靜蒼白、宛如睡著了的天使臉龐。在努瓦蒂埃眼角流下眼水，這是對善良醫生的感謝。

努瓦蒂埃在瓦朗蒂娜床邊發出低沉的喘氣聲。

死人醫生在瓦朗蒂娜房裡的桌子一角起草驗屍報告，這個重要的手續完成後，便由德．阿弗里尼送他出去。

維勒福聽到他們下樓的聲音，便又出現在書房門口。他三言兩語感謝過醫生，轉向德．阿弗里尼說：「現在請教士來？」

「您想特地請一位教士為瓦朗蒂娜祈禱嗎？」德．阿弗里尼問。

「不，」維勒福說：「就近找一位好了。」

「就近的是一位善良的義大利神父。」醫生說：「他就住在您家隔壁。您要我順便去請他來嗎？」

「德．阿弗里尼，」維勒福說：「請您陪這位先生出去。這是大門鑰匙，您可以隨意進出。您把教士帶來，再負責把他帶到我可憐孩子的房裡。」

「您想和他說話嗎，我的朋友？」

「我想單獨待一會兒。您會原諒我，是嗎？教士應該理解各種痛苦，包括做父親的痛苦。」

於是德．維勒福先生將一把萬能鑰匙交給德．阿弗里尼，最後一次向陌生的醫生致意，便返回書房，開始工作。對於某些性格的人，工作是一切痛苦的良藥。

正當兩位醫生來到街上，他們看到一個穿著神父長袍的人站在隔壁門口。

「這就是我對您提起的那位神父。」死人醫生對德．阿弗里尼說。

德．阿弗里尼走近神父。「先生，」他說：「您能為一位剛失去女兒的不幸父親，檢察官維勒福先生效勞嗎？」

「啊！先生，」神父帶著非常明顯的義大利口音回答：「是的，我知道，他家有人過世了。」

「所以，我不需要告訴您，他冒昧地請您為什麼效勞了。」

「我正要登門自薦呢，先生。」神父說：「恪盡職責是我們的本分。」

「那是一位年輕女孩。」

「是的，我知道，我從僕人那裡瞭解到，我看到他們逃離這幢房子。我已知道她叫瓦朗蒂娜，並為她祈禱過了。」

「謝謝，謝謝，先生。」德．阿弗里尼說：「既然您已經開始履行您的聖職，就請您繼續。請您坐在死者旁邊，沉浸在喪事悲痛中的這家人會非常感謝您的。」

「我這就過去，先生。」神父回答：「我敢說，誰的祈禱都比不比我虔誠。」

德．阿弗里尼攙著神父的手，沒有遇見維勒福——他關在書房裡，把神父領到瓦朗蒂娜的房間，葬儀社要到晚上才來收屍。

進入房間時，努瓦蒂埃的眼神已與神父的相接，不用說，他似乎從中看到某種特殊的東西，因為他緊盯著神父不放。

德．阿弗里尼不僅把死人，也把活人託付給神父，神父答應德．阿弗里尼為瓦朗蒂娜祈禱，並且照顧努瓦蒂埃。

神父莊重地開始祈禱，為了不受打擾，也讓努瓦蒂埃的悲痛不被打擾，德・阿弗里尼先生一離開房間，神父便走過去，不僅鎖上醫生離開的那道門，而且鎖上通往德・維勒福夫人房間的那道門。

104 唐格拉爾的簽字

第二天，天色陰鬱，愁雲慘霧。

葬儀社已在夜裡做完下葬前的準備工作，把床上的遺體縫進裹屍布中，裹屍布淒涼地包住死者，儘管人們怎麼說死亡之前人人平等，裹屍布往往是死者生前所熱愛的奢華的最後證明。這裹屍布是女孩半個月前買下的一塊精美細麻布。

昨晚，葬儀社已將努瓦蒂埃從瓦朗蒂娜的房間搬回他自己房裡，與預料的情形相反，老人離開孩子遺體時並沒有難分難捨。

布佐尼神父一直守夜到天亮，黎明時，他回到自己家裡，沒有驚動任何人。

約莫早上八點鐘，德．阿弗里尼又來了。維勒福正要到努瓦蒂埃的房間，醫生遇到他，陪他察看老人夜裡過得如何。

他們看見老人在充當床鋪的扶手椅裡酣然入睡，甚至面帶笑容。他們倆驚訝地在門口停下腳步。

「看，」德．阿弗里尼對維勒福說，檢察官望著他睡著的父親，「看，老天爺善於讓最劇烈的悲痛平息下來。當然，沒有人會說努瓦蒂埃先生不愛他的孫女，但他終究睡著了。」

「是的，您說得對，」維勒福驚訝地回答：「他睡著了，這很奇怪，因為平日他稍有不快，會整夜睡不著。」

「悲傷把他壓垮了。」德．阿弗里尼說。

他們倆若有所思地回到檢察官的書房。

「唉，我呢，我完全沒有睡，」維勒福說，向德．阿弗里尼指著他未曾動過的床，「悲傷沒有壓垮我，我已兩晚沒睡。不過，您看看我的書桌。我的天，這兩天兩夜，我仔細研究這份檔案，我起草了對殺人犯貝內德托的公訴書。哦，工作，工作，我的熱情、我的快樂、我的狂熱，只有你才能紓緩我的悲傷！」

他顫抖地握住德．阿弗里尼的手。

「您需要我嗎？」醫生問。

「不。」維勒福說：「不過，請您十一點鐘再回來。中午……出發……我的天！我可憐的孩子！我可憐的孩子！」檢察官又變成常人，舉目望天，嘆了口氣。

「您要待在客廳裡嗎？」

「不，我有一個堂兄弟，由他來負責料理喪事。我呢，我要工作，醫生。當我工作時，會忘了一切。」

果然，醫生還沒有走出門口，檢察官已經重新開始工作了。

在階梯上，德．阿弗里尼遇到維勒福提到的那個親戚，這個人在這個故事以及在這個家庭裡微不足道，生來就註定在世上扮演不重要的角色。

他很準時，身穿黑衣，手臂上纏著黑紗，來到堂兄家裡時擺出一副莊重的神情，他打算根據需要保持著這副面具。

十一點鐘，靈車轔轔駛過庭院的石子路，聖奧諾雷區的街上充滿人群的嘈雜聲，老百姓對富人的歡樂或喪事都充滿好奇，就像觀看公爵夫人的婚禮一樣，匆匆地跑來觀看盛大的出殯儀式。

靈堂逐漸擠滿了人，最先抵達的是讀者的部分舊識，即德布雷、沙托．勒諾、博尚，然後是法院、文學界和軍隊的名流。因為德·維勒福先生在巴黎上流社會占有首屈一指的位置，這多是由於他個人的能力聲望。那個堂弟站在門口接待客人。

必須指出，他一臉冷漠——那神情決不會要求賓客裝出一副欺瞞的面容或流下虛假的眼淚，就像一個父親、一個兄弟或一個未婚夫所做的那樣——對於那些非親非故的人來說，這讓人大大鬆了一口氣。相互認識的人都以目光打招呼，並且三五成群聚在一起。其中一群人由德布雷、沙托·勒諾和博尚組成。

「可憐的女孩！」德布雷說，他像其他人那樣，也不由自主地對這悲慘事件說了幾句話，「可憐的女孩，這樣富有，這樣漂亮。您能想像嗎，沙托·勒諾，不久前我們才來到這裡？最多三個星期或者一個月，我們來簽訂婚約，結果沒簽成。」

「說實話，真想不到。」沙托·勒諾說。

「您認識她嗎？」

「我跟她在德·莫爾賽夫夫人的舞會上談過一兩次話。我覺得她很迷人，儘管有點憂鬱。她的繼母在哪裡？您知道嗎？」

「她和接待我們的那位高貴先生的妻子待在一起。」

「他是誰？」

「哪位？」

「接待我們的那位先生。是位議員？」

「不，」博尚說：「我天天見到我們那些議員，我完全不認識他。」

「您的報紙上提到這則死訊嗎？」

「提到了，但文章不是我寫的。我甚至懷疑德．維勒福先生看了會不高興。我想，那篇文章是這麼說的：如果是在別的地方接連死了四個人，而不是在檢察官先生家裡，那檢察官先生一定會更激動。」

「可是，」沙托．勒諾說：「德．阿弗里尼醫生也為我母親看病，他認為檢察官非常傷心。」

「您在找誰，德布雷？」

「我在找基度山先生。」年輕人回答。

「我在來的路上遇見他。我想他即將離開巴黎了，他表示要去找他的銀行家。」博尚說。

「去找他的銀行家？他的銀行家不是唐格拉爾嗎？」沙托．勒諾問德布雷。

「我想是的。」大臣私人祕書回答，顯得有點兒尷尬，「不過這裡不僅少了基度山先生。我也沒有看到摩雷爾。」

「摩雷爾！他認識這一家嗎？」沙托．勒諾問。

「我相信他只認識德．維勒福夫人。」

「沒關係，他應該會來的。」德布雷說：「否則今晚他談論什麼？這個葬禮是今日的新聞。噓，別說話，司法大臣兼司祭來了，他應該會認為必須對那位堂弟發表一篇小小的演說。」

於是三個年輕人走近門口，想聽聽司法大臣兼司祭的小小演說。

博尚說的是實話，他應邀參加葬禮時，遇到了基度山，基度山剛朝昂坦堤道街唐格拉爾的府邸駛去。

銀行家已從窗口看見伯爵的馬車駛進院子，他帶著和藹而憂鬱的面容迎上前。

「嗯，伯爵。」他說，對基度山伸出手，「您是來慰問我的吧。說實話，我家遭到了不幸。當我看到您的時候，我正在思索，我是否希望可憐的莫爾賽夫一家遭遇不幸呢，那就證實了這句諺語：誰存心不良，誰有惡報。我保證，我不曾希望莫爾賽夫遭遇不幸。或許對於這個跟我一樣出身微賤的人來說，他有點高傲，他跟我一樣，凡事都靠自己，但人人都有缺點。伯爵，小心點，我們這一代的人……對不起，您不是我們這一代的人，您是一個年輕人……我們一代的人今年都倒楣，譬如我們的清教徒檢察官，譬如維勒福，他剛剛失去了他的女兒。因此，讓我們回顧一下，正如我們所說的，維勒福的家人莫名其妙地幾近死光了；莫爾賽夫身敗名裂，自盡身亡；我呢，因為那個貝內德托大壞蛋而淪為笑柄，還有……」

「還有什麼？」伯爵問。

「唉！您難道不知道嗎？」

「還有不幸？」

「我的女兒……」

「唐格拉爾小姐？」

「歐仁妮離開我們了。」

「我的天！您說的是什麼話啊！」

「說的是實話，親愛的伯爵。我的天！您沒有妻子兒女是多麼幸福啊！」

「您這樣認為？」

「啊！我的天！」

「您說唐格拉爾小姐……」

「她受不了那個混蛋帶給我們的恥辱，要求我答應她出外旅行。」

「她走了嗎？」

「前天晚上。」

「跟唐格拉爾夫人一起？」

「不，跟一個親戚，但我們幾乎等於失去她了，我們親愛的歐仁妮。我瞭解她的性格，她永遠不會願意回到法國！」

「有什麼辦法呢，親愛的男爵。」基度山說：「對於孩子就是全部財富的窮人來說，這是無法忍受的，但對百萬富翁來說卻是可以容忍的。哲學家費盡唇舌，說許多事能藉由金錢得到寬慰，而有實際經驗的人對此總是予以同意的。如果您承認這副靈丹妙藥的效力，您應該比任何人更快獲得安慰。您是金融界之王，所有權力的交會點。」

唐格拉爾斜睨了伯爵一眼，想看他到底是嘲弄還是認真嚴肅。「是的，」他說：「事實是，如果財富能安慰人，我應當得到安慰。我很富有。」

「非常富有，親愛的男爵，您的財產就像金字塔，即使有人想拆毀這座金字塔，也沒人敢動手；即使動手了，也辦不到。」

唐格拉爾對伯爵這種信任別人的善良報以微笑。

「這讓我想起，」他說：「您進來的時候，我正在簽署五張小額支票，我已經簽了兩張，您願意讓我簽完其餘三張嗎？」

「請便，親愛的男爵。」

沉默片刻，這時可以聽見銀行家的羽毛筆沙沙作響，而基度山正抬頭望著天花板的金線鑲嵌。

「是給西班牙的支票，」基度山說：「給海地的支票，還是給拿波里的支票？」

「不，」唐格拉爾說，自負地笑著：「是給持有人的支票，由法蘭西銀行支付。看，」他補充說：「伯爵先生，您是金融界的皇帝，正如我是金融界國王一樣，您見過許多每張面額一百萬的紙片嗎？」

基度山接過唐格拉爾驕傲地遞給他的五張支票，彷彿要掂量一下似的。他看到：

銀行董事先生請憑此單據從本人存款中支付壹佰萬法郎支票。

唐格拉爾男爵

「一、二、三、四、五，」基度山數著說：「五百萬！哦！真有您的，克雷蘇斯[44]先生！」

「我就是這樣做生意的。」唐格拉爾說。

「好極了，尤其如果是付現。當然我對此並不懷疑。」

「確實是付現。」唐格拉爾說。

「有這樣的信用太好了。說實話，只有在法國才看得到這種事，五張紙片價值五百萬，要親眼看到才能相信。」

「您懷疑嗎？」

「不。」

44 克雷蘇斯（約西元前五九五—五二六），小亞細亞呂底亞國王，從金沙中獲得巨大財產。

「您說話的口氣……好，讓您親眼見識。請跟我的職員一起到銀行，您就會看到他用這些支票從金庫取出等值的現金。」

「不，」基度山說，折起了這五張支票，「真的不用了，我太好奇了，會親自體驗一下。我在您銀行的戶頭是六百萬，我已提取九十萬法郎，您還欠我五百一十萬法郎。我收下您這五張紙片，既然有您的簽名，就足以信任，這是一張六百萬法郎的總收據，我們就此結清了。我事先準備好這張收據，因為必須告訴您，我今天需要用錢。」

基度山一隻手將五張支票塞進口袋裡，另一隻手則把收據遞給銀行家。

此時即使霹靂打在唐格拉爾腳下，也不會讓他如此驚嚇癱倒。

「什麼！」他結結巴巴地說：「什麼！伯爵先生，您要取走這筆錢嗎？對不起，對不起，這是我欠收容院的錢，我答應今天上午支付。」

「啊！」基度山說：「那就另當別論了。我不堅持要這五張支票，以另一種方式付給我吧。我是出於好奇才拿走這些支票的，為的是能對大家說，唐格拉爾銀行一不用事先通知，二不會要求我等候五分鐘，就支付給我五百萬現款，非常有信用！這是您的支票，請以另一種方式付給我吧。」他把五張支票遞給唐格拉爾，

銀行家面色鐵青，伸長了手，猶如禿鷲伸長爪子穿過籠子的鐵條，抓住別人要拿走的肉一樣。

突然，他改變了主意，強自鎮定下來。只見他露出微笑，逐漸平復大驚失色的面容。

「確實，」他說：「您的收據就是錢。」

「我的天！是的，如果在羅馬，憑我的收據，湯姆遜—弗倫銀行不會像您剛才那樣的反應，而是順順利利地支付給客戶。」

「對不起，伯爵先生，對不起，對不起。」

「所以我可以留下這筆錢囉？」

「是的。」唐格拉爾說，一邊擦拭髮根冒出的汗珠，「留下吧，留下吧。」

基度山又把五張支票塞進口袋裡，臉上帶著難以形容的神情，像是說：「好吧，再考慮一下，如果您後悔了，還來得及。」

「不，」唐格拉爾說：「不，您一定要留下我簽署的支票。但您知道，沒有人比金融家更講究形式。我本來準備把這筆錢支付給收容院，以為若不支付這筆錢，就是搶奪，好像這個埃居不等於另一個埃居似的。請見諒。」他哈哈大笑起來，不過是帶著神經質的笑。

「對不起。」基度山優雅地回答：「那我收下了。」他把支票放進皮夾。

「可是，」唐格拉爾說：「我們還有一筆十萬法郎的款項尚未了結吧？」

「哦！小數目，」基度山說：「銀行手續費大概差不多也是這個數目，不用付，我們結清了。」

「伯爵，」唐格拉爾說：「您說話可當真？」

「我從來不跟銀行家開玩笑。」基度山回答，神態認真得近乎無禮。說完他向門口走去。

這時候，男僕進來通報：「收容院財務主任德·博維勒先生來訪。」

「真的，」基度山說：「看來我來得正是時候，拿到您簽署的支票，否則大家要你爭我奪了。」

唐格拉爾的臉色再次變得蒼白，趕緊送走伯爵。

基度山伯爵跟德·博維勒先生客氣地互打招呼。後者站在接見室，基度山出去之後，他立刻被帶進唐格拉爾先生的書房。

伯爵看到收容院財務主任先生手裡拿著皮包時，嚴肅的臉上閃現稍縱即逝的微笑。他在門口看到自己的馬車，馬上駛向銀行。

這時，唐格拉爾壓抑住激動，迎接著財務主任。不用說，他的嘴唇佯裝微笑和親切。

「您好，」他說：「親愛的債權人，因為我敢打賭，來找我的是債權人。」

「您猜得對，男爵先生。」德．博維勒先生說：「收容院派我為代表來找您，孤兒寡婦們透過我來向您索取那五百萬。」

「據說孤兒們值得同情。」唐格拉爾說，繼續開玩笑，「可憐的孩子們。」

「是的。」

「因此我以他們的名義來了。」德．博維勒先生說：「您想必收到我昨天的信吧！」

「是的。」

「這是我的收據。」

「親愛的德．博維勒先生，」唐格拉爾說：「請您的孤兒寡婦們大發善心，等候二十四小時，因為德．基度山先生，就是您剛才看到從這裡出去的那位，您見到他了，是嗎？」

「是的，怎麼樣？」

「德．基度山先生拿走了他們的五百萬！」

「怎麼回事？」

「伯爵在我的銀行裡開了個無限提取的戶頭，是由羅馬的湯姆遜—弗倫銀行轉過來的。他剛才來找我，一下子要提五百萬款項，我開給他向法蘭西銀行提取的支票，我的資金都存放在那裡。您知道，一天內要從董事先生那裡提取一千萬，我擔心他會覺得不可思議。」

「若分成兩天，」唐格拉爾微笑著補充說：「那就不同了。」

「怎麼會這樣！」德．博維勒先生滿腹狐疑地說：「您給了剛才走出去的那位先生五百萬，他還向我致意，彷彿我認識他似的。」

「或許他認識您，而您不認識他。德．基度山先生交遊極廣。」

「五百萬！」

「這是他的收據。您就像聖多馬[45]那樣，拿去查驗吧。」

德．博維勒先生接過唐格拉爾遞給他的紙，看到：

茲收到唐格拉爾男爵伍佰萬法郎，他可以隨時向羅馬的湯姆遜—弗倫銀行支取此款。

「確實沒錯。」德．博維勒說。

「您知道湯姆遜—弗倫銀行嗎？」

「知道。」德．博維勒先生回答：「我曾經跟這家銀行有過二十萬法郎的交易，但此後我再也沒聽說過它的消息了。」

「那是歐洲最大的銀行之一。」唐格拉爾說，漫不經心地把他剛從德．博維勒先生手裡接過來的收據往書

45 耶穌十二門徒之一，曾懷疑耶穌復活，被喻為多疑的人。

桌上一扔。

「他僅僅在您的銀行就存了五百萬嗎？這個德・基度山伯爵是個大富豪囉？」

「真的！我不知道他是什麼人，但他有三個無限支取的戶頭。一個在我的銀行裡，一個在羅特希爾德銀行，一個在拉菲特銀行。而且，」唐格拉爾不經意地補充說：「正如您看到的，他優惠我十萬法郎的銀行手續費。」

德・博維勒表示出讚賞至極的樣子。

「我要去拜訪他，」他說：「請他給我們一點慈善捐助。」

「哦！您辦得到的。僅僅捐獻，他每月就花費二十萬法郎以上。」

「真了不起，而且我會為他舉出德・莫爾賽夫夫人和她兒子的例子。」

「什麼例子？」

「他們把全部財產捐給了收容院。」

「什麼財產？」

「他們的財產，已故的德・莫爾賽夫將軍的財產。」

「什麼原因？」

「他們不願意接受這樣卑劣得來的財產。」

「他們靠什麼為生呢？」

「做母親的隱居在外省，兒子從軍。」

「嘿，」唐格拉爾說：「這就叫於心不安。」

「昨天我已讓人將贈與財產登記造冊了。」

「他們擁有多少財產？」

「哦！不多，一百二、三十萬法郎。還是來談談我們的幾百萬吧。」

「好的，」唐格拉爾非常自然地說：「那麼，您急於要這筆錢嗎？」

「是的明天我們要清點帳目。」

「明天！剛才您為什麼不說？但離明天還有一個世紀！幾點鐘清點？」

「兩點鐘。」

「中午派人來。」唐格拉爾微笑著說。而德．博維勒先生沒說什麼，點點頭，擺弄著皮包。

「嗯，我想到了，」唐格拉爾說：「有更好的辦法。」

「您要我怎樣做？」

「德．基度山先生的收據就等於錢，把這張收據送到羅特希爾德銀行或拉菲特銀行，可以立刻兌現。」

「即使是羅馬付款的收據也能兌現？」

「當然，不過會扣掉五、六千法郎。」

財務主任嚇得往後一跳。「說實話，不，我寧願等到明天。您這什麼想法！」

「我原以為，請原諒，」唐格拉爾厚顏無恥地說：「我原以為您有一小筆缺額需要補足。」

「啊！」財務主任說。

「聽著，顯然在這種情況下，只能犧牲一點了。」

「上帝保佑！不必了。」德．博維勒先生說。

「那就等到明天好嗎，親愛的財務主任？」

「好，就明天，一言為定？」

「您在嘲笑我了。中午派人來，銀行事先會得到通知。」

「我會親自前來。」

「好極了，我非常樂意見到您。」

他們握手。

「對了，」德．博維勒先生說：「我在大街上遇到可憐的德．維勒福小姐的出殯行列，您不去參加嗎？」

「不，」銀行家說：「自從發生貝內德托那件事，我淪為笑柄，所以我避之唯恐不及。」

「您錯了，在這件事裡您有什麼錯呢？」

「聽著，親愛的財務主任，像我這樣名聲沒有任何污點的人，總是很敏感的。」

「大家都同情您，放心吧，大家尤其同情您的千金。」

「可憐的歐仁妮！」唐格拉爾深深嘆了一口氣說：「您知道她進了修道院吧，先生？」

「不知道。」

「唉！可惜這是千真萬確的事。出事第二天，她就決定跟她一個修女朋友出走，她要到義大利或西班牙找一個管理嚴格的修道院。」

「哦！真可怕！」德．博維勒先生發出感嘆，向做父親的表示深切慰問後告辭。

但是他剛走出去，唐格拉爾便做了一個手勢，凡是看過弗雷德里克扮演的羅貝爾．馬凱爾[46]的人都知道這個手勢。他大聲地說：「傻瓜！」

他把基度山的收據放進一個小皮包：「中午來吧，」他又說：「中午我已經走遠了。」

然後他把門鎖上兩圈，清空錢櫃，湊足五萬法郎的鈔票，燒掉各種文件，有的則放在顯眼位置，並寫了一封信封好，信封上寫著：「唐格拉爾男爵夫人啟。」

「今晚，」他喃喃地說：「我親自把它放在她的梳妝台上。」

然後，從抽屜裡取出一份護照，說道：「好，有效期還有兩個月。」

46《阿德雷旅店》和《羅貝爾·馬凱爾》中的人物，是個騙子典型，集當時銀行家、惡棍的特點於一身。

105 拉雪茲神父公墓

德・博維勒確實遇到了將瓦朗蒂娜送到安息地的喪葬行列。天空陰霾多雲，昏暗異常。風還是和煦的，但對黃葉已透出致命殺機，吹落了樹枝上的殘葉，在擠滿大街的人群上空旋舞。

德・維勒福先生是個道地的巴黎人，視拉雪茲神父公墓為唯一能安葬巴黎家族遺體的地方，他覺得其他墓地都是鄉下墓園、死者暫時的居所。唯有在拉雪茲神父公墓，有教養的死者才能得到安息。

正如讀者所知，他在那裡買下了一塊永久墓地，他前妻一家的所有成員迅速地占據了那座聳立的建築。在陵墓的三角形橫楣上可以看到「聖梅朗與維勒福家族」，因為這是瓦朗蒂娜的母親、可憐的蕾內的遺願。

從聖奧諾雷區出發的喪葬行列，正是朝拉雪茲神父公墓前進。要橫越巴黎，經過神廟區，然後是外環道，直到墓地。五十多輛私人馬車跟隨在二十輛送葬馬車之後，而在這五十多輛私人馬車後面，五百多人步行前往。

瓦朗蒂娜的死，對所有年輕人而言都像晴天霹靂。不管本世紀社會氣氛多麼冰冷，當代生活多麼單調乏味，他們還是受到這個美麗、純潔、可愛、芳齡早逝的女孩富有詩意的吸引。

走出巴黎，只見一輛四匹馬駕轅的馬車疾馳而來，四匹馬伸長了像鋼絲彈簧一樣有力的腿，驀地停住：是基度山先生。

伯爵從四輪敞篷馬車上下來，走到跟隨靈車的步行人群中。

沙托．諾勒看到他，也從自己的四輪雙座轎式馬車下來，跟他會合。博尚也離開租賃的雙輪輕便馬車。

伯爵專注地在人群間觀望著，很明顯他在找人。他終於忍不住：「摩雷爾在哪裡？」他問：「諸位，您們誰知道他在哪裡？」

「我們在死者家裡時已經互相提過這個問題了。」沙托．勒諾說：「因為誰也沒有看見他。」

伯爵沉默不語，但繼續環顧四周。

送葬行列最後來到了墓地。

基度山銳利的目光突然往紫杉和松樹叢間搜索，不久，他的不安完全消失了，一個身影閃過鬱黑的林蔭小徑，基度山無疑認出他要尋找的人。

大家都知道，在這個壯麗公墓下葬是怎麼回事。穿黑衣的人群散布在白色小徑上，天地靜謐無聲，只有斷裂的樹枝和墳墓周圍籬笆發出的聲響擾亂了這片寂靜。隨著神父憂鬱歌聲響起，夾雜從裝飾鮮花的女帽裡傳出的嗚咽聲，可以看見那些女人沉浸在痛苦裡，雙手合十。

基度山注意到的那個身影，迅速穿過愛洛依絲和阿貝拉爾[47]墳墓後面那條栽植成梅花形狀的林蔭道，跟抬棺者一起站在靈車的馬頭旁邊，邁著同樣的步伐來到墓前。

每個人各有注意的東西。基度山只看著那個不被周圍的人注意的身影。伯爵兩次走出行列，想看看那個人

47 阿貝拉爾（一〇七九—一一四二），法國哲學家，神學家，他是愛洛依絲（一一〇一—一一六四）的老師，兩人相愛，生有一子。後來阿貝拉爾被閹割，愛洛依絲進了修道院，但仍書信往還。

是否在摸索藏在衣服下的武器。

當送葬行列停住時，認出那個身影是摩雷爾，他身穿扣到頷下的黑色禮服，臉色蒼白，雙頰凹陷，帽子被痙攣的雙手揉縐了，站在墳地小丘的高處，靠著一棵樹，以免漏掉即將進行的葬儀的任何細節。

一切都按習俗進行。有的人像往常一樣，不輕易動感情，發表了悼言。有的哀悼女孩的早逝，還有的同情她父親的悲傷。有個富想像力的人認為這個女孩曾經不止一次地，為罪犯向身處眾人之上、執掌司法利劍的德．維勒福先生求情。最後，他們援引馬萊布[48]寫給杜佩里埃的詩歌，用盡各種華麗的比喻和哀情綿綿的隱喻之詞。

基度山什麼也沒聽，什麼也沒看，更確切地說他只看著摩雷爾。對於能看透年輕軍官心底思緒的人來說，摩雷爾的平靜和鎮定是非常可怕的。

「看！」博尚突然對德布雷說：「摩雷爾在那裡！見鬼，他躲在那裡做什麼？」

他們叫沙托．勒諾注意他。

「他的臉色多麼蒼白啊。」沙托．勒諾說，打了個寒顫。

「他一定是著涼了。」德布雷回答。

「不。」沙托．勒諾慢吞吞地說：「我想他是動情了。馬克西米利安的感情很容易衝動。」

「唔！」德布雷說：「他剛認識德．維勒福小姐，您親口說過的。」

「沒錯。但我記得，在德．莫爾賽夫夫人家那次舞會上，他跟她跳了三次舞。您知道，伯爵，在那次舞會上，您多麼引人注目。」

「不，我不知道。」基度山回答，但不知道是對誰說話和回答似地，專心一意地監視著摩雷爾。摩雷爾雙頰抽動，好像正壓抑或屏住呼吸似的。

「就說到這兒了。再見，諸位。」伯爵驀地說。他做了個要走了的手勢，即消失不見了，沒有人知道他是從哪裡離開的。

葬禮結束，與會者又踏上回巴黎的路。只有沙托．勒諾用目光搜索尋摩雷爾好一會兒。但當他注視伯爵離去時，摩雷爾已不在原來的位置，沙托．勒諾找不到他，便跟著德布雷和博尚走了。

基度山踅進一個矮樹林，躲在一座寬闊的墳墓後面，窺伺摩雷爾的一舉一動。墓前看熱鬧的人都已散去，工人也走光了，摩雷爾卻逐漸走近那兒。

摩雷爾慢慢地、茫然地環顧四周。正當他的目光注視著基度山對面那個圓墳時，基度山走近了十幾步，他沒有察覺。

年輕人跪下來。

伯爵伸長脖子，睜大眼睛，專注凝視著摩雷爾，一邊繼續靠近摩雷爾。而且雙腿彎曲，彷彿一有情況就要衝上去。

摩雷爾將額頭垂靠在墓石上，雙手抱住鐵柵，喃喃地說：「啊，瓦朗蒂娜！」

聽到這句話，伯爵的心都要碎了。他又走近一步，拍拍摩雷爾的肩膀：「是您，親愛的朋友。」他說：「我一直在找您。」

48 馬萊布（一五五五—一六二八），法國詩人，其友杜佩里埃之女死時，他寫過一首著名的《勸慰杜佩里埃先生》。

基度山本來以為他會一時衝動，轉身斥責他，非難他，但他想錯了。

摩雷爾轉過身，看起來很平靜：「您看，」他說：「我在祈禱。」

基度山以探索的目光從頭到腳打量著年輕人。看完後，他顯然放心了。

「您要我送您回巴黎嗎？」他問。

「不，謝謝。」

「您想做什麼呢？」

「讓我祈禱吧。」

伯爵走開了，沒有表示異議，但他只是換了地方，沒有漏掉摩雷爾的每一個動作。摩雷爾終於站起來，拂去膝上的塵埃，踏上回巴黎的路，頭也不回。

他慢慢地走到拉羅蓋特街。

伯爵把他停在拉雪茲神父公墓的馬車打發回去，相距百步地尾隨著摩雷爾。馬克西米利安穿過運河，經由林蔭大道回到梅斯萊街。

摩雷爾關上家門後五分鐘，這扇門又為基度山打開了。朱麗在花園入口，她全神貫注地看著珀納龍師傅，珀納龍認真對待自己的園丁職業，正在為孟加拉玫瑰插枝。

「啊！德．基度山伯爵先生！」她帶著基度山來梅斯萊街拜訪時，每個家族成員所表現出的快樂神情，大聲地說。

「馬克西米利安剛回來，是嗎，夫人？」伯爵問。

「是的，我似乎看到他走過。」少婦回答：「請別客氣，您要我叫愛馬紐埃爾過來嗎？」

「對不起，夫人，我必須馬上上樓到馬克西米利安的房裡。」基度山回答：「我要告訴他極其重要的事。」

「去吧。」她說，帶著迷人的微笑，直到目送他消失在樓梯裡。

基度山瞬間便穿過從底樓到馬克西米利安房間的那兩層樓面，到達樓梯平台上，他傾聽著。沒有發出任何聲音。

正像大多數獨門獨戶的老房子那樣，樓梯平台只有一扇玻璃門。不過，這扇玻璃門上沒有鑰匙。馬克西米利安把自己反鎖在裡面。不可能越過這扇門往裡看，因為一條紅色綢緞窗簾遮住了玻璃。

伯爵因為惴惴不安，臉上泛出強烈紅暈，在這個喜怒不形於色的人身上，這是少見的激動模樣。

「怎麼辦？」他低聲地說。他沉吟了一下。「拉鈴？」他說：「哦！不！鈴聲往往是有人來訪的聲音，會加速馬克西米利安此時此刻可能下定的決心，屆時會有另一種聲音回應鈴聲。」

基度山全身發抖，但他如同閃電一般迅速做出決定，他以手肘撞向門扉一格玻璃上，玻璃裂成碎片飛散開來。接著他撩開窗簾，看到摩雷爾坐在書桌前，手裡拿著一支筆，聽到玻璃的碎裂聲，他從椅子上跳起來。

「沒事的。」伯爵說：「一千個對不起，親愛的朋友！我滑了一下，肘子撞在玻璃上。既然玻璃碎了，我就順便到您房裡走走，您忙您的，您忙您的。」

於是伯爵從打裂的玻璃門伸進手臂，打開門。

摩雷爾站起來，顯然很不快，迎向基度山，不是為了招待，而是要擋住他。

「真的，這是您僕人的過錯。」基度山揉著手肘說：「您家的地板像鏡子一樣光亮。」

「您受傷了嗎，先生？」摩雷爾冷冷地問。

「我不知道。但您在做什麼？您在寫東西？」

「我嗎？」

「您的手指沾上墨水了。」

「沒錯，」摩雷爾回答：「我在寫東西。儘管我是軍人，有時也會動筆。」

基度山在房間裡走了幾步，馬克西米利安不得不讓他走動，但尾隨著他。

「您在寫東西？」基度山說，目光專注。

「我已經榮幸地告訴您是的。」摩雷爾說。

伯爵環顧四周。「您的手槍放在文具盒旁邊。」他說，一面向摩雷爾指著放在書桌上的武器。

「我要出門旅行。」馬克西米利安回答。

「我的朋友！」基度山用無限溫柔的聲音說。

「先生！」

「我的朋友，親愛的馬克西米利安，請不要做出極端的決定。」

「我嗎，極端的決定？」摩雷爾聳聳肩說：「請問，旅行怎麼會是極端的決定呢？」

「馬克西米利安，」基度山說：「讓我們各自放下面具。馬克西米利安，您不要強作平靜來欺瞞我，我也不以表象的關心來哄騙您。您知道是嗎？我剛才那樣撞破玻璃，闖進朋友的房間，我說，您一定明白，我之所以這麼做，是因為心裡不安，更確切地說，是因為心裡有確信的擔憂。

「摩雷爾，您想自殺！」

「說真的，」摩雷爾顫抖著說：「您怎麼會有這種想法，伯爵先生？」

「我說您想自殺！」伯爵用同樣的聲調繼續說：「這就是證明。」他走近書桌，掀起年輕人剛才蓋在一封剛開了頭的信上的白紙，拿起信。

摩雷爾衝過去，要從他手裡奪回信。

但基度山已料到這個動作，握住馬克西米利安的手腕，就像鐵鏈扼止彈簧往前彈般地阻止他，並得以搶先一步。

「您看，您想自殺，摩雷爾，」伯爵說：「這是白紙黑字！」

「好吧！」摩雷爾大聲地說，原本的平靜突然變得暴烈，「好吧！就算這樣，就算我決定把槍口對準自己，誰能阻止我呢？誰有勇氣阻止我呢？

「當我說：我的一切希望破滅，我心碎了，我的生命已經熄滅，周圍只有悲哀和厭倦，大地變成灰燼，一切話語都讓我難受。

「當我說：讓我死是一種慈悲，因為如果您不讓我死，我就會失去理智，我會發瘋。說吧，先生，當您看到我帶著憂傷，含著從心裡流出來的眼淚說出這番話時，您還會回答我：『您錯了嗎？』說吧，先生，您有這種勇氣嗎？」

「是的，摩雷爾。」基度山說，他語調的平靜跟年輕人的激動形成奇異對照，「是的，我有。」

「您！」摩雷爾懷著越來越強烈的憤怒和怨怪，高聲地說：「您用愚蠢的希望欺騙我，您用虛假的承諾拉住我、安慰我，讓我掉以輕心。我原本即使無法拯救她，至少可以看到她死在我懷裡。您卻佯裝有的是辦法，您扮演著，更確切地說假裝扮演著上帝的角色，實際上卻連給一個女孩服用解藥的能力都沒有。老實說，先生，要不是您讓我憎惡，我會為您感到憐憫！」

「摩雷爾……」

「是的，您要我放下面具，那我放下了，滿意了吧。是的，您跟隨我到墓地時，我還是回答了您的問話，因為我心軟。您進來時，我也讓您走到這裡。但既然您得寸進尺，既然您在我飽受折磨而身心耗盡時，又再來折磨我，基度山伯爵，您這個救世主，您應該滿意了，因為您將看到一位朋友的死去……」

摩雷爾大笑著再次衝向手槍。

基度山的臉色像幽靈一樣慘白，但他的目光炯亮，他伸手按住武器，對那個失去理智的人說：「我再說一遍，您不要自殺！」

「居然阻止我自殺！」摩雷爾回答，最後一次衝過去，但像第一次那樣，在伯爵的鐵臂面前碰了壁。

「我就是要阻止您自殺！」

「您究竟是誰，居然如此專制地對一個有思想自由的人濫施威權！」馬克西米利安大聲地說。

「我是誰？」基度山又說一遍，「聽著，世人當中只有我有權對您說：摩雷爾，我不願您父親的兒子在今天死去！」

基度山的神情變得威嚴而崇高，雙臂交叉抱著，走向全身顫抖的年輕人。年輕人不由自主地被伯爵那近乎神聖的神態所征服，往後退了一步。

「您為什麼提到我父親？」他結結巴巴地說：「為什麼要把我對父親的回憶，跟我至今發生的事相提並論？」

「因為我是救過您父親的那個人。那時，他想輕生，就像您今天想自殺一樣。因為我是送給你妹妹錢包、送給老摩雷爾法老號帆船的那個人。因為我是曾讓還是孩子的您坐在我膝頭上嬉戲的愛德蒙・唐泰斯！」

摩雷爾又往後退一步，踉踉蹌蹌，驚詫異常，喘不過氣來，他被擊垮了。然後他力氣全無，大叫一聲，跪倒在基度山腳下。

突然，他心性大變，萌生一個驟然的、全新的意念，他爬起來，衝出房間，跑到樓梯邊放聲大喊：「朱麗！朱麗！愛馬紐埃爾！愛馬紐埃爾！」

基度山也想衝出來，但馬克西米利安死也不放鬆地守住關上的門。

聽到馬克西米利安的喊聲，朱麗、愛馬紐埃爾、珀納龍和幾個僕人神色惶然地跑過來。摩雷爾抓住他們的手，打開房門：「跪下！」他大聲地說，聲音哽咽，「跪下！這是恩人，我們父親的救命恩人！他就要說出：『這是愛德蒙·唐泰斯！』」

伯爵抓住他的手臂，阻止了他。

朱麗拉住伯爵的手；愛馬紐埃爾把他當作守護神一般擁抱；摩雷爾再次跪下，用額頭撞擊著地板。

這時，這個鐵石心腸的人感到心臟在胸膛裡膨脹開來，一股暖流從喉嚨直湧到眼睛，他垂下頭，潸然淚下。

瞬時間，房間裡響起由感動的眼淚和嗚咽交織成的音樂，就連上帝最寵愛的天使，應該也會覺得悅耳動人，

朱麗才剛從大受衝擊的激動中恢復過來，便跑出房間，帶著孩子般的快樂下樓，衝進客廳，掀開水晶圓罩，取出梅朗巷那個陌生人贈送的錢包。

這時，愛馬紐埃爾用斷斷續續的聲音對伯爵說：「哦！伯爵先生，您經常聽到我們談起不知名的恩人，看到我們以萬分感謝和敬愛的心情回憶他，您怎麼直到今天才讓我們知道呢？哦！這對我們真是太殘酷了，而且我幾乎要說，伯爵先生，對您自己也太殘酷了。」

「請聽我說，我的朋友，」伯爵說：「我可以這樣稱呼您，因為您不知不覺地做了我十一年的朋友。這個祕密會吐露出來，是由於一件您應該還不知道的大事引起的。上帝可以為我做證，我本想一輩子把這個祕密埋藏在我心靈深處。您的大舅馬克西米利安用激烈的舉動逼我說出來，我相信他已對那舉動感到後悔。」

接著，他看到馬克西米利安靠向旁邊的扶手椅，不過始終跪著。「看好他。」基度山低聲說，意味深長地按了按愛馬紐埃爾的手。

「為什麼？」年輕人驚訝地問。

「我不能告訴您原因，但看好他。」

愛馬紐埃爾環視房間，看到了摩雷爾的手槍。他驚惶地盯著武器，慢慢舉起手指給基度山看。基度山點點頭。愛馬紐埃爾朝手槍走了一步。

「別動它。」伯爵說。

然後他走向摩雷爾，握住年輕人的手。剛才年輕人內心受到強烈震撼的激動，此刻已變成遲滯。

朱麗又上樓來，手裡拿著那只緞質錢包，兩顆喜悅的晶瑩淚水，宛如兩滴朝露從她的臉頰流下。

「這是珍貴的紀念品。」她說：「別以為我們知道救命恩人是誰後，這件紀念品對我就不那麼值得珍惜了。」

「我的孩子，」基度山紅著臉回答，「請允許我拿走這只錢包。您們知道了我的本來面目後，我只希望您們對我懷有真摯的感情，記得我。」

「哦！」朱麗說，一邊將錢包按在胸口上，「不，不，我求求您，因為總有一天您會離開我們，因為總有一天，很不幸地，您會離開我們，是嗎？」

「您猜對了，夫人。」基度山微笑著回答：「一星期內，我會離開這個國家。在這裡，那麼多本該受到報應的人卻生活得很幸福，而我的父親卻因饑餓和悲傷而死去。」

宣佈他即將離開巴黎時，基度山盯著摩雷爾，留意到說出「我要離開這個國家」這幾個字後，還是無法把摩雷爾從痳木狀態中喚醒過來。他知道，他必須為減輕朋友的悲痛做最後的努力，於是拉起朱麗和愛馬紐埃爾的手，緊握在自己手裡，用宛如父親溫和而威嚴的口吻對他們說：「我的好朋友們，請您們讓我跟馬克西米利安單獨待一會兒。」

對朱麗來說，這可以讓她帶走那件珍貴的紀念品，因為基度山忘了再提起它。她趕緊拉走她的丈夫。「我們走吧。」她說。

伯爵跟摩雷爾留下來，摩雷爾像雕像般一動也不動。

「好了，」伯爵說，熱情地拍拍他的肩膀，「您終於恢復男子漢本色了嗎，馬克西米利安？」

「是的，因為我又開始感到痛苦。」

伯爵皺起眉頭，看來他有點猶豫。

「馬克西米利安！馬克西米利安！」他說：「您沉溺在這樣的念頭中，不是一個基督徒應有的態度。」

「哦！放心吧，朋友，」摩雷爾抬起頭來說，對伯爵露出難以言喻的苦笑，「我不會再尋短見了。」

「這樣的話，」伯爵說：「就不再需要武器，不再絕望了。」

「不，為了治癒我的痛苦，我有比子彈和刀刃更好的東西。」

「可憐的失去理智的人！您有什麼呢？」

「我有悲痛，它會致我死命。」

「朋友，」基度山帶著同樣的憂鬱說：「聽我說：以前，跟您同樣絕望時，我有過相同的決心，跟您一樣想自殺。以前，您父親也曾經同樣絕望，本想自盡。當您父親把槍口對準自己的額頭，當我從床上推開三天沒有碰過的囚犯麵包，如果在那崇高的時刻，有人對我們說：『活下來！這一天總會到來。您會得到幸福，您會讚美生活。』不管那聲音來自哪裡，我們都會帶著懷疑的微笑或充滿疑慮的不安去聆聽。您父親擁抱您時，多少次讚美過生活啊，我也多少次……」

「啊！」摩雷爾嚷道，打斷伯爵，「您只是失去自由，我父親只是失去財產，而我呢，我失去了瓦朗蒂娜。」

「看著我，摩雷爾，」基度山說，帶著那種時而讓他變得異常高大、令人折服的莊嚴神情，「看著我，我眼裡既沒有眼淚，血管裡也沒有熱血，心臟也不因憂傷而沉鬱地跳動，但我看見您悲傷欲絕，馬克西米利安，我愛您就像愛我的兒子一樣，摩雷爾，這難道這不是在告訴您，悲傷就像生命一樣，其中蘊含著未知？如果我懇求您，如果我要您活下去，摩雷爾，那是因為我確信總有一天您會感謝我保全了您的生命。」

「我的天！」年輕人嚷道：「我的天！您對我說了什麼，伯爵？小心啊！也許您從來沒有戀愛過吧？」

「真是個孩子！」伯爵回答。

「我指的是愛情，」摩雷爾說：「我啊，您看，我長大成人後就入伍，直到二十九歲我還沒有戀愛過，因為截至那時為止，我所感受到的情愫都不應稱之為愛情。二十九歲時，我遇見了瓦朗蒂娜，近兩年來我深愛著她，近兩年在那顆像書本一樣為我打開的心靈中，我看到了上帝親手寫下的關於一個女孩和一個妻子的美德。

「伯爵，對我來說，跟瓦朗蒂娜在一起，有一種無邊無際的、未曾經歷過的幸福，有一種對這個世界而言太崇高、太完美，太神聖的幸福。這個世界沒有把她賜給我，伯爵，老實對您說，沒有瓦朗蒂娜，對我來說，人間就只有絕望和悲傷。」

「我對您說過要懷抱希望，摩雷爾。」伯爵再說一遍。

「那麼小心，我也再說一遍，」摩雷爾說：「因為您竭力想說服我，而如果您說服我了，我將喪失理智，因為您要讓我相信，我還能再見到瓦朗蒂娜。」

伯爵露出微笑。

「我的朋友，我的父親！」摩雷爾大聲說，十分興奮，「小心，我第三次對您這麼說，因為您對我的影響使我惶恐不安。小心您話裡的含義，因為我的眼睛再度生氣勃勃，我的心重新振奮起來了。小心，因為您是要讓我相信不可思議的事。如果您命令我掀起覆蓋住雅依爾之女的墓石，如果您示意我行走在波濤上，我會照辦。注意，我會遵從的。」

「要懷抱希望，我的朋友。」伯爵又重複了一遍。

「啊！」摩雷爾從興奮的高峰又跌落到悲哀的深淵，「啊！您在戲弄我。您的做法就像善良的母親，更確切地說，就像那些用甜言蜜語平息孩子痛苦的自私母親，因為孩子的喊聲使她們厭倦了。不，我的朋友，我不該告訴您要小心。不，絲毫不用擔心，我會小心翼翼地把我的悲傷埋在心底，我會讓這悲傷變成祕密，您甚至不需要同情。再見！我的朋友；再見！」

「相反的，」伯爵說：「從現在起，馬克西米利安，您要待在我身邊，跟我生活在一起，不再離開我，一星期內我們就要把法國拋在腦後。」

「您始終對我說要懷抱著希望？」

「我對您說要懷抱希望，因為我知道治癒您的方法。」

「伯爵，如果真是這樣，您讓我更憂鬱了。您以為打擊我的只是尋常的悲傷，所以您以為用尋常的辦法——旅行就能安慰我。」摩雷爾既懷疑又不以為然地搖搖頭。

「您要我說什麼呢？」基度山說：「我會守信的，讓我試驗一下。」

「伯爵，您在延長我的垂死掙扎，如此而已。」

「這麼說來，」伯爵說：「您心靈脆弱，沒有力量給您的朋友幾天時間進行試驗？您知道基度山伯爵有多少能耐嗎？您知道他能運用多大的人間權力嗎？您知道他有足夠的信心，從上帝那裡獲得奇蹟嗎？上帝說過，信心足以移山。我期望的這個奇蹟，您等待它出現吧，否則……」

「否則……」摩雷爾重複這兩個字。

「否則，小心，摩雷爾，我會認為您忘恩負義。」

「可憐我吧，伯爵。」

「我非常同情您，馬克西米利安，聽我說，我非常同情您。如果我在一個月內無法治癒您，時間一天一天、一小時一小時過去，記住我的話，摩雷爾，我會親手把裝上子彈的手槍和萬無一失、效果最迅速的義大利毒藥放在你面前，請相信我，那毒藥會比殺死瓦朗蒂娜的更強效。」

「您承諾我？」

「是的。因為我是男子漢，因為正如我對您說過的，我也曾經想輕生，而且，即使不幸已經遠離我，我甚至也常常幻想長眠的美好。」

「哦！當然，您承諾我了，伯爵？」馬克西米利安忘情地大聲說。

「我不只是承諾，而且是發誓。」基度山伸出手說。

「以您的名譽擔保，一個月內，如果我得不到慰藉，您就讓我自由處置自己的生命，不管我做什麼事，您都不會說我忘恩負義？」

「一個月內，一天天計算，馬克西米利安，一個月內，一小時小時計算，這個日期是神聖的，馬克西米利安。我不知道你是否記得，今天是九月五日，十年前的今天，我救了您想自殺的父親。」

摩雷爾抓起伯爵的手吻著，伯爵任他這樣做，彷彿知道自己應該受到這種崇敬。

「一個月期滿時，」基度山繼續說：「我們會一起坐在這桌前，桌上放著精良的武器，您可以痛快死去。但話說回來，您要答應我等到那時，要活下去，可以嗎？」

「哦！」摩雷爾大聲地說：「我對您發誓！」

基度山把年輕人緊抱在懷裡，久久不放。

「現在，」他說：「從今天起，您跟我住在一起，您住在海蒂的房間，至少我有個兒子可以代替女兒了。」

「海蒂！」摩雷爾說：「海蒂怎麼了？」

「昨晚她走了。」

「離開您嗎？」

「等我跟她會合……您準備好了就到香榭麗舍大街找我。現在別要讓人看見我離開這裡。」

馬克西米利安低下頭，像孩子或像使徒那樣俯首帖耳。

106 分錢

阿爾貝·德·莫爾賽夫為母親和他自己在聖日耳曼·德·普雷街選定了一間公寓的二樓套房。那公寓租給了一個異常神祕的人物，儘管他也進進出出，但連門房也沒有看清楚過他的面容。因為冬天他的下巴埋在一條紅圍巾裡，就像顯赫之家的馬車伕在劇場門口等候主人時戴的那種；而在夏天，當他經過門房小屋時，總是在擤鼻涕。必須說，打破慣例，始終沒有人看清楚這位住戶的長相。據說他匿名是為了掩蓋身分，他深具影響力，這讓人對他神祕的行蹤肅然起敬。

他返回的時間往往是固定的，雖然偶爾有落差，但不管冬天或夏天，幾乎總是在四點鐘左右回到自己房裡，而且從不過夜。冬天，到了三點半，打掃小公寓房間的謹慎女僕會生起爐子；而夏天，同一時間女僕會把冰塊端上去。

四點鐘，正如上述，神祕人物來了。又過二十分鐘，一輛馬車停在門前，一個身穿黑色或深藍色衣服、總是戴著大幅面紗的女人下車，像幽靈一樣經過門房小屋，踏上樓梯，腳步輕得幾乎聽不到樓梯發出的聲響。從來沒有人問她找誰。

她的臉就像那個神祕人物一樣，兩個門房一無所知，在首都眾多門房中，或許只有這兩個門房足以成為典範，能夠這樣謹小慎微。

不用說，她只上到二樓。她用特殊方式輕輕叩門。門打開了，隨即又密實關上，所有情況到此為止。

離開的過程跟進來時一樣。陌生女人先出去，總是戴著面紗，登上馬車，馬車時而消失在這條街的街角，時而消失在另一條街。二十分鐘後，換神祕人物出去，他埋在圍巾裡，或者用手帕遮掩，轉眼便消失蹤影。基度山伯爵拜訪唐格拉爾的第二天，也就是瓦朗蒂娜下葬那天，神祕人物十點鐘左右進來，而不是如平日時間。且幾乎同時，而不是像往常間隔一段時間，一輛出租馬車駛來，戴面紗的女人迅速踏上樓梯。房門打開又關上。但在門重新關上前，那個女人叫道：「哦，呂西安！我的朋友！」門房無意中聽到這感嘆聲，因此第一次知道他的房客名叫呂西安。由於他是一個模範門房，他決定連對妻子也不說。

「喂，怎麼了，親愛的朋友？」被女人因慌亂或殷勤而透露出名字的那個人問：「說吧，快說。」

「我的朋友，我能依靠您嗎？」

「當然，您很清楚。但怎麼了？您今天早上的信讓我很惶恐。這麼倉促，字跡那樣潦草，讓我安心吧，或者就讓我受驚嚇吧！」

「呂西安，出大事了！」那個女人說，用詢問的目光盯著呂西安，「唐格拉爾先生昨晚走了。」

「走了！唐格拉爾先生走了！」

「他到哪裡去了？」

「我不知道。」

「什麼！您不知道？他一去不回嗎？」

「想必是吧！」

「晚上十點鐘，他的馬車把他送到沙朗通城柵，他在那裡找到一輛套好馬的出租轎式馬車，跟貼身男僕一起上車，吩咐車伕趕到楓丹白露。」

「您說什麼？」

「等等，我的朋友。他留下一封信給我。」

「一封信？」

「是的，看吧。」男爵夫人從口袋裡掏出一封已拆開的信，遞給德布雷。

德布雷看信前遲疑了一下，彷彿他想努力猜測信的內容。更確切地說，不管什麼內容，他決定事先做個決定。片刻後，他拿定了主意，因為他開始看信。

這封將唐格拉爾夫人攪得慌亂不安的信內容如下：

夫人，忠貞不二的妻子：

德布雷下意識地停下，望著男爵夫人，她連眼白都紅了。

「往下看吧。」她說。

德布雷繼續看：

當您接到這封信時，您已經沒有丈夫了！哦！不需太過衝動不安，您只是像失去女兒一樣地失去了丈夫，也就是說，此刻我已在離開法國的三、四十條道路中的其中一條。我應該對您加以解釋，由於您能完全理解我的話，我這就告訴您。

聽著：

今天早上突然有人要我歸還五百萬，我支付了，而另一筆相同數目的款項幾乎隨之而來，我延到明天歸還。我今天動身是為了避免明天過於難堪的場面。

您明白這點嗎，夫人，我珍愛的妻子？

我說，您會明白，因為您瞭解我的事務，甚至比我更清楚，因為若提起我那不久前還很可觀的財產，足足有一半我不知道去向；而您呢，相反的，我很肯定，您對此一清二楚。

因為女人有非常可靠的本能，甚至能透過代數解釋她們所創造的奇蹟。而我只知道我的數字，一旦數字出錯，我便一無所知。

您訝異於我突如其來的敗落嗎，夫人？我的金條熾熱融化，您感到炫目嗎？

我呢，我承認，我只看到火焰，但願您能在灰燼中找回一點金子。

我正是懷著這令人欣慰的希望離開的，夫人，我行事謹慎的妻子，我的良心並不因拋棄您而有絲毫自責，您還有一些朋友，以及那堆灰燼，更重要的是，我把自由還給您了。

不過，夫人，這是推心置腹好好解釋的時候了。

我曾經企求您致力於我們家庭的幸福和女兒的歡樂，所以我樂觀地閉上眼睛。但您把這個家變成一片廢墟，我不願為別人的發財助一臂之力了。

我娶您的時候，您很有錢，但名聲不受尊重。請原諒我說話這樣坦率，由於我這番話可能只是說給我們倆聽的，無需加以修飾。

我增加了我們的財產，在十五年中，這份財產不斷增值，直至我不知道、也不理解的災禍降臨，弄得我傾家蕩產。我可以宣稱，對此我毫無過錯。

您呢，夫人，您只是致力於增加自己的財產，我深信這一點，您成功了。而今我讓您像我當初娶您時那樣，有錢，但不受尊重。

再會。

從今天起我也要為自己打算了。請相信我非常感謝您為我所做的、我會效仿的。

您的忠貞不渝的丈夫　唐格拉爾男爵

在看這封尖酸刻薄的長信時，男爵夫人凝視著德布雷。儘管眾所周知，他自制力很強，但她還是看到年輕人臉色變了一兩次。看完信，他慢慢地折好信紙，又恢復沉思的神情。

「怎麼辦？」唐格拉爾夫人問道，她的憂慮不安不難理解。

「怎麼辦，夫人？」德布雷機械地反問。

「您對這封信有什麼想法？」

「很簡單，夫人，這封信讓我感覺，唐格拉爾先生是帶著懷疑離開的。」

「沒錯，但您要說的就是這些嗎？」

「我不明白您的意思。」德布雷冷冰冰地說。

「他走了！徹底走了！不再回來了。」

「哦！」德布雷說：「不要這樣認為，男爵夫人。」

「不，我告訴您，他不會回來了。我瞭解他，凡是從他利益出發所下的決心，他是不會改變的。

「如果他認為我還有用處，會把我帶走。他把我丟在巴黎，表示我們分手有利於他的計劃。因此，這次分手是不可挽回的，我永遠自由了。」唐格拉爾夫人帶著懇求的表情又說。

德布雷沒有回答，任憑她帶著焦慮不安的探詢眼光和想法。

「怎麼！」她終於說：「您不回答我嗎，先生？」

「我只有一個問題：您打算怎麼辦？」

「我正要問您這個問題。」男爵夫人回答，心臟撲通撲通亂跳。

「啊！」德布雷說：「您要我給您建議嗎？」

「是的，我就是要您給個建議。」男爵夫人說，心揪緊了。

「如果您想要聽我的建議，」年輕人冷冷地回答：「我勸您去旅行。」

「去旅行……」唐格拉爾夫人喃喃地說。

「當然，正如唐格拉爾先生說的，您有錢，且完全自由。至少據我看，在歐仁妮小姐婚事破裂和唐格拉爾先生失蹤這雙重突發事件之後，暫時離開巴黎是絕對必要的。重要的是要讓大家認為您被拋棄了，而且陷入窮困，因為人們不會原諒破產者的妻子生活闊綽、奢華度日。

「對於第一種情況，您只要在巴黎待半個月就夠了，逢人便說您被拋棄了，並且告訴您最要好的女友，她們會在上流社會傳開，您是如何被拋棄的。然後您離開家，留下您的首飾，放棄對丈夫財產的繼承，大家便會讚美您償清債務，對您備加稱讚。

「大家因此知道您被拋棄了，以為您陷入窮困。因為只有我知道您的經濟狀況，並正準備以正直的合夥人身分跟您算清帳目。」

男爵夫人臉色蒼白、驚詫失神地聽著這番話，她的恐懼和絕望，正如德布雷說話時的鎮靜和冷漠。

「被拋棄！」她重複道：「哦，被徹底拋棄……是的，您說得對，先生，沒有人會懷疑我被拋棄了。」這個驕傲並深深墜入情網的女人，能回答德布雷的只有這幾句話。

「但是有錢，非常有錢。」德布雷繼續說，一邊從皮夾裡抽出幾張紙，攤在桌上。

唐格拉爾夫人沒有制止他，只顧著強壓心跳，忍住已湧上眼眶的淚水。末了，自尊心在男爵夫人身上占了上風，即使她未能壓抑住心跳，她至少沒流下一滴眼淚。

「夫人，」德布雷說：「我們合作了大約半年。您提供了十萬法郎的本錢。我們的合作是從今年四月開始的。五月，我們展開業務。五月，我們賺到四十五萬法郎。六月，利潤達到九十萬。七月，我們又增加了一百七十萬法郎，您知道，就是操作西班牙公債那個月。八月初，我們損失了三十萬法郎，但當月十五日我們又補回來了，而且我們終於報了仇。從我們開始合作那天，直到昨天我結帳，我們一共賺了二百四十萬法郎，也就是我們每人賺了一百二十萬法郎。

「現在，」德布雷繼續說，以經理人的鎮定和作風查閱他的筆記，「另外還有八萬法郎，是放在我這裡的利息。」

「但是，」男爵夫人打斷說：「利息是怎麼回事，您不曾拿這筆錢去生息啊！」

「請您原諒，夫人，」德布雷冷冷地說：「我是得到您的授權去生息的，我善用了這個權利。因此，您有一半的利息，計四萬法郎，外加第一筆本錢十萬法郎，也就是說您的部分是一百三十四萬法郎。

「然而，夫人，」德布雷繼續說：「謹慎起見，我前天就把您的錢提出來了，您看，時間不長，可以說，我預料到隨時會被叫來和您結帳。您的錢放在那裡，一半是鈔票，一半是具名支票。

「我說放在那裡是如實說的，因為我認為我家不夠安全可靠，公證人也不夠謹慎，而那些房地產商比公證人更張揚。最後，因為除了夫妻共同財產，您沒有權利買下並擁有其他財產。我將這筆錢——現在是您唯的一財產，鎖在這個櫃子的一只箱子裡，安全起見，我是親自將錢放進去的。

「現在，」德布雷繼續說，先打開櫃子，再打開錢箱，「現在，夫人，這是八百張一千法郎的鈔票，您看，就像包鐵皮的大部頭書籍。我再加上一張十萬五千法郎的公債息票，大概還有約十一萬法郎的差額，這是給我的銀行家開的即期支票。由於我的銀行家不是唐格拉爾先生，支票會兌現的，您可以放心。」

唐格拉爾夫人機械地接過即期支票、公債息票和那捆鈔票。

這為數可觀的財產攤在桌上，顯得不夠分量。

唐格拉爾夫人眼睛乾澀，但胸口鼓脹著嗚咽，把那筆錢放進提包，扣上鐵鈕，又把公債息票和即期支票放進皮夾。她站在那裡，臉色蒼白，沉默不語，等待一句溫柔的話來安慰她變得如此富有。但是她白等了。

「現在，夫人，」德布雷說：「您有一筆可觀的財產，相當於六萬利佛爾的年收入，對於一個至少在一年內不能待在巴黎的女人來說，是筆很大的數目。

「您有權盡情行事。況且，若您感到入不敷出，看在過去的分上，您還可以用我的，夫人。我隨時準備好提供給您我擁有的所有錢，即一百六十萬法郎，當然，是借給您。」

「謝謝，先生。」男爵夫人回答：「謝謝，您知道，您給我的錢已遠超過可憐女人所需了，至少在很長一段時間內，她不打算再在上流社會露面。」

德布雷一時驚愕，但隨即恢復過來，他做了一個手勢，以最客氣的話，那個手勢可以解讀為：「悉聽尊便！」

唐格拉爾夫人或許至今還在期望某些東西，但當她看到德布雷做出毫不在意的手勢，看到伴隨那個手勢的斜睨眼光，以及隨後意味深長的沉默時，她抬起頭，打開房門，既不憤怒也不發抖，毫不猶豫地衝到樓梯，甚至不屑向讓她這樣走開的人道別。

「哼！」德布雷等她走後說：「這方法倒是不錯，她可以待在府邸看小說，雖然不能在交易所做投資買賣，但還是可以在家玩紙牌。」

他又拿起筆記本，仔細地把剛才付出的款項劃掉。「我還剩下一百六十萬法郎，」他說：「德・維勒福小姐死了多可惜啊！那個女孩各方面都合我的意，我本來可以娶她。」

按照習慣，他冷靜地等唐格拉爾夫人走後二十分鐘，才決定動身離開。在那二十分鐘裡，德布雷都在算帳，錶就放在身旁。

如果勒薩日[49]沒有先在他的作品中創造出惡魔角色阿斯莫戴，凡是具冒險精神的、富想像力的作家，也都是會塑造出來的。喜愛掀開屋頂窺探內部情形的阿斯莫戴，如果他在德布雷計算時掀開聖日耳曼・德・普雷街這幢樓的屋頂，他會看到一幅奇異的景象。

在剛才德布雷跟唐格拉爾夫人平分二百五十萬法郎的那個房間上方，有一個房間，也住著我們認識的房客，他們在前面敘述的事件中扮演相當重要的角色，以致我們再見到他們時仍頗有興味。

這個房間裡住著梅爾塞苔絲和阿爾貝。

在過去幾天，梅爾塞苔絲的模樣有了劇烈改變，並不是她穿著樸素，讓人認不出來，因為即使在最有錢的時候，她也是這樣打扮。她從不展現奢華排場，以彰顯自己的身分地位。不，梅爾塞苔絲的改變，是她的眼睛不再閃閃發光，她的嘴唇不再露出微笑，以及之前機智敏捷，談吐雋永，如今卻總是遲疑不決，欲言又止。

並不是貧困使梅爾塞苔絲思想枯竭，並不是缺乏勇氣使她的沉重難熬。

梅爾塞苔絲從她原本生活的環境中落下，陷入她選擇的新處境中，就像從燈火通明的客廳驟然來到黑暗裡。梅爾塞苔絲宛如一個女王，從宮殿被貶到茅屋，必須縮衣節食，既不適應她必須親自將陶皿拿到桌上，也不習慣代替軟鋪的破床。

確實，美麗的加泰隆尼亞女孩或高貴的伯爵夫人已失去驕傲的眼神和迷人的微笑，因為她環顧周圍，只看到讓人心酸的物品。這個房間貼著灰暗的壁紙，節儉的房東偏愛這種壁紙，因為最耐髒；地上鋪著方磚，而不是地毯；家具很引人注目，是想裝闊的那種寒酸樣子。所有物品都充斥著刺眼的色調，讓習慣了高雅氣質的眼睛備受衝擊。

德．莫爾賽夫夫人自從離開她的府邸，就住在這裡。面對這無邊無際的寂靜，她感到昏沉，有如行至深淵邊緣的旅行者那樣頭暈目眩。

她發覺阿爾貝隨時都在偷偷地觀察她，想瞭解她的心緒，她強迫自己的嘴角露出沒有變化的微笑，由於缺乏眼角帶笑的柔和光影，那微笑就像是一般反光，是缺乏溫暖的光。

至於阿爾貝則心事重重，很不自在，殘存的奢華習慣妨礙他適應目前的處境，他狼狽不堪，想不戴手套出門，又感到雙手太白皙；想徒步在城市裡走走，又感到靴子太亮。

這兩個人既高貴又聰穎，親情把他們緊密結合在一起，能夠不發一言而互相瞭解，無需朋友間的各種醞釀

49 勒薩日（一六六八—一七四七），法國小說家，作品有《吉爾．布拉斯》、《瘸腿魔鬼》等。

階段，就建立起生活中不可或缺的坦誠關係。

阿爾貝終於能對他母親這樣說而不致讓她臉色發白：「母親，我們沒有錢了。」

梅爾塞苔絲從來沒有經歷過真正的貧困，她年少時代常談到貧窮，但決不是同一件事，需要和必須是兩個同義詞，但它們有著天壤之別。

在加泰隆尼亞人居住的村子，梅爾塞苔絲需要各種東西，但她從不缺少某些東西。只要漁網完好，就能捕到魚；只要把魚賣掉，就能買網繩來補網。

而且，人一旦沒有朋友，只有對現實狀況毫無幫助的愛情，便只想到自己，也只有自己。梅爾塞苔絲那時雖然不寬裕，但還能應付自如。而眼前她要應付兩人開銷，手頭卻一無所有。

臨近冬天，在這個簡陋而已經充滿寒意的房間裡，梅爾塞苔絲沒有生火；而從前有暖氣設備，從接見室到小客廳，整幢房子都暖烘烘的。眼前她連一朵可憐的小花也沒有；而從前她屋裡像是培植名貴花卉的溫室。

但她有兒子。

強烈責任感所激起的熱情，讓他們一直保持高度亢奮。熱情和亢奮相似，而亢奮會讓人無視凡俗事物。但當亢奮平息之後，就必須逐漸從幻想國度回到現實世界。在理想耗盡之後，必須面對實際問題。

「母親，」阿爾貝在莫爾賽夫夫人下樓時說：「讓我們計算一下積蓄吧，我需要得知總數以好好規劃。」

「總數是零。」梅爾塞苔絲帶著苦笑說。

「剛好相反，母親，總數是三千法郎。有了這三千法郎，我想我們就可以過像樣的生活。」

「真是個孩子！」梅爾塞苔絲感嘆道。

「唉！我的好母親。」年輕人說：「可惜過去我花了您太多錢，如今才瞭解錢的價值。您看，三千法郎是一大筆錢，我要把這筆錢用在建立永遠安寧的未來奇蹟上。」

「說是這麼說，我的孩子，」可憐的母親又說：「但首先我們要接受這三千法郎嗎？」梅爾塞苔絲紅著臉說。

「我以為這已經說定了。」阿爾貝用堅定的口吻說：「由於我們沒有錢，我們更應該接受，因為您知道，這筆錢就埋在馬賽的梅朗巷那幢小房子的花園裡。而有二百法郎，」阿爾貝說：「我們就可以到馬賽了。」

「二百法郎！」梅爾塞苔絲說：「你考慮過了，阿爾貝？」

「哦！關於這點，我已向驛站和輪船公司打聽過了，錢也已計算清楚。您搭乘雙人驛車到達夏隆，母親，您看，我用三十五法郎就讓您像王后一樣。」

阿爾貝拿起一支筆寫下：

雙人驛車三十五法郎

從夏隆到里昂乘輪船六法郎

從里昂到阿維尼翁乘輪船十六法郎

從阿維尼翁到馬賽七法郎

沿途開銷五十法郎

總計一百一十四法郎

「就算一百二十法郎。」阿爾貝微笑著補充說：「您看我很大方，是嗎，母親？」

「但你呢，我可憐的孩子？」

「我嘛，您沒有看到我為自己留下八十法郎嗎？母親，一個年輕人不需要事事安逸。而且，我知道旅行是怎麼回事。」

「你那時是帶著貼身男僕乘坐私人驛車。」

「無論怎麼樣都可以，母親。」

「那好吧，」梅爾塞苔絲說：「但那二百法郎呢？」

「二百法郎在這裡，另外還有兩百法郎。看，我將錶賣了一百法郎，錶鏈上的小飾物賣了三百法郎。真是好運！小飾物的價錢是錶的三倍。奢華的東西總是累贅！因此我們有錢了，您旅途需要花費一百一十四法郎，而您卻有二百五十法郎。」

「可是，我們還積欠房租呢？」

「三十法郎，從我的一百五十法郎裡扣。就這樣決定了，因為嚴格來說我只需要八十法郎的旅費。您看，綽綽有餘了。但還不止於此，您看這是什麼，母親？」

阿爾貝掏出一個嵌有金釦的小筆記本，這是他保留下來的心愛之物，也可能是那些戴著神祕面紗、敲他小門的其中一位女人所贈與的信物，阿爾貝從小筆記本中取出一張一千法郎的鈔票。

「這是什麼？」梅爾塞苔絲問。

「一千法郎，母親，如假包換！」

「這一千法郎是從哪裡來的？」

「聽著，母親，您不要太激動。」阿爾貝起身，上前擁吻母親的雙頰，然後凝視著她。

「母親，您無法想像我覺得您有多美！」年輕人懷著深摯的母子之愛說：「老實說，您是我見過最漂亮的、最高貴的女人！」

「親愛的孩子，」梅爾塞苔絲說，徒勞地想忍住從眼角湧出的一滴淚。

「說實話，您遭逢不幸，我對您的愛反而變成崇拜了。」

「只要我還有兒子，我就不會不幸。」梅爾塞苔絲說：「只要我還有兒子，我就決不會不幸。」

「啊！沒錯。」阿爾貝說：「但考驗即將開始，母親，您記得我們說好的事嗎？」

「我們說好什麼事？」梅爾塞苔絲問。

「是的，我們說好您要住在馬賽，而我呢，我要到非洲，為了代替我已經放棄的姓氏，我要確立一個新的姓氏。」

梅爾塞苔絲嘆了口氣。

「母親，我昨天已加入北非騎兵。」年輕人有點羞愧地垂下眼睛，因為連他自己也不知道，他所受的屈辱有多麼崇高，「更確切地說，我認為我的身體是屬於我自己的，我可以賣掉它。昨天我頂替了一個人。就像俗話所說，我賣掉了自己，而且，」他勉強笑著補充說：「比我預想的更值錢，整整兩千法郎。」

「這一千法郎就是這樣來的嗎？」梅爾塞苔絲顫抖著問。

「這是總數的一半，母親，另一半會在一年內付清。」

梅爾塞苔絲帶著難以形容的表情望向天空，因激動而湧出的眼淚原本已停在眼角，現在默默地沿著面頰流下。

「這是他的血的代價！」她低聲地說。

「是的，如果我犧牲了。」莫爾賽夫笑著說：「但我向您保證，好母親，相反的，我決定好好保護自己，我從來不曾像現在這樣強烈感覺到求生欲望。」

「我的天！我的天！」梅爾塞苔絲說。

「而且，為什麼您認為我會犧牲呢，母親！難道拉莫理西埃爾[50]，以及南方的奈[51]犧牲了嗎？難道尚加尼埃[52]犧牲了嗎？難道伯多[53]犧牲了嗎？難道我們認識的摩雷爾犧牲了嗎？母親，當您看到我穿著繡邊軍裝回來時，請想想您將會多麼高興吧！我鄭重向您宣告，我打算大顯身手，我選擇這個團隊是為了揚名。」

梅爾塞苔絲嘆了口氣，一邊勉強微笑。這個聖潔的母親知道，她讓兒子獨自承擔犧牲的全部重量是不對的。

「所以，」阿爾貝又說：「您知道，母親，您已經確保有四千多法郎，有了這四千法郎，您可以生活整整兩年。」

「你這麼認為嗎？」梅爾塞苔絲問。伯爵夫人脫口而出的這句話，流露出真切的悲傷，阿爾貝決不會不明白話中的真正含意，他感到心裡揪緊了，便拉著母親的手，溫柔地握在自己手中：「是的，您能這樣生活下去！」

「我能生活下去！」梅爾塞苔絲大聲地說：「不過你不要走，可以嗎，我的兒子？」

「母親，我要走的，」阿爾貝用平靜而堅決的聲音說：「您這麼愛我，不會讓我在您身邊游手好閒、一無是處的。而且我已簽字了。」

「你按照自己的意志行事吧，我的兒子；而我呢，按照上帝的意志行事。」

「我並非按照自己的意志，母親，而是按照理智、按照需要行事。我們身處絕境是嗎？現在，生活對您而言意味著什麼呢？什麼也不是。生活對我而言意味著什麼呢？哦，沒有您，母親，那就沒什麼可留戀了，請相信這一點。要是沒有您，我向您發誓，早在我懷疑父親，否認他的姓氏那刻，生活便中止了。如果您允許我還抱著希望，我就活下去。如果您願意讓我照料您未來的幸福，您會使我力量倍增。我會在那裡找到阿爾及利亞的總督，他心地高尚，尤其是個純正的軍人。我會把自己悲慘的身世告訴他，求他不時照看我，如果他承諾注意我的所作所為，如果沒有戰死沙場，不到六個月我就會成為軍官。如果我當了軍官，您的命運便有了保障，母親，因為我就會有錢支應我們的開銷。另外還有一個我們能引以為榮的新姓氏，因為那也將是您真正的姓氏。如果我戰死了，那麼親愛的母親，您願意的話也可以死去，那時我們的不幸也就到了盡頭。」

「很好，」梅爾塞苔絲回答，神情高貴而動人，「你說得對，我的兒子。向那些注視著我們、以行動評斷我們的人證明，我們至少是值得同情的。」

「不要有悲傷的想法，親愛的母親！」年輕人大聲地說：「我向您發誓，我們是，或者我們可以成為非常幸福的人。您是一個既睿智又能忍辱負重的女人。而我，我會變得清心寡欲，我希望自己能這樣。我一服役，就會有錢；您一旦住在唐泰斯先生的家裡，就會平靜下來。我們試試看，母親，讓我們試試看。」

「是的，讓我們試試看，我的兒子，因為你應該活下去，因為你應該幸福。」梅爾塞苔絲回答。

---

50 拉莫理西埃爾（一八〇六—一八六五），法國將軍、政治家，參與征服阿爾及利亞。

51 奈（一七六九—一八一五），法國元帥，拿破崙手下的大將。

52 尚加尼埃（一七九三—一八七七），法國將軍，一八三〇至一八四八年在征服阿爾及利亞中大顯身手。

53 伯多（一八〇四—一八六三），法國將軍，一八四七年任阿爾及利亞總督，後任陸軍部長、巴黎駐軍總司令。

「這樣的話，母親，我們就把錢分好，」年輕人又說，裝出悠然自得的樣子，「我們甚至今天就能啟程。就像說好的那樣，我來為您訂位。」

「那您呢，我的孩子？」

「我嘛，我還要再待兩三天，母親。我們需要慢慢習慣分離。我要聽取一些建議，瞭解非洲的情況，我會在馬賽跟您會合。」

「那好吧，我們啟程。」梅爾塞苔絲說，圍上她帶來的唯一披巾，剛好是一條價格昂貴的黑色喀什米爾圍巾，「我們啟程吧！」

阿爾貝匆匆地收拾好文件，拉鈴叫人來結清他欠房東的三十法郎，然後把手臂伸給母親，走下樓。有人比他們先下樓，這個人聽到欄杆上的綢裙磨擦聲，便回過頭。

「德布雷！」阿爾貝低聲地說。

「是您，莫爾賽夫！」大臣祕書回答，在樓梯上站住。

好奇心使德布雷戰勝了匿名的期望，而且，他已被認出來了。在這幢不為人知的房子裡遇見年輕人，他確實覺得很有趣，阿爾貝的不幸遭遇剛在巴黎引起哄動。

「莫爾賽夫！」德布雷又說了一遍。

隨後，看到掩映間德・莫爾賽夫夫人依然年輕的儀態和那塊黑色面紗。

「哦！對不起，」他微笑著補充說：「我先走了，阿爾貝。」

阿爾貝明白德布雷的想法。

「母親，」他轉身對梅爾塞苔絲說：「這是內政大臣的祕書德布雷先生，我以前的朋友。」

「什麼，以前的！」德布雷咕噥著說：「您這是什麼意思？」

「我這麼說，德布雷先生，」阿爾貝說：「是因為我現在沒有朋友了，我也不應該有朋友。我非常感謝您還願意與我相認，先生。」

德布雷走上兩級樓梯，有力地握住對方的手。「親愛的阿爾貝，」他帶著激動的神情說：「請相信我對您遇遭的不幸深表同情，無論什麼事，我都願意為您效勞。」

「謝謝，先生，」阿爾貝微笑著說：「我們雖然遭到不幸，但還有些錢，不需要求助別人。我們要離開巴黎，付掉旅費後，我們還有五千法郎。」

德布雷的臉孔一紅，他的皮夾裡揣著一百萬。不管這個精確的頭腦如何缺乏詩意想像，他還是禁不住想到，這幢樓不久前有兩個女人，一個咎由自取，名聲掃地，披風下卻藏著一百五十萬法郎，離開時還覺得窮困；而另一個受到不公平的打擊，卻在不幸中仍顯得崇高，只有那一點點錢，卻覺得很富足。這個對比讓他彬彬有禮的應酬手段露得狼狽不堪，眼前典範所擁有的哲理力量把他擊倒了，他支支吾吾地說了幾句客套話後，迅速下樓。

這一天，部裡的職員，即他的下屬都大受他的悶氣。但到了晚上，他擁有一座美輪美奐的住宅，坐落在馬德萊娜大街，每年有五萬利佛爾的入息。

翌日，正當德布雷簽訂契約時，也就是傍晚五點鐘左右，德．莫爾賽夫夫人溫柔地擁抱過兒子以後，搭上了驛車的前車廂，車門隨之關上。

在拉斐特運輸公司的院子裡，中二樓[54]每張寫字台上方都有一扇拱形窗，有個人藏在其中一扇的後面，他看到梅爾塞苔絲搭上馬車，看到驛車開走，也看到阿爾貝離開。

於是他舉手按在滿佈疑雲的額頭，說道：「唉！這兩個被我剝奪幸福的無辜者，我該用什麼方法償還？願上帝幫助我。」

107 獅窟

「力量」監獄的一個區域，也就是關押最兇狠、最危險囚犯的區域，名叫聖貝爾納牢區。囚犯用他們強有力的語言稱它為「獅窟」，或許是因為囚徒牙齒銳利，常常嘶咬鐵柵和看守。

這是監獄中的監獄，牆壁比別處厚一倍。每天都有一個邊門獄卒仔細檢查粗大鐵柵，從獄卒孔武有力的身材和冷酷敏銳的眼神，可以看出選擇他們是為了透過威懾力量和機敏來鎮住受管制的犯人。

這個區域的院子由四堵高牆圍住，當太陽即將照入這個囚犯的靈與肉都十分醜惡的深淵時，光線是斜射進來的。從起床開始，這些被司法機構壓制在斷頭台鍘刀下的犯人，憂愁滿面、驚恐不安，像幽靈一樣在地面上躊躇著。

可以看到他們在吸收和保留最多熱量的牆邊，互相蹲擠在一起。他們有時在那裡三三兩兩地交談，但往往彼此隔開，目光總是盯著門口，那扇門打開時是為了叫走這個慘澹深淵裡的某個人，或者是為了將被社會拋棄的新渣滓吐進這個深淵裡。

聖貝爾納牢區設有特別會客室，那是一個長方形房間，由兩道間隔三尺的平行鐵柵分為兩部分，來訪者只能握到囚犯的手，或者遞給他東西。會客室陰暗潮濕，尤其當人們想到在鐵柵間傳遞的祕密談話，足以讓鐵

54 辦公大樓中介於底樓和二樓之間的夾層。

柵生鏽時，便顯得極其可怕。

不管這個地方多麼令人膽寒，仍然是一個天堂，在這裡，那些來日屈指可數的囚犯重新投入他們所期待的社會中，從獅窟出去的犯人不是到聖雅克城柵，就是到苦役監或單人牢房，很少到其他地方。

在上面描繪的、散發出冷濕之氣的院子裡，有個年輕人雙手插在口袋中踱步，獅窟的居民好奇地觀察著他。要不是他的衣服被撕爛了，由於服裝剪裁講究，他會被視為一個風雅之士。他的衣服並不是穿舊的，沒有破損之處，精細且柔軟光滑的質料，在囚犯的撫摸下很輕易地恢復光澤，他努力要讓它變成一件新衣服。他同樣小心地扣好細麻布襯衫，從入獄以來，這件襯衫已大大改變了顏色。他還用繡著姓氏開頭字母、上面有一個紋章冠冕的手帕一角擦拭上光的皮靴。

獅窟的幾個犯人饒有興味地觀察這個囚犯整飾自己的外表。

「看，王子在打扮自己了。」有個小偷說。

「他長得非常漂亮。」另一個小偷說：「如果他有一把梳子和髮蠟，他會把所有戴白手套的先生都比下去。」

「他的衣服應該非常新，靴子還很晶亮。我們有這樣文雅的同夥，真是臉上有光。那些憲兵強盜太卑鄙了，愛嫉妒的傢伙竟把這樣一件衣服撕爛了！」

「看來這是個了不起的角色。」另一個說：「他什麼都做過……而且是大買賣……他這麼年輕就來這裡！哦，真棒！」

此時，這令人厭惡的讚美的對象，走近食堂邊門，有個獄卒正靠在那裡。

「喂，先生，」他說：「請借給我二十法郎，很快就會還您，跟我打交道不會有風險的。想想，我雙親有幾百萬財產，但您只有幾塊銀幣。喂，就借我二十法郎，我要住自費單人牢房，買件睡衣。總是穿著上裝和皮靴真是難受。先生，對卡瓦爾坎蒂親王來說，這算什麼上裝啊！」

看守把背對著他，聳聳肩。這番話讓人忍俊不住，他卻笑也不笑，因為這種話獄卒聽多了，更確切地說，他總是聽到這類的話。

「哼，」安德烈亞說：「您是一個鐵石心腸的人，我會讓你丟掉飯碗。」

這句話讓獄卒轉過身，這次，他放聲大笑起來。囚犯紛紛聚攏過來，圍成一個圓圈。

「我告訴您，」安德烈亞繼續說：「有了這筆可憐兮兮的錢，我就可以有一件上裝和一個房間，以便體面地接待我天天盼望來訪的貴客。」

「他說得對！他說得對！」囚犯們說：「當然，很明顯，他是個體面的人。」

「那你們借他二十法郎吧。」看守說，換由另一邊健壯的肩膀靠著門，「難道你們對同伴也不給予這情分嗎？」

「我不是這些人的同夥，」年輕人盛氣凌人地說：「不要侮辱我，您沒有這個權力。」

竊賊們面面相覷，發出低聲的埋怨。由獄卒挑釁掀起、安德烈亞推波助瀾的風暴，開始在這個貴族囚犯的頭上蘊釀、怒吼。

獄卒確信當浪濤過分洶湧的時候，他可以應付，所以他讓囚犯們的埋怨聲逐漸升高，以教訓一下這個伸手借錢的討厭傢伙，也當作白天漫長看守工作的消遣。

竊賊們已經靠近安德烈亞，有的互相嚷著：「用鞋打他！用鞋打他！」

這是一種很殘酷的刑罰，不是用舊鞋，而是用鑲上鐵釘的鞋毆打不受歡迎的同伴。

還有的竊賊提議用沙包。這是另一種消遣方式，就是用手帕包住沙子、石子，如果有的話包括銅錢，這些殘忍的傢伙將沙包胡亂打向受刑者的肩膀和腦袋，就像飛來橫禍一樣。

「把這個漂亮的先生抽一頓，」有幾個人說：「把這個正人君子抽一頓！」

但安德烈亞轉身面對他們，眨著眼睛，用舌頭鼓起腮幫，以嘴唇發出嘖嘖聲，這種聲音傳達了一種心照不宣的默契，足以讓強盜沉默下來。這是卡德魯斯告訴他的共濟會的暗號。他們認出他是自己人。

沙包馬上放下來，鑲鐵釘的鞋又穿回帶頭者的腳上。可以聽到有幾個聲音在說，這位先生是對的，這位先生可以隨心所欲，打扮得體面一些，囚犯們願意成為予人自由的榜樣。騷動因此平息。

獄卒大為詫異，馬上抓住安德烈亞，上下搜身，獅窟居民的態度突然改變，他想這人必定另有高招。安德烈亞任憑他搜身，沒有絲毫抗拒。

突然，邊門響起聲音：「貝內德托！」一個監察喊道。

獄卒鬆開他的犯人。

「有人叫我？」安德烈亞說。

「在會客室！」那個聲音說。

「您看，有人來看望我。啊！親愛的先生，您將會看到，不該把卡瓦爾坎蒂家的人視為普通人。」

安德烈亞像黑影般穿過院子，從半掩的邊門衝出去，讓他的同伴和獄卒都陷在詫異中。

會客室確實有人叫他，真應像安德烈亞本人那樣驚異不已。因為狡猾的年輕人自從進入力量監獄，並不像一般人那樣乘機寫信求援，而是保持最堅忍的沉默。

他曾說：「我顯然受到某個強有力人物的保護，一切都向我證明這點。這突如其來的運氣，讓我輕而易舉地克服一切困難。一個臨時安排的家庭，一個屬於我的姓氏，像雨點一樣落在我身上的黃金，能讓我飛黃騰達的顯赫聯姻。命運裡的不幸疏忽，我的保護人一時不在，就此毀了我。是的，不是絕對毀掉，不是永遠毀掉！那隻一度縮回去的手，在我以為即將墜入深淵時，又重新抓住我。

「我何必冒險採取莽撞的行動呢？或許我反而會因此失去保護人。他有兩個辦法解救我：用錢收買，讓我神祕地越獄；或者強迫法官判決無罪。我等待時機再說話和行動，直到確定他完全拋棄我，那時……」

安德烈亞已經想好計劃，並自認巧妙。這個壞蛋進攻時很大膽，自衛時很堅忍。一般監獄什麼都匱乏的艱苦生活，他都忍受過了。但本性，確切地說，習慣逐漸又占了上風。安德烈亞難以忍受襤褸、骯髒、饑餓的痛苦，他覺得時間太漫長了。就在煩惱至極時，監察把他叫到會客室。

安德烈亞感到自己的心快樂得撲通撲通亂跳。預審法官不會來得這麼早，典獄長或醫生的傳訊則不會這樣晚，因此這是意想不到的來訪。

安德烈亞被帶到會客室的鐵柵後面，他的眼睛因強烈好奇而睜大，他看到貝爾圖喬先生陰沉而聰明的臉。貝爾圖喬也帶著驚訝和痛苦觀察著鐵柵、鎖上的門和在一道道鐵條後移動的黑影。

「啊！」安德烈亞說，心中受到了震動。

「你好，貝內德托。」貝爾圖喬用深沉而響亮的聲音說。

「您！您！」年輕人說，驚慌失措地環顧四周。

「你不認識我了嗎？」貝爾圖喬說：「不幸的孩子！」

「小聲點，小聲點。」安德烈亞說，他知道隔牆有耳，「我的天，別說得那麼大聲！」

「你想跟我談談？」貝爾圖喬說：「單獨談？」

「哦！是的！」安德烈亞說。

「很好。」

於是貝爾圖喬在口袋裡摸索，向獄卒示意，從玻璃門後面可以看到那名獄卒。

「看吧。」他說。

「這是什麼？」安德烈亞問。

「把你帶到單人牢房，安排你跟我單獨談話的命令。」

「哦！」安德烈亞說，高興得跳起來。但他馬上冷靜下來，尋思道：「還是那個不知名的保護人。他沒有忘記我，他竭力保守祕密，所以要在沒有外人的房間裡談話。我一定要抓住他們不放。貝爾圖喬是保護人派來的！」

獄卒跟上級商量了一下，然後打開兩扇鐵柵門，把安德烈亞帶到二樓一個面臨院子的房間。

這個房間經過粉刷，就像監獄習慣佈置的那樣。它有著明亮的外表，在囚犯眼中已相當氣派。由一個火爐、一張床、一把椅子、一張桌子，組成整套奢華的家具。

貝爾圖喬在椅子上坐下，安德烈亞撲向床，獄卒退了出去。

「好，」管家說：「你有什麼話要說？」

「您呢？」安德烈亞說。

「你先說……」

「不，您有許多話要告訴我，因為是您來找我的。」

「好吧。你繼續為非做歹，你竊盜，你殺人。」

「好，如果您讓我到這個房間裡是為了說這件事，您大可不必自找麻煩。這些事我都知道。而相反的，還有一些事我不知道。請從那些事談起。是誰派您來的？」

「哦，您太心急了，貝內德托先生。」

「是嗎？但是開門見山，尤其省卻廢話。是誰派您來的？」

「沒有人。」

「您怎麼知道我在監獄裡？」

「我早就從那個優雅地策馬馳騁於香榭麗舍大街上，穿著時髦、不可一世的人身上認出是你。」

「香榭麗舍大街！啊！就像玩夾東西遊戲的用語一樣，我們快夾中了！香榭麗舍大街，我們談談我的父親吧？」

「那我是誰呢？」

「您嗎，正直的先生，您是我的繼父……但是，不是您讓我在四、五個月裡花掉十萬法郎的；不是您為我造出一個義大利貴族的父親；不是您讓我進入上流社會，邀請我到奧特伊跟全巴黎最有教養的人進餐，至今我還回味無窮，其中有個檢察官，我沒有跟他保持聯繫真是大錯特錯。眼前他對我將會非常有用。最後，祕密敗露，大禍臨頭，花一兩百萬為我擔保的也不是您。好了，說吧，可敬的科西嘉人，說吧……」

「你要我說什麼？」

「我提醒您，您剛才提到香榭麗舍大街，我尊貴的養父。」

「怎麼樣？」

「在香榭麗舍大街住著一位富豪。」

「您在他家裡偷竊、殺人，是嗎？」

「我想是的。」

「德．基度山伯爵先生？」

「正如拉辛[55]先生所說，是您說出他的名字。那麼，或許我應該撲到他懷裡，緊抱著他喊道：『父親！父親！』就像皮克塞雷庫[56]先生所說的那樣？」

「別開玩笑了。」貝爾圖喬莊重地回答：「這個名字不能讓您如此大膽地在這裡說出來。」

「哼！」安德烈亞說，對貝爾圖喬的莊重態度有點茫然，「為什麼不行？」

「因為使用這個名字的人受到上天寵愛，決不會做像您這樣一個壞蛋的父親。」

「哦！您這是危言聳聽……」

「如果您不小心，好戲還在後頭。」

「恫嚇！……我不怕……我會說……」

「您以為您是在跟您這類微不足道的人打交道嗎？」貝爾圖喬說，語調非常平靜，目光非常剛毅，以致安德烈亞身心都受到震動，「您以為您是在跟您這樣老練的、蹲苦役監的大壞蛋，或者天真的、輕易上當受騙的小伙子打交道嗎？貝內德托，您掌握在一隻可怕的手中，那隻手很想拯救您，趕快利用吧。不要玩弄那隻手暫時擱下的霹靂，如果您妨礙它的自由行動，它可能會再拾起霹靂。」

「我的父親……我想知道誰是我的父親！」固執的年輕人說：「如果需要，我寧願為此死去。但我要瞭解一切。醜聞還會對我產生什麼影響？財產……名聲……就像新聞記者博尚所說的，你們這些上流社會人士，你們總會在醜聞中失去一點什麼，儘管你們有幾百萬和貴族紋章，但我一無所有。究竟誰是我的父親？」

「我就是來告訴您的。」

「啊！」貝內德托嚷道，雙眼快樂得閃閃發光。

這時候門打開了，監獄邊門獄卒對貝爾圖喬說：「對不起，先生，預審法官等著犯人。」

「我的問話到此為止。」安德烈亞對可敬的管家說：「讓討厭的傢伙見鬼去吧！」

「我明天再來。」貝爾圖喬說。

「好！」安德烈亞說：「各位憲兵先生，我聽候你們吩咐。啊！親愛的先生，請交給書記室十來個埃居，讓這裡的人能給我需要的東西。」

「我會給的。」貝爾圖喬回答。

安德烈亞向他伸出手。貝爾圖喬仍把手插在口袋裡，只是將裡面幾枚錢幣敲得叮噹響。

「這正是我想說的。」安德烈亞說，露出怪笑模樣，但被貝爾圖喬古怪的鎮定懾服了。

「我會搞錯嗎？」他登上被稱為「生菜籃」的長形鐵柵車時這樣思忖，「我們走著瞧！這樣的話，明天見！」他轉向貝爾圖喬，補充說。

「明天見！」管家回答。

---

55 拉辛（一六三九—一六九九），法國古典主義悲劇作家，作品有《安德洛馬克》、《費德爾》等。

56 皮克塞雷庫（一七七三—一八四四），法國戲劇家，作品有《維克托或森林的孩子》、《巴比倫廢墟》等。

108 檢察官

讀者記得，布佐尼神父跟努瓦蒂埃單獨留在死者的房間，老人和教士成了女孩遺體的看守者。

或許是神父的宗教規勸，或許是他的溫文仁慈，或許是他具說服力的話語，老人恢復勇氣。他跟教士談話後，一改之前侵襲上身的絕望態度，努瓦蒂埃身上的一切都表現出極大的隱忍和平靜，凡是記得他對瓦朗蒂娜有著深厚摯愛的人，對這種平靜無不大感驚奇。

德．維勒福先生從女兒死後那天早上起，再也沒有見過老人。整個家徹底變了樣，他雇請另一個貼身男僕，也替努瓦蒂埃雇了另一個僕人，有兩個女僕伺候德．維勒福夫人。所有僕人，直至門房和馬車伕，都換了新面孔，他們挺立在這幢受詛咒房子的幾個主人之間，幾乎阻斷了他們之間本來即相當冷淡的聯繫。而且，三天內就要開庭，維勒福把自己關在書房裡，帶著狂熱的活力準備起草對殺害卡德魯斯的兇手的公訴狀。這件案子就像跟基度山伯爵有關的所有事件一樣，在巴黎上流社會引起轟動。證據並不是很讓人信服的，因為證據建立在一個臨死苦役犯所寫的幾個字上，這個苦役犯指控的犯人以前是他的苦役監同伴，很可能出於怨恨或報復而誣陷。司法人員的想法倒是已經形成，檢察官最終確立了這個可怕的信念，貝內德托是有罪的，他要從這場艱難的勝利中，換取滿足自尊心的快樂，唯有這種快樂才能稍稍喚醒他冰冷的心。

維勒福想把這件案子列為即將到來的刑事審判的第一樁，由於他持續不斷的工作，此案的預審作業已告一段落。因此他不得不比以前更少露面，以避免回答別人向他提出的、多得驚人的要求，比如有人想得到旁聽證。

可憐的瓦朗蒂娜下葬後不久，這座宅子還沉浸在哀傷氛圍中，所以，看到那個父親如此嚴肅地投身職責，也就是投身唯一能讓他消除憂傷的消遣中，沒有人感到奇怪。

在貝爾圖喬第二次見到貝內德托的翌日——那是星期天，那天貝爾圖喬告訴他，他的父親是誰。同一天，維勒福見過他父親一次。當時，檢察官疲憊不堪，下樓來到花園，在壓抑的思緒下顯得陰沉、佝僂，猶如塔奎紐[57]用手杖打掉長得最高的罌粟花一樣，德·維勒福先生用手杖抽打奄奄一息的蜀葵細長莖枝。這些蜀葵挺立在小徑旁，宛如剛逝去的季節裡燦爛花朵的幽靈一樣。

他已不止一次走到花園盡頭，就是那個朝向荒廢園圃的鐵柵邊，他總是從同一條通道返回，邁著同樣的步伐，以同樣的動作散步。這時，他的目光機械地望向屋子，他聽到兒子發出吵鬧的嘻笑聲。他從寄宿學校回來，在他母親身邊度過星期天和星期一。這時，他在一扇打開的窗口看到努瓦蒂埃先生，後者讓人把扶手椅推到窗前，為了享受落日餘暉。依然暖熱的陽光在向凋零的牽牛花和覆蓋陽台的爬山虎紅葉致意。

老人的目光正好落在維勒福看不精確的一個點上。努瓦蒂埃的眼裡充滿仇恨、兇狠、急迫，以致善於捕捉這張熟悉臉龐一切表情的檢察官，離開行走路線，想看清楚這專注的目光究竟落在誰的身上。

隨後他在幾乎落光葉片的椴樹叢之下，看到了德·維勒福夫人。她手裡拿著一本書，坐在那裡，不時中斷閱讀，向她的兒子微笑，或者把皮球扔回給他，而他則固執地從客廳把皮球投擲到花園裡。

維勒福臉色變得慘白，因為他知道老人目光的含義。

---

57 塔奎紐（西元前六一六—五七八），傳說中羅馬的第五位國王，建造廣場、競技場。他與第七位國王同名。

努瓦蒂埃一直盯著同一目標，但突然間，他的目光從妻子移向丈夫。於是，改由維勒福本人忍受這令人驚駭的目光攻擊了。這目光在改變對象的同時，也改變了含義，但絲毫不減咄咄逼人的表情。

德．維勒福夫人不知道那怒火聚焦在她頭上，她這時拿著兒子的球，示意他過來用吻來換球。但愛德華讓母親懇求了好一會兒，因為他似乎覺得慈母的吻不足以抵償他要取得這個吻的麻煩。他終於下決心，從窗口跳到一叢天芥菜和翠菊中間，他滿頭是汗地朝德．維勒福夫人跑去。德．維勒福夫人擦拭他的額頭，將嘴唇按在那象牙色的額頭上後，讓孩子回去，他一隻手拿著球，另一隻手拿了一把糖果。

維勒福在無形引力的吸引下，就像鳥兒被蛇所懾服那樣，朝屋子走去。隨著越靠越近，努瓦蒂埃的目光也跟著低垂，他雙眸的怒火似乎達到燃燒的程度，以致維勒福被這團怒火舔到心裡。確實可以從這眼裡看到嚴厲的責備和可怕的威脅。這時，努瓦蒂埃仰望天上，彷彿他要兒子記起一個遺忘的誓言。

「好！先生，」維勒福在院子裡回答：「好！再耐心等一天，我說過的話就會兌現。」

聽了這幾句話，努瓦蒂埃似乎平靜下來，他的目光冷漠地轉向另一邊。

維勒福動作劇烈地解開使他憋氣的禮服，用沒有血色的手抹拭前額，然後回到書房。

夜晚寒冷而平靜。這幢屋子裡的人都像平常一樣躺下、睡著了。維勒福也像平時那樣獨自醒著，直工作到清早五點鐘。他還在反覆看著預審法官們前一天所做的最後審訊紀錄，查閱證人的證詞，把他的公訴狀修飾得更為清楚，這是他生平提出的最強有力且組織得最巧妙的公訴狀之一。

第二天是星期一，刑事審判的第一次庭審即將在這天舉行。維勒福看到微弱昏暗的曙光出現，淡藍色光線讓紙上以紅墨水勾畫的線條更加醒目。檢察官睡了一會兒，而他的油燈發出最後的爆裂聲。他醒過來時，手指潮濕血紅，好像在血裡浸過似的。

他打開窗戶，一道橘色的雲帶橫亙在遠方天際，將細瘦的楊樹一切為二，楊樹黑黝黝地投射在天際。鐵柵的另一邊、栗樹掩映的的苜蓿園裡，一隻雲雀飛上天空，唱出嘹亮的晨曲。

黎明濕濡的空氣沐浴著維勒福的腦袋，讓他的記憶煥然一新。

「就是今天，」他費力地說：「今天，執掌正義之劍的人要擊向所有犯罪之地。」

因此他的眼光不由得尋找努瓦蒂埃房裡那扇突出的窗戶，昨天他在那裡看見了老人。

窗簾拉上了。

但他父親的形象還歷歷在目，以致他向這扇關閉的窗戶說起話來，彷彿他還在窗口看到咄咄逼人的老人。

「是的，」他喃喃地說：「是的，放心吧！」

他的頭又低垂在胸前，他這樣在書房裡踱了幾圈，終於和衣倒在長沙發上，不是為了打盹，而是為了放鬆因疲倦、因過勞、因寒冷澈骨而僵硬的肢體。

人們逐漸醒來。維勒福在書房裡聽到相繼傳來的聲響，可以說這營造了屋子裡的生活氣息，門的開關聲，德．維勒福夫人叫喚貼身女僕的鈴聲，孩子初醒的喊聲，像他這種年紀，起床時通常是高高興興的。

換維勒福拉鈴。他的新貼身男僕走進來，為他拿來報紙。

僕人同時端來一杯巧克力。

「你端來的是什麼？」維勒福問。

「一杯巧克力。」

「我沒要過。是誰這樣關心我？」

「夫人。她告訴我，先生在這件謀殺案中肯定要說許多話，需要體力。」

男僕把鍍金的銀盃放在長沙發旁的茶几上，茶几同樣擺滿了文件。男僕出去了。

維勒福陰沉地望了一會兒杯子，突然，他神經質地拿起杯子，一飲而盡。簡直可以說，他希望這杯飲料是致命的，他求死，是為了解脫他即將履行的、比死還艱難的責任。然後他站起來，在書房裡踱步，臉上的笑容會讓看到的人恐懼。

巧克力是無毒的，德．維勒福先生沒有感到任何不適。早餐時候到了，德．維勒福先生沒有上桌。貼身男僕走進書房。

「夫人讓我提醒先生，」他說：「十點鐘剛敲過，中午要開庭。」

「所以呢？」維勒福說。

「夫人已經打扮好了，她準備妥當，想問是否陪先生去？」

「去哪裡？」

「去法院。」

「去做什麼？」

「夫人說她很想旁聽。」

「啊！」維勒福帶著近乎讓人驚嚇的聲調說：「她想旁聽！」

僕人退後一步說：「如果先生想單獨前去，我就去告訴夫人。」

維勒福沉吟了一會兒，他用指甲按著蒼白的臉頰，像烏木般黝黑的鬍子顯得刺眼。

「告訴夫人，」他終於回答：「我想跟她說話，請她在自己房裡等我。」

「是，先生。」

「然後回來為我刮臉和換裝。」

「馬上來。」

貼身男僕果然很快又回來，為維勒福刮臉，幫他穿上莊重的黑衣。

事情做完了，他說：「夫人說她等先生穿好衣服就過去。」

「我這就去。」於是維勒福腋下夾著案卷，手裡拿著帽子，朝妻子的房間走去。

他在門口停駐一會兒，用手帕擦拭從蒼白額頭上流下的汗。然後推開門。

德．維勒福夫人坐在土耳其長沙發上，不耐煩地翻閱報紙和小冊子，年幼的愛德華在他母親還來不及讀完這些小冊子前就撕開著玩。她已穿戴整齊，準備出門；她的帽子放在扶手椅上，並戴好了手套。

「您來了，先生，」她用自然而平靜的聲音說：「天哪！您的臉多蒼白啊，先生！您還熬夜工作嗎？您為什麼不來跟我們吃早餐？您帶我一起去，還是我跟愛德華自己去？」

德．維勒福夫人要提出幾個問題才得到一個回答，但德．維勒福先生對這些問題像一尊雕像那樣保持冷漠和沉默。

「愛德華，」維勒福用充滿威儀的目光盯著孩子說：「到客廳玩，我的孩子，我要跟你母親談點事。」

德．維勒福夫人看到這冰冷的舉止、這堅決的語氣、這奇怪的開場白，便哆嗦起來。

愛德華抬起頭看著他母親，見她沒有認可德．維勒福先生的吩咐，便又開始割他那些小鉛兵的頭。

「愛德華！」德．維勒福先生厲聲喝道，孩子不由得從地毯上跳起來，「你聽到我的話嗎？去！」

這種對待非常少見，孩子站起來，臉色蒼白，看不出來是憤怒還是恐懼。

他的父親走向他，拉住他的手臂，吻了吻他的額角。「去吧，」維勒福說：「我的孩子，去吧！」

愛德華出去了。德．維勒福先生走到門口，在他身後關上門。

「天哪！」少婦說，直望向丈夫的心靈深處，並露出一個笑容，但維勒福的無動於衷使這個笑容瞬間變得冰冷，「究竟什麼事？」

「夫人，您把平時使用的毒藥放在哪裡？」檢察官字字清晰、單刀直入地說，他站在妻子和門中間。

德．維勒福夫人這時的感受，恰如雲雀看到鳶在牠頭上縮小捕殺的圈子時那樣驚慌。德．維勒福夫人面如土色，從她的胸口發出喑啞的、撕裂的聲音，這既不是喊聲，也不是嘆息。

「先生，」她說：「我……我不明白您的意思。」她在恐怖到極點中站起身，第二次的恐怖無疑比第一次更為強烈，她又跌坐在沙發靠墊上。

「我問您，」維勒福用泰然自若的聲調又說：「您把用來殺死我的岳父母德．聖梅朗夫婦、巴魯瓦和我女兒瓦朗蒂娜的毒藥藏在哪裡？」

「啊！先生，」德．維勒福夫人合起雙手，大聲地說：「您在說什麼？」

「現在不是您來問我，而是您來回答。」

「回答丈夫還是回答檢察官？」德．維勒福夫人期期艾艾地說。

「回答檢察官，夫人！回答檢察官！」

這個女人臉色慘白，目光驚惶不安，渾身抖動，這是一幅可怕的景象。

「啊！先生！」她喃喃地說：「啊！先生！……」就這幾個字。

「您沒有回答，夫人！」可怕的審問者嚷道。

他帶著比憤怒還要嚇人的微笑又說：「您沒有否認，這倒是真的！」

她顫動了一下。

「您無法否認，」維勒福又說，朝她伸出手，彷彿要以法律的名義抓住她，「您奸詐地犯下這幾件罪行，但只能騙過那些出於愛而對您所作所為視若無睹的人。自從德．聖梅朗夫人去世以來，我就知道我家裡有一個下毒者，德．阿弗里尼先生已經叫我提防。巴魯瓦死後，我的懷疑落在一個人，上帝饒恕我，我的懷疑落在一個天使身上。即使沒有犯罪證據，我的懷疑也不斷地在我內心點燃警惕的火炬。但在瓦朗蒂娜死後，對我來說已不再有懷疑。夫人，不僅對我，而且對別人也是如此。因此，您的罪行現在已有兩個人知道，並受到幾個人懷疑，不久就要公開了。就像剛才我所說的，夫人，對您說話的不再是丈夫，而是檢察官！」

少婦用雙手掩住臉。「哦，先生！」她結結巴巴地說：「我求您不要相信表面的假象！」

「您是個膽小鬼？」維勒福用輕蔑的口吻大聲地說：「我確實注意到了，下毒犯是膽小鬼。您大膽得可怕，能看著被您殺害的兩個老人和一個女孩在您眼前斷氣，您會是膽小鬼？」

「先生！先生！」

維勒福越來越激動地繼續說：「您一分鐘一分鐘地計算四個人的臨終時間，準確巧妙地制定惡毒的計劃，調配劇毒的飲料，您會是膽小鬼？您精心策劃這一切，怎麼會忘記盤算一件事，也就是您罪行敗露時會導致什麼下場嗎？哦！不可能，您一定還保留著更香甜、更靈敏、更致命的毒藥，以便逃脫您應受的懲罰。我希望，至少您是這麼做了吧？」

德．維勒福夫人絞著雙手，跪倒在地。

「我知道……我知道，」他說：「您承認了。但是在檢察官面前才招認，是在最後一刻招認，無法否認時才招認，這種招認絲毫不能減輕應得的懲罰。」

「懲罰！」德．維勒福夫人叫道：「懲罰！先生，您說了兩遍？」

「沒錯。難道您認為犯了四次罪還可以逃脫嗎？難道您認為自己是個執掌懲罰之令的檢察官的妻子，就可以避免懲罰嗎？不，夫人，不！無論她是誰，斷頭台正等待著下毒的女人，尤其是像我剛才所說的，這個下毒女人沒有設想周全，為自己保存幾滴萬無一失的毒藥。」

德．維勒福夫人發出一聲狂叫，難以遏抑的恐懼佈滿了她變形的面容。

「哦！別怕斷頭台，夫人。」檢察官說：「我不願讓您身敗名裂，因為那也會使我名聲掃地。不，相反的，如果您聽清楚我的話，您應該知道，您不能死在斷頭台上。」

「不，我不明白，您這是什麼意思？」這個完全嚇壞了的不幸女人囁嚅地說。

「我的意思是，首都首席檢察官的妻子不能以她卑劣的行徑去玷污一個純潔無瑕的姓氏，不能瞬間讓她的丈夫和孩子聲名狼藉。」

「喔！不！」

「所以，夫人！這將是您要做的一件好事，我會感謝您做的這件好事。」

「您感謝我！感謝什麼？」

「感謝您剛才說的話。」

「我說了什麼！我昏頭了，我糊塗了！天哪！」她站起來，頭髮蓬亂，嘴冒白沫。

「夫人，您已經回答了我進來時向您提出的問題，您常用的毒藥放在哪裡，夫人？」

德．維勒福夫人舉起雙臂，痙攣地彼此交握。

「不，不，」她大聲喊道：「不，您決不希望這樣！」

「我不希望的，夫人，是您要死在斷頭台上，您明白嗎？」維勒福回答。

「哦！先生，發發慈悲吧！」

「我希望的是正義得以伸張。我來到世上是為了懲罰不義，夫人。」他目光炯炯地接著說：「換作別的女人，哪怕是王后，我也要派出劊子手。但我對您心懷寬容，我仁慈地對您說：夫人，您不是保存著幾滴更香甜、更靈敏、更致命的毒藥嗎？」

「哦！寬恕我吧，先生，讓我活下去！」

「您是膽小鬼！」維勒福說。

「請想想，我是您的妻子啊！」

「您是一個下毒犯！」

「看在老天爺的分上……」

「不！」

「看在您對我有過愛情的分上……」

「不！不！」

「看在我們孩子的分上……啊！為了我們的孩子，讓我活下去！」

「不，不！我依舊這樣說。而且，如果我讓您活下去，或許有一天您也會像殺死別人那樣殺死他。」

「我！殺死我的兒子！」這個殘忍的母親大聲地說，向維勒福撲過去，「我！殺死我的愛德華！哈！哈！」

失去理智的女人說完話，發出一陣可怕的笑聲、宛如魔鬼的笑聲，隨後又轉為劇烈的喘氣聲。德·維勒福夫人倒在丈夫腳下。

維勒福夫人哀求道：「為了我們的孩子，讓我活下去！」

維勒福靠近她。「想想吧，夫人。」他說：「如果我回家時正義得不到伸張，我會親口告發您，親手逮捕您。」

她傾聽著，喘氣不止，沮喪虛弱。唯有眼睛還有生氣，蓄積著可怕的怒火。

「聽明白我的話。」維勒福說：「我現在上法院，要求對一個殺人犯判處死刑……如果我回家時看到您還活著，今晚您就會睡在巴黎裁判所的附屬監獄裡。」

德．維勒福夫人發出長長哀嘆，她崩潰了，癱倒在地毯上。

檢察官彷彿動了一點惻隱之心，他望著她時不那麼嚴厲了，略微俯向她：「再見，夫人。」他慢悠悠地說：「再見！」

這聲再見像鍘刀一樣落在德．維勒福夫人身上。她昏厥過去。

檢察官走出門，出去時把門鎖了兩圈。

109 刑事審判

當時法院和上流社會所謂的「貝內德托案件」，造成極大的轟動。活躍一時的假卡瓦爾坎蒂在巴黎的兩三個月間，經常來往於巴黎咖啡館、根特大街和布洛涅園林，結識了許多人。各報刊載了這個犯人在上流社會和苦役監截然不同的生活經歷。因此，尤其是跟安德烈亞·卡瓦爾坎蒂親王有過私交的人，都湧起了非常強烈的好奇心，他們決定不惜一切去看看坐在被告席上的、殺死了同一條鐵鏈上同伴的貝內德托先生。

在許多人眼裡，貝內德托即使不是犧牲品，至少也是司法機關抓錯了人。大家在巴黎見過老卡瓦爾坎蒂先生，並且期待看到他重新出現，保護他這個名噪一時的兒子。許多沒有聽說過他初次到基度山伯爵家裡時穿的是直領長禮服的人，都對這個老貴族高雅的神態、紳士風度和在社交界往來的學問留下深刻印象。必須說，每當他一言不發和不埋頭算帳時，儼然是一位完美無瑕的大人物。

至於被告本人，許多人都記得他可愛俊挺、出手闊綽，以致他們寧願相信他是被仇敵的陰謀詭計所陷害。因為，龐大家產足以使人把算計手段提升到神奇的高度，施展勢力，做出前所未聞的事情。

於是人人爭相旁聽這場刑事審判，有的是為了看熱鬧，有的是為了品頭論足。早上七點鐘開始，鐵柵旁就排起隊伍，開庭前一小時，大廳已經坐滿了捷足先登、享有特權的人。

每逢審理重大案件的日子，開庭前，甚至休庭後，審判廳宛如一個大客廳，許多相互認識的人，因為坐得很近而攀談起來。若被太多平民、律師和憲兵隔開時，便用手勢彼此打招呼。

這是一個秋高氣爽的日子，這種天氣能補償我們夏天匆匆離去或早早結束的損失。德·維勒福先生早上看到那被朝陽染紅的雲彩，已如魔術般消散不見。深秋最和煦的天空正陽光燦爛，藍天澄澈。

報界天王之一的博尚所到之處都有寶座，他正左顧右盼，看到了沙托·勒諾和德布雷，他們剛剛得到一名警察的關照，說服原應坐在前面的警察同意坐在他們後面，以免擋住他們。那名可敬的警察察覺出這是大臣祕書和百萬富翁，他對高貴的鄰座畢恭畢敬，甚至答應在他們去見博尚時，為他們看好位子。

「所以，」博尚說：「我們是來看朋友的？」

「我的天，是的。」德布雷回答：「這個尊貴的親王！這些義大利親王真是見鬼了！」

「而且但丁還為他寫過系譜，他的家族甚至上溯到《神曲》之中呢！」

「十惡不赦的貴族。」沙托·勒諾冷冷地說。

「他會被判死刑，是嗎？」德布雷問博尚。

「唉！親愛的，」新聞記者回答：「我覺得這應該問您才對，您比我們更瞭解辦公室的情況。在您們部裡最近一次的晚會上，您見到庭長了嗎？」

「是的。」

「他怎麼說？」

「說出來會讓您們大吃一驚。」

「啊！那麼快說，親愛的朋友，好久沒有人對我說這類事了。」

「他告訴我，大家把貝內德托看成精明狡猾的奇才，奸詐詭譎的巨人，其實他只是一個非常低級，非常愚蠢的騙子。他死後，連做頭骨結構的解剖分析也不值得。」

「啊！」博尚說：「他扮演親王可是身手不凡啊。」

「對您來說是這樣，您憎惡那些不幸的親王，很高興看到他們的醜態。但我可不是這樣，我直覺看出一個人是否出身貴族，就像一個能分辨紋章的警探那樣，無論如何都能揭露出是否屬於貴族所有。」

「這麼說，您從來不相信他的親王頭銜囉？」

「他的親王頭銜？相信。他的親王氣質？不相信。」

「沒錯。」德布雷說：「但我向您擔保，瞞騙別人他還可以……我在一些大臣府上見過他。」

「啊！是的。」沙托．勒諾說：「您那些大臣真是熟悉親王啊！」

「您剛才說的話真妙，沙托．勒諾。」博尚回答，一邊哈哈大笑，「言簡意賅，請允許讓我用在我的評述中。」

「用吧，親愛的博尚先生。」沙托．勒諾說：「用吧，我給您這個句子，讓它物盡其用。」

「但是，」德布雷對博尚說：「如果我跟庭長談過，您大概也跟檢察官談過了吧？」

「不可能。一星期以來，德．維勒福先生足不出戶，這是很自然的，家族發生一連串不幸，女兒又離奇死亡……」

「離奇死亡，您這是什麼意思，博尚？」

「哦！是的，別以這一切發生在貴族世家為藉口，就裝作什麼也不知道。」博尚說，一面戴上單片眼鏡，試著不讓它掉下來。

「親愛的先生，」沙托．勒諾說：「請允許我告訴您，使用單片眼鏡，您沒有德布雷的本事。德布雷，教一下博尚先生吧。」

「看，」博尚說：「我沒有看錯。」

「什麼事？」

「是她。」

「哪個她？」

「據說她已經離開了。」

「歐仁妮小姐？」沙托．勒諾問：「她回來了？」

「不，是她的母親。」

「唐格拉爾夫人？」

「好了！」沙托．勒諾說：「不可能，她女兒逃走才十天，她丈夫破產才三天！」

德布雷的臉微微一紅，朝博尚的目光方向看去。

「好了！」他說：「那是個戴面紗的女人，一個陌生的貴婦，一個外國公主，或許是卡瓦爾坎蒂親王的母親。我覺得，博尚，剛才您說到的，或者您正要說一些非常有趣的事。」

「我嗎？」

「是的。您剛才提到瓦朗蒂娜離奇的死亡。」

「啊！是的，沒錯。但為什麼德．維勒福夫人不來這裡呢？」

「可憐又可愛的女人，」德布雷說：「她一定在忙於為醫院釀造蜜里薩藥酒，並為她自己和女友們調製化妝品。您們知道，每年僅這項消遣，據說她要花費兩三千埃居呢。您說得對，德．維勒福夫人為什麼不來這裡呢？我非常樂意見到她，我很喜歡這個女人。」

「而我呢，」沙托．勒諾說：「我憎惡她。」

「為什麼？」

「我不知道。人們為什麼愛？為什麼恨？我出於反感地憎惡她。」

「或者這也是直覺。」

「或許是……但言歸正傳吧，博尚。」

「所以，」博尚說：「您們諸位不想知道為什麼維勒福府上頻繁有人過世嗎？」

「頻繁一詞用得妙。」沙托．勒諾說。

「親愛的，聖西蒙[58]用過這個詞。」

「但事情發生在德．維勒福先生府上，我們談談這件事吧。」

「真的！」德布雷說：「我承認三個月來我一直注視著這幢掛喪的房子。前天，提起瓦朗蒂娜時，夫人還跟我談到這幢房子呢。」

「哪位夫人？」沙托．勒諾問。

「當然是大臣夫人！」

「啊！對不起。」沙托．勒諾說：「我不去大臣府上，那是親王們的特權。」

「您以前只是漂亮，現在您可是明亮照人了，男爵。可憐我們吧，否則您要像朱庇特一樣燒死我們了。」

「我不再說話了。」沙托．勒諾說：「見鬼，可憐我吧，不要反駁我了。」

58 聖西蒙（一六七五—一七五五），法國散文家。著有《回憶錄》，記述路易十四末期的宮廷情況。

「好，讓我們把事情說完，博尚。我剛才告訴您，前天夫人問起我這件事。請您告訴我吧，我再向她報告。」

「那麼，諸位，如果維勒福家裡的人死得這麼頻繁——我仍然用這個詞，這是因為他家有兇手！」

兩個年輕人不寒而慄，因為他們的腦海裡已不止一次閃過同樣的想法。

「兇手是誰？」他們問。

「小愛德華。」

兩個聽他說話的人哈哈大笑，卻絲毫不令他感到難堪。他繼續說：「是的，諸位，小愛德華這個與眾不同的孩子已經像大人一樣殺人了。」

「這是開玩笑吧？」

「決不是。昨天我雇用了一個離開德．維勒福先生家的僕人。您們注意聽。」

「我們洗耳恭聽。」

「我明天就要辭掉他，因為他食量大得驚人，要補回他在那裡被嚇得食不下嚥所造成的損失。據說，那個可愛的孩子弄到了一個藥瓶，不時用藥水對付他不喜歡的人。首先是他討厭的德．聖梅朗外公和外婆，他給他們倒了三滴藥水，三滴就夠了。然後是正直的巴魯瓦，努瓦蒂埃爺爺的老僕，因為老僕越來越粗暴地對待您們認識的那個可愛的淘氣鬼。可愛的淘氣鬼給他倒了三滴藥水。可憐的瓦朗蒂娜也是這樣，她不責罵他，但他嫉妒她，他給她倒了三滴藥水，於是她像別人一樣一切都完了。」

「您在亂編什麼故事啊？」沙托．勒諾說。

「是的，」博尚說：「一個虛無縹緲的故事，是嗎？」

「真是荒謬。」德布雷說。

「啊！」博尚回答：「您們說話拐彎抹角！見鬼！去問我的僕人吧，更確切地說，去問明天不再侍候我的那個人吧。關於那幢屋子的傳聞都是這樣的。」

「藥水在哪裡？是什麼藥水？」

「孩子藏起來了。」

「他從哪裡弄來的？」

「從他母親的實驗室。」

「他母親的實驗室裡有毒藥？」

「我怎麼知道！您像檢察官一樣提問。我把別人告訴我的話複述出來，如此而已。我把僕人的話告訴您們，我再也無能為力了。那個可憐蟲嚇得什麼也不敢吃。」

「令人難以相信！」

「不，親愛的，決不是不可相信。去年您在黎希留街見過那個孩子，他趁其他男孩和女孩睡著時，把一根針戳進他們的耳朵裡，以殺死他們為樂。我們的下一代很早熟，親愛的。」

「親愛的，」沙托．勒諾說：「我敢打賭，您剛才告訴我們的事，您自己連一個字也不相信吧？我沒見到基度山伯爵，他怎麼不來這裡？」

「他對什麼都感到膩煩。」德布雷說：「而且他決不願在大庭廣眾中露面，他受到卡瓦爾坎蒂家族的欺騙，看來，他們是帶著假介紹信來找他。所以他有十幾萬法郎押在親王封地上。」

「對了，德．沙托．勒諾先生，」博尚問：「摩雷爾怎麼樣？」

「真的，」那個紳士說：「我去他家三次，根本見不到摩雷爾。但我覺得他妹妹倒沒有什麼不安，她輕鬆地告訴我，她也有兩三天沒見到他了，但她確信他情況很好。」

「啊！我想到了！基度山伯爵不會來法庭的。」博尚說。

「為什麼？」

「因為他是這場戲的一個角色。」

「他也殺過人嗎？」德布雷問。

「不，相反的，是別人想謀殺他。您知道，那個德．卡德魯斯離開他家時被小貝內德托殺死了。您知道，就是在他家裡找到了那件背心，裡面有一封信，把簽訂婚約都擾亂了。您見到那件背心了嗎？血跡斑斑地放在桌上，作為證物。」

「啊！很好。」

「噓！諸位，開庭了，回座位吧！」

法庭裡果然一陣騷動，警察向他的兩個被保護人發出一聲有力的「嗨！」，招呼他們回到座位。傳達員出現在審判廳門口，用博馬舍時代已經使用的那種刺耳的聲音喊道：「開庭了，諸位！」

110 起訴書

法官們在鴉雀無聲中開庭，陪審員也紛紛入座。德・維勒福先生是眾人矚目的對象，而且幾乎可以說是大家讚賞的對象，他戴著帽子坐在扶手椅裡，用安然的眼神環視四周。

大家都驚訝地望著這張莊重嚴肅的臉，這張毫無表情的臉似乎絲毫看不出做父親的哀傷，於是大家懷著恐懼感凝望這個與人類情感格格不入的人。

「法警！」庭長說：「帶被告。」

聽到這句話，大家的注意力更集中了，所有人的眼睛都盯著貝內德托即將進來的那扇門。不一會兒，那扇門打開，被告出現了。大家的印象是一致的，而且每個人都看清楚他臉部的表情。

他的面容沒有那種血液全湧到心臟、額頭和臉頰發白的激動痕跡。他雙手姿勢優雅，一隻放在帽子上，另一隻放在白色凸紋布背心的鈕孔上，完全沒有顫抖。他的目光平靜，甚至炯炯有神。一踏入法庭，年輕人的目光便開始掃視法官席和旁聽席，久久地停留在庭長、尤其是檢察官身上。

安德烈亞身邊坐著他的律師，由法庭指定的律師（因為安德烈亞不願過問這些細節，看來毫不在意），這是個淡黃頭髮、比犯人激動百倍而漲紅了臉的年輕人。

庭長宣佈宣讀起訴書，讀者知道，起訴書是由維勒福那支靈巧而無情的筆起草的。

宣讀時間很長，對身處別的場合的人而言會受不了，但大家的注意力停留在安德烈亞身上，他則以斯巴達人那種樂觀態度承受大家的注視。

維勒福以清晰的敘述舉發被告的罪狀。

維勒福似乎不曾以這樣簡潔而雄辯的筆觸，鮮明敘述出罪行，犯人的經歷、他的淪落、他從年少開始的轉變過程，都被極精細地演繹出來，只有像檢察官這樣思想敏銳，憑藉他的生活經驗和洞察人心的天賦才辦得到。

僅僅這個開場，貝內德托在眾人眼裡的親王形象就徹底地幻滅了，只等待法律的具體懲罰。

安德烈亞毫不在意檢察官接連加諸在他身上的罪名。德．維勒福先生不時地觀察他，無疑在對他進行心理研究，檢察官常有機會對被告做這種研究。德．維勒福先生不曾讓他垂下眼睛，無論檢察官的目光多麼專注和深沉。

宣讀終於結束。

「被告，」庭長問：「你叫什麼名字？」

安德烈亞站了起來。「請原諒我，庭長先生，」他用非常清亮的嗓音說：「看來，您要採取一種我無法順從的提問程序。我可以說，而且不久後我將可以證明，我跟一般被告是不同的。因此，我請求您允許我按不同順序來回答，當然，我仍會回答所有問題。」

庭長驚愕，看著陪審團成員，他們則望著檢察官。在場的人都大為吃驚。但安德烈亞顯然不為所動。

「你的年齡？」庭長說：「你回答這個問題嗎？」

「我會像回答其他問題一樣回答這個問題，庭長先生，但要按一定的順序。」

「你的年齡？」法官再問一遍。

「我二十一歲，更確切地說，過幾天才滿。我出生於一八一七年九月二十七日至二十八日夜裡。」

德．維勒福先生在做筆錄，聽到這個日期時抬起頭。

「你生在哪裡？」庭長繼續問。

「在巴黎附近的奧特伊。」貝內德托回答。

德．維勒福先生再次抬起頭，看著貝內德托，就像看到美杜莎的頭，臉色變得慘白。

至於貝內德托，他用細麻布刺繡手帕的一角優雅地擦拭嘴唇。

「你的職業？」庭長問。

「我先是一個製造偽幣的人，」安德烈亞鎮定自若地說：「然後成了竊賊，最近我殺了人。」

法庭四處響起低語聲，更確切地說是憤慨和驚訝的聲音。法官們驚訝地面面相覷，陪審員對於一個風雅人士竟如此厚顏無恥都露出明顯的輕蔑神情。

德．維勒福先生用手支著額頭，他的額頭先是蒼白，然後變成血紅且發燙。他猛然站起來，茫然無措似的環顧四周，他感覺缺氧。

「您找什麼，檢察官先生？」貝內德托帶著最殷勤的微笑問。

德．維勒福先生一聲不吭，又坐下來，確切地說是又跌坐在扶手椅裡。

「現在，犯人，你願意說出你的名字嗎？」庭長問：「你把自己的各種罪行視作職業，一一歷數時擺出一副出人意表的模樣，你把這個看成攸關名譽的問題，而法庭以道德和人類尊嚴的名義，要嚴厲譴責你這種態度，或許這就是您遲遲不肯說出姓名的理由，你想以爵位襯托這個姓名。」

「這是難以置信的，庭長先生。」貝內德托用最優美的語調彬彬有禮地說，「您看透了我的想法深處，我確實出於這種目的，請您調整一下問題的順序。」

人們的訝異達到頂點。被告的話裡沒有誇耀，也沒有羞恥。聽眾預感這團烏雲深處即將爆發出雷霆萬鈞。

「那麼，」庭長說：「你的姓名呢？」

「我無法把我的名字告訴您，因為我不知道；但我知道我父親的名字，我可以告訴您。」

一陣痛苦的頭暈目眩向維勒福襲來，可以看到大顆大顆的汗珠從他的臉龐流下，落在他以痙攣發狂的手翻亂的紙上。

「那麼說出您父親的名字。」庭長又說。

沒有一絲呼吸和氣息擾亂大廳的靜謐，大家屏息以待。

「我的父親是檢察官。」安德烈亞平靜地回答。

「檢察官！」庭長驚訝地說，沒有注意到維勒福的臉上出現的大驚失色，「檢察官！」

「是的，既然您想知道他的名字，我告訴您：他叫作德．維勒福。」

旁聽席上出於對司法懷抱尊敬而長久節制的情緒，就像雷鳴似的，從每個人的胸膛爆發開來，法庭也無意壓抑人們的情緒。旁聽群眾發出的慨嘆聲，對姿態漠然的貝內德托發出的詛咒聲，揮臂舞拳聲，法警走動聲，以及那些趁混亂吵鬧之際登場的閒雜人所發出的譏誚聲，這一切持續了五分鐘之久，直到法官和法警終於使法庭恢復安靜。

在喧鬧聲中，可以聽到庭長的聲音喊道：「被告，你在戲弄司法機關嗎？在世風日下的當代，你竟敢向同胞展示無比醜惡的劇幕嗎？」

有十幾個人趕緊跑到半癱軟在座位上的檢察官身旁，給他安慰、鼓勵，表示關切與同情。

大廳又恢復安靜，除了一處還騷動不安，竊竊私語。據說有個女人昏倒了，旁人讓她聞嗅鹽瓶，才清醒過來。

混亂之際，安德烈亞充滿笑意的臉面向大廳，一隻手支在被告席的橡木欄杆上，保持著最優雅的姿勢：「諸位，」他說：「但願我沒有侮辱法庭，沒有在這些可敬的聽眾前引起徒勞的哄動。庭長問我多大年紀，我便說了；庭長問我在哪裡出生，我回答了；庭長問我的姓名，我無法回答，因為我的雙親拋棄了我。既然我沒有姓名，便無法回答，但我能說出我父親的名字。我再說一遍，我的父親名叫德．維勒福先生，我已準備向他證明這一點。」

年輕人的聲音充滿能量、信念和決心，這些情感讓大廳的喧鬧聲歸於沉寂。大家的目光都望向檢察官。他在位子上一動不動，彷彿剛才被雷霆擊斃了一樣。

「諸位，」安德烈亞用手勢和聲音讓大家安靜下來，繼續說：「我要向您們解釋並證明我的話。」

「但是，」被激怒的庭長大聲地說：「預審時你自稱貝內德托，你說自己是孤兒，把科西嘉當作你的故鄉。」

「我在預審時說了該說的話，因為我不想消減或讓人有機會阻止我這番話所產生的嚴重影響，這是常常會發生的。

「現在我再說一遍，我一八一七年九月二十七日至二十八日夜裡出生在奧特伊，我是檢察官德．維勒福先生的兒子。現在，您要我說出詳細情形嗎？我這就一一告訴您。

「我生在噴泉街二十八號二樓一間蒙著紅色錦緞的房間裡。我的父親把我抱在懷裡，對我母親說，我是死嬰，便把我包在繡上H和N字母的襁褓裡，抱到花園把我活埋了。」

當與會者看到隨著德．維勒福先生恐懼的加劇，犯人的自信也逐漸加強時，他們身上一陣顫慄。

「你怎麼知道這些細節呢？」庭長問。

「我這就告訴您，庭長先生。在我父親剛把我埋下的花園裡，那天夜裡溜進一個人，他恨死我父親，早就窺伺機會，要完成科西嘉式的復仇。那個人躲在樹叢裡，他看到我父親把一樣東西埋在地下，乘機給了我父親一刀。他以為這樣東西是件什麼財寶，便挖開墓地，發現我還活著。那個人把我抱到收容所，我被編為五十七號。三個月後，他的嫂子從羅格利亞諾來到巴黎，領養了我，把我視作她的兒子。所以，我雖然生在奧特伊，卻在科西嘉長大。」

法庭裡寂靜了一會兒，鴉雀無聲，要不是千百個胸口彷彿呼出了忐忑不安氣氛，大廳就像是空無一人。

「說下去。」庭長的聲音說。

「因此，」貝內德托繼續說：「我原本可以幸福地生活在疼愛我的老實人身旁，但我邪惡的本性扼殺了養母盡力傾注在我內心的各種美德。我在作惡中長大，直到走上犯罪之途。終於有一天，我詛咒上帝讓我變得這樣邪惡，給我如此乖戾的命運。我的養父找到我的時候說：『不要褻瀆神明，不幸的孩子！因為上帝賜給你生命的時候並沒有憤怒。罪惡來自你的父親，而不是來自你。是他給了你這種命運，要是當初你死了，你必下地獄。即使你奇蹟般地活著，也勢必陷於苦難。』

「從此以後，我不再褻瀆上帝，但我詛咒我父親。因此我才說出您責怪我的這番話，庭長先生。因此我才引發法庭為之顫抖的騷動。如果這讓我多了一件罪行，那就懲罰我吧。如果我說服了您，從我出生之日起，我的命運就註定不幸、痛苦、悲慘、讓人傷痛，那就請您可憐我吧！」

「你的母親呢？」庭長問。

「我的母親以為我死了，我的母親無罪。我不願意知道我母親的名字，我不知道。」

這時，傳來一聲尖叫，隨即又轉為嗚咽，在上述昏倒的那個女人周圍響起。

那個女人陷入激烈發作的歇斯底里，被抬出法庭。她被抬走的時候，覆蓋著臉部的厚面紗掉了下來，大家認出是唐格拉爾夫人。

儘管維勒福全身緊繃難受，耳內嗡嗡作響，腦袋紊亂發狂，他還是認出她，站了起來。

「證據！證據！」庭長說：「犯人，要記住，這一連串指控需要確切證據才能成立。」

「證據嗎？」貝內德托笑著說：「您要證據嗎？」

「是的。」

「那麼，請先看看德．維勒福先生。再向我要證據吧。」

大家轉向檢察官，他在千百道緊盯著他的眼光壓力下，踉踉蹌蹌地走到法庭圍欄中，頭髮蓬亂，臉上被指甲抓紅了。

全場發出一陣驚訝的低語聲。

「父親，庭長向我要證據，」貝內德托說：「您要我拿出證據嗎？」

「不，不。」德．維勒福先生用忍抑的聲音結結巴巴地說：「不，不需要。」

「什麼，不需要？」庭長大聲地說：「您這是什麼意思？」

「我的意思是，」檢察官高聲地說：「在致命的打擊下，我再掙扎也是徒勞。諸位，我看出我已被緊握在復仇之神的手中。不要證據了，不需要證據了，這個年輕人剛才說的話句句屬實！」

如同自然災難來臨前的那種陰鬱死寂，宛如鉛般大衣裹住了所有與會者，他們個個頭髮倒豎。

「什麼！德．維勒福先生！」庭長大聲地說：「您不是陷入幻覺了吧？什麼！您沒有失去理智吧？可以想像，這樣離奇、這樣始料未及、這樣可怕的指控擾亂了您的思緒。啊，振作起來吧。」

檢察官搖搖頭，他的牙齒格格打顫，如同高燒病人那樣，而且臉色慘白。

「我沒有喪失理智，先生。」他說：「只是全身難受，這是可以想像的。這個年輕人剛才指控我的罪，我全部承認。從現在起，我會待在家裡，聽候繼任檢察官的處置。」用低沉和近乎窒息的聲音說完這番話以後，德．維勒福先生便搖搖晃晃地走向門口，法警機械地為他開門。

全場都被這番揭露和招認嚇得啞口無言。這番揭露和招認，給了半個月以來轟動巴黎上層社會的各種意外事件一個非常可怕的結局。

博尚說：「現在有誰說這齣戲不合常理呢！」

「真的。」沙托．勒諾說：「我寧願像德．莫爾賽夫先生那樣了結，朝自己開一槍，比遭遇這樣的災難要來得好受。」

「而且他殺了人。」博尚說。

「我曾經想過娶他的女兒呢。」德布雷說：「那個可憐的孩子死了也好，我的天！」

「諸位，現在休庭。」庭長說：「本案另待下次開庭復議。案情要重新預審，並另派法官辦理。」

至於安德烈亞，他始終那樣鎮定，更加引人注目，在法警護送下離開大廳。法警不由自主地對他刮目相看。

「喂，您有什麼想法，我的朋友？」德布雷問那個警察，把一枚路易塞到他手裡。

「可能酌情減刑。」警察回答。

111 抵罪

不管人群多麼擁擠，德．維勒福先生還是看到眼前閃開了一條路。深切悲痛讓人心生敬畏，即使在最悲慘的時代，人群面對巨大災難時的最初情緒，毫無例外地都是深表同情。在騷動中會有許多受到仇恨的人被殺掉，但那些參與騷動的人，即使犯罪，目睹他被判處死刑的群眾，卻幾乎不會去侮辱他。

維勒福穿過由旁聽者、獄卒和法警組成的人牆，走遠了，他承認自己有罪，卻因悲痛而受到保護。人有時憑直覺行事，而不是靠理智判斷。在這種情況下，最偉大的詩人會發出最富感情、最自然的叫聲。人們把這叫聲視為一首完整的獨唱歌曲，而且有理由以此為滿足，當這首曲子真摯動人時，更有理由感受到它的崇高。

此外，很難描繪維勒福離開法院時的恍惚和激動，那種激動讓每條動脈亂跳、每根神經繃緊、每支血管膨脹得幾乎破裂，受盡折磨的身體，幾乎每部分都要崩解了。

維勒福僅仰賴習慣，沿著走廊移步向前。他脫下檢察官長袍，他並不是想到脫下來會舒服些，而是肩上的這件長袍已讓他難以負荷，有如涅索斯[59]那件讓人受盡折磨的上裝。

他踉踉蹌蹌地走到多菲納廣場，看到他的馬車，叫醒車伕，一邊親自打開車門，跌坐在座墊上，一邊用手指著聖奧諾雷區的方向。車伕驅動馬車。

厄運當頭，重負把他壓垮了。他還不知道後果，他對後果一無所知。他感覺到，他無法像冷酷兇手衡量他自己熟知的條文那樣，評估與他有關的法律。他心裡想到上帝。

「上帝！」他自言自語，甚至不知道自己在說什麼，「上帝！上帝！」他在剛才發生的崩塌中只看到上帝。

馬車疾馳，維勒福在座墊上彆扭不安，感覺有樣東西讓他不舒服。他伸手去摸這樣東西，是德・維勒福夫人遺忘在馬車座墊和靠背間的一把扇子。這把扇子喚起了他的回憶，那回憶像是黑夜中的一道閃電。維勒福想到他的妻子……

「啊！」他叫道，彷彿一塊燒紅的烙鐵穿過他的心臟。

一小時來，他只看到自己的不幸，這時他腦海裡突然出現另外一個臉孔，一個同樣可怕的臉孔。

這個女人，他不久前才無情審判，判處她死刑。她萬分驚恐，悔恨至極，充滿羞恥，而這羞恥感是他以自己純潔無瑕的品德所具備的說服力引發的。這個可憐的弱小女人，無法抗拒最高的權力，此刻她或許正準備死去。

自她被判決以來，已經過去一小時。這時，她無疑在腦海裡重新審視自己所犯的全部罪行，她要求上帝寬恕，她寫了一封信，跪下哀求她品德高尚的丈夫給予原諒，她要以死來換取這份原諒。

維勒福又發出痛苦和癲狂的叫喊。

「啊！」他叫道，在馬車的緞面座椅上扭來扭去，「這個女人因為跟我結合才變成罪犯。我散播罪孽，而她感染了罪行，就像感染斑疹傷寒、霍亂、鼠疫……我卻懲罰她！……我竟對她說：『懺悔吧，死吧……』我啊！喔！不！她可以活下去……她跟著我……我們要逃跑，離開法國，走到世界的盡頭。我竟然對她提起

59 據希臘神話，涅索斯企圖占有海克力斯之妻伊阿尼拉，被海克力斯射死。伊阿尼拉聽信了涅索斯的話，用浸過他鮮血的線織了一件衣服給丈夫，海克力斯穿上以後立即中毒身亡。

斷頭台！……偉大的上帝！我怎麼敢說出這個詞！斷頭台也在等待著我！……我們會逃跑……是的，我會向她懺悔！是的，每天我都要自慚形穢地對她說，我也犯過罪……喔！真是虎與蛇的結合！喔！真適合做我這個丈夫的妻子！……她必須活著，我的卑鄙使她的卑鄙相形見絀！」

維勒福敲打而不是降下馬車前面的玻璃。「快點，更快一點！」他大聲地叫道，車伕在座位上嚇了一跳。

馬兒受到驚嚇，一路疾馳回家。

「是的，是的，」隨著接近家裡，維勒福反覆地想，「是的，這個女人必須活下去，她必須懺悔，她必須撫育我的兒子，我可憐的孩子，唯一的孩子，還有那個死不了的老人，我的家毀了，他還會活著！她愛孩子，正是為了他，她才無所不為。永遠不應對一個愛自己孩子的母親的心失去希望。她會懺悔，沒有人知道她有罪。在我家裡犯下的這些罪，雖然大家議論紛紛，但隨著時間推移會被忘記的。即使會有仇人記得，我也會算到我名下。再多加兩三件有什麼關係！我妻子會得救，席捲金銀細軟而去，尤其是帶走她的兒子，遠離深淵，我覺得世界就要跟我一起墜入這個深淵。她會活下去，並且得到幸福，因為她全部的愛傾注在兒子身上，她的兒子不會離開她。因為做了一件好事，我心裡得到一些寬慰。」

檢察官感覺鬆了一口氣，他感覺已經好久不曾呼吸順暢了。

馬車停在公館院子裡。

維勒福從踏板跳到台階上，他看出僕人驚訝地看著他這麼快回來。他在他們臉上看不出異樣的表情，沒有人對他說話，僕人像往常一樣，站在一旁讓他通過，如此而已。

他從努瓦蒂埃的門前經過，透過半掩的門，他似乎瞥見兩個身影，但他對跟他父親待在一起的那個人毫不擔心，他的不安把他拉往別的地方。

「沒事，」他說，一邊踏上小樓梯，這道樓梯通往他妻子和瓦朗蒂娜房間的樓梯平台，「好，這裡沒有異樣。」

他先關上樓梯平台那扇門。「不要讓人打擾我們，」他說：「我要自在地跟她說話，在她面前自責，告訴她一切……」

他走近門口，手按在水晶把手上，門打開了。「沒鎖上！喔！很好！」他低聲地說。

他走進愛德華睡覺的小房間，愛德華雖然是寄宿生，卻每晚回家，他母親不願意跟他分開。

他環視小房間。「沒人，」他說：「她一定在臥室裡。」

他衝向門口，發現鎖上了。他瑟瑟發抖地站住。

「愛洛伊絲！」他叫道。他似乎聽到家具移動的聲音。

「愛洛伊絲！」他又叫了一遍。

「是誰？」他叫喚的那個女人問。他覺得聲音比平時細弱。

「開門！開門！」維勒福叫道：「是我！」

儘管他這樣吩咐，儘管他聲音充滿焦慮，但是沒人開門。

維勒福一腳踹開門。

德．維勒福夫人站在通往小客廳的門口，臉色慘白，面容攣縮，帶著嚇人的呆滯眼神望著他。

「愛洛伊絲！愛洛伊絲！」他說：「您怎麼了？說啊！」

「已經照辦了，先生，」她說，喘息似乎即將撕裂她的喉嚨，「您還要怎麼樣？」她直挺挺地倒在地毯上。

維勒福朝她奔去，抓住她的手。那隻手痙攣地握緊一隻金蓋水晶瓶。

德・維勒福夫人死了。

維勒福嚇壞了，退到門口，望著屍體。

「我的兒子！」他突然嚷道：「我的兒子在哪裡？愛德華！愛德華！」

他衝出房間喊道：「愛德華！愛德華！」他焦慮地喊著這個名字，以致僕人們都跑過來。

「我的兒子！我的兒子在哪裡？」維勒福問：「帶他離開房子，別讓他看見……」

「愛德華少爺不在樓下，先生。」貼身男僕回答。

「他一定在花園裡玩耍，快去看看！快去看看！」

「不，先生。大約半小時前夫人把她兒子叫上去，愛德華少爺進了她房裡，就沒有下來過。」

維勒福冒出一身冷汗，他的腳在石板上跌跌撞撞，他的思緒就像一隻碎裂的錶失序的齒輪在他腦海裡胡亂轉動。

「在夫人房裡！」他喃喃地說：「在夫人房裡！」他慢慢走回去，用手抹著額頭，另一隻手則扶著牆壁。回到房裡，就得再見到那個不幸女人的屍體；為了叫喚愛德華，就得在這個死了人的房間裡引起回聲，聲音將打破墓地的寂靜。

維勒福感到舌頭麻痺了。「愛德華，愛德華。」他低聲叫著。

孩子沒有回答。聽僕人說，孩子進了他母親房裡，沒有再出來。他究竟在哪裡呢？

維勒福向前走了一步。德・維勒福夫人的屍體橫臥在小客廳門口，愛德華一定待在小客廳裡。這具屍體睜大呆滯的眼睛，就像守護著門口，唇上掛著可怕而神祕的譏諷表情。

屍體後面，撩起的門簾讓人看到小客廳一角、擺著鋼琴和藍色緞面沙發那端。

維勒福向前走了三、四步，他看到孩子躺在靠背長椅上。孩子無疑睡著了。可憐的人心中湧起難以言喻的喜悅，一道光線射入他掙扎其中的地獄。他只要跨過屍體，走進小客廳，抱起孩子，跟他遠走高飛。

維勒福不再是由精緻的墮落所造就的文明人典型，他是一頭受了致命傷的老虎，在最後一次受傷過程中，牠的牙齒崩裂了。

他不再顧忌原先的不安，只害怕鬼魂。他只一縱身，便跳過屍體，彷彿正越過熊熊炭火。他抱起孩子，摟緊了，搖晃著，呼喚著孩子的名字。孩子一句話也不回答。他用熱切的嘴唇去親吻孩子的臉頰，臉頰蒼白冰冷。他撫摸孩子僵硬的軀體，按著孩子的心臟，心臟不再跳動。孩子死了。

一張一折為四的紙片從愛德華胸口掉下來。

維勒福像遭到雷擊似的，跪下來。孩子從他麻痺的手臂中滑出，滾落到母親身旁。

維勒福撿起那張紙，認出是他妻子的筆跡，便急切地瀏覽了一遍。

信是這樣寫的：

您知道我是一個好母親，因為我正是為了兒子才犯罪的！一個好母親不能留下兒子而去！

維勒福無法相信自己的眼睛；維勒福無法相信自己的理智。他移步挨向愛德華身旁，帶著母獅凝視死去幼獅的專注神情再次觀察愛德華。

然後，從他胸口發出撕心裂肺的叫聲。

「上帝！」他喃喃聲地說：「終究是上帝的安排！」

這兩具屍體讓他驚恐不安，他感到心中生出對這兩具屍體所形成的死寂的恐懼。剛才支撐著他的是狂熱和絕望，狂熱使強者擁有的巨大力量，絕望則使人產生超乎尋常的勇氣，正是這種狂熱和絕望促使提坦諸神[60]登上天庭，促使埃阿斯[61]向天神挑戰。

維勒福不堪痛苦的重壓，他低下頭，站起身，搖甩著驚恐直豎的汗濕頭髮。這個人從來沒有憐憫過別人，這時卻去找他的老父親。精神虛弱的他需要找一個人傾訴自己，需要在別人身旁哭泣。

他走下讀者熟悉的那道樓梯，踏入努瓦蒂埃房裡。

維勒福進來時，努瓦蒂埃好像處在能動彈的狀態中，但仍然盡可能親切地傾聽布佐尼神父講話，神父總是像往常一樣平靜和冷漠。

維勒福看到神父時用手撫著額頭。往事回到他的腦海裡，他想起奧特伊晚宴之後第三天他拜訪神父，以及瓦朗蒂娜去世那天神父的來訪。

「您在這裡，先生！」他說：「您總是伴隨著死神而來嗎？」

布佐尼挺起身來。看到檢察官臉孔變色，眼露凶光，他便知道，或者彷彿知道刑事審判一幕已大功告成，雖然他不知道其他情況。

「我曾經來為您女兒的遺體祈禱。」布佐尼回答。

「今天您來這裡做什麼？」

「我來告訴您，您欠我的債已經還得差不多了。從現在起，我要祈禱上帝像我那樣適可而止。」

「我的天！」維勒福倒退著說，臉上露出恐懼，「這不是布佐尼神父的聲音！」

「不是。」

神父拉下假髮，搖曳腦袋，他那不再受到束縛的黑色長髮隨即垂落至肩，襯托他剛毅的臉。

「這是德．基度山先生的臉！」維勒福帶著驚惶眼神說。

「還不止於此，檢察官先生，好好想想，想得更遠一些。」

「這聲音！這聲音！我是在哪裡第一次聽見？」

「您第一次聽見是在馬賽，二十年前，在您跟德．聖梅朗小姐訂婚那一天。查一查您的卷宗吧。」

「您不是布佐尼？您不是基度山？我的天，您是那個藏在暗處的無情死敵！我在馬賽得罪您了，哦，我真倒楣！」

「是的，你說得沒錯。」伯爵在寬闊的胸前交叉環抱手臂，「再想想看，再想想看！」

「但我是怎麼得罪你的？」維勒福大聲地說，他已經處在神經錯亂的邊緣，在半夢半醒的迷霧中飄蕩，「我是怎麼得罪你的，說啊！說啊！」

「您判決我緩慢而可怕的死刑，您殺害我的父親，您剝奪我的自由、愛情和前途！」

「您是誰？您究竟是誰？天哪！」

「我是您埋葬在紫杉堡黑牢中那個不幸的人的幽靈。上帝為這個終於走出墳墓的幽靈戴上基度山伯爵的面

---

60 提坦諸神是天神和地神的子女，共十二個，六男六女，其中宙斯成為第三代神王。

61 埃阿斯是特洛亞戰爭的參加者，他曾推翻雅典娜神像，惹惱海神波塞冬，被海神投到大海裡淹死。

具，並以金銀財寶掩護他，讓您直到今天才認出他。」

「啊！我認出你了，我認出你了！」檢察官說：「你是……」

「我是愛德蒙．唐泰斯！」

「你是愛德蒙．唐泰斯！」檢察官大聲地說，抓住伯爵的手腕，「那麼，你來！」

他拉著伯爵來到樓梯，基度山驚訝地跟隨著他，不知道檢察官要將他帶到哪裡，但預感發生新的災難。

「看！愛德蒙．唐泰斯。」他說，一邊向伯爵指著他妻子和兒子的屍體，「看吧，你的仇報得夠狠吧？」

看到這怵目驚心的場景，基度山臉色變得慘白，他知道他已超出復仇的權利，他知道自己再也不能說：「上帝支持我，與我同在。」他帶著難以形容的恐慌感撲到孩子的屍體上，撥開孩子的眼睛，摸摸脈搏，抱起孩子衝進瓦朗蒂娜的房間，鎖上兩重鎖……

「我的孩子！」維勒福喊道：「他抱走了我孩子的屍體！哦！你應該受到詛咒！應該不幸！應該死去！」

他想跟著基度山，但猶如置身夢境，他感覺雙腳生了根，雙眼幾乎凸出眼眶，手指掐進胸口的肉裡，直到鮮血染紅了指甲，雙鬢血管由於激動而脹起，腦子即將迸開過於狹窄的腦殼，整個大腦就像淹沒在火海中一樣。這種發楞狀態持續了幾秒鐘，直到理智結束了可怕的神智紊亂過程。接著他發出嚎叫，伴隨著持續的大笑，衝下樓梯。

一刻鐘後，瓦朗蒂娜的房門又打開了，基度山伯爵再度出現。他臉色蒼白，目光黯淡，胸口受到壓抑，平時沉靜而高貴的臉部表情被悲痛徹底改變了。

他抱著孩子，怎麼搶救也無法讓孩子復生。他單膝跪下，虔誠地把孩子放在母親旁邊，頭枕在她胸口。然後他站起來，走出去，在樓梯上遇到一個僕人：「德．維勒福先生在哪裡？」他問。

僕人沒有回答，伸手指向花園。

基度山走下台階，朝指的方向走去，看到維勒福拿著一把鐵鍬，四周圍繞著他的僕人，他發狂地挖著泥土。

「不在這裡！」他說：「不在這裡！」他又從更遠地方挖起來。

基度山走近他，低聲說：「先生，」他的聲音近乎謙卑，「您失去了一個兒子，但是……」

維勒福打斷他，維勒福既沒有聽，也聽不懂他的話。「哦！我會找到他的。」他說：「您說他不在這裡也是枉然，我會找到他的，哪怕我要找到最後審判那一天。」

基度山恐懼地往後退。「哦！」他說：「他瘋了！」

像是擔心這幢受詛咒的房子即將坍塌倒在他身上似的，基度山衝到街上，第一次懷疑他是否有權做他做過的事。

「哦！夠了，這樣夠了，」他說：「讓我們救出最後那位吧。」

基度山回到家裡時遇到摩雷爾，摩雷爾在香榭麗舍大街的這座公館裡躊躇踱步，就像一個幽靈，正等待上帝指定他返回墓地的時刻來臨那樣沉默。

「準備一下，馬克西米利安，」他帶著微笑說：「我們明天離開巴黎。」

「您在這裡沒有事要辦了嗎？」摩雷爾問。

「沒有了。」基度山回答：「上帝希望我不要做得太過分！」

112 啟程

不久前發生的幾件事使全巴黎人議論紛紛。愛馬紐埃爾和他妻子在梅斯萊街的小客廳裡帶著自然而然的驚訝談論著，他們在比較莫爾賽夫、唐格拉爾和維勒福這三件突如其來的意外災禍。

馬克西米利安來看過他們一次，傾聽他們談話，或更確切地說看著他們談話，沉溺在無動於衷之中。

「說實話，」朱麗說：「愛馬紐埃爾，甚至可以這麼說，這些有錢人，昨天還那樣幸福，但他們發達致富的過程中，忘記獻給惡鬼一份，那惡鬼就像貝洛[62]童話中的邪惡仙女，當人們忘了邀請她們參加婚禮或洗禮時，她們會立即出現，對自己被置諸腦後進行報復。」

「災難接踵而至！」愛馬紐埃爾說，他想到莫爾賽夫和唐格拉爾。

「痛苦接連不斷！」朱麗說，想到了瓦朗蒂娜。出於女性直覺，她不願在哥哥面前說出瓦朗蒂娜的名字。

「如果是上帝打擊他們，」愛馬紐埃爾說：「那是因為慈悲為懷的上帝，在這些人的過去，找不到值得減輕罪惡的東西。那是因為這些人應該受到詛咒。」

「您的結論也太大膽吧，愛馬紐埃爾？」朱麗說：「當我父親握著手槍，準備朝頭部開槍時，要是有人像您這麼說：『這個人活該』，說話者不就錯了嗎？」

「是的，但上帝沒有讓父親倒下，就像沒有讓亞伯拉罕[63]祭獻他的兒子。上帝對這個家長像對我們一樣，派來了一個天使，天使在半路上折斷了死神的翅膀。」

他剛說完這句話，鈴聲便響起。那是門房的信號，表示有人來訪。

幾乎與此同時，客廳的門打開了，基度山伯爵出現在門口。

年輕夫婦不約而同快樂叫出聲。馬克西米利安抬起頭，又低下去。

「馬克西米利安，」伯爵說，彷彿沒有留意到他的出現引發主人們產生不同反應，「我是來找您的。」

「找我？」摩雷爾說，彷彿如夢初醒。

「是的，」基度山說：「我們已經說好我把您帶走，我不是通知您做好準備嗎？」

「所以我在這裡，」馬克西米利安說：「我是來跟他們告別的。」

「您要到哪裡去，伯爵先生？」朱麗問。

「先到馬賽，夫人。」

「到馬賽？」年輕夫婦同時問。

「是的，而且我要帶走您們的哥哥。」

「唉！伯爵先生，」朱麗說：「請把他治癒了再送回給我們吧！」

摩雷爾轉過身，掩蓋他的臉紅。

「您們發覺他很難過嗎？」伯爵問。

「是的，」少婦回答：「我擔心他厭倦了跟我們在一起。」

「我會讓他寬心的。」伯爵說。

---

62 貝洛（一六二八—一七〇三），法國童話作家，著有《鵝母親的故事》等。

63 見《聖經》創世紀第二十二章，亞伯拉罕要祭獻他的兒子以撒，天使阻止了他這樣做。

「我準備好了，先生。」馬克西米利安說：「再見，我的摯友們！再見，愛馬紐埃爾！再見，朱麗！」

「什麼！再見？」朱麗大聲地說：「您就這樣即刻動身，不做準備，沒有護照？」

「拖延只會增加分離的悲傷，」基度山說：「我有把握，馬克西米利安應該都準備好了，我已吩咐過他。」

「我有護照。箱子也打點好了。」摩雷爾用平靜呆板的口吻說。

「很好，」基度山微笑著說：「由此可以看到軍人的準確俐落。」

「您就這樣離開我們？」朱麗說：「馬上？您連一天、一小時的時間也不給我們？」

「我的馬車等在門口，夫人，我必須五天內抵達羅馬。」

「馬克西米利安不去羅馬吧？」愛馬紐埃爾問。

「伯爵帶我到哪裡，我就去那裡。」摩雷爾苦笑著說：「這個月內我受他支配。」

「哦！天哪！他怎麼這麼說，伯爵先生！」

「馬克西米利安給我作伴。」伯爵帶著讓人信服的親切態度說：「對您們的哥哥放心吧。」

「再見，妹妹！」摩雷爾重複了一遍，「再見，愛馬紐埃爾！」

「他無精打采讓我心裡很難過，」朱麗說：「哦！馬克西米利安，馬克西米利安，您對我們隱瞞了什麼事。」

「呃！」基度山說：「您們會看到他滿心歡喜地回來。」

馬克西米利安朝基度山看了一眼，眼神裡甚至帶著蔑視與憤怒。

「動身吧！」伯爵說。

「動身以前，伯爵先生，」朱麗說：「請允許我改天告訴您……」

「夫人，」伯爵打斷說，握住她的雙手，「您到時即將告訴我的話還不如現在我在您的眼睛裡看到的，您心裡所想的還比不上我心裡所感受到的。我本該像小說中的恩人那樣，啟程時不來看您，但那種美德超過了我能忍受的程度，因為我是一個軟弱、虛榮的人，因為別人快樂而溫柔的淚眼讓我感覺溫暖。現在我要走了，我很自私，竟然要對您們說：請別忘了我，我的朋友們，因為您們可能永遠見不到我了。」

「再也見不到您！」愛馬紐埃爾大聲地說，這時兩顆碩大淚珠流下朱麗的臉頰，「再也見不到您！離開我們的不是一般人，而是一個神，這個神出現在人間是為了造福凡人，然後再回到天上！」

「別這麼說，」基度山趕緊回答：「永遠別這麼說，我的朋友們。神永遠不做壞事，欲罷休處便罷休，命運並不比神更強而有力，相反的，是神在控制命運。不，我是個普通人，愛馬紐埃爾，您的稱讚不公正，您的話褻瀆神明。」

他親吻朱麗的手，朱麗撲到他懷裡，他另一隻手伸向愛馬紐埃爾，接著離開這幢充滿美好和幸福的房子。他做了個手勢，讓自瓦朗蒂娜去世以來一直那樣被動、冷漠和沮喪的馬克西米利安跟在他身後。

「讓我哥哥開心起來吧！」朱麗在基度山耳畔說。

基度山像十一年前在通往摩雷爾書房的樓梯時那樣，握緊她的手。

「您一直相信水手辛巴達嗎？」他微笑著問她。

「哦！是的。」

「那麼，相信上帝，安然入睡吧。」

正如上述，驛車在等候著，四匹強健的馬豎起鬃毛，不耐煩地踩踏著路面。

阿里在台階下等候，臉上汗水涔涔，宛如才剛從遠方趕來。

「喂，」伯爵用阿拉伯語問他：「你到老人那裡去了嗎？」

阿里示意是的。

「你像我吩咐的那樣，把信攤開在他眼前嗎？」

「是的。」奴隸畢恭畢敬地表示。

「他說什麼，或者更確切地說，他怎麼表示？」

阿里站在亮光下，讓主人能看到他，機靈而忠誠地模仿著老人的表情，他像老人想說「是的」時那樣，閉上眼睛。

「好，他接受了。」基度山說：「我們動身吧。」

他剛說出這句話，馬車便滾動起來，幾匹馬在路面上濺起火星。馬克西米利安坐在角落裡，一聲不吭。

半小時後，馬車突然停下，伯爵剛才拉動了連接阿里手指的那條絲帶。努比亞人下車打開車門。

黑夜繁星閃爍。馬車來到維勒儒伊夫斜坡的高處，在這個高台上，可以看到巴黎宛如一片黝暗的海洋，晃動著千千萬萬點燈光，猶如波濤上閃爍的磷火。這波浪確實比洶湧澎湃的大海波濤更喧鬧、更熱烈，更變幻莫測、更瘋狂，更貪婪，也就像大海波濤一樣不曾平靜，總是互相撞擊，總是浪花飛濺，總是吞噬一切！

伯爵獨自站著，馬車伕看見他做了個手勢，便驅車往前走了幾步。

於是他交叉抱起手臂，久久凝望著這座熔爐。萬事萬物從沸騰的深淵湧現，攪亂世界的所有思想就在這座熔爐裡溶化、扭動、成形。這座巴比倫城使信奉宗教的詩人就像信奉唯物論的嘲諷作家那樣耽於夢想，他強而有力的目光盯著這座城市。

「偉大的城市！」他喃喃地說，低下頭，合十雙手，彷彿祈禱那樣，「我進入你的城門還不到半年。我相信上帝的意志引導著我進去，再勝利地把我帶出來。我進城的祕密，只告訴上帝，只有上帝才能看透我的心思，只有上帝才知道我離去時沒有仇恨、沒有驕矜，但不是沒有遺憾。只有上帝知道我沒有為我自己、為無謂的事濫用祂給我的力量。哦，偉大的城市！我正是在你跳動的胸膛裡找到我要尋找的東西。我是個堅韌的礦工，我翻掘你的內臟，剷除其中的毒瘤。現在，我大功告成了，我的任務結束了。現在，你再不能給我歡樂和痛苦。再見，巴黎！再見！」

他的眼神如同黑夜中的精靈那樣，還在眺望廣袤的原野。接著，他用手撫著額頭，重新上車，車門關上，不久就消失在斜坡的另一邊，只留下掀起的塵土與車輪轔轔聲。

他們走了兩法里路，沒有說一句話。摩雷爾陷入遐想，基度山望著他沉思。

「摩雷爾，」伯爵說：「您後悔跟我走嗎？」

「不，伯爵先生，但離開巴黎……」

「如果我認為幸福在巴黎等著您，摩雷爾，我就會讓您留在巴黎。」

「瓦朗蒂娜葬在巴黎，離開巴黎等於再度失去她。」

「馬克西米利安，」伯爵說：「我們失去的朋友不是葬在地下，他們葬在我們心裡，這是上帝的安排，讓我們有人陪伴。我呢，我有兩個朋友總是這樣陪伴著我，其中一個給了我生命，另一個給了我智慧。他們兩人的精神活在我身上。我有懷疑時便請教他們，如果我做了點好事，我便歸功於他們的建議。問問您的心聲吧，摩雷爾，問問它，您是否應該繼續對我擺出這副憂愁面孔。」

「我的朋友，」馬克西米利安說：「我的心聲充滿悲哀，只為我預示不幸。」

「看東西像是隔著一層紗，這是神經衰弱的緣故。心靈有自己的視野，您的心靈若是陰暗的，顯示給您的即是風雨欲來的天空。」

「或許您說得對。」馬克西米利安說。於是他又陷入沉思。

旅行速度飛快，這是伯爵的能耐。一座座城鎮像影子般從大路兩旁掠過，被初秋微風吹動的樹木，有如披頭散髮的巨人向他們迎面撲來，一旦他們接近了，樹木便又迅速向後奔去。第二天早上，他們抵達夏隆，伯爵的汽艇等待著他們。絲毫未耽擱，馬車便被牽引到船上，兩名旅者緊接著上船。

這是一艘訂做的快艇，宛如印第安人的獨木舟一般，兩只小葉輪就像兩隻翅膀，候鳥一般地在水面滑行。摩雷爾也感受到這種高速的快感，時而吹動他頭髮的海風彷彿也暫且撥開了他額頭上的愁雲。

至於伯爵，隨著遠離巴黎，一種凡人幾乎無法擁有的寧靜宛如光暈般籠罩著他。就像離散多時的遊子重返故鄉。

不久，耀眼的、溫暖的、生氣勃勃的馬賽出現在他們眼前，馬賽是杜圖斯[64]和迦太基[65]的妹妹，接替它們控制地中海，馬賽存在年代越久便越年輕。對他們倆來說，處處勾起他們的回憶：那個圓塔樓、那座聖尼古拉堡壘、那幢普熱[66]建造的市政廳、那磚砌碼頭的港口，他們倆幼時都曾在那裡嬉戲過。因此，他們一致同意停在卡納比埃爾街上。

有一艘船即將開往阿爾及爾，行李、擠滿甲板的乘客，互相道別、哭泣的親友，這幅熙熙攘攘的景象，對每天目睹的人來說依然相當動人，但卻不能讓馬克西米利安分心，他一踏上碼頭寬大的石板，便想起一件往事。

「看，」他說，抓住基度山的手臂，「當法老號帆船進港時，我父親就站在那裡，那個由您為他擺脫死亡和恥辱的耿直之人，就在這裡投入我的懷抱，我至今還感覺到他的熱淚淌在我臉上，不只他一個人哭泣，許多旁觀的人也都流淚了。」

基度山微笑著。「我當時站在那裡。」他說，指給摩雷爾看一個街角。

正說著，在伯爵指向的那個方向，傳來悲傷的呻吟聲，只見一個女人向啟程帆船上的一個乘客揮手致意。那個女人戴著面紗，基度山注視著她。即使摩雷爾的視線與伯爵相反，不是盯著那艘船，他也馬上留意到伯爵激動的神情。

「哦！天哪！」摩雷爾嚷道：「我沒有看錯！那個揮帽致意的年輕人，那個穿軍裝的年輕人，就是阿爾貝．德．莫爾賽夫！」

「是的，」基度山說：「我也認出他了。」

「怎麼會呢？您一直望著相反的方向。」

伯爵微笑了，他不想回答時便是這副神情。他望向戴面紗的女人，她已消失在轉角。

於是他轉過身。「親愛的朋友，」他對馬克西米利安說：「您在這裡有沒有什麼事要做？」

「我要到父親墳上祭拜。」摩雷爾聲音低沉地回答。

「很好，去吧，在那裡等我。我會在那裡與您會合。」

「您要跟我分開？」

64 古代腓尼基人建立在島上的城市，位於黎巴嫩。

65 古代北非城市，位於突尼斯。

66 普熱（一六二〇—一六九四），法國雕塑家、畫家、建築師。

「是的……我也要虔誠拜訪一個聖地。」

摩雷爾握住伯爵伸過來的手，然後帶著難以言喻的悲傷，低頭離開伯爵，朝城市東面走去。

基度山站在原地目送馬克西米利安走遠，直至消失。接著朝梅朗巷走去，找到那幢讀者從故事開頭應該已經很熟悉的小樓。

這幢樓房依然矗立在椴樹林的濃蔭下，這條林蔭道是馬賽人閒來無事時的散步場所，垂掛著葡萄藤寬大的綠簾，在南方烈日下曝曬泛黃的石板上，縱橫交錯著發黑的、皸裂的老枝幹。兩級被腳步磨舊的石階通往入口，大門由三塊木板拼成，儘管逐年整理，卻不曾粉刷或油漆過，只能耐心等待潮濕天氣來臨，使木板縫隙彌合。

這幢樓房雖然破舊，卻很迷人，雖然外表寒酸，卻散發風采，這就是老唐泰斯從前居住的那一幢樓。只不過老人住在閣樓，而今伯爵把整幢樓都給梅爾塞苔絲使用。

基度山看到帆船啟航後離開的那個戴面紗女人，走進這幢房子。當他出現在轉角時，她正關上院子的門，他重新看到她的身影，但她隨即消失了。

磨損的石階，他已經非常熟悉，他比別人更知道如何打開這扇門，知道用一支大頭鐵釘便可以撥開裡面的門閂。

因此，他像一個朋友，一個主人，不需敲門，不用通知，就走進去了。

在一條磚砌的甬道盡頭，展開著一個小花園，裡面浴滿了陽光，十分和煦。梅爾塞苔絲就在花園裡指定的地方找到那筆款項，由於伯爵的細心，這筆款項保存了二十四年。從大門口便可以看到這個花園邊緣的樹木。

來到花園門口，基度山聽到一聲宛如嗚咽的嘆息。那聲嘆息吸引了他的眼光，他看見梅爾塞苔絲坐著在紅花綻放、綠葉扶疏的弗吉尼吉茉莉花綠廊下，正低頭哭泣。

她揭開面紗，獨自與藍天相對，雙手掩著臉，盡情嘆息、哭泣。剛才兒子在家時，她已經壓抑了許久。

基度山往前走了幾步，腳下沙沙作響。

梅爾塞苔絲抬起頭，看到一個男人站在面前，發出驚叫。

「夫人，」伯爵說：「我無法帶給您幸福，但我能給您安慰，您願意接受來自朋友的安慰嗎？」

「我確實非常不幸，」梅爾塞苔絲回答：「在世上孤伶伶的……我只有兒子，而他也離開我了。」

「他做得對，夫人。」伯爵回答：「他心地高尚。他知道，每個人都應對國家有所貢獻，有的人貢獻才能，還有的人貢獻技藝；這一部分人貢獻勞力，那一部分人貢獻鮮血。要是一直待在您身邊，他的生命會變得一無用處，精力徒然耗盡；他無法習慣您的痛苦，會因為無能為力而心生怨恨。但在跟厄運的搏鬥中，他會變得強大有力，把厄運變成好運，讓他去重建您們的未來吧，夫人。我敢向您保證，他會辦到的。」

「喔！」可憐的女人說，哀傷地搖搖頭，「您所說的好運，也是我心底祈求上帝給他的好運，我享受不到了。我身上、我周圍許多東西都破滅了，以致我感到離墳墓不遠了。伯爵先生，承蒙您讓我回到我曾經非常幸福的地方，人應該死在曾經幸福過的地方。」

「唉！」基度山說：「夫人，您的話既苦澀又灼燙地落在我的心上，尤其您有理由恨我，更顯得如此。是我造成您的不幸，您不責怪我，反而替我抱不平嗎？您這樣讓我更加難受……」

「恨您，責怪您，愛德蒙？……仇恨和責怪饒過我兒子生命的人？當初殺死德·莫爾賽夫先生引以為傲的兒子是您不可避免的企圖，不是嗎？哦！看著我，您會看到我是否有任何責怪的神情。」

伯爵抬起頭，望著梅爾塞苔絲，她欠起身子，把雙手伸向他。

「哦！看著我，」她帶著深深的哀愁繼續說：「我的眼睛不再散發光彩了，現在已不是我對著愛德蒙·唐泰斯微笑的時代了。那時，他在老父親居住的閣樓窗口等待著我……從那之後，許多痛苦日子過去了，在我和那段美好時光間挖出了一道深淵。指責您，愛德蒙，恨您，我的朋友？不，我要指責和怨恨的是自己！哦，我是個不幸的人！」她大聲地說，合十雙手，舉頭望天，「我受到了懲罰！我曾經擁有虔誠、純潔和愛情，這三種幸福能讓人變成天使。但我是個卑劣的人，我懷疑過上帝！」

基度山朝她走近一步，默默地向她伸出手。

「不，」她說，慢慢地抽回手，「不，我的朋友，別碰我。您寬恕了我，但在您懲罰的所有人當中，我罪孽深重。別人是出於仇恨、貪婪、自私而行動的，我呢，我是因為怯懦。他們各有所求，我呢，卻是緣於害怕。不，別握我的手。愛德蒙，您想說一些溫暖的話，我感覺得到，別說出來，留給別人吧，我不配再得到這些話。看……（她完全露出自己的臉），不幸讓我的頭髮變得花白，我的眼睛流了這麼多淚水，都有了黑眼圈，我的額頭長出皺紋。而您相反，愛德蒙，您總是年輕、俊美、自信。這是因為您有信念，這是因為您有力量，這是因為您對上帝有信心，上帝也支持您。我呢，我很怯懦，我否認上帝，上帝拋棄了我，於是我變成這樣。」

梅爾塞苔絲淚如雨下，在往事的撞擊下，她心碎了。

基度山拿起她的手，尊敬地親吻，但她感覺這親吻沒有熱情，就像伯爵正在吻一尊大理石聖女雕像的手。

她繼續說：「一生是命中註定的，只要做錯一件事便粉碎了終身幸福。我以為您死了，我也應該死去的，因為永遠在心裡為您哀悼有什麼意義呢？那只能把一個三十九歲的女人熬成五十歲，如此而已。所有人當中只有我認出您，但也僅僅救出我的兒子，又有什麼用呢？我不應該也救出我已接受作為丈夫的那個人，不管他罪孽有多深重嗎？但我讓他死去了。我說了什麼呢，上帝！我以自己的膽怯、冷漠和蔑視促成了他的死，而沒有想到，也不願想，他是為了我而背信忘義、出賣恩主的。最後，我陪伴兒子來到這裡又有什麼用呢？我在這裡丟下他，讓他獨自離開，把他送到非洲那折磨人的土地。哦！我說過，我曾經怯懦，我背棄了愛情，我像叛徒一樣給我周圍的人帶來不幸！」

「不，梅爾塞苔絲，」基度山說：「不，不要糟蹋自己。不，您是一個高貴聖潔的女人，您的痛苦讓我卸下武裝。在我背後，仍有著無形的、憤怒的上帝，我只是上帝的代理人，上帝不想阻攔我所發出的雷電。哦！十年來我每天都跪在上帝腳下，懇求祂為我做證，我本來要為您犧牲我的生命，犧牲跟我生命維繫在一起的計劃。但是，梅爾塞苔絲，我要驕傲地說，上帝需要我，我活下來了。請回顧過去，觀察現在，並竭力猜測未來，看看我是否是上帝的工具。最可怕的不幸，最殘忍的痛苦，被愛我的人遺棄，遭到不瞭解我的人的迫害，這就是我生命的第一個時期。然後，突然間，經過囚禁、孤獨、苦難之後，我被賦予了新鮮空氣、自由，以及一筆耀眼的、不可思議的、難以計算的財產。若我此時還沒想到上帝送給我這筆財產是為了執行偉大的計劃，那我就是瞎了。從此以後，我覺得這筆財產是一個神聖的囑託。從此以後，我再也不想過平靜的生活。您，可憐的女人，您曾經嘗過這種生活的甜蜜，而我沒有一小時的安寧，完全沒有。我感覺自己受到驅策，就像一片火雲掠過天空，去燒毀那些該詛咒的城市。就像富冒險精神駕船經歷危險的航行，預先考慮到凶多吉少的遠征船長一樣。我準備糧食，裝載武器，嫻熟攻守方法，讓身體習慣最劇烈的訓練，讓心靈習慣最嚴厲的打擊，讓手臂練習殺人，讓眼睛練習看人受折磨，讓嘴巴練習對最可怕的景象微笑。我從本來的善良、信任、漫不經心，變成有仇必報、城府極深、兇狠邪惡，更確切地說像又聾又啞的命運一樣冷漠無情。於是我踏上在我面前打開的道路，我越過重重阻礙，直達目標，擋住別人道路的人活該倒楣！」

「夠了！」梅爾塞苔絲說：「夠了，愛德蒙！請相信，只有認出您的人，才能真正瞭解您。但是，愛德蒙，認出您、瞭解您的人，即使她曾經阻擋您的去路，也曾被您像砸玻璃一樣敲碎，但她還是讚賞您的，愛德蒙！就像在我和過去之間有一道深淵，在您和其他人之間也有一道深淵。我要告訴您，我最痛苦的折磨，就是做比較，因為世上沒有誰比得上您，跟您相像。現在，跟我道別吧，愛德蒙，我們分手吧。」

「我離開您之前，梅爾塞苔絲，您有什麼願望？」基度山問。

「我只有一個希望，愛德蒙，就是希望我兒子幸福。」

「祈禱上帝讓他免於一死吧，只有上帝掌握人的生死。其餘的由我負責。」

「謝謝，愛德蒙。」

「但您呢，梅爾塞苔絲？」

「我嗎？我什麼也不需要，我生活在兩座墳墓之間：一座是愛德蒙．唐泰斯的墳墓，他早就死了，我愛過他！這句話由我憔悴的嘴唇說出來已經不合適了，但我的心還記憶猶新，我不願意失去這個記憶。另一座墳墓是愛德蒙．唐泰斯殺掉的那個人的墳墓。我贊成殺死他，但我應當為死者祈禱。」

「您的兒子會幸福的，夫人。」伯爵又說。

「那我就心滿意足了。」

「最後……您要做什麼？」

梅爾塞苔絲苦笑著。「如果說我要在這個地方像從前的梅爾塞苔絲那樣活著，靠勞力工作養活自己，您不會相信的。除了祈禱，我已經不再有力氣工作。您埋下的那筆錢，已在您指引的地方找到了。人們會打聽我是什麼人，會問我做什麼工作，他們不知道我如何生活，但沒關係，這是上帝、您和我之間的事。」

「梅爾塞苔絲，」伯爵說：「我不是責備您，但您放棄了德．莫爾賽夫先生積攢下來的全部財產，其中一半應是您節儉和考慮周詳的成果，您這樣的犧牲太大了。」

「我知道您要向我提議什麼，但我不能接受，愛德蒙，我的兒子不讓我那樣做。」

「因此，我小心謹慎，不會為您做出阿爾貝．德．莫爾賽夫先生不贊成的事。我會徵詢他的想法，照他的意思行事。如果他接受我想做的事，您會毫不遲疑地仿效他是嗎？」

「您知道，愛德蒙，我不再是一個會思考的人，我已無法做出決定，除了決定永遠不做決定之外。上帝的狂風驟雨中把我震得失去了意志，我在祂手中就像麻雀在鷹爪中一樣。既然我還活著，那就表示祂還不願我死去。如果祂給我援助，那是因為祂願意，我會接受的。」

「小心，夫人，」基度山說：「我們崇拜上帝，但不能這樣！上帝希望人們理解祂，對祂的強大提出異議，正是為此，祂給了我們自由意志。」

「不幸的人！」梅爾塞苔絲說：「別對我這麼說，即使我相信上帝給了我自由意志，我還有什麼力量擺脫絕望呢？」

基度山的臉微微變白，他被她強烈的悲痛壓倒了，低下頭。

「您不願意和我道別嗎？」他向她伸出手說。

「我當然要對您說再見。」梅爾塞苔絲回答，神情莊重地指著天，「為了向您證明，我還懷著希望。」

梅爾塞苔絲用發抖的手握過伯爵的手以後，衝向樓梯，消失不見了。

基度山於是慢慢地離開房子，踏上回港口的路。

梅爾塞苔絲沒有目送他遠去，雖然她站在唐泰斯父親那個小房間的窗前。她的目光望向遠處，搜索那艘把她兒子載往大海的帆船。

可是，她彷彿不由自主地低聲喃喃：「愛德蒙，愛德蒙，愛德蒙！」

113 往昔

伯爵鬱鬱寡歡地離開這幢房子，他把梅爾塞苔絲留在那裡，可能不會再見到她了。

自從小愛德華死後，基度山心裡產生很大的變化。當他通過彎彎曲曲、緩慢上升的斜坡，到達復仇的頂峰時，在高山的另一邊看到了疑慮的深淵。

更有甚者，他剛才跟梅爾塞苔絲進行的談話，在他心中喚起了許多回憶，他需要與這些回憶較量一番。像伯爵這樣剛強的人，不會長時間沉浸在憂愁狀態中，憂愁給予凡夫俗子一種表面的新奇，讓他們活躍，卻扼殺了才智之士。伯爵尋思，他已到了幾乎要自責的地步，他的計劃必然出現了差錯。

「我沒有把過去看清楚，」他說：「不能這樣受騙了。」

「什麼！」他繼續說：「難道我鎖定的目標是一個瘋狂的目標！什麼！十年來我走錯路了！什麼！只要一小時就足以向建築師證明，寄託著他全部希望的作品，竟然是實現不了的，也可能是瀆神的！

「我不能讓這種想法纏住我，它會把我逼瘋。我今天的談論所缺乏的，是對過往的準確評價，因為我是從視野的另一端去重新觀察過往的。事實上，隨著時間推移，往事就像旅遊中的景色一般，隨著走遠而消失。我的情形就像夢裡受傷的人那樣，他們看到並感覺到了自己的傷口，卻不記得是怎麼受傷的。

「啊，死裡逃生的人；啊，富可敵國的富豪；啊，甦醒的沉睡者；啊，無所不能的幻想家；啊，不可戰勝的百萬富翁，重溫那悲慘的饑餓生活吧，再走一遍命運逼迫你踏上，不幸引導你走過，絕望接待你歷經的道路吧。在這塊基度山望著唐泰斯的鏡面上，有太多鑽石、黃金和幸福放射出熠熠光芒。藏起這些鑽石，弄髒這些黃金，遮掩這些光芒，由富人變回窮人吧，從自由人再變為囚犯吧，從復活之人再變成死屍吧。」

基度山這樣思忖著，一邊沿著箱子工廠街往前走。二十四年前的夜晚，正是經過這條街，他被一隊默不作聲的哨兵帶走。這些房子顯得生氣勃勃，十分熱鬧，但那一夜卻是陰暗沉寂，門窗緊閉，無聲無息。

「房子依舊，」基度山低聲地說：「只不過當時是黑夜，現在是白天。太陽照亮了這一切，使這一切顯得充滿喜悅。」

他沿著聖洛朗街來到碼頭，朝行李寄存處走去，當年他就是在港口這個地方被押上船的。一艘有人字斜紋布料篷蓋的遊艇駛過，基度山叫住船老大，他馬上帶著嗅出有意外之財的船夫殷勤地划了過來。

天氣宜人，正是出遊的好時光。天際，豔紅如燄的太陽，正沉入波濤，海水被燒得通紅。大海平滑如鏡，當魚兒受到看不見的敵人追逐，躍出水面，向別的生物求救時，海面才泛起漣漪。最後，在天際，只見開往馬爾蒂格[67]的漁船或滿載貨物開往科西嘉島和西班牙的商船，宛如遠遊的海鷗一樣，雪白而優雅地駛向前去。

儘管彩霞滿天，儘管漁船線條優美，儘管沐浴在金光中的景色迷人，伯爵還是裹在披風裡，逐一回憶起那次可怕航行的所有細節。在加泰隆尼亞人村子裡唯一點起的那盞孤伶伶的燈光，看到紫杉堡，知道自己即將被送往何處時的震撼，想縱身跳海時跟憲兵的搏鬥，被制伏時感到的絕望，槍口頂住太陽穴，就像冰雪做的指環帶給他的冰冷感覺。

逐漸地，就像夏天被曬得乾涸的泉水，當秋天雲彩積聚，再度變得潮潤，開始一滴滴流水那般，基度山伯爵感覺胸口正湧現著，從前那種浴滿愛德蒙·唐泰斯心中的辛酸。

對他來說，從此再也沒有絢麗的天空，再也沒有輪廓優美的漁船，再也沒有熾熱的光芒。天空蒙上了黑紗，所謂紫杉堡那個幽森巨人的出現使他顫慄，彷彿死敵的幽靈驟然出現在他眼前。

靠岸了。

伯爵本能地退到船尾。船老大徒勞地用最柔和的聲音對他說：「靠岸了，先生。」

基度山記得，就在這個地方，就在這塊岩石上，他被獄卒們粗暴地拖走了，他們用刀尖戳著他的腰，逼迫他登上這道斜坡。

從前，對唐泰斯來說，這段路很長。如今基度山卻感覺它很短。每一槳，隨著浪花激起千千萬萬個念頭和往事。

自從七月革命以來，紫杉堡已沒有囚犯了。為了防止走私，一個哨站在堡上派了緝私隊，看守城堡的人在門口等候遊客，向他們介紹這座變成旅遊景點的、具紀念意義的恐怖建築物。

儘管他熟悉堡上的每個細節，但當他走進拱頂時，當他走下黑黝黝的樓梯時，當他來到要求參觀的黑牢時，他的臉上還是泛起了蒼白，渾身冷汗。

伯爵打聽是不是還留下王政復辟時代的舊獄卒。所有獄卒都退休了，或者調到別的地方。為他導覽的門房在一八三〇年才來到這裡。

導遊帶他到那個黑牢。

他又看到蒼白的亮光從狹窄的氣窗照進來，他又看到擺床的地方，床已搬走，床後雖然已經堵死，但從新

67 隆河口的村子。

砌的石頭還是可以看出法理亞神父挖穿的洞口。

基度山雙腿發軟，他拉過一張木凳，坐在上面。

「除了毒死米拉波[68]的那個故事，關於這座古堡還有什麼故事？」伯爵問：「這陰森森的地方真讓人難以相信關過活人，其中有什麼傳說嗎？」

「是的，先生，」導遊說：「關於這個黑牢，獄卒安托萬告訴過我一件事。」

基度山不寒而慄。這個獄卒安托萬就是看管他的人。他幾乎忘了這個名字和獄卒的臉，但一聽到這個名字，宛如再次看到獄卒的模樣：留著絡腮鬍子，褐色上衣，一串鑰匙，他彷彿還聽到鑰匙的叮噹聲。

伯爵轉過身，以為在走廊的陰影中看到他了。由於導遊手中火把的亮光，陰影顯得格外濃重。

「先生要我說嗎？」導遊問。

「是的。」基度山說：「說吧。」

他將手按在胸口上，想壓抑住劇烈的心跳，似乎很怕聽人講述自己的經歷。「說吧。」他又說了一遍。

「這個黑牢，」導遊說：「很久以前住著一個囚犯，一個看來非常危險的人，由於他工於心計，因此特別危險。在這個古堡中，跟他同時期還住著另一個人，這個人倒不兇，這個可憐的教士是個瘋子。」

「啊，是的，瘋子。」基度山重複說道，「他怎麼個瘋法？」

「他常說如果有人還他自由，他就送給誰幾百萬。」

基度山舉頭望天，但他看不到天空，在他和天穹之間隔著一道石壁。他想，在法理亞神父要獻上財寶的那些人，以及那些財寶之間，也隔著一道同樣厚的石壁。

「囚犯們能見面嗎？」基度山問。

「哦！不，先生，這是明文禁止的。但他們挖了一條地道，連通兩個黑牢，騙過了監視的獄卒。」

「兩人之中是哪誰挖通地道的呢？」

「哦！當然是年輕人。」導遊說：「年輕人工於心計，十分強壯，而可憐的神父年老體弱，且他瘋瘋癲癲，無法依循一個主意行事。」

「一群睜眼的瞎子！」基度山心想。

「總之，」導遊繼續說：「年輕人挖通了一條地道，用什麼？沒人知道，但他挖通了，證據就是那至今還看得見的痕跡。喏，您看到了嗎？」他把火把湊近牆壁。

「啊！真的。」伯爵用激動得喑啞的聲音說。

「結果兩個囚犯互相往來。往來了多長時間？沒人知道。但是，有一天，老囚犯病倒死去。您猜年輕人怎麼辦？」導遊中斷敘述，問道。

「說吧。」

「他搬動屍體，讓屍體睡在他自己的床上，臉朝牆壁。然後他回到空無一人的黑牢，堵上洞口，鑽進裝死人的粗麻袋。您見過這樣的主意嗎？」

基度山閉上眼睛，彷彿又感受當年的種種印象。那時，粗麻袋還帶著屍體留下的冰冷，磨擦著他的臉。

導遊繼續說：「您看，他的計劃是這樣的。他以為要把死人埋在紫杉堡，因為他沒料到他們不會花錢為囚

68 米拉波（一七四九—一七九一），法國大革命時期右翼資產階級的領袖。

犯買棺材。他打算到時用肩膀頂開掩埋的泥土。但不幸的是，古堡有一個規矩，打亂了他的計劃。那就是這裡從不埋死人，只是把鐵球綁在犯人腳上，再扔到海裡，那次就是這麼做的。那個年輕人被從山岩高處扔到海裡。第二天，人們在他床上發現真正的死人，明白了一切。拋屍的人說出他們在此之前不敢說的話，那就是正當犯人屍體被拋到空中時，他們聽到可怕的叫聲，那聲音立即被淹沒身體的海水窒住了。」

伯爵艱難地呼吸著，汗水從他的額頭流下，不安揪緊了他的心。

「不！」他在思索，「不！我感覺到懷疑，意味著遺忘的開始。但現在我的心再度緊促地思索起來，又變得渴望復仇了。」

「那個囚犯呢，」他問：「沒聽說過他的下落嗎？」

「沒有，從來沒有。您知道，只有兩種下場，要嘛平躺著掉下去，從五十多尺的高處掉下去，他會立刻摔死。」

「您剛才說在他腳上綁了鐵球，他會豎著跌下去。」

「要嘛他豎跌下去。」導遊又說：「鐵球的重量會把他拉到海底，這個可憐的人將永遠待在那裡了！」

「您同情他嗎？」

「說實話，我很同情他，儘管他是適得其所。」

「這是什麼意思？」

「據說這個不幸的人是個海軍軍官，是以拿破崙黨人身分被關進來。」

「真理，」伯爵默想，「上帝造就你是讓你浮現在波濤與火焰之上。因此，可憐的水手活在講故事的人的記憶裡。人們在爐火旁傳述著他的可怕故事，當他劈開空氣，沉入深海時，大家為之顫慄。」

「從來不知道他的名字嗎？」伯爵大聲問。

「啊，是的。」導遊說：「只知道他叫三十四號。」

「維勒福，維勒福！」基度山默想：「當我的幽靈攪得你失眠時，你應該經常想到這件事。」

「先生想繼續參觀嗎？」導遊問。

「是的，尤其請您讓我看看可憐神父的房間。」

「啊！二十七號房間？」

「是的，二十七號房間。」基度山重複了一遍。

他似乎還聽見當他詢問法理亞神父的名字時，神父隔著牆壁喊叫這個號碼的聲音。

「來吧。」

「等一下，」基度山說：「讓我最後再看看這個黑牢的每個地方。」

「正好，」導遊說：「我忘了帶那個房間的鑰匙。」

「您去拿吧。」

「我把火把留給您。」

「不，您帶走吧。」

「您要待在黑暗裡。」

「我在黑暗裡能看見東西。」

「哦，像他一樣。」

「他是誰？」

「三十四號。據說他非常習慣黑暗，連黑牢最陰暗角落的一根針都看得見。」

「他用了十年時間才達到這一步。」伯爵思忖。

導遊帶著火把走開了。

伯爵沒說錯，他在黑暗中待了幾秒鐘，便像在白晝一樣，能看清楚一切。

他環顧四周，認出確實是他的黑牢。

「是的，」他說：「這是我常坐的那塊石頭！這是我的肩膀在牆壁磨下的印記！這是有一天我用頭撞牆，從額頭留下的血跡！哦！這些數字……我想起來了……那是有一天我為了計算父親歲數寫下來的，我想知道再見到他時他是否還活著，並想計算梅爾塞苔絲的歲數，想知道我能否在她還是單身時見到她。算完以後，我曾經抱著一線希望，但我卻沒有計算到饑餓和變心！」

伯爵口中發出一聲苦笑。他剛剛彷彿在夢中，看到父親下葬，看到梅爾塞苔絲結婚。

在另一面牆上，有幾個字映入他的眼簾，那些依然發白的字在綠牆上突顯出來：「我的上帝！」基度山念道：「保留我的記憶吧！」

「哦！是的，」他大聲地說：「這是我最後那段日子裡唯一的祈求。我不再要求自由，我只要求記憶，我生怕發瘋和忘卻往事。我的上帝！祢保留了我的記憶，我全都想起來了。謝謝，謝謝，我的上帝！」

這時，火把的亮光映照在牆上，導遊下來了。

基度山迎上前去。

「隨我來。」導遊說。

導遊沒有上樓朝亮光走去，而是讓伯爵走一條地道，通向另一個入口。

在那裡，基度山的腦海裡再度湧現出許多想法。

映入他眼簾的第一件東西就是劃在牆上的子午線，倚靠它，法理亞神父計算出時間。然後是可憐囚犯死在上面的那張床的殘破木頭。

看到這些，伯爵心裡不再湧現當年黑牢裡所感受到的愁苦，而是溫馨甜蜜的情感，感激之情充溢他的心房，兩滴眼淚奪眶而出。

導遊說：「瘋癲神父就待在這裡。年輕人是通過那裡來見他的。（他向基度山指著地道口，這邊的地道洞口開著。）從石頭的顏色，」導遊繼續說：「曾有一個專家看出這兩個犯人大約來往了十年。那兩個可憐人在那十年中一定憂悶極了。」

唐泰斯從口袋裡摸出幾枚路易，遞給這個雖然不認識他，卻再度同情他的人。

導遊接受了，他以為得到幾枚零錢，但在火把的亮光下，他看到了這位參觀者給他的錢的價值。

「先生，」他說：「您給錯錢了。」

「怎麼了？」

「您給我的是金幣。」

「我知道。」

「什麼！您知道？」

「是的。」

「您想給我的是金幣？」

「是的。」

「我能夠問心無愧地留下嗎？」

「可以。」

導遊驚奇地望著基度山。

「而且是你心安理得賺來的。」伯爵像哈姆雷特那樣說。

「先生，」導遊又說，不敢相信自己的好運，「先生，我不明白您為什麼這麼慷慨。」

「這很容易理解，我的朋友。」伯爵說：「我當過水手，您的故事也許讓我比別人更受感動。」

「那麼，先生，」導遊說：「既然您這樣慷慨，您應讓我送您一樣東西。」

「你要給我什麼，我的朋友？貝殼、麥稈編織品？謝謝。」

「不，先生，不，跟剛才的故事有關的東西。」

「真的！」伯爵急切地嚷道：「是什麼？」

「聽著，」導遊說：「事情是這樣的：我曾經尋思，在一間囚犯待過十五年的牢房裡，總能找到一點東西，於是我開始沿著牆壁探查。」

「啊！」基度山大聲地說，想起神父確實有兩個藏東西的地方。

「尋找之後，」導遊繼續說：「我發現床頭牆壁和壁爐爐膛發出空心的聲響。」

「是的。」基度山說：「是的。」

「我撬開石頭，找到了……」

「一條繩梯和工具？」伯爵大聲地說。

「您怎麼知道？」導遊吃驚地問。

「我不知道，我猜的。」伯爵說：「在囚犯藏東西的地方，一般都能找到這類東西。」

「是的，先生，」導遊說：「一條繩梯和工具。」

「您還保留著嗎？」基度山大聲地問。

「沒有，先生，我賣掉了那些東西，遊客對這些東西非常感興趣。但我留下別的東西。」

「是什麼？」伯爵急不可耐地問。

「一部用長布條寫成的書。」

「哦！」基度山高聲地說：「您留著那部書？」

「我不知道那是否是一部書，」導遊說：「但我留著那樣東西。」

「去拿來吧，我的朋友，去吧。」伯爵說：「如果那是我所想的東西，您就放心吧。」

「我跑去拿，先生。」導遊出去了。

於是他走過去虔誠地跪在破床前，對他來說，死神已把這張床變成一個祭台。

「哦，我的再生之父，」他說：「您給了我自由、學識、財富。您如同天神一樣，洞悉善與惡，如果墳墓深處還有些東西跟留在世上的人息息相通，如果死後還有靈魂飄蕩在我們曾經熱烈愛過和受過磨難的地方，那便是您高尚的心靈，可敬的精神。深邃的靈魂啊，我以您給我的父愛，以及我對您的尊敬之情，求求您透過一句話、一個手勢、一個暗示，讓我消除這一點點懷疑。要是這點懷疑沒有轉為信心，將會變成悔恨。」

伯爵低下頭，合攏雙手。

「看，先生！」他身後有個聲音說。

基度山顫抖一下，回過頭。導遊遞給他法理亞神父傾注了所有學識寶藏的布條。這就是法理亞神父關於義大利王國巨著的手稿。

伯爵連忙接過，他的目光落在題詞上，他看到：

主說：「你將拔去龍牙，你將把獅子踩在腳下。」

「啊！」他嚷道：「這就是回答！謝謝，我的父親，謝謝！」

他從口袋裡掏出一個小皮夾，裡面放著十張一千法郎的鈔票。

「喏，」他說：「把這皮夾拿去。」

「您把它給我嗎？」

「是的，條件是在我走後才能打開。」

他把剛找到的珍貴紀念品揣在胸前，對他來說，這紀念品是最值錢的寶物。於是他跑出地牢，回到船裡。

「回馬賽！」他說。

離開時，他的目光盯住那座陰森的監獄。

「讓那些把我關進那座陰森監獄的人遭禍。」他說。「讓那些忘記我被關在裡面的人遭禍！」

經過加泰隆尼亞人的漁村時，伯爵轉過身來，用披風裹住頭，他低聲地說出了一個女人的名字。他大獲全勝，兩度戰勝了曾有的懷疑。他帶著近乎愛情的溫柔表情說出的名字是：海蒂。

上岸後，基度山朝墓園走去，他知道在那裡能找到老摩雷爾的墓。

十年前，他也曾虔誠地在這個墓園裡尋找一座墓，但是沒找到。他帶著幾百萬法郎回到法國，卻找不到他那餓死的父親的墓。

摩雷爾曾讓人在基度山父親的墓上立了一個十字架，但那個十字架倒下了，並被掘墓工燒掉了，就像掘墓工處理其他倒在墓園裡的朽木那樣。

這位可敬的商人幸運一些，他死在孩子們的懷裡，由他們送葬，安息在比他早兩年去世的妻子旁邊。兩塊寬厚的大理石碑上刻著他們的名字，並排立在一塊小墳地上，四周圍著鐵欄杆，四棵柏樹掩映著。

馬克西米利安靠在一棵柏樹上，茫然地望著這兩座墳。他的悲傷十分深沉，近乎迷茫。

「馬克西米利安，」伯爵說：「你不應該看這裡，要看那裡！」他指著天空。

「死去的人無所不在，」摩雷爾說：「當您讓我離開巴黎的時候，您不是親口對我這麼說嗎？」

「馬克西米利安，」伯爵說：「旅途中您請我在馬賽停留幾天，現在您還這麼希望嗎？」

「我再也沒有所謂希望了，伯爵。但我覺得在這裡等待比在別的地方好過一點。」

「好極了，馬克西米利安，因為我要先跟您分開了，不過我記得您發過誓的，是嗎？」

「啊！我會忘記的，伯爵，」摩雷爾說：「我會忘記的！」

「不！您不會忘記，因為您是個看重名譽勝於一切的人，摩雷爾，因為您發過誓，也因為您還會再發誓。」

「哦，伯爵，可憐我吧！伯爵，我多麼不幸啊！」

「我認識一個比您更不幸的人，摩雷爾。」

「不可能。」

「唉！」基度山說：「這是我們可憐的人類自以為是的地方，每個人都自以為比在他身邊哭泣呻吟的旁人更不幸淒慘。」

「有誰比失去唯一追求的心上人更不幸的呢？」

「聽著，摩雷爾。」基度山說：「集中注意力，聽聽我要對您說的話。我認識一個人，他像您一樣，把所有幸福的希望都寄託在一個女人身上。這個人很年輕，有一個尊敬的老父親，有一個心愛的未婚妻，他即將娶她為妻。可是，命運是無常的，若不是上帝給予啟示，在祂來說一切都是導向無限和諧境界的方法而已，這種無常是會讓人懷疑上帝的仁慈的。突然，命運奪走了他的自由、他的戀人、他憧憬的未來，他以為屬於他的未來（因為他是盲目的，只看到眼前），把他關進了黑牢。」

「啊！」摩雷爾說：「但他一星期、一個月、一年後就能出獄了。」

「他待了十四年，摩雷爾。」伯爵說，把手按在年輕人肩頭。

馬克西米利安打了個寒噤。「十四年！」他喃喃地說。

「十四年，」伯爵再說一遍，「在這十四年中，他也有許多絕望的時刻，他也像您一樣，摩雷爾，以為自己是最不幸的人而想自殺。」

「結果？」摩雷爾問。

「在緊要關頭，上帝通過他人向他顯靈，因為上帝不再顯現奇蹟了。或許最初（被淚水蒙住的眼睛需要時間才能完全睜開），他不明白上帝的無限仁慈，但最後他有了耐心，等待時機。終於有一天他奇蹟般走出墳墓，變得有錢有勢，幾乎像個神祇。他第一次哭喊是為父親而發的，他的父親死了！」

「我的父親也死了！」摩雷爾說。

「是的，但您父親是在您懷裡死去的，他受到愛戴和尊敬，幸福富足，享盡天年。他的父親卻是貧窮絕望而死，甚至因此懷疑上帝。他死後十年，他的兒子去尋找他的墳墓，墳墓卻已經消失。沒有人能對他的兒子說：『那顆深切愛過你的心，就在那裡，長眠在上帝的懷裡。』」

「哦！」摩雷爾說。

「因此他是比您更不幸的兒子，摩雷爾，因為他連父親的墳也找不到。」

「可是，」摩雷爾說：「他至少還有戀人。」

「您錯了，摩雷爾，那個女人……」

「她死了？」馬克西米利安大聲地說。

「比這更糟，她變心了，她嫁給了迫害她未婚夫的其中一人。您看，摩雷爾，那是比您更不幸的情人！」

「上帝給這個人安慰了嗎？」摩雷爾問。

「至少上帝給了他寧靜。」

「這個人還有幸福的可能嗎？」

「他希望能幸福，馬克西米利安。」

年輕人的頭不由得低垂在胸前。

「您擁有我的諾言，」沉默片刻，他說，並把手伸向基度山，「不過，要記住……」

「十月五日，摩雷爾，我在基度山島等您。四日，會有一艘遊艇在巴斯提亞港等候您，那艘遊艇名叫于呂斯號，您向船老大報上姓名，他會把您送到我身邊。一言為定，是嗎，馬克西米利安？」

「一言為定，伯爵，我會遵守約定，但您要記住十月五日……」

「孩子，您還不知道什麼是男子漢的諾言……我告訴過您多少次，到了那一天，如果您還想死，我會助您一臂之力，摩雷爾。再見。」

「您要跟我分開了？」

「是的，我在義大利有點事，我留下您，讓您獨自跟不幸搏鬥，獨自跟上帝派去把選民接到腳下的神鷹在一起。伽倪墨得斯[69]的故事不是神話，馬克西米利安，那是一種譬喻。」

「您什麼時候動身？」

「馬上動身，汽艇正在等我，一小時後我就要離開您，陪我到港口吧，摩雷爾？」

「我聽候您的吩咐，伯爵。」

「擁抱我吧。」

摩雷爾把伯爵送到港口。黑煙囪已經開始冒煙，像巨大的翎飾，拋灑向天空。不久，汽艇啟航了，一小時後，正像基度山所說的那樣，這白煙翎飾顯現在東邊天際，被初升的夜霧遮住，幾乎看不見了。

114 佩皮諾

當伯爵的汽艇消失在摩爾吉烏海岬後面的時候，有個人坐著驛車從佛羅倫斯趕往羅馬，剛剛越過阿夸彭登泰小鎮。他的驛車駛得非常快，不斷趕路，卻又不致讓人起疑。

他身穿禮服，更確切地說是一件大衣，一路上已搞得不像樣，但仍然露出鮮豔閃亮、裡外對稱的榮譽勳位綬帶。從這雙重標誌，以及他對車伕說話的腔調，可以看出他是法國人。還有一點可以證明他出生在講國際語言的國家裡，那就是除了能代替語言的微妙音樂辭彙──如費加洛掛在嘴邊的 Goddam[70] 之外，他不懂其他義大利字。

「Allegro![71]」上坡時，他就對車伕這麼說。「Moderato![72]」下坡時，他就這麼說。天知道從佛羅倫斯到羅馬，經過阿夸彭登泰的大路，會途經多少上坡和下坡。這兩個詞彙讓聽到的人捧腹不止。

即將抵達不朽之城，也就是斯托爾塔時，從這裡可以看到羅馬，這個旅行者絲毫沒有熱烈的好奇心，那種好奇心往往促使外國人從座椅起身，竭力觀看聖彼得教堂著名的圓頂。人們在看見其他景物之前，最先看到的就是這座教堂。不，他只是從口袋裡掏出皮夾，抽出一張一折為四的紙，打開來看，接著又折好。專注的

69 希臘神話中的美少年，宙斯化為老鷹把他從伊達山上啣走，為宙斯侍酒。

70 英文：該死的！

71 義大利文，音樂術語：快板。

72 義大利文，音樂術語：中板。

神情宛如帶著敬意。他只說了一句：「好，我始終保有它。」馬車越過人民城門，往左邊走，停在西班牙飯店門前。

我們的老朋友帕斯特里尼老闆手裡拿著帽子，在門口迎接遊客。遊客下車，吩咐準備豐盛的午餐，同時打聽湯姆遜—弗倫銀行的地址，隨即得到指點，這家銀行是羅馬最有名的銀行之一。它位於聖彼得教堂附近的銀行街上。

在羅馬和所有地方，出現一輛驛車是件大事。十位馬里烏斯[73]和格拉庫斯[74]的年輕後裔，赤腳露肘，一隻手按著腰部，另一隻手優雅地彎到頭上，望著遊客、驛車和馬匹。他們跟五十幾個在教皇轄地閒逛的人聚在一起，在台伯河有水的時候，這些遊民就從天使橋高處往河裡吐口水，且漾出漣漪。

然而，由於羅馬的流氓和遊民比巴黎的同行幸運，懂得各國語言，尤其是法語，所以他們聽到遊客訂了一間套房、一頓午飯，又打聽湯姆遜—弗倫銀行的地址。

結果，當新來者跟不可或缺的導遊一起走出飯店時，有個人從這群好奇的人當中走出來，而外國遊客沒有注意到他，導遊好像也沒有注意到。此人跟在外國人後面，離得很近，就像巴黎警探那樣機靈。

法國人急著去拜訪湯姆遜—弗倫銀行，甚至等不及套好馬車。他吩咐馬車隨後追上他，或在銀行門口等他。馬車還沒趕到，他便抵達銀行了。

法國人走進去，讓導遊留在會見室，導遊馬上跟兩、三個游手好閒的人聊起來，這些人常待在羅馬的銀行、教堂、廢墟、博物館或劇院門口。

那名跟蹤者也隨法國人進門。法國人在辦公室的營業窗口拉了拉鈴，走進第一個房間，跟蹤者也這麼做。

「湯姆遜先生和弗倫先生在嗎？」外國人問。

在一個一本正經的職員的示意下，有個僕役站起來。

「我該怎麼通報？」僕役問，一邊準備為外國人帶路。

「唐格拉爾男爵先生。」遊客回答。

「來吧。」僕役回答。

一扇門打開了，僕役和男爵走進去。跟在唐格拉爾身後的那個人坐在等候的長凳上。

職員手上的筆繼續寫了約五分鐘。在這五分鐘裡，那個坐著的人保持沉默，紋絲不動。

然後，職員的筆不再在紙上沙沙作響，他抬起頭，仔細環顧四周，確信只有兩個人：「哈！哈！」他說：

「你來了，佩皮諾？」

「是的。」那一位簡潔地回答。

「你在這個胖子身上嗅到什麼好東西？」

「這傢伙一無可取，我們事先得到通知。」

「你知道他來這裡是幹什麼的囉？你這個愛管閒事的人。」

「當然，他來提款，不過還不知道提多少。」

「待會兒會告訴你的，朋友。」

---

73 馬里烏斯（西元前一五七—八六），古羅馬將軍、政治家，凱撒是他的侄子。

74 西元前二世紀古羅馬政治家家族。

「很好，不過別像那天一樣，給我錯誤情報。」

「這是什麼話，你指的是誰？是指那天從這裡拿走三千埃居的英國人嗎？」

「不，那個人確實有三千埃居，而且我們找到了這筆錢。我指的是那個俄國親王。」

「怎麼樣？」

「你對我們說有三萬利佛爾，但我們只找到二萬二千利佛爾。」

「你們搜得太馬虎。」

「是路易季・瓦姆帕親自搜的。」

「那可能是他還了債……」

「一個俄國人願意還債嗎？」

「或者花掉了。」

「這倒是可能。」

「肯定是。現在我得去觀察一下，要不然，法國人會在我弄清楚確切數目前就辦完手續了。」

佩皮諾點點頭，從口袋裡掏出一串念珠，開始小聲地祈禱，職員則消失在僕役和男爵走進的那扇門後。

約莫十分鐘後，職員又神采奕奕地出現了。

「怎麼樣？」佩皮諾問他的朋友。

「小心，小心！」職員說：「是大數目。」

「五、六百萬是嗎？」

「是的，你知道數目？」

「寫在一張基度山伯爵閣下的收據上。」

「你認識伯爵？」

「已把這筆款項記在他羅馬、威尼斯和維也納開的戶頭上。」

「正是！」職員大聲地說：「你為何瞭如指掌？」

「我說過，我們事先得到通知。」

「那為什麼你又來問我？」

「為了確定他是不是我們要打交道的那個人。」

「確實是他……五百萬。一筆可觀的數目，哼！是嗎，佩皮諾？」

「是的。」

「我們永遠不會擁有那麼多錢。」

「至少，」佩皮諾樂觀地回答：「我們會分得一杯羹。」

「噓！我們的人來了。」

職員又拿起筆，而佩皮諾拿起念珠。一個在寫，另一個在祈禱。這時門又打開了。

唐格拉爾喜形於色地出現，由銀行家陪著，並一路把他送到門口。

佩皮諾跟在唐格拉爾後面下樓。

按照約定，應該來接唐格拉爾的馬車就等在湯姆遜—弗倫銀行門前。導遊打開車門，導遊是個很會巴結的人，什麼事情都肯做。

唐格拉爾跳上馬車，像二十歲年輕人一樣矯捷。

導遊又關上車門，坐到車伕旁邊。佩皮諾搭在馬車後面。

「閣下想看看聖彼得教堂嗎？」導遊問。

「去做什麼呢？」男爵回答。

「當然是參觀。」

「我不是到羅馬參觀的。」唐格拉爾高聲地說，然後帶著貪婪的微笑低聲地補充說：「我是來提款的。」

他真的摸摸皮夾，裡面剛放進一張信用狀。

「那麼閣下到……」

「飯店。」

「帕斯特里尼的飯店。」導遊對車伕說。

馬車在行家的駕馭下跑得飛快。

十分鐘後，男爵回到他的房間，而佩皮諾對本章開頭提過的馬里烏斯和格拉庫斯後裔之一低語了幾句，然後坐在緊靠飯店正門的長凳上。那個小伙子拔腿飛奔，朝通往卡皮托利山丘的那條路跑去。

唐格拉爾感覺滿足而疲倦，有了睏意。他躺下，將皮夾放在長枕下，沉沉入睡。

佩皮諾有的是時間，他跟幾個搬運伕玩morra[75]，輸了三埃居，為了自我安慰，他喝了一瓶奧爾維埃托[76]葡萄酒。

第二天，唐格拉爾起得很晚，儘管他早早上床。連續五、六晚，即使睡著了，他也睡不安穩。

他吃了一頓豐盛的早餐。就像他所說的，他無心參觀這座不朽之城的美景，只吩咐中午備好驛馬。但唐格拉爾沒有想到警察的手續如此繁瑣，驛站長又這樣懶怠。馬車兩點才來，導遊三點才送來辦好簽證的護照。

這些準備工作，把一大群游手好閒者引到帕斯特里尼老闆的飯店門前。格拉庫斯和馬里烏斯的後裔也不少。

男爵得意洋洋地穿過這些人群，他們若稱呼他為閣下，便可得到一枚五分銅幣。

唐格拉爾至今只被人稱作男爵，還沒有被人叫過閣下，因此這個稱謂對他十分受用。他給這群遊民發了十幾個銅幣，只要再發十幾個銅幣，他們已準備稱呼他為殿下。

「往哪條路？」車伕用義大利語問。

「去安科納[77]那條路。」男爵回答。

帕斯特里尼老闆翻譯這一問一答後，馬車便疾馳而去。

唐格拉爾實際上想去威尼斯，在那裡提出一部分財產，再從威尼斯到維也納，在那裡再提出其他錢。他打算最終在這個城市落腳，因為別人曾向他保證，這是一個尋歡作樂的城市。

他剛在羅馬鄉間走了三法里，黑夜便開始降臨。唐格拉爾沒想到會這麼晚動身，否則他會留下來，他問車伕還要多久才能到達下一個城市。

「Non capisco.[78]」車伕回答。

唐格拉爾點一點頭，表示說：「很好！」

75 義大利文，一種骰子賭博。
76 義大利城市，位於台伯河上。
77 義大利東部港口。
78 義大利文：聽不懂。

馬車繼續趕路。

「我在第一個驛站就停下來。」唐格拉爾心想。

唐格拉爾還感受到一點昨天的舒坦，這種心緒讓他睡了一晚好覺。他懶洋洋地躺在鋪了雙重彈簧的英國豪華馬車裡。兩匹駿馬疾馳著，他知道每個驛站相隔七法里。一個如此幸運的、破產的銀行家，究竟能想些什麼呢？

唐格拉爾想了待在巴黎的妻子十分鐘，又想了跟德．阿米利小姐環遊世界的女兒十分鐘，另外十分鐘，他想到債主，又想了想如何花他們的錢。然後，再沒有什麼可想的，他閉上眼睛睡著了。

有時，唐格拉爾被猛烈的顛簸震醒，睜開眼睛一會兒。這時他感覺到正以同樣速度穿過點綴著殘破引水道的羅馬郊野，那些引水道宛如花崗岩巨人，在奔跑中變成了化石。夜晚寒冷陰森，下著雨，一個旅客半夢半醒地閉著眼睛靠坐在座墊上，比把頭探出窗外，問一個只知道回答Non capisco的車伕來到什麼地方了，心裡要舒服多了。

於是唐格拉爾繼續睡覺，心想到站時他會及時醒來的。

馬車停下了。唐格拉爾思忖，他終於到達引頸期盼的目的地。

他睜開眼睛，透過玻璃張望，以為來到市中心，或者至少在村子中心，但他只看到一間孤伶伶的破房子，有三、四個人像幽靈一樣徘徊。

唐格拉爾等待到站的車伕向他索討車錢，他打算利用這個機會，向新車伕打聽一些情況。但馬匹被卸下車轅，又換上別匹馬，卻沒有人來向遊客要錢。唐格拉爾很驚訝，打開車門，但一隻孔武有力的手馬上把他推回去，馬車又滾動起來。

男爵目瞪口呆，完全驚醒過來。

「喂！」他對車伕說：「喂！mio caro！[79]」

這仍然是浪漫曲中的義大利語，是唐格拉爾在他女兒跟卡瓦爾坎蒂親王唱二重唱時記下的。

但 mio caro 一聲不吭。

唐格拉爾只敢打開玻璃窗。「喂，朋友！我們要到哪裡去？」他把頭探出車窗外說。

「Dentro la testa![80]」一個莊重嚴肅的聲音，伴隨著威脅的手勢喊道。

唐格拉爾知道，dentro la testa 的意思是「把頭縮進去」。可見他的義大利語進步得很快。

他惴惴不安地服從了。由於不安越來越強烈，一會兒，他的腦子不再像剛上路和睏睡時那樣空蕩蕩的，而是充滿了各種各樣讓旅行者，尤其是身處唐格拉爾這種境況的旅行者警醒的想法。

他的眼睛在黑暗中擁有了辨識的能力，在異常激動的初始都會這樣，之後由於不停張望而變得遲鈍。人們在感到驚慌之前，視力往往精準，驚慌時看到的東西會有疊影，而驚慌過後，視線就顯得模模糊糊了。

唐格拉爾看到一個裹著披風的人在右邊車窗旁策馬奔馳。

「是個憲兵，」他說：「難道法國電報站已把我呈報給教皇當局了嗎？」

他決心擺脫這種不安。「你們要把我帶到哪裡？」他問。

「Dentro la testa !」同樣的聲音，同樣的威脅語調，又重複了一遍這句話。

79 義大利文：親愛的！
80 義大利文：把頭縮進去！

唐格拉爾轉向左邊車窗。另一個人騎著馬奔馳在左邊車窗旁。

「一定是，」唐格拉爾心想，一頭冷汗，「我一定是被逮了。」

他仰倒在背墊上，但這次不是為了睡覺，而是為了思索。

過了一會兒，月亮升起。

他從馬車裡眺望原野，他又看到那些巨大的引水道像石頭幽靈似的，剛才沿路他已經注意到它們，只是之前是在右邊，現在則在左邊。

他明白了，馬車調轉過頭，正把他送回羅馬。

「哦！真倒楣，」他喃喃地說：「是要把我引渡回國！」

馬車繼續以驚人的速度疾馳，一小時在擔驚受怕中過去，因為每看到路上的新標誌，逃亡者都毫無疑惑地認出，馬車正把他原路送回。最後，他又看到一團黑壓壓的東西，眼看馬車就要撞上了，但又沿著這團黑壓壓的東西繞過去，原來是環繞羅馬的城牆。

「哦！哦！」唐格拉爾低聲地說：「我們不是回城裡，因此不是司法機關逮捕我。上帝！是別的情況，可能是……」

他頭髮倒豎。他想起羅馬強盜的驚險故事，那在巴黎尤其讓人難以置信。那是當阿爾貝・德・莫爾賽夫即將成為唐格拉爾夫人的女婿和歐仁妮的丈夫時，曾經對她們講過的故事。

「或許是強盜！」他喃喃地說。

馬車突然滾動在比沙土地更堅硬的路面上。唐格拉爾大膽地朝道路兩邊張望，他看到形狀古怪的建築，他腦海裡盤桓著莫爾賽夫的描述，回想起各種細節，他的理智告訴他，他應該在阿皮亞古道[81]上。

馬車左邊，在一片看似山谷的地方，可以看到一個圓形洞穴。那是卡拉卡拉大浴場。騎在右邊車窗旁的那個人說了一句話，馬車停下了。

與此同時，左邊車門打開了。「Scendi![82]」一個聲音命令道。

唐格拉爾立刻下車，他不會說義大利語，但已經能聽懂。

半死不活的男爵環顧四周。不算車伕，有四個人圍住他。

「Di qu?[83]」四人中的一個說，一邊走下從阿皮亞古道通往羅馬郊外崎嶇的田野小路。

唐格拉爾一聲不吭地跟著那人，不用回頭也知道身後跟著另外三個人。但他覺得，這些人像哨兵一樣，等距相隔站定。

走了大約十分鐘，其間唐格拉爾沒跟領頭那人說一句話，他來到一座小山丘和高草叢之間。那三個人站著，一聲不響，形成三角形，他是三角形的中心。

他想說話，但舌頭不聽使喚。

「Avanti.[84]」同樣的聲音以簡短而威嚇的語調說。這次唐格拉爾都懂了，包括聲音和動作，他都明白了，因為走在他後面的那個人猛地推了他一把，害他差點撞在領頭那人身上。

這個帶路人是我們的朋友佩皮諾，他從一條蜿蜒小路走進草叢，只有石貂和蜥蜴會把它看成是一條開闢出

---

81 從羅馬至布林迪西的古道，約建於西元前四世紀。
82 義大利文，意為：下來！
83 義大利文，意為：走這邊。
84 義大利文，意為：往前走。

來的路。

佩皮諾停在一塊外表覆蓋著茂密灌木叢的岩石前。這塊像半開眼皮的岩石讓年輕人走進去，他像童話中的魔鬼跌落在陷阱裡一樣，隱沒不見了。

緊跟在唐格拉爾後面那個人，也用聲音和動作催促銀行家跟著做。無庸置疑，破產的法國人是落入羅馬強盜的手裡了。

唐格拉爾就像進退維谷的人，恐懼讓他變得勇敢。即使他的大肚皮不便於鑽進羅馬郊外的岩石裂縫中，他還是尾隨佩皮諾鑽進去，他閉上眼睛從洞口往下滑，直到碰觸到地面後，才睜開眼睛。

通道寬敞，但黑壓壓的。佩皮諾不再需要遮遮掩掩，既然已回到家，他便打著火鐮，點燃火把。

另外兩個人跟著唐格拉爾下來，充當後衛。當唐格拉爾偶爾停下時，他們便推搡著他，讓他通過一道平緩的斜坡，來到顯得陰森的岔路口。四壁挖出層層疊疊墓穴一般的洞口，而一塊塊白色岩石間，確實就像骷髏空洞的大眼眶。

一個哨兵啪的一聲把短槍槍箍轉到左手。

「口令？」哨兵問。

「朋友，朋友！」佩皮諾說：「隊長在哪裡？」

「在那邊，」哨兵說，越過他肩膀指著一個從岩石挖鑿開來的大廳，裡面的燈光穿過拱門照在通道上。

「大肥肉，隊長，大肥肉。」佩皮諾用義大利語說。

他抓住唐格拉爾禮服的領子，拖向一處像門的入口，通過入口，來到一個大廳，看來隊長住在那裡。

「就是這個傢伙？」隊長問，他專心一意地在看普盧塔克的《亞歷山大傳》。

「就是他，隊長，就是他。」

「很好，讓我看看。」

聽到這個相當無禮的命令，佩皮諾遽然將火把湊近唐格拉爾的臉，唐格拉爾趕緊後退，以免眉毛被燒掉。這張驚慌失措的臉顯露出蒼白惶恐的醜態。

「這傢伙累了。」隊長說：「把他帶到床上吧。」

「哦！」唐格拉爾思忖，「他說的那張床，可能是石壁上挖好的墓穴，睡眠應該就是死亡，我看到黑暗中閃閃發光的匕首，它們會讓我喪命。」

確實，在大廳漆黑的深處，只見這個隊長的同伴們從乾草或狼皮被褥上起身。阿爾貝・德・莫爾賽夫曾看到隊長在閱讀凱撒的《高盧戰記》，而唐格拉爾看到他在閱讀《亞歷山大傳》。

銀行家發出低沉的呻吟聲，跟在帶路人後面，他既不想祈求，也不想喊叫。他已沒有力氣、意志、力量和感覺。他在行走，因為別人催促他行走。

他撞到一級台階，知道面前有一道樓梯，他本能地彎腰，為了避免撞破額頭，然後來到一個從岩石中挖出的單人房間。這個單人房間雖然光禿禿，但很乾淨，雖然位於地下難以估量的深處，但很乾燥。房間角落一張鋪著（而不是搭著）乾草，上面覆蓋山羊皮的床。唐格拉爾見到這張床，以為看到了得救的曙光。

「哦！謝天謝地！」他喃喃地說：「這是一張真正的床！」

這是一小時來他第二次指天感嘆；這是他十年來不曾有過的事。

「Ecco.[85]」帶路人說。

他把唐格拉爾推進單人房間，關上門。門閂發出響聲，唐格拉爾被囚禁起來。而且，即使不鎖上，他也必須是聖彼得，並由天使指引，才能穿過警備森嚴的聖塞巴斯蒂安地下墓地。這些哨兵分佈在強盜首領周圍，讀者當然認出來了，這個首領就是大名鼎鼎的路易季．瓦姆帕。

唐格拉爾也認出了這個強盜，當莫爾賽夫想把他描述給法國人聽的時候，唐格拉爾還不相信他的存在呢。唐格拉爾不僅認出他，而且認出了這個單人房間，莫爾賽夫也曾被關在裡面，而且這多半是專門給外國人住的。

唐格拉爾帶著幾分高興想起這些往事，它們使他平靜下來。既然強盜們沒有馬上殺死他，他們就不會要他的命。

抓住他是為了錢，由於他身上只有幾個路易，強盜會勒索他。他想起莫爾賽夫的贖款大約是四千埃居。由於他看來身分比莫爾賽夫重要得多，他在腦海裡把自己的贖金訂為八千埃居。

八千埃居等於四萬八千利佛爾。而他還有五百零五萬法郎。擁有這筆錢，便能絕處逢生。因此，唐格拉爾幾乎確信自己能脫身，因為不曾聽過有人的贖金是五百零五萬利佛爾。他躺在床上，翻了兩三次身，就像路易季．瓦姆帕研讀的那本書中的英雄那樣安然入睡了。

115 路易季・瓦姆帕的菜單

除了唐格拉爾所害怕的那種睡眠外，睡眠總有醒來的時候。

唐格拉爾醒了。對於一個習於綢緞窗簾、天鵝絨壁衣，慣聞從壁爐泛白木頭裊裊升起和從緞質床幔飄落下來的香味的巴黎人來說，在一個白堊質石頭的岩洞裡醒來，應該就像做惡夢一樣。碰觸到山羊皮床褥時，唐格拉爾恐怕以為自己夢到了薩莫伊埃德人[86]或拉波尼人[87]。在這種情況下，最強烈的懷疑，瞬間就會變成確信無疑。

「是的，是的，」他低聲地說：「我落在阿爾貝・德・莫爾賽夫對我們談起過的強盜手裡了。」

他的第一個動作是呼吸，想確定自己有沒有受傷，這是他在《堂吉訶德》[88]中看到的一個方法。並非他僅讀過這一本書，而是他只記住這本書的一些情節。

「不，」他說：「他們沒有殺死我，也沒有傷害我，或許他們偷走了我的東西？」

他趕緊摸摸口袋。裡面的東西原封不動，一百路易，這是他準備作為從羅馬到威尼斯的旅費，就放在他的長褲口袋裡，還有皮夾，裡面放著五百零五萬法郎的信用狀，也還在禮服的口袋裡。

---

85 義大利文，意為：到了。
86 芬蘭烏戈爾語系的遊牧民族。
87 挪威、瑞典、芬蘭的少數民族。
88 西班牙作家塞萬提斯（一五四七—一六一六）的著名小說。

「奇怪的強盜，」他尋思：「他們留下我的錢袋和皮夾。正如昨天睡覺時我所說的那樣，他們要勒索我的贖金。啊！我還有錶！看看現在幾點鐘。」

唐格拉爾的錶是布雷蓋製作的精品，昨天上路前他仔細上好發條，錶敲響早晨五點半鐘。要是沒有錶，唐格拉爾就完全抓不準時間，因為亮光照射不到他的單人房。

要請強盜解釋一下嗎？還是耐心地等待他們提出？後者最謹慎，唐格拉爾等待著。

他等到中午。其間，一個哨兵在門口看守他。早上十點鐘，哨兵換崗。唐格拉爾於是想看看是誰看守著他。

他已注意到是燈光而不是日光從門板縫隙中篩漏進來。他趁強盜喝幾口燒酒的時機，靠近一條門縫，由於燒酒裝在皮囊裡，散發出一股特殊的酒味，讓唐格拉爾覺得非常討厭。

「呸！」他說，一直退到房間最裡面。

中午，另一個哨兵代替了喝燒酒的人。唐格拉爾好奇地去看新的看守。他又靠近門縫。這是一個體格魁梧的強盜，一個大眼睛、厚唇、扁鼻的歌利亞[89]，他的紅棕色長髮垂落至肩，像蛇一樣蜷曲而下。

「哦！哦！」唐格拉爾說：「這一個更像吃人的妖魔而不是人。無論如何，我太老了，啃不動，是不好吃的粗肉。」由此可見，唐格拉爾頭腦還相當清楚，在調侃別人呢。

與此同時，彷彿為了向他證明自己不是吃人妖魔，這個看守坐在單人房的對面，從袋裡裡掏出黑麵包、大蒜和奶酪，狼吞虎嚥了起來。

「見鬼。」唐格拉爾說，從門縫瞥了一眼強盜的午餐，「見鬼，我真不知道這樣的垃圾怎麼能吃。」

他坐在山羊皮上，羊皮使他想起第一個哨兵的燒酒氣味。

但大自然的奧祕是難以理解的，對於饑餓的胃，最粗糙的食物也有難以抗拒的誘惑力。唐格拉爾突然感覺到，他的胃此刻空空，他開始覺得這個人不那麼難看，麵包不那麼黑，奶酪也變得新鮮了。最後，這些生蒜，野蠻人的可怕食物，讓他想起某些羅貝爾沙司和他的廚子用高超烹調方法製作的洋蔥回鍋牛肉，在過去，唐格拉爾只需要吩咐一聲：「德尼佐先生，今天為我做一盤精緻小菜吧。」

他站起來走去敲門。強盜抬起頭。唐格拉爾看出他聽見了，敲得更響亮。

「Che cosa?[90]」強盜問。

「喂！朋友，」唐格拉爾說，用手指不斷敲門，「我覺得你們也該想到讓我吃點東西了。」

但是，要嘛他不懂，要嘛他沒有接到關於唐格拉爾食物的命令，巨人又繼續吃著午飯。

唐格拉爾感到他的自尊心受到侮辱，不想再跟這個粗魯的人打交道，便重新躺在羊皮上，默默無語。

四個小時過去了，巨人又由另一個強盜代替。唐格拉爾感到胃部可怕的抽搐，悄悄地爬起來，重新把眼睛貼在門縫上，認出是他的導遊那張聰慧的臉。確實是佩皮諾，他準備以最舒適的方式站崗，只見他坐在對面，兩腿間放了一只砂鍋，裡面有熱氣騰騰、香味四溢的鷹嘴豆燴肥肉。鷹嘴豆旁邊，佩皮諾還放上一小籃韋萊特里葡萄和一瓶奧爾維埃托葡萄酒。佩皮諾一定是個美食家。

看到這種種講究的飲食，唐格拉爾直吞口水。

「啊！」那個肉票說：「我們來看看這一位是不是好相處一些。」

89《聖經》撒母耳記中被大衛打敗的巨人。

90 義大利文，意為：幹什麼？

他輕輕地敲門。

「來了。」強盜說，他時常光顧帕斯特里尼老闆的飯店，終於熟悉常用的法語。他真的來開門。

唐格拉爾立即認為他就是在路上憤怒地吆喝他「把頭縮回去」的那個人。但這不是指責的時候。相反的，他擺出最親熱的面孔和和藹的微笑。

「對不起，先生，」他說：「難道不給我吃飯嗎？」

「怎麼！」佩皮諾大聲地說：「想不到閣下也餓了？」

「想不到，說得妙，」唐格拉爾尋思，「我已整整二十四小時沒吃東西了。是的，先生，」他提高聲音補充說：「我餓了，甚至相當餓。」

「閣下想吃東西嗎？」

「如果可能，想馬上吃。」

「這太容易。」佩皮諾說：「這裡想吃什麼都能辦到，但要付錢，就像所有正派基督徒那樣。」

「當然！」唐格拉爾大聲地說：「說實話，你們把人押來，至少也要給飯吃啊。」

「啊！閣下，」佩皮諾回答：「這裡沒有這種慣例。」

「這個說法很糟糕，」唐格拉爾說，他打算用親切來哄騙他的看守，「但就算了，好吧，讓人給我拿吃的來。」

「馬上拿來，閣下，您要什麼？」佩皮諾把砂鍋放在地上，香味直衝唐格拉爾鼻孔。

「吩咐吧。」他說。

「你們這裡有廚房？」銀行家問。

「什麼！當然？很棒的廚房！」

「廚師呢？」

「一流廚師！」

「那麼，一隻春雞，一條魚或野味，不管什麼，只要能吃的都行。」

「就按閣下吩咐，是說一隻春雞吧？」

「是的，一隻春雞。」

佩皮諾起身，拉開喉嚨喊：「為閣下準備一隻春雞！」

佩皮諾的聲音還在拱頂下回響，已經出現一個俊美高眺的年輕人，像古代托銀盤的僕人那樣打著赤膊，他用銀盤端來春雞，而且盤子頂在頭上。

「簡直像在巴黎咖啡館。」唐格拉爾低聲地說。

「來了，閣下，」佩皮諾說，從年輕強盜手裡接過春雞，放在一張蟲蛀過的桌子上，這張桌子、一把凳子和鋪著羊皮被褥的床，就是這個單人房的全部家具。

唐格拉爾要一把刀和一支叉子。

「喏！閣下。」佩皮諾說，遞給他一把鈍掉的刀和一支黃楊木的叉子。

唐格拉爾一手拿刀，一手拿叉，準備切雞肉。

「對不起，閣下，」佩皮諾說，一隻手按在銀行家肩上，「這裡是先付後吃，要不然，吃完以後說不滿意……」

「啊！」唐格拉爾心想：「這不像在巴黎，而且他們還可能敲我竹槓。不過，入境隨俗吧。我常聽說義大利物價便宜，一隻春雞在羅馬大概值十二個蘇。」

「拿去吧。」他說，將一個路易扔給佩皮諾。

佩皮諾去撿路易，唐格拉爾準備用刀切雞。

「等等，閣下，」佩皮諾說，直起腰來。「等等，閣下還欠我錢。」

「我剛才就說他們會敲竹槓嘛！」唐格拉爾心想。然後，決心對付這種敲詐。他問：「唔，要吃這隻瘦骨伶仃的雞，我還欠您多少錢呢？」

「閣下只付了一路易。」

「一隻春雞一路易還不夠？」

「當然不夠。閣下不多不少還欠我四千九百九十九路易。」

聽到這個偌大的玩笑，唐格拉爾睜大眼睛。

「啊！真是怪事。」他想。他又準備切雞，但佩皮諾用左手拉住他的右手，並朝他伸出另一隻手。

「拿來。」佩皮諾說。

「什麼！您不是開玩笑吧？」唐格拉爾說。

「我們從來不開玩笑，閣下，」佩皮諾回答，「就像教友會教徒一樣嚴肅。」

「怎麼，這隻童子雞要十萬法郎！」

「閣下，在這種該死的岩石洞裡飼養家禽的困難是難以想像的。」

「好了！好了！」唐格拉爾說：「說實話，我覺得這非常滑稽有趣，但我餓了，讓我吃吧。喏，這個路易是給您的，我的朋友。」

「那麼還欠四千九百九十八路易，」佩皮諾說，保持同樣的冷漠，一副「我們有耐心等您付清。」的樣子

「哦！至於這個，」唐格拉爾說，對這種持續糾纏的玩笑感到氣惱，「至於這個，決不行。見鬼去吧！您不知道正在跟誰打交道吧。」

佩皮諾做了個動作，年輕強盜便伸出雙手，俐落地拿走春雞。唐格拉爾往羊皮被褥的床上一躺，佩皮諾又關上門，重新吃他的鷹嘴豆燴肥肉。

唐格拉爾無法看到佩皮諾在做什麼，但強盜的咀嚼聲讓肉票清楚知道他在做什麼。很明顯，他在吃飯，甚至吃得很響，就像缺乏教養的人那樣。

「粗人！」唐格拉爾說。

佩皮諾假裝沒有聽見，甚至頭也不回，繼續慢條斯理地吃東西。

唐格拉爾的胃就像達娜伊得斯[91]的木桶一樣即將穿底，他不知道以後能不能填得滿。可是他又耐心地等了半小時，他覺得這半小時簡直就像一個世紀。他站起來，又走向門邊。

「喂，先生，」他說：「別再讓我受折磨了，要拿我怎麼樣，直接告訴我吧？」

「閣下，不如說您要我們怎麼樣……儘管吩咐，我們會照辦的。」

「那先為我開門。」

佩皮諾打開門。

91 希臘神話，達娜伊得斯意即達那俄斯的五十個女兒，她們在新婚之夜殺死丈夫，在冥界受罰，要永不停息地向無底的桶內倒水。

「我想，」唐格拉爾說：「當然！我想吃東西！」

「您餓了嗎？」

「您明明知道我餓了。」

「閣下想吃什麼？」

「一塊乾麵包，因為在這該死的地洞裡春雞貴得離譜。」

「麵包，好的。」佩皮諾說。

「喂！拿麵包來！」他喊道。

年輕招待端來一小塊麵包。

「拿去！」佩皮諾說。

「多少錢？」唐格拉爾問。

「四千九百九十八路易，有兩個路易已先付過了。」

「什麼，一塊麵包十萬法郎？」

「是十萬法郎。」佩皮諾說。

「但一隻春雞您也只要十萬法郎！」

「我們不按菜單而按固定價錢供應飯菜。不管吃多吃少，是十道菜還是一道菜，都是一個價錢。」

「又開玩笑！親愛的朋友，我要對您說，這是荒唐的，是愚蠢的！乾脆直接告訴我，您想餓死我，這很快就能辦到。」

「不，閣下，是您想自殺。付錢就有得吃。」

「拿什麼付錢呢，十足的畜生！」唐格拉爾惱怒地說：「你以為一個人口袋裡會放十萬法郎嗎？」

「您的口袋裡有五百零五萬法郎，閣下。」佩皮諾說：「這等於五十隻每隻十萬法郎的小雞和半隻值五萬法郎的小雞。」

唐格拉爾顫抖起來，就像綁帶從眼睛掉下來，他看清楚了，即使仍然是個玩笑，但他終於聽懂了。或者說他感到這個玩笑不像剛才那樣無聊了。

「好了，」他說：「好了，付了十萬法郎，至少您會認為我付帳了。我可以隨意吃了吧？」

「當然。」佩皮諾說。

「怎麼付錢呢？」唐格拉爾問，呼吸順暢多了。

「再容易不過。您在羅馬銀行街的湯姆遜—弗倫銀行開了戶頭，您給我開一張四千九百九十八路易的支票給這兩位先生，銀行家會付錢給我們的。」

唐格拉爾至少想表現得有誠意，他接過佩皮諾遞給他的筆和紙，寫了單據，簽上名。

「喏，」他說：「這是一張即期支付的單據。」

「而您呢，這是您的春雞。」

唐格拉爾嘆著氣切雞肉，他覺得這麼大的數目，雞也實在太瘦了。

至於佩皮諾，他仔細看過票據，放進口袋，繼續吃他的鷹嘴豆。

116 寬恕

第二天，唐格拉爾又餓了，這個岩洞的空氣莫明地使人開胃。肉票以為這天他不需要花費什麼，他精打細算，在單人房的角落裡藏了半隻春雞和一塊麵包。但他剛吃完東西就口渴了，他沒有預料到這一點。他不斷跟口渴搏鬥，直到他感覺乾燥的舌頭貼住了上顎。這時，他再也無法抗拒灼燒著他的烈火，便叫人來。

哨兵打開門，是一個新面孔。

他想，最好還是跟舊識打交道。他要叫佩皮諾來。

「我來了，閣下。」強盜出現說，那種殷勤在唐格拉爾看來是好兆頭，「您要什麼？」

「想喝點東西。」肉票說。

「閣下，」佩皮諾說：「您知道羅馬一帶酒貴得出奇。」

「那麼給我點水。」唐格拉爾說，竭力躲開攻擊。

「哦！閣下，水比酒更稀罕。天氣這麼乾燥！」

「好了。」唐格拉爾說：「看來我們又要舊事重提了。」不幸的人微笑著，一副開玩笑的模樣，汗水卻濡濕了雙鬢。

「好了，我的朋友，」唐格拉爾說，看到佩皮諾無動於衷，「請您給我一杯酒。您拒絕我嗎？」

「我已對您說過了，閣下，」佩皮諾慎重地回答：「我們不零售。」

「那麼，好了，給我一瓶吧。」

「哪一種？」

「便宜點的。」

「都是一樣價錢。」

「什麼價錢？」

「每瓶二萬五千法郎。」

「說吧，」唐格拉爾大聲地說，那種痛苦只有阿巴貢才能從人的聲音中分辨出來。「就說你們要洗劫我吧！這比一塊塊割我的肉更痛快些。」

「頭兒的計劃可能是這樣的。」佩皮諾說。

「頭兒，他是誰？」

「就是前天帶您去見的那個人。」

「他在哪裡？」

「在這裡。」

「讓我見見他。」

「這很容易。」過了一會兒，路易季．瓦姆帕來到唐格拉爾面前。

「您叫我嗎？」他問肉票。

「先生，您是把我帶到這裡來的人的首領嗎？」

「是的，閣下。」

「您想要從我身上拿到多少贖金？說吧。」

「就是您帶在身上的五百萬。」

唐格拉爾感到可怕的痙攣在撕裂他的心。「我在世上只有這麼一點錢了，先生，一筆龐大的財產只剩下這些，如果您奪走了，那不如奪走我的生命吧。」

「我們得到的命令是不能讓您流血，閣下。」

「是誰的命令？」

「是我們服從的那個人。」

「您們服從某個人？」

「是的，服從一個頭兒。」

「我還以為您就是頭兒呢。」

「我是這些人的頭兒，但還有一個人是我的頭兒。」

「這個頭兒還服從某個人嗎？」

「是的。」

「服從誰？」

「服從上帝。」

唐格拉爾沉吟了一會兒。「我不明白您的意思。」他說。

「可能。」

「這個頭兒要您這樣對待我嗎？」

「是的。」

「他的目的是什麼？」

「我一無所知。」

「可是我的錢袋會被掏空啊。」

「可能。」

「好了。」唐格拉爾說：「您要一百萬嗎？」

「不要。」

「二百萬呢？」

「不要。」

「三百萬？……四百萬？……好，四百萬？我給您四百萬，條件是放我走。」

「值五百萬的東西為何只付四百萬呢？」瓦姆帕說：「這是重利剝削，銀行家大人，否則我真不懂了。」

「都拿走吧！都拿走吧，我告訴您！」唐格拉爾大聲地說：「殺了我吧！」

「好了，好了，冷靜一點，閣下，這樣您會加速血液循環，會使您胃口大開，每天吃掉一百萬。還是節約一點吧，見鬼！」

「一旦我再也沒有錢付帳，怎麼辦？」唐格拉爾惱怒地說。

「那您就得挨餓。」

「挨餓？」唐格拉爾說，臉色變得慘白。

「有可能。」瓦姆帕冷冷地說。

「您說您不想殺死我？」

「不想。」

「而您想讓我餓死？」

「這不是同一回事。」

「混蛋！」唐格拉爾嚷道：「我要讓您卑鄙的計劃落空。既然都得死，我寧願馬上死。讓我受苦，折磨我，殺了我吧，但您再也拿不到我的簽名。」

「悉聽尊便，閣下。」瓦姆帕說。他走出了單人房。

唐格拉爾吼叫著撲倒在羊皮床上。

這些是什麼人？那個不露面的頭兒是誰？他們在對他實行什麼計劃？其他人都能贖出去，為什麼只有他不能？

哦！當然，既然他的死敵似乎要對他進行不可理解的報復，那麼，死亡，暴斃而亡，就是讓他們計劃落空的好辦法。

是的，一死了之！

或許唐格拉爾在他漫長的一生中第一次想到死，同時又害怕死。對他來說，這刻來臨了，他的眼神停駐在每個人心中的無情幽靈，那幽靈隨著每一下心跳，都在對他說：你要死了！

唐格拉爾宛如被追捕的猛獸，被逼急了，時而拚死一搏，但終於逃遁。

唐格拉爾想到逃跑。

但牆壁是岩石，單人房的唯一出口，有個人在看書。那個人背後，可以看到荷槍實彈的身影來回梭巡。他不簽字的決心延續了兩天，然後，他要求吃東西，拿出一百萬。

強盜招待他一頓豐富的晚餐，拿走了他的一百萬。

從此以後，不幸的肉票索性苟且偷生。他吃足了苦頭，不願再受罪，什麼要求都答應。過了十二天，這天下午，他像財運亨通時那樣吃過午飯後，經過計算，他發現自己開了那麼多即期支付的支票。如今他只剩下五萬法郎了。

這時他身上起了一個奇怪的反應，他失去了五百萬，卻想挽救剩下的五萬法郎。他不願再付出這五萬法郎，決心寧願再度過著忍饑挨餓的生活。他眼前閃現了近乎瘋狂的希望之光。長期以來他忘卻了上帝，他如今想著：上帝有時會顯現奇蹟；岩洞可能下沉；教皇的憲兵會發現這個該詛咒的隱蔽之地，前來援救他；他會留下這五萬法郎，五萬法郎足以遏止一個人餓死；他祈求上帝為他保留這五萬法郎，禱告時他哭了。

三天過去了，其間，上帝的名字如果不是出現在他心裡，至少不斷掛在他嘴邊。有時，他胡言亂語起來，每當這個時刻，他似乎透過窗戶，看到一個奄奄一息的老人，躺在一個寒愴房間的破床上。

那個老人也快餓死了。

第四天，這不再是一個人，而是一具活屍。他從地上撿起前幾頓飯掉下的麵包屑，開始嚼起滿是塵土的草席。

於是他懇求佩皮諾，就像懇求守護天使那樣，給他一點食物，他出一千法郎買一口麵包。

佩皮諾不理不睬。

第五天，他拖著身體來到門口。

「您難道不是基督徒嗎？」他跪著挺起身體說：「您想謀害一個在上帝面前是您兄弟的人嗎？哦！我昔日的朋友們，我昔日的朋友們！」他喃喃地說。

他撲倒在地上。隨後，又絕望地站起來：「首領！」他喊道：「我要見首領！」

「我在這裡！」瓦姆帕說。突然出現了，「您還要什麼？」

「拿走我最後這點錢吧。」唐格拉爾語不成聲地說，交出他的皮夾，「讓我在岩洞裡活下去；我不再要求自由，我只要求活著。」

「您受夠折磨了嗎？」瓦姆帕問。

「是的，我受夠折磨了，痛苦難忍！」

「但有人比您受更多苦。」

「我不相信。」

「有的！就是餓死的人。」

唐格拉爾想到那個老人。在他出現幻覺時，他透過這可憐

「您懺悔了嗎？」一個陰鬱莊嚴聲音說。

房間的窗戶看到那個老人在床上呻吟。他用額頭撞擊地面，發出嗚咽聲。

「是的，沒錯，有的人比我更痛苦，但至少他們是殉道者。」

「您懺悔了嗎？」一個陰鬱莊嚴的聲音說，它讓唐格拉爾毛骨悚然。

他虛弱的目光想看清楚，他看到強盜身後有一個裹著披風、隱沒在石壁柱陰影中的人。

「我要懺悔什麼？」唐格拉爾囁嚅著說。

「懺悔您做過的壞事。」那個聲音說。

「哦！是的，我懺悔！我懺悔！」唐格拉爾大聲地說。他用瘦削的拳頭捶著胸膛。

「那麼我寬恕您。」那人說，脫下他的披風，朝前走一步，站在亮光裡。

「基度山伯爵！」唐格拉爾說，恐怖感比起剛才的饑餓和痛苦，讓他的臉變得更加蒼白。

「您看錯了，我不是基度山伯爵。」

「您究竟是誰？」

「我是被您出賣和侮辱過的人，我是您辱沒了他的未婚妻的那個人，我是被您當作墊腳石飛黃騰達的人，我是您逼得他父親餓死的那個人。他本來判決您也必須餓死，但他寬恕了您，因為他也需要被寬恕。我是愛德蒙．唐泰斯！」

唐格拉爾只叫了一聲，跪倒在地。

「起來吧，」伯爵說：「您活下來了。您另外兩個同夥卻沒有這種運氣，他們一個瘋了，一個死了。留下您身上的五萬法郎吧，我贈送給您。至少您從收容院騙來的五百萬，已經由無名氏歸還給收容所了。「現在，您吃吧，喝吧。今晚您是我的客人。「瓦姆帕，這個人吃飽以後，他就自由了。」

唐格拉爾匍伏在地，而伯爵走開了。等唐格拉爾抬起頭來，他只看到一個身影消失在走道裡，強盜們對著他鞠躬。

就像伯爵所吩咐的那樣，唐格拉爾由瓦姆帕款待一頓，為他端來義大利的名酒美果，然後把他送上驛車，拋棄在大路上，讓他背靠著一棵大樹。他一直待到天明，不知置身何處。

天亮時他看到附近有條溪水。他很渴，拖著身體來到河邊。

當他俯下身體喝水時，發現自己的頭髮全白了。

117 十月五日

這是在傍晚六點鐘左右，秋天的豔陽將金光滲入乳白的天色中，再從天空投射到蔚藍的大海上。白天的炎熱逐漸消失了，人們開始感到微風拂面，彷彿大自然在溽熱的午睡後甦醒，所傳送過來的氣息。這快意和風讓地中海沿岸清新涼爽，將混雜著大海苦澀味道的樹木清香擴散開來。從直布羅陀到達達尼爾海峽，從突尼斯到威尼斯，在這浩瀚海面上，有一艘造型優雅的輕捷遊艇，在傍晚初起的霧氣中滑行。它的航行猶如天鵝迎風展翅，或在水面游弋。它行進迅速，姿態優美，身後留下粼粼水痕。

光芒四射的落日逐漸消失在西方地平線下。但像是要證實希臘神話絢麗的幻想似的，尚未收盡的光芒又閃現在每道浪峰上，就像表明火神剛躲進安菲特麗忒的懷抱裡，但她湛藍的披風藏不住她的情人。

遊艇快速前進，儘管海面上拂過的微風似乎還不能吹起少女的鬈髮。

一個高個子、青銅膚色、睜大眼睛的人站在船頭，看到圓錐形的黝黑島礁靠近了，這座島礁宛如加泰隆尼亞人的巨大帽子，從波濤中冒出來。

「這是基度山島嗎？」遊客用慎重的、滿腹憂鬱的聲調問，遊艇似乎聽從他的吩咐。

「是的，大人。」船老大回答：「我們到了。」

「我們到了！」遊客用難以形容的沉鬱聲調喃喃地說。

然後他低聲補上一句：「是的，港灣快到了。」他又陷入沉思，並流露出比眼淚更憂傷的微笑。

幾分鐘後，可以看到陸地上有一片閃光，隨即消失，然後一記槍聲傳到遊艇。

「大人，」船老大說：「這是陸地發出訊號，您想親自回答嗎？」

「什麼訊號？」遊客問。

船老大向那個島伸出手，這時島的側翼孤伶伶升起一片淡藍的煙，擴散開來。

「啊！是的，」他說，如夢初醒，「發出訊號吧。」

船老大遞給他一把裝上火藥的短槍，遊客接過來，慢慢舉起，朝空中放了一槍。

十分鐘後，水手收帆，把錨拋在離小港口五百尺遠的地方。

小艇放下海，有四個槳手和一個舵手。遊客下船，他沒有坐在為他鋪上藍色坐毯的船尾，而是交叉環抱雙手，站在那裡。

槳手半舉起槳等待著，就像鳥兒晾曬翅膀一樣。

「划吧！」遊客說。

八把槳一齊落到海裡，沒濺起一點水花，接著小艇在驅動下迅速滑行。

轉眼間已來到一個天然形成的小港灣裡，小艇抵達沙岸。

「大人，」舵手說：「請您坐在兩個水手的肩上，好讓他們把您送到岸上。」

年輕人用一個完全無所謂的手勢回答這個邀請，雙腿跨出艇外，沒入水裡，水浸到了他的腰間。

「啊！大人，」舵手埋怨說：「您不應該這樣做，您會讓主人責備我們。」

年輕人繼續朝岸邊前進，身後跟著那兩個水手，他們選擇的是最好走的沙灘。

走了大約三十步才到岸上，年輕人在乾燥的地上蹬了幾腳，環顧四周，尋找別人為他引路，因為天色已完全黑下來了。

正當他回過頭去時，一隻手按在他肩上，有個聲音令他顫慄。

「您好，馬克西米利安，」這個聲音說：「您很守時，謝謝。」

「是您，伯爵。」年輕人帶著看似高興的動作大聲地說，雙手緊握基度山的手。

「是的，您看，像您一樣準時。您濕透了，親愛的朋友；就像卡呂普索[92]對忒勒馬科斯[93]所說的那樣：您該換裝了。來吧，這裡為您準備了一個住處，您會忘掉疲倦和寒意的。」

基度山發現摩雷爾轉過身，似正等待著誰。原來年輕人驚訝地發現，他沒有付錢給送他來的人，他們卻已經一言不發地離開了。甚至已經聽到小艇划回遊艇的槳聲。

「啊！是的，」伯爵說：「您在找水手嗎？」

「是的，我還沒有付錢，他們卻走了。」

「這個您用不著管，馬克西米利安。」基度山笑吟吟地說：「我跟海員已約定，無論是貨物還是到我島上旅遊的人，接送一律免費。就像文明國家的說法，我已經預約好了。」

摩雷爾驚訝地望著伯爵。「伯爵，」他說：「您跟在巴黎時判若兩人。」

「怎麼了？」

「是的，在這裡您笑容滿面。」

基度山的臉猛然陰沉下來。「您讓我回憶起往事是對的，馬克西米利安，」他說：「再見到您，對我來說是一種幸福，但我忘了幸福都是短暫的。」

「哦！不，伯爵！」摩雷爾嚷道，又抓住朋友的雙手，「相反的，您笑吧，開心吧，以您的無謂態度向我證明，只有對忍受痛苦的人來說，生活才是可惡的。哦！您是仁慈的，您是善良、崇高的，我的朋友，正是為了給我勇氣，您才假裝開心。」

「您錯了，摩雷爾，」基度山說：「我確實很開心。」

「所以您忘了我，這樣也好！」

「怎麼說？」

「是的，因為您知道，朋友，就像走進競技場的鬥士對崇高的皇帝所說的那樣，我也要對您說：『即將死去的人向您致敬。』」

「您的痛苦沒有得到安慰嗎？」基度山帶著奇異的眼神問。

「哦！」摩雷爾眼裡充滿愁苦地回答：「您真的以為我會得到安慰嗎？」

「聽著，」伯爵說：「您明白我的話，是嗎，馬克西米利安？您沒有把我當成凡夫俗子，一個言不及義、喋喋不休的人。我問您是不是得到安慰時，是以一個洞悉人心的人在對您說話。摩雷爾，讓我們一起深入您的內在，探索您的心靈吧。難道痛苦引起的焦灼讓您躁動，就像被火槍招惹的獅子嗎？難道這難熬的饑渴直到進入墳墓才會停息嗎？難道那讓人捨生求死的悔恨仍影響您嗎？或者，難道只是勇氣耗盡，希望之光遏抑的煩惱？難道是因為記憶的喪失，導致您欲哭無淚？哦！親愛的朋友，如果是這樣，如果您再也哭不出來，如果您覺得麻木的心靈已經死去，如果您只信賴上帝，只仰望天國，朋友，那麼就把我們被賦予的、定義過

92 引自《奧德賽》，她是俄古癸亞島的女神，把奧德修斯留下十年才送他還鄉。
93 奧德修斯之子，四處尋找父親，歷盡艱險，過了二十年才與父親相見。

分狹隘的詞句放在一邊。馬克西米利安，您已得到安慰，別再抱怨了。」

「伯爵，」摩雷爾用既柔和又堅決的語氣說：「伯爵，聽我說，雖然我仍置身人間，卻仰望著蒼天。我來到您身邊，是為了在朋友懷抱裡死去。誠然，我還愛著幾個人，我愛我的妹妹朱麗，我愛她的丈夫愛馬紐埃爾，但我需要別人為我張開強而有力的臂膀，在我臨終時對我微笑。我的妹妹會淚如泉湧，昏厥過去。我看到她難過，也會感到痛苦。愛馬紐埃爾會從我手中奪走武器，喊得人盡皆知。您呢，伯爵，我得到您的承諾，您是個超人，若不是您也有凡人的軀體，我會把您視作天神。您會慢慢地、溫柔地把我帶到死神的門口，是嗎？」

「朋友，」伯爵說：「我還有一點懷疑，那就是您竟然這麼軟弱，還自以為是地一再描述您的痛苦嗎？」

「不，看，我很正常，」摩雷爾說，將手伸向伯爵，「我的脈搏跳得像平時一樣。不，我感覺已走到盡頭。不，我不會走得更遠。您告訴我要等待和抱著希望，做為不幸的哲人，您知道自己做了什麼事嗎？我等了一個月，也就是說我痛苦了一個月！我曾期望過（人是可憐可悲的生物），但我能期望什麼？我一無所知，也許是某種陌生的、荒唐的、瘋狂的東西！一個奇蹟……什麼奇蹟？只有上帝說得出來。上帝把人們稱之為希望的瘋狂念頭摻入我們的理智中。是的，我等待過；是的，我期望過。伯爵，在我們交談的這一刻，您無意中一次又一次折磨我的心，使它碎裂，因為您每一句話都向我表明，我已經沒有希望了。哦，伯爵，但願我安適而愉快地在死亡中長眠！」

摩雷爾說出最後幾個字時情緒激動，讓伯爵不自覺打了個寒噤。

「我的朋友，」摩雷爾繼續說，看到伯爵沉默下來，「您指定十月五日為我要求的延期期限……我的朋友，今天是十月五日……」

摩雷爾掏出錶。

「現在是九點鐘，我還有三小時可活。」

「好吧。」基度山回答：「您來。」

摩雷爾茫然地跟著伯爵，不知不覺地走進岩洞。

他感到腳踩在地毯上，一扇門打開了，四周繚繞清香，明亮的燈光使他眼花。

摩雷爾站住了，遲疑著是否往前，他懷疑周圍那讓人鬆懈的賞心樂事。

基度山輕輕地拉著他，說道：「就像古代羅馬人被皇帝尼祿判決死刑後，戴著花冠入席，聞著天芥菜和玫瑰的清香迎接死亡一樣，我們善用剩下的三個小時，不是很理所當然嗎？」

摩雷爾微笑了。「隨您的便，」他說：「死亡終究是死亡，也是忘卻、休息，擺脫生命，也就是擺脫痛苦。」他坐下來，基度山坐在他對面。

他們待在上文已經描繪過的神奇餐廳裡，大理石雕像頭上頂著總是擺滿鮮花和果實的籃子。

摩雷爾茫然地望著這一切，也或許他視而不見。「讓我們像男子漢那樣交談吧。」他盯著伯爵說。

「說吧。」伯爵回答。

「伯爵，」摩雷爾說：「您集人類知識於一身，您給我的印象是來自比我們更先進更淵博的世界。」

「您說對了幾分，摩雷爾。」伯爵說，他的苦笑讓他顯得十分俊美，「我來自叫作痛苦的星球。」

「我相信您對我說的所有話，甚至不想深究其中含意，伯爵。證據就是，您要我活下去，我就活到現在；您要我懷抱希望，我就幾乎抱著希望。我膽敢請問您，伯爵，宛如您已經死過一次。伯爵，死很難受嗎？」

基度山帶著難以描繪的柔情望著摩雷爾。「是的。」他說：「當然是的。如果您突然打碎這個堅強求生的軀體的話，會很難受。要是您用匕首的利刃刺進您的肉體，要是您用一味亂飛的子彈打穿您稍碰就受傷的腦袋，您當然會感到痛苦。在可悲地即將失去生命，在絕望的彌留之際，您會感覺到生命遠遠勝過以昂貴代價地換來的長眠。」

「是的，我明白。」摩雷爾說：「死和生都有痛苦和歡欣的奧祕，關鍵在於瞭解這些奧祕。」

「一點也沒錯，馬克西米利安，您一語中的。依照我們對待死亡的方式，死亡要嘛是一個像看護那樣溫柔搖晃我們入睡的朋友，要嘛是一個把我們的靈魂從肉體中強拉出來的敵人。有朝一日，當世界再經歷一千年，人類便能主宰大自然的一切毀滅力量，造福自身，就像您剛才說的那樣，人類會掌握死亡的奧祕。到那時，死亡會變得像在戀人懷裡悠然入睡那樣甜蜜和快樂。」

「如果您想死去，伯爵，您會選擇這樣死去嗎？」

「會的。」

摩雷爾向他伸出手，說道：「現在我明白了，為什麼您要跟我約在這裡，在這個孤島上，在大海中，在這個地下宮殿裡──這個地下宮殿是個連法老也豔羨的墓地。讓我來到這裡，是因為您愛我，是嗎，伯爵？是因為您很愛我，所以讓我像剛才聽過的那樣死去，一種沒有痛苦的死，一種能呼喚著瓦朗蒂娜的名字，緊握您的手逝去的死，是嗎？」

「是的，您猜對了，摩雷爾。」伯爵直截了當地說：「這正是我的本意。」

「謝謝，想到明天我將不再痛苦，我感到很欣慰。」

「您什麼都不留戀嗎？」基度山問。

「是的。」摩雷爾回答。

「連我也不留戀嗎？」伯爵非常激動地問。

摩雷爾住口了，他清澈的目光突然黯淡下來，隨即又閃耀出不同尋常的光芒，一滴眼淚流下來，滑過臉頰，留下一道銀白色的淚痕。

「怎麼，」伯爵說：「您還留戀人間，卻想死去！」

「哦！求求您，」摩雷爾用虛弱的聲音說：「別說了，伯爵，別延長我的痛苦！」

伯爵以為摩雷爾的決心動搖了。這瞬間閃過的想法，讓他那在紫杉堡已經被壓下的可怕疑慮又重新浮現。

他思忖：「我一心要讓這個人得到幸福，藉由在天平一端放上同等重量，以平衡彌補我帶給他的災禍。而今，如果我弄錯了，如果這個人的不幸還不足以得到幸福呢！那麼，由於我只有在給他幸福，才能忘記我曾帶給他的痛苦，我還能怎麼做呢？」

「聽著！摩雷爾！」他說：「我看得出來，您傷心欲絕，但是，您還信仰上帝，您不願意拿靈魂得救來冒險。」

摩雷爾苦笑著。

「伯爵，」他說：「您知道，沒有熱情我是不作詩的。但是，我向您發誓，我的靈魂不再屬於我自己。」

「聽著，摩雷爾，」基度山說：「您知道，我在世上沒有任何親人，我一向把您視為我的兒子。為了挽救我的兒子，我連自己的生命都可以犧牲，更何況是我的財產。」

「您這是什麼意思？」

「摩雷爾，我的意思是，您之所以想離開人世，是因為您不瞭解，有一大筆財產後，還要靠活著才能享受一切。摩雷爾，我擁有近一億的財富，我全部都給您。有了這樣一筆財產，您可以隨心所欲，達到一切目標。您雄心勃勃嗎？所有事業都向您敞開大門。您可以翻天覆地，改變世界的面貌，做出各種瘋狂的事，甚至犯罪也可以。但要活下去。」

「伯爵，您對我承諾過。」摩雷爾冷冷地回答，他掏出錶補充說：「現在是十一點半。」

「摩雷爾！您在我家，當著我的面，想著這件事嗎？」

「那麼讓我走吧。」馬克西米利安說，變得沉鬱，「否則我會認為您不是為了我，而是為了您自己愛我。」

他站了起來。

「好吧。」基度山說，聽到這句話，他的臉豁然開朗，「您希望死去，摩雷爾，您執意死去。是的！您肝腸寸斷，您說過，只有奇蹟才能治癒您。那您坐下來，摩雷爾，等著。」

摩雷爾聽從了。換基度山站起來，走向小心關上的大櫃（他的金鍊上掛著大櫃的鑰匙），找出一只精雕細鑿的銀箱，箱子四角雕著四個弓著身體、模樣悲淒的女子，象徵憧憬天國的天使。

他把箱子放在桌上。接著他打開箱子，從中拿出小金盒，暗鈕一揿，蓋子便打開來。

這小金盒裝著半固體的油性物質，由於盒子上鑲嵌的拋光金飾、藍寶石和紅寶石交互投射出閃光，使那物質的顏色顯得曖昧，是近乎天藍、鮮紅和金色的色澤。

伯爵用一支鍍金的銀勺舀起一點那物質，遞給摩雷爾，眼神久久地盯著他。

這時，可以看到那物質是墨綠色的。

「這就是您向我要的東西，」伯爵說：「這就是我答應過您的東西。」

「趁我還活著，」年輕人說，從基度山手裡接過勺子，「我真心感謝您。」

伯爵拿起第二支勺子，在金盒裡舀了第二勺。

「您要做什麼，朋友？」摩雷爾問，抓住他的手。

「真的，摩雷爾，」伯爵微笑著說：「上帝原諒我，我像您一樣對生命感到厭倦，既然機會出現了……」

「好了！」年輕人嚷道：「哦！您愛著人，也被人愛著，您抱著希望的信念。哦！別做我要做的事。對您，這是一種罪孽。再見，我高貴的、豪氣的朋友，我會把您為我所做的一切告訴瓦朗蒂娜。」

摩雷爾以左手按住伯爵，慢慢地，但毫不遲疑地吞下，更確切地說品味著基度山給他的神祕物質。兩人都沉默著。這時阿里無聲而小心翼翼地端上菸草和土耳其水菸筒，又送上咖啡，然後退下去。大理石雕像手裡擎著的燈逐漸暗下來，香爐散發的芬芳，摩雷爾覺得不再那麼沁人心脾了。坐在對面的基度山在陰影中望著他，摩雷爾只看到伯爵的眼睛炯炯閃光。

極度的痛苦襲上年輕人的心，他感到水菸筒從手中滑落，物體不知不覺失去了形狀和色彩，他朦朦朧朧的眼睛似乎看到牆上的門和簾子打開了。

「朋友，」他說：「我覺得我正在死去。謝謝。」他努力最後一次向伯爵伸出手，但手只是無力地垂落在身邊。

他感覺基度山正在微笑，不是那種幾次讓他看到那深邃心靈的祕密的古怪笑容，而是父親對胡鬧小孩那種憐憫的善意微笑。

這時，在他的眼裡，伯爵開始膨脹變大，伯爵幾乎增加一倍的身材映照在紅色帷幔上，他把黑髮掠到後面，傲然地站在那裡，彷彿末日審判時即將懲罰惡人的天使那樣。

摩雷爾軟弱無力，身不由己，仰倒在扶手椅中。一種美妙的麻木感潛進他每根血管。可以說他的腦海裡充滿變化不定的念頭，如同萬花筒裡變幻著各種新奇圖案。

摩雷爾軟綿地躺在那裡，一味喘氣，除了這個夢，他感覺不到活生生的東西，他覺得自己似乎已經進入所謂死亡這一陌生境界之前的譫妄狀態。

他想再次向伯爵伸出手，但這次他的手甚至無法動彈。他想說出最後一聲再見，但他的舌頭在喉嚨裡沉重地蠕動著，就像一塊石碑封住墳墓一樣。

他的眼睛不勝倦怠，不由自主地閉上，但從垂下的眼皮縫隙看出去，活動著一幅景象，儘管他以為自己置身在黑暗裡，他還是看得出來。

伯爵剛打開一扇門。

旋即，在隔壁房間，更確切地說在神奇的宮殿裡，燦爛輝煌的大片燈光，照進摩雷爾甘願美妙地死在裡面的客廳。

這時，他看到客廳門口，在兩個房間的相鄰處，走來一個絕頂美麗的女子。她臉色蒼白，甜蜜地微笑著，宛若一個驅逐復仇天神的仁慈天使。

「難道天堂已經為我打開了嗎？」垂死的人想道：「這個天使真像我失去的安琪兒。」

基度山向年輕女子指指摩雷爾躺著的那個沙發。

她合起雙手，唇上掛著微笑，朝摩雷爾走去。

「瓦朗蒂娜！瓦朗蒂娜！」摩雷爾在內心深處呼喚道。

但他的嘴發不出一個聲音，彷彿他全部的精力都集中在內心的激動中，他發出一聲嘆息，閉上眼睛。

瓦朗蒂娜朝他奔去。

摩雷爾的嘴唇又動了一下。

「他在叫您。」伯爵說：「他在昏睡中叫喚您，您曾經把自己的命運寄託在他身上，死神想拆散您們，但幸虧我在這裡，我戰勝了死神！瓦朗蒂娜，今後您們在人間不會再分離了，因為他為了與您重聚，甘願走進墳墓。沒有我，您們倆都會死去，我讓您們重逢，但願上帝感激我救了這兩條性命！」

瓦朗蒂娜抓住基度山的手，在難以抗拒的快樂衝動中，將手舉到自己的唇上。

「哦！好好感謝我，」伯爵說：「不要厭煩對我再說一遍，是我讓您獲得幸福！您不知道我多麼需要確認。」

「哦！是的，是的，我真心誠意地感謝您。」瓦朗蒂娜說：「如果您懷疑我的真誠，那麼您問問海蒂，問問我親愛的姐姐海蒂。自從我們離開法國，她讓我耐心等待今天這個對我來說閃閃發光的幸福日子，同時跟我談起您。」

「您喜歡海蒂嗎？」基度山問，他盡力掩飾激動，但只是枉然。

「哦！真心喜歡她。」

「那麼聽著，瓦朗蒂娜，」伯爵說：「我有一事求您。」

「求我，天哪！我能這樣榮幸嗎？……」

「是的，請您稱海蒂為姐姐，讓她成為您真正的姐姐，瓦朗蒂娜，把您以為得之於我的東西全部還給她。摩雷爾和您，您們要好好保護她，因為（伯爵的聲音鯁在喉嚨），因為今後她將獨自留在世上……」

「獨自留在世上。」伯爵身後有個聲音重複道：「為什麼？」

基度山轉過身。

海蒂站在那裡，臉色蒼白，全身冰涼，愕然地注視著伯爵。

「因為明天，我的女兒，你就自由了。」伯爵回答：「因為你將在世上恢復你應有的地位，因為我不願讓我的命運使你的命運也黯然無光。你是公主，我把你父親的財富和姓氏還給你。」

海蒂臉色慘白，張開白皙的手，就像祈求上帝保護的處女那樣，用喑啞的哭泣聲音說：「所以，大人，您要離開我了？」

「海蒂！海蒂！你年輕漂亮，把我的名字也忘了吧，去得到幸福吧。」

「好吧。」海蒂說：「您的命令會被執行，大人。我會將您的名字也忘掉，我會得到幸福。」她往後退一步，準備離開。

「哦！天哪！」瓦朗蒂娜大聲地說，一邊把摩雷爾木然的腦袋托在自己的肩上，「難道您沒有看到她臉色多麼蒼白，不知道她非常痛苦嗎？」

海蒂帶著淒涼的神情對她說：「你何必要他理解我呢，我的妹妹？他是我的主人，我是他的奴隸，他有權不再相見。」

聽到這撥動他最隱密心弦的聲音，伯爵起了寒顫。他的目光與女孩的相遇，幾乎要承受不住她眼中的光芒。

「天哪！」基度山說：「讓我懷疑的事竟然是真的！海蒂，你留在我身邊，會幸福嗎？」

「我還年輕，」她溫柔地回答：「您讓我的生活變得如此甜蜜，我熱愛這種生活，若我死去，會悔恨的。」

「意思是說，如果我離開你，海蒂……」

「我會去死，大人，是的！」

「你愛我嗎？」

「哦！瓦朗蒂娜，他問我是不是愛他！瓦朗蒂娜，告訴他，你是不是愛馬克西米利安！」

伯爵感到他的胸口在擴張，他的心在膨脹，他張開手臂，海蒂喊了一聲，撲到他懷裡。

「哦！是的，我愛您，」她說：「我愛您，就像別人愛父親、愛兄長、愛丈夫一樣！我愛您，就像別人熱愛生命和上帝一樣，因為您對我來說是最美、最好和最崇高的人！」

「那就讓你如願以償吧，我鍾愛的天使！」伯爵說：「上帝激勵我與我的敵人搏鬥，並使我獲勝。我看得很清楚，上帝不願讓我在勝利後悔恨不已，我本想懲罰自己，上帝卻寬恕我。愛我吧，海蒂！誰知道呢？你的愛或許會讓我忘卻我必須忘卻的事。」

「您究竟在說什麼，大人？」女孩問。

「我是說，海蒂，你的一句話勝過漫長二十年經歷所給予我的啟發。在世上我只有你，海蒂。因為你，我與生活有了連結；因為你，我能忍受痛苦；因為你，我能得到幸福。」

「你聽到他的話嗎，瓦朗蒂娜？」海蒂大聲地說：「他說因為我，他能忍受痛苦！因為我，因為能為他獻出生命的我！」

伯爵凝神默想了一下。

「難道我隱約看到真理了嗎？」他說：「哦，天哪！沒關係！不管是補償還是懲罰，我接受這種命運。來，海蒂，來吧……」

他摟著女孩的腰，握了握瓦朗蒂娜的手，走了出去。

大約一小時後，其間，瓦朗蒂娜喘著氣，默不作聲，目光專注地守在摩雷爾身邊。她終於感覺到他的心臟開始跳動，嘴裡吐出難以察覺的氣息，這預示生命返回的輕輕顫動，傳遍年輕人全身。

基度山伯爵摟著海蒂的腰，握了握瓦朗蒂娜的手，走了出去。

他的眼睛終於再度睜開，先是呆滯，宛如失去理智。接著視覺恢復了，能準確地看清楚東西。隨著視力恢復，情感也恢復了；隨著情感恢復，痛苦也恢復了。

「哦！」他帶著絕望的聲調嚷道：「我還活著！伯爵欺騙我！」

接著他的手伸向桌子，抓住一把刀。

「朋友，」瓦朗蒂娜帶著迷人的微笑說：「醒醒，朝我這邊看看。」

摩雷爾大叫一聲，他欣喜若狂，充滿懷疑，像被美妙的幻覺弄得目眩神迷，跪倒在地……

翌日，曙光初照，摩雷爾和瓦朗蒂娜挽著手漫步在岸邊。瓦朗蒂娜為摩雷爾講述基度山怎麼出現在她的房間，怎麼向她披露一切，怎麼讓她察覺到這件罪行，最後又怎麼奇蹟般讓她起死回生，同時卻讓別人以為她已死去。

他們發現岩洞的門是開著的，便走出去。黑夜最後隱去的幾顆星星，還在清晨的藍空中閃耀著。

摩雷爾在一堆岩石的陰影裡看到一個人，正等著向他們打招呼，想走過來。他向瓦朗蒂娜指著這個人。

「啊！是雅科波。」她說：「遊艇的船長。」

她做了個手勢叫他過來。

「您有話告訴我們嗎？」摩雷爾問。

「我要將伯爵的信交給您們。」

「伯爵的信！」兩個年輕人一齊低聲地說。

「是的，請吧。」

摩雷爾打開信念道：

親愛的馬克西米利安：

岸邊為您們停泊著一艘斜桅小帆船。雅科波會把您們送到里沃那，努瓦蒂埃先生在那裡等待著他的孫女。在她隨您到聖壇之前，他想祝福她。我的朋友，凡是在這個岩洞裡的東西，我在香榭麗舍大街的房子，我在勒特雷波爾的小古堡，都是愛德蒙·唐泰斯贈送給他的老闆摩雷爾之子的結婚禮物。德·維勒福小姐想必會樂意分享其中一半，因為她的父親瘋了，她的弟弟跟她繼母已於九月死去，我懇求她將來把他們名下全部財產贈給巴黎的窮人。

摩雷爾，告訴那個要跟您白頭偕老的天使，讓她不時為一個人祈禱，這個人像撒旦一樣，一度自以為能與上帝相匹敵，但他帶著基督徒的謙卑承認，最高權力和無限智慧只存在於上帝手中。這些祈禱或許會減輕他內心深處所抱的悔恨。

至於您，摩雷爾，這就是我對待您的全部祕密：世上沒有所謂幸福和不幸，有的只是境況的比較，如此而已。唯有經歷過苦難的人才能感受無上的幸福。必須曾經想過死亡，馬克西米利安，才知道生命是多麼歡樂。

活下去，並且生活美滿，我心靈珍視的孩子們。永遠不要忘記，直至上帝向人揭示未來之日，人類全部智慧就包含在這兩個詞中：

等待，但要懷著希望！

您的朋友　愛德蒙．唐泰斯，基度山伯爵

這封信告知了瓦朗蒂娜還不知道的情況：她的父親瘋了，她的弟弟死了。讀信時，她臉色發白，胸中吐出痛苦的嘆息，淚水默默從臉龐流下，淚水雖然無聲，但痛苦並未減輕絲毫。幸福使她付出了高昂的代價。

摩雷爾不安地環顧四周。

「可是，」他說：「伯爵確實太慷慨了。瓦朗蒂娜會滿足於我微薄的財產的。伯爵在哪裡，我的朋友？帶我到他那裡。」

雅科波伸出手，指著天際。

「什麼！您這是什麼意思？」瓦朗蒂娜問。「伯爵在哪裡？海蒂在哪裡？」

「看。」雅科波說。

兩個年輕人凝視著水手指點的方向。在遠方那道分隔天空和深藍色地中海的線上，他們看到一面像海鷗翅膀一樣大小的白帆。

「他走了！」摩雷爾嚷道：「他走了！再見，我的朋友，我的父親！」

「她走了！」瓦朗蒂娜喃喃地說：「再見，我的朋友！再見！我的姐姐！」

「誰知道我們是否還會見面呢？」摩雷爾拭去一滴眼淚說。

「我的朋友，」瓦朗蒂娜說：「伯爵不是對我們說過，人類智慧全部包含在這兩個詞中嗎——等待，但要懷著希望！」

（全文完）

國家圖書館出版品預行編目（CIP）資料

基度山恩仇記／大仲馬（Alexandre Dumas）作；鄭克魯譯 . --
三版 . -- 臺北市：遠流 , 2019.08

冊；　公分 . --（世界不朽傳家經典；PR00A ,PR012-PR015）

譯自：Le comte de Monte-Cristo

ISBN 978-957-32-8601-1（全套：平裝）. --
ISBN 978-957-32-8597-7（第 1 冊：平裝）. --
ISBN 978-957-32-8598-4（第 2 冊：平裝）. --
ISBN 978-957-32-8599-1（第 3 冊：平裝）. --
ISBN 978-957-32-8600-4（第 4 冊：平裝）

876.57　　108010331

世界不朽傳家經典 PR015

基度山恩仇記 4

Le Comte De Monte-Cristo Vol.4

作者／大仲馬（Alexandre Dumas）
譯者／鄭克魯

總 編 輯／黃靜宜
執行主編／蔡昀臻
視覺設計／張士勇
美術編輯／丘銳致
行銷企劃／沈嘉悅

發 行 人／王榮文
出版發行／遠流出版事業股份有限公司
地址：104005 台北市中山北路一段 11 號 13 樓
電話：（02）2571-0297
傳真：（02）2571-0197
郵政劃撥：0189456-1
著作權顧問／蕭雄淋律師
2019 年 8 月 1 日 新版一刷
2023 年 3 月 10 日 新版三刷
定價 330 元

有著作權・侵害必究
Printed in Taiwan
ISBN 978-957-32-8600-4

◎本書譯文由南京譯林出版社授權使用
◎本書譯自：Le Comte De Monte-Cristo
Librairie Générale Française, 1973

YLib 遠流博識網 http://www.ylib.com　E-mail: ylib @ ylib.com